历代

研究 史华娜 著

追和唐宋词

江苏人民出版社

图书在版编目(CIP)数据

历代追和唐宋词研究 / 史华娜著. -- 南京 : 江苏
人民出版社,2025.2
ISBN 978 - 7 - 214 - 28744 - 1

Ⅰ. ①历… Ⅱ. ①史… Ⅲ. ①唐宋词—诗词研究
Ⅳ. ①I207.23

中国国家版本馆 CIP 数据核字(2024)第 004085 号

书 名	历代追和唐宋词研究
著 者	史华娜
责 任 编 辑	赵 婋
装 帧 设 计	刘 俊
责 任 监 制	王 娟
出 版 发 行	江苏人民出版社
地 址	南京市湖南路 1 号 A 楼,邮编:210009
照 排	南京紫藤制版印务中心
印 刷	江苏凤凰扬州鑫华印刷有限公司
开 本	652 毫米×960 毫米 1/16
印 张	20.75
字 数	360 千字
版 次	2025 年 2 月第 1 版
印 次	2025 年 2 月第 1 次印刷
标 准 书 号	ISBN 978 - 7 - 214 - 28744 - 1
定 价	88.00 元

(江苏人民出版社图书凡印装错误可向承印厂调换)

目　录

绪　论

一、研究价值

唱和是贯穿整个词史的一种普遍现象,与词体的兴衰发展相始终。唱和词按照唱和对象的不同,可以分为两类:一类是同时代诗朋酒侣间的唱和之作;一类是后世诗人词客追和前贤之作,即追和词。相比较而言,追和多出于对被追和对象仰慕、学习或是竞争的心理,在很大程度上避免了同时唱和中难免的附和应酬之辞。笔者经搜检《全宋词》《全金元词》《全明词》及其补编、《全清词·顺康卷》及其补编、《全清词·雍乾卷》《全清词·嘉道卷》《全清词钞》《民国名家词集选刊》《民国词集丛刊》等,发现追和之作普遍存在于大多数词人词集中,而且数量相当可观,其中对唐宋词的追和占绝大多数。这类作品质量高下不一,能够与原作相媲美的仅是其中一小部分,历代词论家因而对其多有贬斥,这一观念导致追和词长期以来鲜有人关注。但事实上,追和与追和词具有多方面的研究价值,不容我们忽视:

(一)追和词具有校勘学上的重要意义。由于和词与原唱为同调和韵之作,将追和之作与原作对校,可纠正词作错讹,亦可勘定词律词谱。周邦彦妙解音律,能自度曲,词韵清蔚。南宋方千里、杨泽民、陈允平三家和清真词谨守清真格律,《四库全书总目·〈片玉词〉二卷补遗一卷》称方千里和词"一一按谱填腔,不敢稍失尺寸"[①],可与清真原作对校以勘正其中舛误。自四库馆臣首倡其风,晚清学者如朱孝臧、郑文焯等均以此法校雠词籍,推源词律。近人杨易霖《周词订律》即通过取三家和词一一汇校的方式,以探寻周词声律之原貌。

---

① 〔清〕永瑢等:《四库全书总目》,中华书局,1965 年版,第 1811 页。

（二）从传播学意义上来说，追和是词作传播的一个重要途径。随着词逐渐脱离音乐而成为文人案头文学，追和在越来越大的程度上决定着词作传播的深度和广度。一些没有流传下来的原唱，甚至仍然通过追和之作证明着自己的存在。如朱敦儒《鹊桥仙·和李易安金鱼池莲》、李纲《六幺令·次韵和贺方回金陵怀古鄱阳席上作》等所和原作均已散失，但通过追和之作我们仍然可以确认它们曾经的真实存在。又如华严在《论石湖词》中说："绍熙四年（1192）六月，也即范成大辞世前三个月，杨万里的长子杨长孺曾将《石湖词》刊行于世，其中仅《余研亭稿》便收词二百一十二阕，可见范成大词作之富。遗憾的是此集不可复见，《石湖大全集》久没无闻，今所见到的《石湖词》，全赖陈三聘《和石湖词》得以保留。"①

（三）追和作为一种创作方式，有助于后世词人对前贤词作的学习与借鉴，有助于词人个体风格的形成以及词艺的提高。况周颐即云："初学作词，最宜联句、和韵。"②通过追和词与原唱的比较，也更容易看出词人才力之强弱以及词作艺术水平之高下。

（四）尤为重要的是，从接受美学的角度来看，追和是对于前代词人词作在创作实践中的认同和融合，是作家接受史最主要也是最基本的途径。其特殊性在于追和者乃是集读者、批评家、创作者三重角色于一身的接受对象。追和者首先是原作的读者和意义阐释者；其次追和者对于追和对象（包括词人、词作）的选择在某种程度上即可视为一种隐性的批评态度；再次，追和者在创作过程中表现出对于原作各不相同的接受方式。作为词史上一种特殊的接受现象，追和积极参与了词史构建的动态过程，是唐宋词经典文本赖以形成、经典作家地位得以确立的一个重要因素。

二、研究现状

日本学者前川幸雄、安藤孝行、花房英树等较早关注到唱和诗歌的研究。从总体来看，这些学者对唱和与唱和诗多以游戏视之，并没有充分认识到它们的价值。前川幸雄《智慧的技巧的文学——关于元、白唱和诗的诸种形式》（马歌东摘译，陕西师范大学学报 1986，4）一文具体而微地分析了五组元白唱和诗的特色、作品中所表现出的智慧的技巧，以及元白之间

---

① 《词学》第 6 辑，华东师范大学出版社，1988 年版，第 151 页。
② 况周颐著，王幼安校订：《蕙风词话》，人民文学出版社，1960 年版，第 13 页。

的友谊、文学的美等。据译者按语,此篇论文摘译自日本笠间书院昭和五十六年(1981)5月版《中国文学的世界》。20世纪80年代以来,国内学者逐渐关注到这一问题。王钟陵在《文学史新方法论》(苏州大学出版社,1993年版)中谈道:"一部文学史著作如果对于这种照映一世并使后人仿效的唱和活动不屑一顾,或者仅以鄙词付之,又如何能理解其时文人美学情趣之所寄呢? 必须从鲜活的有着毛茸茸质感的原生状态中,从文学与其他因素和间接的伴生关系中去把握文学的历史情状,惟此,我们才能得到真实的作为整个文化活动之一个重要构成部分的文学。"①该书专辟《师友唱和与文学潮流之变动》一节论述唱和对于文学潮流之形成、文学风会之变迁的重要意义。赵以武《唱和诗研究》(甘肃文化出版社,1997年版)是国内唱和诗歌研究方面最早的专著。此书从微观与宏观的结合中,对我国古代唱和诗的缘起、演变,特别是中唐以前诗歌唱和的特点、体制,做了深入、细致的研究,论定以中唐为界,唱和发生了由"和意"到"和韵"的根本变化。此期发表的相关学术论文也都集中在对唐以前唱和诗的研究上。郭英德《两宋酬和词述略》(《中国文学研究》1992,1)全面探讨了两宋酬和词兴盛的原因、酬和词的类型与特点、酬和词的功能,是较早将唱和词作为独立研究对象的论文。此外,还有一些具体研究唱和词个案的论文,以下简要述之。缪钺《论王清惠〈满江红〉词及其同时人的和作》(《四川大学学报》1989,3)对王清惠《满江红》词以及文天祥、邓剡、汪元量诸人和作的唱和背景、思想内容、风格特点等进行了深入分析。秦观《千秋岁》(水边沙外)一词在两宋获得了七位词人九首作品的唱和,是一种极为罕见的殊荣。王水照《"苏门"诸公贬谪心态的缩影——论秦观〈千秋岁〉及苏轼等和韵词》一文认为"这一特殊文学现象,不仅反映了和韵之风从诗坛到词坛的展延,并影响到词的内容和艺术的变化,而且具体地表现出所谓'元祐党人'横遭贬谪后彼此心灵的交融和撞击,他们共同的和不同的心理反应。"②王兆鹏《"名作"与"和作"》认为"名作越是有'名',追随唱和者就越多。从后人和韵、次韵之作的多少,可以从一个侧面反映出原唱的'知名度'"③,并且以苏轼为例,通过对相关和作的统计,指出宋金元词人最喜爱的东坡词是《念

① 王钟陵:《文学史新方法论》,苏州大学出版社,1993年版,第192页。
② 王水照:《苏轼研究》,河北教育出版社,1999年版,第112页。
③ 《学林漫录》第14辑,中华书局,1999年版,第167页。

奴娇》赤壁词。

本世纪以来,唱和诗词研究受到了比较多的关注。首先,一些青年学者选择了唱和诗词作为学位论文的研究方向,硕士论文有蔡爱芳《二苏及"苏门四学士"唱和诗研究》(南京师范大学,2003 年)、张蕴《宋初文人唱和与宋初诗风》(西北师范大学,2004 年)、付瑶《刘禹锡唱和诗研究》(新疆师范大学,2005 年)、李艳杰《二苏唱和次韵诗研究》(郑州大学,2007 年)等,博士论文有童向飞《宋代唱和词研究》(南京师范大学,2000 年)、岳娟娟《唐代唱和诗研究》(复旦大学,2004 年)、徐宇春《苏轼唱和诗研究》(陕西师范大学,2006 年)、许琰《〈西昆酬唱集〉研究》(西北师范大学,2007 年)、谷春侠《〈玉山雅集〉研究》(中国社会科学院,2008 年)、李桂芹《明末清初唱和词集研究》(中山大学,2008 年)等,从以上论文题目即可看出,唱和诗词的研究范围不再局限于唐代,宋代一些重要唱和现象尤其是"苏门"唱和成为研究的热点,然而,学界对于唱和词的关注程度远不及唱和诗,以唱和词为研究对象的学位论文仅有两篇。李桂芹《明末清初唱和词集研究》从明末清初几部重要的唱和词集入手,透视此期唱和活动,挖掘唱和词集所蕴含的文学与文化价值。论文上编第三章从《徐卓晤歌》《幽兰草》《倡和诗余》《遁渚唱和集》《红桥倡和词》分析《花间》余波在明末清初的起伏消长,下编三章分别对《秋水轩倡和词》《千秋雅调》《梁园倡和词》进行了较为深入的个案研究。童向飞《宋代唱和词研究》第三章《和词与宋词名篇名家》,从文学接受的角度探讨和词与宋词词作及宋代词人的接受情况,通过对宋金元追和词的数量统计认定宋词名篇,再通过被和词作数量的多少、追和者数量的多少认定名词名家,在研究方法上有一定的启示意义。遗憾的是该论文的讨论范围仅限于宋金元时期,未能把明清和词纳入研究视野,因而无法从和词的角度来窥探唐宋词在整个词史中的接受动态。

其次,此期发表的单篇论文在数量和质量上都有了明显提高,尤其是新方法、新视角的运用,开拓了这一课题研究的新局面。如姚蓉、王兆鹏《从唱和活动看云间词风的形成》(《江汉论坛》2004,11)、马东瑶《苏门酬唱与宋调的发展》(《文学遗产》2005,1)分别从云间词派、"苏门"诗人入手,探讨了和词与词风形成的关系;内山精也《苏轼次韵词考》(《中国韵文学刊》2004,4)以诗词间所呈现的次韵之异同为中心,对处于质变期的苏轼词进行了重新评价,同时对"次韵"在词的质变期被使用的意义也从新的角度进行了探讨。更为重要的是,近年来学者们开始关注到追和词以及它们在词人词作接受过程中的意义,如程继红《〈全明词〉对稼轩词接受情况的调查分析》(《浙江海洋学院学报》2006,3)通过对《全明词》中拟、和稼轩词情况的统计分析,认为与宋、元时期相比较,《全明词》对稼轩词的接受面更宽,接受度更强,在推动稼轩词经典化的过程中,明人并未缺席,且为清初稼轩词风的流行作了铺垫;叶晔《明词中的次韵宋元名家词现象——以苏轼、崔与之、倪瓒词的接受为中心》(《中国文化研究》2007年秋之卷)从明代词坛最具影响力的次韵苏轼《念奴娇·赤壁怀古》、崔与之《水调歌头·题剑阁》、倪瓒《江南春》三词的活动入手,考察明词对于宋元名家词的接受情况;刘尊明《历代词人追和李清照词刍议》(《文艺研究》2008,3)通过对历代词人追和李清照词的考察,认为其特征主要表现闺情主题的变奏、本色风格的突破、艺术技巧的创新三个方面;张宏生在《经典确立与创作建构——明清女词人与李清照》一文中指出:"清代词坛上,女词人们不断追和李清照,使得李清照作为一个符号,内涵不断强化,显然也是建构其接受史的一个极其重要的方面。"①又在《咏物:朱彝尊与乾隆词坛》(《兰州大学学报》2011,6)中指出,茹敦和《和茶烟阁体物集》是清词走向学人词的重要表现之一,也使得朱彝尊词更为深入人心;刘尊明《从追摹次韵看金元明代词人对李白词的接受》(《社会科学战线》2014,11)认为,追摹次韵创作体现了历代词人对李白词创作成就和词史地位的接受与认同,进一步推动了李白词的传播与接受,其意义不容忽视;陶友珍、钱锡生《从追和词看唐宋词在清代前中期的传播和接受》(《古籍整理研究学刊》2017,5),钱锡生、陶映竹《历代唱和对秦观〈千秋岁·水边沙外〉词的接受》(《南京师范大学文学院学报》2018,1)等成果都意味着追和词研究的进一步细化与深化。

　　另外,已出版的数部有关唱和词专著在研究思路与方法方面为本课题提供了借鉴。黄文吉在唱和词研究方面用力甚勤,且多有创获,值得我们关注。他早在《古今一大转移——张先》一文中对张先作品中的唱和词予以关注,认为"直到张先,他是第一位留下'依韵'和'次韵'的作品,而且一口气有五首'次韵'之作。这意味着词已经由自然的音乐唱和,转变为一种新诗体的唱和,文人在诗体上的'依韵''次韵'的唱和方式,也可应用到词体上,词体在文人心目中的地位提升了。从此词人不断地往来唱和,造成

---

① 《中华文史论丛》总第88辑,上海古籍出版社,2007年版,第304页。

填词风气的兴盛,许多伟大的词人及词作因而产生了。"①此后出版的《黄文吉词学论集》(台湾学生书局,2003 年版)中也收入了多篇相关论文,其中《从词的实用功能看宋代文人的生活》一文第五部分将唱和分为和题、分题、和韵、分韵四种方式,认为词的唱和方式以及众多的唱和作品,有助于我们了解宋代文人重视风雅,以词会友的生活概况;《唱和与词体的兴衰》着重探讨唱和在词体发展中所扮演的角色,认为唱和与词的起源、发展、兴盛及衰微密切相关;《明初杭州府学词人群体研究——以酬唱词为对象》则以杭州府学词人群体现存酬唱词为切入点,来透视明初词坛状况。巩本栋所著《唱和诗词研究——以唐宋为中心》(中华书局,2013 年)是近年来唱和诗词研究方面的一本力作,将唱和诗词研究推向了一个新的理论高度。全书分总论、分论两部分,总论对唱和诗词的渊源、发展和特点、类型与评价、地位与影响等问题进行论述,分论重点考察韩孟联句诗、元白唱和、苏轼和陶诗等,其中第十章南宋词坛的复雅之风与三家《和清真词》分析论述三家《和清真词》及其文学史意义,对追和词的意义有所揭橥。刘东海《顺康词坛群体步韵唱和研究》(上海古籍出版社,2013 年)第二章《清初步韵宋词创作的分析》分别对步韵苏轼《念奴娇·赤壁怀古》词、步韵史达祖《万年欢·春思》词和岳飞《满江红》(怒发冲冠)词、步韵辛弃疾词的创作情况进行了具体分析比较,认为虽然步韵东坡《念奴娇·赤壁怀古》词数量超过了步韵稼轩两首词的总和,但同时也出现了大批兼具稼轩之神、东坡之貌的步韵词,从而指出清初前三十年的步韵词坛并非稼轩东坡双雄并峙的时期,值得深究。

三、研究思路与方法

通过对以上论著的梳理,可以看出 20 世纪 80 年代尤其是本世纪以来对于唱和诗词的研究逐渐受到关注,取得了一定的成果,研究方法与视角也趋于多样化,但是将唱和诗词作为一种重要文学现象进行全面系统研究的成果仍不多见,大多数论著仍然停留在个案研究的阶段。学界对于唱和词的关注程度还远远不够,现有的唱和词研究基本上以同时唱和词为主。虽然近年来已有学者关注到追和以及追和词的价值,但是这类论文或者以某个时期的追和现象为限,或者以追和某位词人的作品为研究对象,缺乏

---

① 黄文吉:《北宋十大词家研究》,文史哲出版社,1996 年版,第 108 页。

宏观的观照与系统的研究。这为我们在前贤研究的基础上进行深入探讨留下了一定的空间。有鉴于此,本文拟于历代追和词以及追和词集文献全面梳理的基础上,将追和唐宋词放在词史发展的宏观背景中,借此考察以下几方面的问题:

(一)从追和与追和词的角度入手,探讨后世词人在创作实践中对于前代作家作品的接受心理、接受方式以及接受效果,并分析其内在的原因。钟振振在《金元明清词总论》中说:"由于词至两宋,已臻大成,各种题材、内容、风调、技法,几乎皆可示人以典范,后学心摹手追,搦管之际,每每有唐、五代、两宋诸大家、名家的影子横亘于胸,形诸墨楮,遂不免各见其所熏沐,因此从总体上来衡量,(金、元、明、清)四朝词中前代遗传所占比重之大,亦毋庸讳言。"①在唐宋词名家辈出的辉煌成就面前,元明清词人的追和是一种很值得我们深究和玩味的现象。哪些词人词作受到的追和比较多?原因何在?不同词人在追和中具体从哪些方面、哪些角度对前代词人词作进行接受?通过对于这些问题的考察,我们将会勾勒出一部更具过程性、可感性的作家作品接受史。另外,通过同期追和实践与理论批评的比较,亦有利于我们考察创作与理论之间的关系。

(二)通过对不同时期追和情况的比较,窥探不同时期审美倾向、词学观念以及词坛风会的变迁。一位词人、一篇词作在某些时期会有许多和作,在某些时期却门前冷落、无人问津,这些现象背后都有哪些原因呢?清人陈廷焯尝从追和对象的选择上考察词坛风会的变化,反思元词衰敝之原因,其《白雨斋词话》卷六云:"刘龙洲《沁园春》,为词中最下品。元人沈景高,有和刘龙洲指甲一篇,句句握捏,又不及改之远甚。而俞焯云:'景高旧家子也。余见此词纤丽可爱,因定交焉。'当时赏识如此,何怪元词之不振也。"②此论虽不免偏颇,却极具启发性。

(三)词人词作接受的过程也是唐宋词作家作品被反复考验、反复选择和确认的不断经典化的过程。追和的动机错综复杂,并非以唐宋词的经典化为目的,然而,无论后世词人的追和出于何种目的,都可以视为对于唐宋词的一种特殊的接受方式。从整个词史来看,大量、集中而持续的对于某些词人、词作的追和所达到的客观效果即是唐宋词人词作的经典化。通

---

① 钟振振:《词苑猎奇》,广西师范大学出版社,2007年版,第283页。
② [清]陈廷焯著,杜维沫校点:《白雨斋词话》,人民文学出版社,1959年版,第164页。

过追和词,我们可以来探讨总结这一经典化过程中的规律性。唐宋词经典作家作品的地位和影响是如何确立的?要成为经典需要具备哪些方面的因素?追和在这一过程中起到什么样的作用?这样的考察,有利于我们对唐宋词接受特征与规律的认识。

根据本课题研究的性质和任务,拟采用统计分析法、比较法来梳理文献资料,在文本深细分析的基础上,结合接受美学相关理论对各种现象进行阐释。以《全宋词》《全金元词》《全明词》及其补编、《全清词·顺康卷》及其补编、《全清词·雍乾卷》《全清词·嘉道卷》《全清词钞》《民国词集丛刊》等词作总集中所收录追和词为基本文献资料,首先从宏观上对各个时期追和情况进行把握,再辅之以重点词人词篇的考察,初步确定以柳永、苏轼、秦观、贺铸、李清照、周邦彦、辛弃疾、姜夔、史达祖、张炎、蒋捷等为中心,以表格的形式来呈现以下几方面的统计资料:被追和词人词作情况统计、追和者情况统计、被追和词人词作与同期词选所选词人词作之比较、不同时期追和情况之比较。全集追和者如方千里、杨泽民、陈允平三家《和清真词》、陈铎《草堂余意》、张杞《和花间集》、赵尊岳《和小山词》等则另作讨论。词人词作的接受是一个复杂的过程,受多方面因素的制约,比如时代背景、词选、词话批评、词集的刊行与传播、词集校注等。这些因素互相制约、相互影响,追和作为其中一个因素,只能考察到接受的一个侧面,无法从中完全剥离出来。追和在其中到底发挥多大的作用是难点所在。为了避免结论的片面性,我们会尽量结合其他方面的因素进行综合考察。

第一章 "追和词"概说

第一节 对"追和"与"追和词"的界定

诗歌唱和源远流长,最早可以追溯到尧舜时期。尧与皋陶的赓歌可以看成是唱和形态的萌芽,而成熟的唱和诗形态则要到东晋陶渊明、刘程之、慧远等人的诗中才出现。东晋以后,唱和之风开始兴盛。中唐以前,唱和诗大致"和意"不"和韵",至元稹、白居易诸人出,唱和诗遂发生了从"和意"到"和韵"的重大转变。清人赵翼《瓯北诗话》卷四曰:"古来但有和诗,无和韵。唐人有和韵,尚无次韵;次韵实自元、白始。依次押韵,前后不差,层出不穷,此又古所未有也。他人和韵,不过一二首,元、白则多至十六卷,凡一千余篇,此又古所未有也。以此另成一格,推倒一世,自不能不传。盖元、白觑此一体,为历代所无,可从此出奇,自量才力,又为之而有余,故一往一来,彼此角胜,遂以之擅场。"①晚唐诗人陆龟蒙、皮日休唱和之《松陵集》十卷亦蔚为大观。皮陆唱和不仅形式多样,而且数量特丰,一年左右的时间即创作出 600 多首作品。至宋代,欧阳修、苏轼、黄庭坚等群起唱和,推波助澜,次韵之风大盛。如严羽《沧浪诗话·诗评》所云:"古人酬唱不次韵,此风始盛于元、白、皮、陆。本朝诸贤,乃以此而斗工,遂至往复有八九和者。"②唐宋以后,唱和之风经久不衰。关于"唱和"与"唱和诗",王昆吾的观点较有代表性。他认为"唱和"既是一种文学创作的方式,也是一种酒筵游戏的方式和人际交往的方式;所谓"唱和诗","通常包括两类诗歌:一是联句诗,它是以诗句为单位创作出来的,并以诗句为单位而实现彼此的呼

---

① [清]赵翼著,霍松林、胡主佑校点:《瓯北诗话》,人民文学出版社,1981年版,第38页。

② [宋]严羽著,郭绍虞校释:《沧浪诗话》,人民文学出版社,1983年版,第193页。

应;二是酬和诗,它的创作单位是一首完整的诗,要求不同作者按照一定的辞式规则与声韵规则相互酬答"①。巩本栋《关于唱和诗词研究的几个问题》(《江海学刊》2006,3)一文认为诗词唱和的性质是同题共作,联句诗属于唱和诗词的一部分,赠答诗词、拟作与唱和诗词既有联系又有区别。

关于"唱和词"的定义,大多数论著或者对它不作任何界定,或者将它与"唱和诗"一起泛泛而论。这些都是不科学的做法。虽然诗词同源,词为"诗之余",但词毕竟是有别于诗的另一种文体,诗、词唱和出现的历史背景、意义以及发展过程等都有所不同,理应分而论之。郭英德先生《两宋酬和词述略》是较早将唱和词作为独立研究对象的论文,文中未对所谓"酬和词"有所界定,但认为"酬和词"大致可以分为宴席酬和之作、聚会酬和之作、游览酬和之作、和韵唱酬之作四种类型。在具体阐释第四种类型"和韵唱酬之作"时,郭先生称:"神宗以后,和韵唱酬之作大盛,举凡宴席、聚会、游赏之时,文人士夫的诗词唱酬,多有和韵之作。"②由此可见这种分类方式的矛盾所在,也就是说前三种类型与第四种类型之间有重合之处。前三种类型以作品创作的背景为标准来分类,而第四种类型则无法按照同一标准来归类。该文认为,除了在宴席、聚会、游赏之时和韵酬唱之外,和韵唱酬之作还有两种方式:一种是读时人词而依韵酬和,使人闻达的;另一种是读名人词而依韵酬和,不求闻达的。关于读名人词而依韵酬和的动机,郭先生认为有的人把这作为学习写词的方式,犹如临帖练字一样,有的人则是读名人词而有所感兴,借依韵酬和之作以抒怀言志的。"读时人词而依韵酬和"与"读名人词而依韵酬唱"两种方式事实上是按照和韵对象的不同来分类,有一定的合理性,但该文对于和韵动机的认识则过于绝对化和简单化。

黄文吉先生对于唱和与唱和词的理解比较宽泛,他在《从词的实用功能看宋代文人的生活》一文中将"唱和"分为和题、分题、和韵、分韵四种方式,并对这几种方式作了简要的解释:一、和题:唐五代时期词调名称与词的内容一致,"和曲拍"即是"和题"。至宋代,很多词的内容与词调名称不合,如果有词人用词咏某种主题,其他词人亦跟着歌咏这个主题,即为"和题"。二、分题:词人相聚,每人分配一个主题来吟咏,即为"分题"。三、和

① 王昆吾:《唐代酒令艺术》,东方出版中心,1995 年版,第 100 页。
② 郭英德:《两宋酬和词述略》,《中国文学研究》1992 年第 1 期,第 60 页。

韵(也称次韵):即同他人的韵脚来填词,这是宋人最常见的方式,但在晚唐五代词作里并未见,因为早期词体的地位不高,等到宋代把词体当作诗体一样,于是把作诗的方法运用在填词上。四、分韵:在座每位词人分一韵字,各按其韵字来押韵填词,称之为"分韵"。北宋词人雅集,流行"分题",到了南宋,则更进一步流行"分韵"。总之,词人在和题、分题、和韵、分韵这四种方式下所创作的词,均可称之为"唱和词"。这是广义上的"唱和词"。童向飞《宋代唱和词研究》一文将"唱和词"定义为同一词调,在相同位置使用相同韵字的两首以上(含两首)词的合称。其中先创作出来的一首词称为原唱(作),仿照原唱的用韵方式创作出来的词称为和词(作)。这是对"唱和词"在相对狭义上的界定,特指黄文吉先生所谓之"和韵(次韵)"词。"和韵"有依韵(同在一韵中而不必用其字)、用韵(用其韵而先后不必次)、次韵(和其原韵而先后次第皆因之)三种方式,其中次韵的自由度最小,难度最大,而唱和词绝大多数均为次韵之作,依韵、用韵之作寥寥无几,因而也有学者直接称之为"次韵词"。在实际运用中,诗人们也并不完全按照这一分类标准,这是我们需要注意的。总体来看,童文所作定义较为明确,便于统计分析,可操作性强,因而本文对于"追和词"的界定将在此基础上进行。

唱和词按照唱和对象的不同,可以分为两种类型:一种是同时代诗朋酒侣间的唱和之作;一种是后世诗人词客追和前贤之作。后一种类型的唱和词即本文所要讨论的"追和词"。黄庭坚和秦少游《千秋岁》词序云:"少游得谪,尝梦中作词云:'醉卧古藤阴下,了不知南北。'竟以元符庚辰,死于藤州光华亭上。崇宁甲申,庭坚窜宜州,道过衡阳。览其遗墨,始追和其《千秋岁》词。"这是"追和"一词在词序中的首次出现。黄庭坚所作和词次少游原作之韵,但他只是偶一为之。直到北宋末年,王之道才在词题中大量用到"追和"一词(总计17次),共作有追和词20余首。在他所作一百余首唱和词中,次韵同时代词人词作者,王之道仅在词题中标明"和……",而次韵前代词人词作者,均用"追和……"来标示,可见他是有意识地将这两类词区分开来的。他的追和俨然已经成为一种自觉的行为。同时唱和是唱者与和者之间的双向交流,带有鲜明的社会交际功能,而异时追和多出于对被追和对象仰慕、学习或是竞争的心理,是作者与前人的一种精神交流。被追和对象往往是在追和者的心目中具有一定典范意义的作品,而追和会使得这些词人词作更加为人所知,进而成为经典。同时代的唱和之作可以让我们真切地了解当时的词坛背景、审美情趣以及文人交际情形等，是我们还原文学真实的宝贵资料。近年来已有一些学者关注并且很好地利用了这部分材料，他们借唱和词来探讨唱和与词风以及词学流派形成之间的关系，是一个非常好的尝试。唱和词大量存在于历代词籍中，据童向飞《宋代唱和词研究》统计，仅宋代就有唱和词2443首，占《全宋词》所收作品总数的12%。南宋中期以后，词人几乎没有不以词唱和的，以著名词人辛弃疾为例，他的和韵之作即高达169首，约占现存辛词总数（620余首）的27%。虽然唱和词本身质量高下不一，多有应酬游戏之作，但是与其他任何创作类型一样，能够推动词体繁荣和发展的只是其中一小部分而已，我们不能仅着眼于对这些词作本身优劣的评价，而忽略了它们曾经在词史上起到过的积极作用。追和之作虽然不是唱和词的主流，但也为数不少。据粗略统计，自宋至清雍乾时期追和词亦有约三千首。对于这部分材料，学界似乎关注不够，也没有真正认识到它们的价值和意义。事实上，从后世词人的追和中，我们可以看到更具体更可感的作家作品接受史，这正是本文选择追和词作为研究对象的原因所在。

本课题对"追和词"的认定首先通过词题、词序中所标明的"追和""和""次……韵""和……韵""用……韵""步……韵"等字样以及比较韵脚的方法来确定唱和词，其次通过比较作者与唱和对象之时代先后来判断是同时唱和还是异时追和。词序、词题中未标明而载籍中明确记载为追和之作者也包括在内。追和词大多分散在词人别集之中，一些追和性质的词集也保存了大量的追和词。《全宋词》《全金元词》《全明词》及其补编、《全清词·顺康卷》及其补编、《全清词·雍乾卷》《全清词·嘉道卷》《全清词钞》《民国名家词集选刊》《民国词集丛刊》等词作总集的编纂为我们搜集资料提供了很大的方便，但同时需要指出的是，这些总集为求"全"而将各类词集中的作品分列在各位词人名下，使我们无法看到词集原貌，也是非常遗憾的事情。追和词集是在特定词学背景下的产物，可以反映出一定时期的审美倾向与词坛风会，只有从整体上对它们进行观照，才能更好地认识它们的价值和意义。这里仅就笔者所见此类词集简述之，在以下各章中将对其中重要者进行深入考察。按照追和对象的不同，追和词集可以分为追和作家全集者、追和词选者、追和某类题材者、追和某篇作品者。追和词人全集者如方千里《和清真词》、杨泽民《和清真词》、陈允平《西麓继周集》、陈三聘《和石湖词》、戴冠《和朱淑真〈断肠词〉》、许德苹《和漱玉词》、赵尊岳《和小山词》等;全和某一词选者如明代陈铎和《草堂诗余》之《草堂余意》、张杞《和花间集》;专和某类题材者如明代周履靖次韵唐宋元明有关酒词之《唐宋元明酒词》;专和某一首词而成集者,如明代文人多次追和倪瓒《江南春》词,后结集为《江南春词集》。此类词集散佚而仅见著录者,亦不在少数。据成书于1261年的《景定建康志》记载,当时存有书版唐《花间集》一百七十七版,《和晏叔原小山乐府》二百四十六版。"《花间集》500首令词为177版,依次推算,246版的和晏几道令词,约为700首。和一人之词多达700首,且编成一集,这在两宋词坛上是罕见的景观!可惜这些和作都已失传。"①又如《蕙风词话》卷四称:"宋陈成父,子汝玉,宁德人。辛弃疾持宪节来闽,闻其才名,罗致宾席,妻以女。有和稼轩词《默斋集》,藏于家。见万姓统谱。辛婿工词,庶几玉润,惜所作无传。"②又,自明代中前期始,次韵虞集《苏武慢》组词成为一种风尚,不仅次韵普遍,且成册结集。祝允明次韵虞集《苏武慢》十二首小序云:"初,元人冯尊师作二十篇,虞学士和十二篇。继虞韵者,今凡三五家,朱性父集一册。予阅之,复得此,亦用虞韵,以附朱册之末,惜不称前赏耳。"③

第二节 追和词的产生及其发展脉络

在唐五代词形成发展的初期,词调名称与词题内容是相一致的,作词都是"和曲拍""和题"。以白居易与刘禹锡为例,白居易曾用《忆江南》调子填词三首以怀念江南美景,刘禹锡也用《忆江南》填了两首,自注曰:"和乐天春词,依《忆江南》曲拍为句。"刘禹锡和词并不"和韵",只是根据《忆江南》题意来填词。除刘、白唱和外,张志和《渔父词》在当时也是和作甚多的作品。据南唐沈汾《续仙传》载:"真卿为湖州刺史,与门客会饮,乃唱和为〈渔父〉词,曰:'西塞山前白鹭飞,桃花流水鳜鱼肥。青箬笠,绿蓑衣,斜风细雨不须归。'真卿与陆鸿渐、徐士横、李成矩共和二十五首,递相夸赏。"④这些和作,现存十五首,也都没有和韵的情况出现。对于这一现象,黄文吉

① 王兆鹏:《"名作"与"和作"》,《学林漫录》第14辑,中华书局,1999年版,第173页。
② 况周颐著,王幼安校订:《蕙风词话》,人民文学出版社,1960年版,第103页。
③ 饶宗颐初纂,张璋总纂:《全明词》,中华书局,2004年版,第417页。
④ [宋]李昉等编:《太平广记》,中华书局,1961年版,第180页。

先生在《唱和与词体的兴衰》一文中分析说:"在唐五代时,词由于是配乐的歌词,故美妙的歌曲或优秀的歌词,都很容易引起其他文人'和'的自然冲动,当时'和'词的作法是随着曲拍、题意来填词,还没有人把它当作像诗一样'次韵''依韵'来作,可见当时所强调的重点在配合音乐歌唱而已。"①

一、词中和韵的出现

宋代是典型的文人政治,文人地位显著提高,文人生活优渥。宴饮酬唱,诗酒流连成为一种风气。沈括《梦溪笔谈》卷九曰:"时天下无事,许臣僚择胜燕饮,当时侍从文官士大夫为燕集,以至市楼酒肆,往往皆供帐为游息之地。"②同时,宋王朝为颂扬圣明,粉饰太平,大力提倡寄赠酬答的诗赋,大量的唱和诗不断涌现,唱和集的编辑也蔚然成风。宋初上至皇帝大臣,下至地方百姓,无论在朝文人还是在野隐士,都创作了大量唱和诗。现存宋初唱和诗集著名者即有《二李唱和集》一卷、《九僧诗集》一卷、《西昆酬唱集》二卷、《同文馆唱和诗》十卷等。《二李唱和集》为北宋李昉所编,收录了李昉在朝谒之暇与李至的唱和之作。吴处厚《青箱杂记》卷一云:"昉诗务浅切,效白乐天体。晚年与参政李公为唱和友,而李公诗格亦相类,今世传《二李唱和集》是也。"③《九僧诗集》为北宋陈充所编,收录了宋初希昼、保暹、文兆、行肇、简长、惟凤、惠崇、宇昭、怀古等九位僧人的唱和诗作。这九位僧人为宋初"晚唐体"的代表人物。《西昆酬唱集》为北宋杨亿所编,收录了杨亿参与修撰《册府元龟》时期与同僚的唱和诗作。欧阳修《六一诗话》曰:"盖自杨、刘唱和,《西昆集》行,后进学者争效之,风雅一变,谓之'昆体'(按:当为'西昆体')。由是唐贤诸诗集几废而不行。"④《西昆酬唱集》中共收录杨亿、刘筠、钱惟演、李宗谔、陈越、李维、刘骘、丁谓、刁衎、任随、张咏、钱惟济、舒雅、晁迥、崔遵度、薛映、刘秉等十七位诗人的五七言绝诗二百五十首。其中杨亿的诗有七十五首,刘筠的诗有七十三首,钱惟演的诗有五十四首,共二百零二首,占这部唱和集诗歌总数的五分之四以上,所以此三人是"西昆体"的代表人物。"西昆体"诗人以李商隐为宗,讲究辞藻,主张用典。此集历代书目多有著录。《同文馆唱和诗》编者不明,收录

---

① 黄文吉:《黄文吉词学论集》,台湾学生书局,2003 年版,第 29 页。
② [宋]沈括著,侯真平校点:《梦溪笔谈》,岳麓书社,1998 年版,第 83 页。
③ [宋]吴处厚著,李裕民注解:《青箱杂记》,中华书局,1985 年版,第 3 页。
④ [宋]欧阳修著,郑文校点:《六一诗话》,人民文学出版社,1962 年版,第 7-8 页。

了张耒、蔡肇、邓忠臣、晁补之、余干、孔武仲、柳子文、李公麟、耿南仲等十几人的唱和诗作。《四库全书总目》云:"《同文馆唱和诗》十卷。宋邓忠臣等撰。同文馆本以待高丽使人,时忠臣等同考校,即其地为试院,因录同舍唱和之作,汇为一编。"①宋初文人诗酒唱和的生活状态以及诗坛唱和之风的兴盛,自然会影响到词的创作。

张先最早将和韵的创作方法用于词中,在和韵从诗坛延展至词坛这一过程中起了至为关键的作用。张先(990—1078),字子野,乌程(今浙江湖州)人,历经太宗、真宗、仁宗、英宗、神宗五朝,是北宋太平盛世的见证人。张先以词著称,与柳永齐名。《嘉泰吴兴志》称张先有集一百卷,惟乐府行于世。《宋史·艺文志》谓"张先诗二十卷",可惜后世不传。《全宋诗》卷一七〇辑有张诗二十五首,断句八。苏轼跋子野诗云:"子野诗笔老妙,歌词乃其余波耳。"(见《彊村丛书》本《张子野词》卷末)苏轼《张子野年八十五尚闻买妾述古令作诗》云:"锦里先生自笑狂,莫欺九尺须眉苍。诗人老去莺莺在,公子归来燕燕忙。柱下相君犹有齿,江南刺史已无肠。平生谬作安昌客,略遣彭宣到后堂。"张先和词仅存"愁似鳏鱼知夜永,懒同蝴蝶为春忙"一联。苏轼又有《元日次韵张子野见和七夕寄莘老之作》《和张子野见寄三绝句》等,然张先诗作只字未存。从现存诗题来看,张先诗中多和韵酬唱之作,如《和元居中风水洞上祖龙图韵》《次韵清明日西湖》《次韵蔡君谟侍郎寒食西湖》《九月望日同君谟侍郎泛西湖夜饮》《韵和上先顿首》《酬发运马子山少卿惠与诗》《子山再惠诗见和因又续成子山不以予不才两发章荐》《酬周开祖示长调见索诗集》《赠妓兜娘》等。张先交游广泛,常与友朋诗酒唱和,又喜填词,故而诗中和韵的方式便被他转移到词体上来。现存张先词中有和作 7 首,如《渔家傲·和程公辟赠别》《少年游·渝州席上和韵》《好事近·和毅夫内翰梅花》《定风波令·次子瞻韵送元素内翰》《定风波令·再次韵送子瞻》等。

宋神宗熙宁七年(1074)张先曾与苏轼、杨绘、刘述、李常、陈舜俞等六人相会于吴兴,并作《定风波令》,词曰:"西阁名臣奉诏行。南床吏部锦衣荣。中有瀛仙宾与主。相遇。平津选首更神清。溪上玉楼同宴喜。欢醉。对堤杯叶惜秋英。尽道贤人聚吴分。试问。也应旁有老人星。"苏轼对于这次与张先的相聚印象尤为深刻,曾多次追忆,并作有"后六客词"。《苕溪

---

① 〔清〕永瑢等:《四库全书总目》,中华书局,1965 年版,第 1693 页。

渔隐丛话》后集卷三九引东坡语曰：

> 吾昔自杭移高密，与杨元素同舟。而陈令举、张子野皆从余过李公择于湖。遂与刘孝叔俱至松江。夜半月出，置酒垂虹亭上。子野年八十五，以歌词闻于天下，作定风波令。其略云："见说贤人聚吴分。试问。也应傍有老人星。"坐客欢甚，有醉倒者，此乐未尝忘也。今七年耳，子野、孝叔、令举皆为异物，而松江桥亭，今岁七月九日，海风驾潮，平地丈余，荡尽无复孑遗矣。追思曩时，真一梦耳。①

同卷又云：

> 吴兴郡圃今有六客亭，即公择、子瞻、元素、子野、令举、孝叔，时公择守吴兴也。东坡有云："余昔与张子野、刘孝叔、李公择、陈令举、杨元素会于吴兴，时子野作六客词。其卒章云：'尽道贤人聚吴分。试问。也应旁有老人星。'凡十五年，再过吴兴而五人者皆已亡之矣。时张仲谋与曹子方、刘景文、苏伯固、张秉道为坐客。仲谋请作后六客词云：'月满苕溪照夜堂。五星一老斗光芒。十五年间真梦里。何事。长庚对月独凄凉。 绿鬓苍颜同一醉。还是。六人吟笑水云乡。宾主谈锋谁得似。看取。曹刘今对两苏张。'"②

张先词中有题为次苏轼韵词二首，为论述方便，现将苏轼原作与张先和作并录如下：

苏轼《定风波·送元素》

> 千古风流阮步兵，平生游宦爱东平。千里远来还不住，归去，空留风韵照人清。
> 红粉尊前深懊恼，休道，怎生留得许多情？记得明年花絮乱，须看，泛西湖是断肠声。

---

① [宋]胡仔纂集，廖德明校点：《苕溪渔隐丛话》，人民文学出版社，1981年版，第319-320页。
② 同上，第320页。

张先《定风波令·次子瞻韵送元素内翰》

　　浴殿词臣亦议兵,禁中颇牧党羌平。诏卷促归难自缓,溪馆,彩花千数酒泉清。
　　春草未青秋叶暮,□去,一家行色万家情。可恨黄莺相识晚,望断,湖边亭上不闻声。

张先《定风波令·再次韵送子瞻》

　　谈辨才疏堂上兵,画船齐岸暗潮平。万乘靴袍曾好问,须信,文章传口齿牙清。
　　三百寺应游未遍,□算,湖山风物岂无情。不独渠丘歌叔度。行路,吴谣终日有余声。

通过比较韵脚,我们发现张先词仅次原作主韵而不次辅韵,《好事近·和毅夫内翰梅花》则是一首严格意义上的次韵之作:

郑獬《好事近》

　　把酒对江梅,花小未禁风力。何计不教零落,为青春留得。
　　故人莫问在天涯,尊前苦相忆。好把素香收取,寄江南消息。

张先《好事近·和毅夫内翰梅花》

　　月色透横枝,短叶小花无力。北客一声长笛,怨江南先得。
　　谁教强半腊前开,多情为春忆。留取大家沉醉,正雨休风息。

苏轼有《江神子·湖上与张先同赋时闻弹筝》词一首,张先词则不传。二人又有同赋《南乡子》送杨元素词。杨元素自度曲《劝金船》,张先、苏轼亦同有唱和。张先《劝金船·流杯堂唱和翰林主人元素自撰腔》词云:

　　流泉宛转双开窦,带染轻纱皱。何人暗得金船酒,拥罗绮前后。
　　绿定见花影,并照与、艳妆争秀。行尽曲名,休更再歌杨柳。

光生飞动摇琼甃,隔障笙箫奏。须知短景欢无足,又还过清昼。
翰图迟归来,传骑恨、留住难久。异日凤凰池上,为谁思旧。

苏轼《劝金船·和元素韵自撰腔命名》词云:

无情流水多情客,劝我如曾识。杯行到手休辞却,这公道难得。
曲水池上,小字更书年月。还对茂林修竹,似永和节。
纤纤素手如霜雪,笑把秋花插。尊前莫怪歌声咽,又还是轻别。
此去翱翔,遍赏玉堂金阙。欲问再来何岁,应有华发。

此二词为饯别翰林学士杨元素所作,苏轼词称和元素韵,则张先词即非和
韵之作,二词句式亦有所不同。苏轼与张先往来酬和,盖在熙宁五年至八
年(1072—1075),时东坡倅杭,张先致仕。张先在词中和韵的作法似乎也
影响到苏轼词的创作,苏词次韵词的创作大致也开始于这一时期。

词本为筵席间娱乐之用,不为士大夫所重视,被视之为小道。以词来
唱和,是词体之音乐性逐渐削弱的结果,亦是词体之文学地位提高的表现,
在词的发展史上具有重要意义。正如王水照先生在《"苏门"诸公贬谪心态
的缩影》一文中所说:"和韵之风延及词坛,似在北宋中叶'词'作为文学样
式的观念确立之时。'六客词'即是一例。这是词打破'诗庄词媚'的界限,
脱离从属于音乐的附庸地位,日益诗歌化的一个标志,也是词人们创作观
念变化的结果。词原先作为供歌妓演唱以娱宾遣兴的歌词,造成了狭深的
内容特点和柔婉的艺术风格。和韵之风却使词具有和诗一样的文人社交
功能,把娱宾助欢导向个人抒情,加强了词的个性化,促成了词体的新
变。"[1]总之,词中和韵的出现是词逐渐脱离音乐,进一步诗化的标志。

二、追和词的产生

苏门唱和之风颇盛,南宋邵浩编《坡门酬唱集》收录苏轼兄弟及其门从
黄庭坚、秦观、晁补之、张耒、陈师道等人的同题唱和之作共二十三卷。《四
库全书总目》著录其内容曰:"前十六卷为轼诗,而辙及诸人和之者。次辙
诗四卷,次黄庭坚、秦观、晁补之、张耒、陈师道等诗三卷,亦录轼及诸人和

---

[1] 王水照:《苏轼研究》,河北教育出版社,1999年版,第123-124页。

作。为李廌阙焉,其不在八人之数。而别有继和者,亦皆附入,为注以别之。其诗大抵同题共韵之作,比而观之,可以知其才力之强弱,与意旨之异同,较之散见诸集,易于互勘,谈艺者亦深有裨也。"①苏门文士围绕秦观《千秋岁》词亦有唱和,吴曾《能改斋漫录》卷一七云:

> 秦少游所作千秋岁词,予尝见诸公倡和亲笔,乃知在衡阳时作也。少游云,至衡阳呈孔毅甫使君,其词云云,今更不载。毅甫本云次韵少游见赠,其词云:"春风湖外。红杏花初退。孤馆静、愁肠碎。泪余痕在枕,别久销香带。新睡起,小园戏蝶飞成对。 惆怅谁人会。随处聊倾盖。情暂遣,心何在。锦书消息断,玉漏花阴改。迟日暮,仙山杳杳空云海。"其后东坡在儋耳,侄孙苏元老因赵秀才还自京师,以少游、毅甫所赠酬者寄之。东坡乃次韵录示元老,且云:"便见其超然自得,不改其度之意。"其词云:"岛边天外。未老身先退。珠泪溅,丹衷碎。声摇苍玉佩。色重黄金带。一万里。斜阳正与长安对。 道远谁云会。罪大天能盖。君命重,臣节在。新恩犹可觊。旧学终难改。吾已矣。乘桴且恁浮于海。"豫章题云:"少游得谪,尝梦中作词云:'醉卧古藤阴下,了不知南北。'竟以元符庚辰,死于藤州光华亭上。"崇宁甲申,庭坚窜宜州,道过衡阳,其遗墨,始追和其千秋岁词云:"苑边花外。记得同朝退。飞骑轧、鸣珂碎。齐歌云绕扇,赵舞风回带。严鼓断,杯盘狼藉犹相对。 洒泪谁能会。醉卧藤阴盖。人已去,词空在。兔园高宴悄,虎观英游改。重感慨。波涛万顷珠沉海。"晁无咎集中,尝载此词,而实非也。少游词云:"忆昔西池会。鸳鹭同飞盖。"亦谓在京师与毅甫同在朝,叙其为金明池之游耳。今越州、处州皆指西池在彼,盖未知其本源而云。②

与苏轼、黄庭坚、晁补之、李之仪等词中多次韵之作不同的是,秦观、贺铸、周邦彦、李清照等词人却坚守诗词有别的观念,拒绝将次韵引入词的创作中来。

苏轼现存词中共有27首次韵作品,其中既有传统形态的次时人韵者,

---

① [清]永瑢等:《四库全书总目》,中华书局,1965年版,第1695页。
② [宋]吴曾:《能改斋漫录》,上海古籍出版社,1960年版,第487页。

如《水龙吟·次韵章质夫杨花词》《千秋岁·次韵少游》等词共 7 首,又有自次韵词 19 首,如《浣溪沙》5 首、《西江月》3 首、《南歌子》2 首、《点绛唇》1 首等,追和词则唯有次韵欧阳修之《木兰花令》(霜余已失长淮阔)一首。欧阳修原作大概写于宋仁宗皇祐元年(1049)颍州(今安徽阜阳)知事任上,原词如下:

> 西湖南北烟波阔,风里丝簧声韵咽。舞余裙带绿双垂,酒入香腮红一抹。
>
> 杯深不觉琉璃滑,贪看六幺花十八。明朝车马各西东,惆怅画桥风与月。

上片描绘西湖之美景、歌舞宴会之欢乐,下片表现出对于此种佳人美酒相伴的惬意生活的深深留恋以及离别时分的淡淡惆怅。据词意推测,此词可能作于欧阳修离颍州任之时。《醉翁词》傅注引《本事曲集》云:"汝阴西湖绝胜名天下,盖自欧阳永叔始。往岁,子瞻自禁林出守,赏咏尤多。而去欧阳公时已久,故其继和《木兰花》有'四十三年如电抹'之句。二词俱奇峭雅丽,如出一人,此所以中间歌咏,寂寥无闻也。"① 苏轼于元祐六年(1091),同样以知事的身份来到颍州,而此时他十分尊敬的老师欧阳修已经去世约二十年,物是而人已非,又闻歌者唱欧公旧作,遂有和词:

> 霜余已失长淮阔,空听潺潺清颍咽。佳人犹唱醉翁词,四十三年如电抹。
>
> 草头秋露流珠滑,三五盈盈还二八。与余同是识翁人,惟有西湖波底月。

西湖乃欧阳修格外喜爱之地。他选择了颍州作为终老之地,晚年约有一年的时间在西湖畔度过,因而苏轼有"与余同是识翁人,惟有西湖波底月"的感慨。整首词表现出对于欧公的深沉缅怀以及因时光飞逝、人生无常而引发的感伤之情。日本学者内山精也认为此词当是出现最早的追和词。

然而,黄文吉先生则认为,最早以次韵方式追和前人的作品当是李之

---

① [宋]苏轼著,薛瑞生笺证:《东坡词编年笺证》,三秦出版社,1998 年版,第 600 页。

仪(1048—?)的《忆秦娥·用太白韵》：

> 清溪咽,霜风洗出山头月。山头月,迎得云归,还送云别。
>
> 不知今是何时节,凌歊望断音尘绝。音尘绝,帆来帆去,天际双阙。

李之仪,字端叔,号姑溪居士,沧州无棣(今属山东)人。登第几三十年,乃从苏轼于定州幕府。能文,尤工尺牍。李之仪现存词作九十多首,次韵作品近三十首,约占其词作总数的三分之一,但追和作品亦仅此一首。宋徽宗崇宁二年(1103)李之仪因撰写范纯仁遗表被贬至太平州(今安徽当涂),之后于此地闲居十余年。据此可知这首词的创作年代不会早于崇宁二年(1103),比苏轼《木兰花令》(霜余已失长淮阔)至少晚出十余年。然而,就追和对象而言,虽然苏轼和词作于欧阳修去世多年以后,但他与欧阳修既是师生关系,又有很深的交往和感情,也可以说是同时代人;李之仪所追和对象则是生活于三百年前的唐代著名诗人李白名下的经典作品,他与李白之间惟有通过文本的单向的异代的精神交流,因而李之仪《忆秦娥·用太白韵》更具有本文所界定意义上的"追和词",更有可能是现存最早的追和词。凌歊台位于太平州城北黄山上,南朝宋武帝刘裕南游时曾登台,并建避暑离宫于此。李白晚年定居当涂,卒葬于当涂之青山,又有《凌歊台》诗。这些或许都是李之仪创作这首词的契机。从音节的哀迫、意境的清冷来看,此词近似于原作。"双阙"指天门山,此处双关,表达了词人对于帝京的眷恋以及惆怅失望之情。比起原词那气象的苍凉阔大,和作则更多了些沉咽清寂的情味。李之仪另有《临江仙·登凌歊台感怀》词:"偶向凌歊台上望,春光已过三分。江山重叠倍销魂。风花飞有态,烟絮坠无痕。已是年来伤感甚,那堪旧恨仍存。清愁满眼共谁论,却应台下草,不解忆王孙。"前词悲秋起兴,后词伤春感怀,但流贯其中的抚今追昔、身世飘零的人生叹喟却并无二致,可参看。

　苏轼尝自言:"古之诗人有拟古之作矣,未有追和古人者也,追和古人,则始于东坡。吾于诗人无所甚好,独好渊明诗。……吾前后和其诗凡一百有九篇,至其得意,自谓不甚愧渊明。"[①]字里行间洋溢着开风气之先的自

----

① ［宋］苏辙著,陈宏天、高秀芳点校:《苏辙集》,中华书局,2017年版,第1110页。

豪。苏轼后来又和陶诗 15 首,总共 124 首。追和是拟古与和韵相交融的结果。拟古是自六朝以来的诗歌传统,《文选》"杂拟"类即收有陆机、谢灵运、陶渊明等人的拟古之作 63 首。江淹《杂体诗三十首》则分别模拟了从汉至南朝宋 30 位诗人的代表作品。拟古主要是从立意、取材、风格等方面向前人学习,而和韵则是自唐代以来的新传统,以和原作之韵为主要特征。从严格意义上来说,追和诗并非自苏轼始,晚唐诗人唐彦谦即有《和陶渊明贫士诗七首》(《全唐诗》卷六七一),与苏轼同时代的王安石也有《昆山慧聚寺次孟郊韵》(《临川先生文集》卷一三)、《昆山慧聚寺次张祜韵》(《临川先生文集》卷一六)二首,郭祥正更有次韵李白诗四十五首。但是正如内山精也在《苏轼次韵词考》一文中所说:"除了郭祥正的作品以外,其他的都是偶尔作成的,其中难以看出作者明确的意图和意识。又,再考虑到作为诗人的影响力这一点,则可以说在这种形态的次韵的定型方面,苏轼曾起过最大的作用。"①苏轼大量和陶有鲜明的自觉意识,而在词中追和作品仅此一首,也看不出明确的意图。与他同时代或稍晚一些的北宋词人作品中追和之作亦寥寥无几。究其原因,主要因为词体发展的历史尚短,当时词坛还没有出现具有与陶渊明在诗歌史上地位相当的词人以及获得稳定的高度评价的具有典范意义的作品,甚至对于词这种文学样式的认识还没有完全确定下来。另外,相对于元祐诗歌高潮时期,徽宗时期诗人交游、唱和活动大大减少。以周邦彦、万俟咏、晁端礼等为首的大晟词人严守诗词之别,词中绝无唱和之作。

三、追和词发展脉络

随着时代的推移,词作为一种文学样式之地位得以确立,追和之作在南宋初年词人的作品中逐渐增多。南宋建炎元年(1127)至绍兴十三年(1162)曾一度实行乐禁,禁止俗乐的演唱与欣赏,这使得词脱离燕乐而进一步诗化,成为士大夫抒情言志的工具。由于苏轼在文坛的领袖地位,苏轼词在当时就获得了苏门文士的大量唱和。至南宋,以苏轼为首的北宋各位诗人的词作为一种典型被赋予了相应的地位,由此他们的作品被作为原篇而受到追和。靖康之难的巨变,使得那些爱国将吏与抗金志士在词中发

---

① [日]内山精也:《传媒与真相:苏轼及其周围士大夫的文学》,上海古籍出版社,2005 年版,第 373 页。

出了时代的最强音。抗金名臣胡世将(1085—1142)《酹江月·秋夕兴元使院作用东坡赤壁韵》为其流传至今的唯一作品,抒发了他因恢复之志难以实现而产生的无奈与愤激之情:

> 神州沉陆,问谁是、一范一韩人物。北望长安应不见,抛却关西半壁。塞马晨嘶,胡笳夕引,赢得头如雪。三秦往事,只数汉家三杰。
>
> 试看百二山河,奈君门万里,六师不发。阃外何人回首处,铁骑千群都灭。拜将台欹,怀贤阁杳,空指冲冠发。阑干拍遍,独对中天明月。

黄中辅亦有一首充满豪情壮志的《念奴娇》词:

> 炎精中否,叹人材委靡,都无英物。胡马长驱三犯阙,谁作长城坚壁。万国奔腾,两宫幽陷,此恨何时雪。草庐三愿,岂无高卧贤杰。
>
> 天意眷我中兴,吾皇神武,踵曾孙周发。河海封疆俱效顺,狂虏何劳灰灭。翠羽南巡,叩阍无路,徒有冲冠发。孤忠耿耿,剑芒冷浸秋月。

《苕溪渔隐丛话》前集卷五九云:"东坡大江东去赤壁词,语意高妙,真古今绝唱。近时有人和此词,题于邮亭壁间,不著其名,语虽粗豪,亦气概可喜。"[1]胡仔所谓和词即黄中辅之作。由于这些爱国词人的追和,苏轼《念奴娇·赤壁怀古》词历代追和不断,成为词史上最受喜爱的一首作品。《念奴娇》词调又称《酹江月》《大江东去》《大江词》等,可见苏轼《念奴娇·赤壁怀古》词的巨大影响力。向子諲(1085—1152)词中有《点绛唇·重九戏用东坡先生韵》4首、《卜算子》次东坡韵5首。王之道(1093—1169),字彦猷,号相山居士。现存词作一百八十余首,其中次韵之作多达一百多首,占其作品的大部分,追和作品亦有20余首。王之道是第一个在词中大量追和前人的词人。除追和苏轼作品15首之外,他还作有《谒金门·追和冯延巳》《宴春台·追和张子野韵赠陈德甫侍儿》《千秋岁·追和秦少游》《木兰花慢·追和晁次膺》《忆东坡·追和黄鲁直》二首等,从追和数量到范围都

---

① [宋]胡仔纂集,廖德明校点:《苕溪渔隐丛话》,人民文学出版社,1981年版,第411页。

大大超过了前人。当时，苏轼词作即使在苏门文人中都没有定评，而在宋室南渡后这一特定的历史时期获得了相对一致的认可，这从此期词人的普遍追和中就能真切地感受到。这与苏轼本人多创作次韵词有关，也与当时周围词人对他作品的次韵密切相关。当然，苏轼词作本身的魅力是首要原因。南宋中后期辛弃疾、刘辰翁等辛派词人对于苏轼词的追和，则真正继承并发展了苏轼所开创的豪放之风。

另外一位在南宋中后期获得大量追和的便是北宋词人周邦彦。最突出的表现即是追和全集的出现。南宋词人方千里、杨泽民、陈允平均有和清真词行世。除此之外，陈三聘作有《和石湖词》一卷，现存词七十首，残句一。陈三聘生平不详，《御选历代诗余》选其和石湖词40首，对其人仅云："陈三聘，字梦弼，吴郡人，尝和范成大词数百首，为时所称。"①《知不足斋丛书》本《和石湖》有陈三聘跋曰：

> 大参相公望重百僚，名满四海，有志之士愿见而不可得者也。一日，客怀诗词数十篇相示曰："此大参范公近作也。"三聘正容敛衽，登受谢客曰："夫珍奇之观，得一而足，况坐群玉之府，心目为之洞骇。足之至者止于此乎？客之赐，厚无以加。"既去，披吟累日，辄以芜言属韵，可笑其不自量矣。然使三聘获登龙门宾客之后尘，与闻黄钟大吕之重，平时之愿至足于此，则今日狂率之意，无乃自为他时之地哉！至于良玉碔砆，杂然前陈，兹固不免于罪戾，尚可逭耶？东吴陈三聘梦弼谨书。②

于此跋文中，可以了解到陈三聘与范成大约为同时代人，且与范成大同乡。范成大词之所以受到追和，与他本人在政坛的极高威望密切相关。范成大曾于乾道六年(1170)奉命以起居郎借资政殿大学士为祈请国信使出使金朝，名义上是为求陵寝之地，实际上是想改变宋金受书之礼。他最终全节而归，维护了宋朝的威望。其《水调歌头·燕山九日作》一词大约作于此时。此词上片写夜渡黄河，穿越太行山，千里跋涉之艰难历程，下片抒发胜利完成递送国书任务时的喜悦心情，词情慷慨沉雄。陈三聘和词则借石湖

---

① [清]沈辰垣等编：《御选历代诗余》，浙江古籍出版社，1984年版，第6页。
② [宋]范成大著，黄畲校注：《石湖词校注》，齐鲁书社，1989年版，第119页。

词韵以抒发自己壮志难酬、怀才不遇之情,其词下片感慨道:"我何人,怀壮节,但凝愁。平生未逢知己,呤伍实堪羞。金马文章何在,玉鼎勋庸何有,小笑等云浮。拼断好风月,羯鼓打梁州。"南宋追和风气之盛正如张德瀛《词徵》卷一所云:"晁无咎《摸鱼儿》、苏子瞻《酹江月》、姜尧章《暗香》《疏影》,此数词后人和韵最夥。至周美成词,赵秋晓八用其韵,崔菊坡词,刘后村七用其韵。而方千里、杨泽民并有和清真全词,梦弼陈三聘又有《和石湖词》。可以想一朝坛坫之盛。"①与苏轼、辛弃疾等人以诗为词不同的是,姜夔、张炎、吴文英、周密、王沂孙等格律派词人,非常注重词的音乐性。姜夔尤其精通音律,其《白石道人歌曲》中有自度曲十七首,并缀有工尺旁谱。张炎《词源》卷上专考词律,卷下又曰:"词以协音为先,音者何,谱是也。"②他认为雅词首先要按谱协音,"虽一字亦不放过"③。宋末格律派词人严守诗词之别,因而集中次韵之作较少,其中追和之词更是寥寥无几。限于词发展的历史不像诗歌那么悠久,经典作家作品尚少,南宋时期只能称之为追和词的发展期。

金元时期是词的创作相对沉寂的阶段。王若虚、元好问等人强烈反对诗词和韵,金元词坛和韵风气不像南宋词坛那么浓烈,追和词的数量少,追和范围也小,但是不乏佳作。其中最突出的就是对于苏轼词的追和。明代一向被认为是词的衰敝期,但明人对于唐宋词人词作的追和热情则十分高涨。对于唐宋词难以超越的巨大成就以及本朝词坛衰敝的现状,明代词人有着清醒而基本一致的认识,黄河清《续草堂诗余序》云:"嗟乎!诗工于唐,词盛于宋,至我明,诗道振而词道阙。"④钱允治《国朝诗余序》亦云:"我朝悉屏诗赋,以经术程士。士不囿于俗,间多染指,非不斐然,求其专工称丽,千万之一耳。"⑤由于词乐的失传,明人真正是依谱填词,唐宋词人作品成为他们最好的学习对象,因而明代追和词数量激增,形式也趋于多样化。由于明人对词以小道视之,追和词中有相当一部分为游戏文字之作。然而不可否认的是,明人对于唐宋词的普遍追和为清代唐宋词的接受奠定了一定的基础。清代为词的中兴期,唱和之风兴盛,追和词之数量大增,仅顺康

① [清]张德瀛:《词徵》,《词话丛编》,中华书局,1986年版,第4082页。
② [宋]张炎:《词源》,《词话丛编》,中华书局,1986年版,第255页。
③ 同上,第256页。
④ [明]卓人月汇选,徐士俊参评:《古今词统》,辽宁教育出版社,2000年版,第14页。
⑤ 同上,第16页。

时期即有追和词 700 余首。与明人不同的是,清初词人对于唐宋词的追和态度更为严肃,拥有与唐宋词人一比高下的自信,因而和词的总体质量也要高出一筹。雍乾词坛受浙西词派影响甚巨,家白石而户玉田,词学流派对追和实践的影响显而易见。晚近词人不再局限于词学流派门户之见,追和对他们来说,更接近于一种探寻词学门径的实践行为。

第三节　前人对于追和及追和词的体认

作为词史上一种普遍现象,唱和以及由此而产生的大量唱和词受到了历代词论家一定的关注。前人对于唱和词并没有同时唱和与异时追和之分,对于唱和词的批评主要集中在和韵的问题上。这些论述频频出现在各个时期的词话著作中,虽然仅是只言片语,缺乏系统性,但我们仍可以从中窥探到前人对于追和词的认识。

一、"词不宜强和人韵"

历来诗论家对于和韵基本持否定态度,认为和韵是对于作者性情的束缚。宋严羽《沧浪诗话·诗评》即宣称:"和韵最害人诗。"①金元好问《论诗三十首》其二十一云:"窘步相仍死不前,唱酬无复见前贤。纵横正有凌云笔,俯仰随人亦可怜。"②又序《十七史蒙求》云:"评者谓次韵是近世人之敝,以志之所之而求合他人律度,迁就傅会、何所不有?"③明都穆《南濠诗话》云:"古人诗有唱和者,盖彼唱而我和之。初不拘体制,兼袭其韵也。后乃有用人韵以答之者,观老杜、严武诗可见,然亦不一一次其韵也。至元、白、皮、陆诸公,始尚次韵,争奇斗险,多至数百言,往来至数十首。而其流弊至于今极矣,非沛然有余之才,鲜不为其窘束。所谓性情者,果可得而见邪?"④至于词中和韵,宋末张炎最早表明他的观点。《词源》卷下云:

---

① ［宋］严羽著,郭绍虞校释:《沧浪诗话》,人民文学出版社,1983 年版,第 193 页。
② 吴世常辑注:《论诗绝句二十种辑注》,陕西人民出版社,1984 年版,第 79 页。
③ ［金］元好问:《元好问全集》,山西古籍出版社,2004 年版,第 754 页。
④ ［明］都穆:《南濠诗话》,《明诗话全编》第 2 册,江苏古籍出版社,1997 年版,第1751 页。

词不宜强和人韵,若倡者之曲韵宽平,庶可赓歌。倘韵险又为人所先,则必牵强赓和,句意安能融贯,徒费苦思,未见有全章妥溜者。东坡次章质夫杨花《水龙吟》韵,机锋相摩,起句便合让东坡出一头地,后片愈出愈奇,真是压倒今古。我辈倘遇险韵,不若祖其元韵,随意换易,或易韵答之,是亦古人三不和之说。①

张炎此论针对宋末词坛次韵之风所带来的流弊而言。刘克庄词中多和韵之作,并且动辄一和数首,勉强凑数。他作有《沁园春·和林卿韵》十首,至"五和,韵狭不可复和",仍然勉强"戏成"。又有和人韵者如《念奴娇·和诚斋休致韵》3 首、《贺新郎·和咏荼蘼》3 首,自次韵者如《念奴娇》6 首、《满江红·丹桂》5 首、《转调二郎神》5 首、《汉宫春》4 首等。《唐多令·重过武昌》是刘过词中名篇,此词一出,"楚中歌者竞唱之"②。刘辰翁和词达八首之多,其一词序云:"龙洲曲已八九和,复为中斋勉强夜和,中有数语,醉枕忘之。"和韵到此地步,难怪张炎要大声疾呼"词不宜强和人韵"。现存张炎词集中只有 5 首次韵作品,如《渡江云·次赵元父韵》《探芳信·次周草窗韵》《声声慢·和韩竹闲韵》《甘州·和袁静春入杭韵》《壶中天·白香岩和东坡韵赋梅》等。这个数量远远少于其他南宋词人,可见张炎本人对于次韵的态度是非常谨慎的。他追和前人作品者仅《壶中天·白香岩和东坡韵赋梅》一首。张炎虽然对苏轼《水龙吟·次章质夫韵咏杨花词》给予"压倒今古"的高度评价,但认为"我辈"一般词人不可强和人韵,尤其是险韵。言下之意,东坡自是才力大者,岂是"我辈"能比? 和人韵既为人所先,则必难超越原作。

清人陈廷焯于张炎此论深以为然,其《白雨斋词话》卷五云:"诗词和韵,不免强己就人。戕贼性情,莫此为甚。张玉田谓词不宜和韵,旨哉斯言。""回文、集句、和韵之类,皆是词中下乘。有志于古者,断不可以此眩奇。一染其习,终身不可语于大雅矣。若友朋唱和,各言性情,各出机杼可也,亦不必以叠韵为能事。就中叠韵尚可偶一为之,次则集句。最下莫如回文,断不可效尤也。古人为词,兴寄无端,行止开合,实有自然而然。一经做作,便失古意。世人好为圣韵,强己就人,必竞出工巧以求胜,争奇斗

---

① [宋]张炎著,夏承焘校注:《〈词源〉注》,人民文学出版社,1963 年版,第 27 页。
② [清]徐釚撰,唐圭璋校注:《词苑丛谈》,上海古籍出版社,1981 年版,第 57 页。

巧,乃词中下品,余所深恶者也,作诗亦然。"①陈廷焯对于以和韵为能事的行为深恶痛绝,虽称"叠韵尚可偶一为之",但认为和韵之作终为词中下品。针对当时词坛和韵之风盛行,有些词人甚至"遍和僻调"的状况,谢章铤《赌棋山庄词话》卷一指出:"遍和僻调,自是才人兴致,究竟不足为长技,体制既不圆润,音节更多聱牙。古人传作,正不以僻调见长,观于柳屯田、万俟雅言便见。""和韵叠韵,因难见巧,偶为之便可,否则恐有未造词先造韵之嫌,且恐失却佳兴。国初词人迦陵最健,叠韵诸作已不能纵横妥帖。阮亭才极清妙,和韵亦不无凑砌句。新丰鸡犬,总未能尽得故处也。"②由此可见,大多数词论家对和韵持否定的态度,认为和韵束缚性情,缺乏创造性,难以超越原作。然而也有一部分词人看到了和韵积极的一面。王士禛《池北偶谈》谈艺一记载其兄王士禄次韵词创作的经验以及对于次韵词的看法:

> 先吏部兄作长调,往往好压险韵,一调叠韵有至十余阕者。……兄尝自跋云:"右小词诸阕,皆杂次诸公韵,诸公率谬许其押韵之工,仆则自谓此实欲省思力。如昔人云'匆匆不暇草书耳'。"尝谓:"诗不宜次韵,次韵则虑伤逸气;词不妨次韵,次韵或逼出妙思。"其持论如此。③

王士禄为清初三次影响最大的唱和活动"江村唱和""红桥唱和"与"秋水轩唱和"的重要参与者,于唱和词多有体会。王士禄《秋水轩倡和词序》曰:"次韵作词,使思不旁落,是文人讨便宜法,亦如昔人所云匆匆不暇作草也。然束马悬车,一线直入,至其出险奏奇,往往胜于游行掉臂矣。予往在湖上,与顾庵、荔裳作《满江红》词,在广陵,与顾庵、散木诸君作《百字令》词,率咏此法。大江南北颇传之。"④他认为次韵首先可省去考虑用韵的思力,正如黄子云所说:"和韵人皆为难,我独为易。就韵构思,先有倚藉,小弄新巧,即可压众。"⑤另外,在你唱我和的竞争状态下,或许能相互激发灵感,

---

① [清]陈廷焯著,杜维沫校点:《白雨斋词话》,人民文学出版社,1959 年版,第 131 页。
② [清]谢章铤:《赌棋山庄词话》,《词话丛编》,中华书局,1986 年版,第 3327 页。
③ [清]王士禛:《池北偶谈》,中华书局,1982 年版,第 260 - 261 页。
④ 冯乾编校:《清词序跋汇编》,凤凰出版社,2013 年版,第 126 页。
⑤ [清]黄子云:《野鸿诗的》,《清诗话》,上海古籍出版社,1978 年版,第 858 页。

逼出妙思。这的确是唱和词的一大特点,也是文人们热衷于此的原因所在。清初词人仲恒曰:"古人论和韵有不可者三,非必不可和,盖为才短者言耳。若果天才,正于盘错以别利器,奚和韵之足云。"① 此论认为和韵并非不可,对于天才词人而言,和韵正是考验他们词艺,激发他们创造性的最好方式。这也正是和词的魅力所在。

二、"绝调不可强拟"

前人对于唱和词并没有同时唱和与异时追和之分,但是有些论述显然是针对追和词而言的,我们由此可以探知历代词人对于追和以及追和词的认识。明代词坛受《草堂诗余》影响颇深,弘治、正德年间词人陈铎曾和《草堂诗余》,几及其半,刊成《草堂余意》一书。陈霆《渚山堂词话》以为陈铎以一人之力而追和群贤,乃不自量力,"蹈村妇斗美毛施之失"②,是在创作策略上的重大失误。虽然承认其和词中时有佳句,但认为其中佳篇近似宋人者仅数首而已。总之,他认为追和之作,很难超越原作,不如用为己调。清初词坛唱和之风盛行,邹祗谟《远志斋词衷》云:

> 张玉田谓词不宜和韵,盖词语句参错,复格以成韵,支分驱染,欲合得离。能如李长沙所谓善用韵者,虽和犹如自作,乃为妙协。近则龚中丞绮谶诸集,半用宋韵。阮亭称其与和杜诸作,同为天才,不可学。其余名手,多喜为此,如和坡公杨花诸阕,各出新意,篇篇可诵。但不可如方千里之和片玉,张杞之和花间,首首强叶。纵极意求肖,能如新丰鸡犬,尽得故处乎。③

邹氏并不反对和前人韵,认为善用韵者亦可做到"虽和犹如自作"的妙协境界,但是像南宋方千里和清真词、明张杞和《花间集》那样亦步亦趋,专和某家词集或某词选者则不可。他认为这些追和之作即使酷似原作,也无法与原作相提并论,没有多大价值。王士禛《花草蒙拾》亦云:"绝调不可强拟,近张杞有《和花间词》一卷,虽不无可采,要如妄男子拟遍十九首与郊祀铙

---

① [清]王又华:《古今词论》,《词话丛编》,中华书局,1986年版,第611页。
② [明]陈霆著,王幼安校点:《渚山堂词话》,人民文学出版社,1960年版,第18页。
③ [清]邹祗谟:《远志斋词衷》,《词话丛编》,中华书局,1986年版,第652页。

歌耳。"①

清人李佳自称不喜作和韵诗词,"盖以拘牵束缚,必不能畅所欲言。若押韵妥谐,别出机轴,十不得一"②。他在《左庵词话》卷下中说:"《金粟香笔记》辑录前后用东坡《念奴娇·赤壁怀古》元韵,不下数十阕,间有佳作。然较之苏词,终无出其右者。足见邯郸学步,万不及前人之工。和韵诗不必作,和韵词尤不必强作。"③又云:"凡前人名作,无论咏古咏物,既经脍炙人口,便不宜作和韵,适落窠臼。必须用翻案法,独出新意,方足以争奇制胜。否则纵极工稳,亦不过拾人牙慧。"④在唐宋词名家辈出、名作如林的巨大成就面前,明清词人表现出了因为无法超越而产生的焦虑。词论家们对于追和词的评价以超越前人经典为标准,故而很难对追和之作感到满意。李佳认为追和前人名作易落窠臼,难以超越,因而尤不可和,但也表现出了以超越经典为目的的努力和自信。

三、况周颐:"初学作词,最宜联句、和韵"

况周颐(1879—1926),原名周仪,字夔笙,号蕙风,广西临桂人。光绪五年(1879)以优贡生中乡试举人,官内阁中书。嗜倚声,为晚清四大词家之一。先后南归,入两江总督张之洞、端方之幕。晚年居上海,以鬻文为生。著词九种,合刊为《第一生修梅花馆词》,后删定为《蕙风词》二卷。词选有《薇省词选》《粤西词见》。论词有《蕙风词话》五卷,《续编》二卷。况周颐为近代词学一大批评家,论词往往有独到的见解,发前人所未发。他对词学发展史的认识表现出相当的自觉性,较早将少有人关注的金元明词纳入词学研究的视野,于现代词学研究格局的完善和发展颇有贡献。况周颐也是少数关注追和词并且对于追和的价值和意义给予肯定性评价的词论家,值得我们重视。

(一)况周颐以为和韵可以作为初学作词者的捷径。通过追和古人,初学者可以学习作词之法,其《蕙风词话》卷一云:

---

① [清]王士禛:《花草蒙拾》,《词话丛编》,中华书局,1986年版,第674页。
② [清]李佳:《左庵词话》,《词话丛编》,中华书局,1986年版,第3553页。
③ 同上,第3144页。
④ 同上,第3163页。

初学作词,最宜联句、和韵。始作,取办而已,毋存藏拙嗜胜之见。久之,灵源日浚,机括日熟,名章俊语纷交,衡有进益于不自觉者矣。手生重理旧弹者亦然。离群索居,日对古人,研精覃思,宁无心得,未若取径乎此之捷而适也。①

夏敬观《〈蕙风词话〉诠评》以张炎之论来批驳况氏之说:"此说余极不以为然。玉田谓词不可强和人韵,若倡之者,曲韵宽平,庶可赓和。倘韵险,又为人所先,则必牵强赓和,句意安能融贯。徒费苦思,未见有全章妥溜者。此语诚然。和韵因韵成句,联句因人成章,但务为名章俊语而已。初学者成章成句,尚颇费力,为人牵制,安得名俊。以此示初学,误尽苍生。"②其实况氏之论不无道理,初学者自然应该取法乎上,名家名作即是他们学习的蓝本,刚开始时不必急于超越,只抱着学习的态度,日久天长,技艺精湛,不自觉间就会超越前人。夏敬观认为和韵的目的即"务为名章俊语",超越前人,而况周颐此论是针对"初学作词者"而言的,他明确指出"始作,取办而已,毋存藏拙嗜胜之见"。况周颐很注重从前人作品中汲取养料,他说:"《御选历代诗余》每调胪列若干首。每填一调,就诸家名作参互比勘。一声一字、务求合乎古人。毋托一二不合者以自恕。则不特声韵无误,即宫律之微,亦可由此研入。"③

前人对于追和词的批评在于和韵束缚性情的抒发,况周颐对于这一点虽未明言,但也是深有体会的。从下面这段话中我们可以看出,他认为好的词作首先要有真性情,有自家面目,不能亦步亦趋,奉某一家为金科玉律:

两宋人词宜多读、多看,潜心体会。某家某某等处,或当学,或不当学,默识吾心目中。尤必印证于良师友,庶收取精用闳之益。洎乎功力既深,渐近成就,自视所作于宋词近谁氏,取其全帙研贯而折衷之,如临镜然。一肌一容、宜淡宜浓,一经侔色揣称,灼然于彼之所长、吾之所短安在,因而知变化之所当亟。善变化者,非必墨守一家之言。

---

① 况周颐著,王幼安校订:《蕙风词话》,人民文学出版社,1960年版,第13页。
② 况周颐撰,屈兴国辑注:《〈蕙风词话〉辑注》,江西人民出版社,2000年版,第32页。
③ 况周颐著,王幼安校订:《蕙风词话》,人民文学出版社,1960年版,第20页。

思游乎其中,精骛乎其外,得其助而不为所囿,斯为得之。当其致力之初,门径诚不可误。然必择定一家,奉为金科玉律,亦步亦趋,不敢稍有逾越。填词智者之事,而顾认筌执象若是乎。吾有吾之性情,吾有吾之襟抱,与夫聪明才力。欲得人之似,先失己之真,得其似矣,即已落斯人后,吾词格不稍降乎。①

(二)对于追和词作颇为关注并对其中佳作予以好评:

对于追和词本身,况周颐并不以词中下品视之,而是认真研读,悉心比照,对于其中佳作亦深致叹赏之意。从《蕙风词话》的评论可以看出,况周颐对于陈铎《草堂余意》、杨泽民《和清真词》、陈三聘《和石湖词》、许德蘋《和漱玉词》等追和词集都有所关注。如《蕙风词话》卷二评陈三聘和石湖《鹧鸪天》词曰:"歇拍用晏叔原'今宵剩把银釭照,犹恐相逢是梦中'句,恐梦似真,翻新入妙,不特不嫌沿袭,几于青胜于蓝。"②又评杨泽民《秋蕊香》"良人轻逐利名远。不忆幽花静院。"句曰:"'幽花静院',抵多少'盈盈秋水,淡淡春山'。'良人'句质不涉俗,是泽民学清真处。"③尤为引人注目的是况周颐对于陈铎《草堂余意》的高度评价:

其词境约略在余心目中,兼乐章之敷腴,清真之沉着,漱玉之绵丽。南渡作者,非上驷未易方驾。明词往往为人指摘,一陈先生掩百瑕而有余。④
明陈大声《草堂余意》,具澹、厚二字之妙,足与两宋名家颉颃。半塘借去未还。筱珊先生急欲付诸剞氏,而元书不可复得。筱珊谓余,可为陈大声一哭。⑤
陈大声《草堂余意》不可复得,甚恨事也。⑥

黄虞稷《千顷堂书目》对陈铎《草堂余意》虽有著录,但对此书并未认真研

① 况周颐著,王幼安校订:《蕙风词话》,人民文学出版社,1960年版,第16页。
② 同上,第32页。
③ 同上,第46页。
④ 同上,第111页。
⑤ 同上,第171页。
⑥ 同上,第182页。

读,故而对其体例有所误解。至况周颐才对此书的追和性质有了准确的认识。况周颐对于此书的遗失一再深表惋惜,对于陈铎和词的评价虽有过誉之嫌,亦由此可见其激赏之情。

总之,前人无论是褒是贬,都仅仅把追和当作一种创作方式来看,对于追和词的评价仅着眼于词作本身的优劣,而没有把追和当作一个重要文学现象来探究它与时代背景、词坛风会等之间的联系,更没有把它当作一种接受行为来考察唐宋词人词作的接受历程,故而对于它的价值和意义缺乏足够的认识。通过追和之作来校勘词籍,勘定词律词谱,是清人对追和词校勘价值的认识和运用。此外,近人任二北先生在《词学研究法》中指出,研究专家词集应遵循以下八个步骤与方法:一、搜集材料;二、校勘字句;三、编纂与整理;四、考订与笺释;五、精读与选录;六、集评与定评;七、详别流派;八、拟作与和作。在讲到最后一个步骤"拟作与和作"时,他有一段十分精到的论述:

> 周邦彦一集出,后人全部属和者,于宋代知有方千里、杨泽民、陈允平三家;后来之为全部和晏、和姜等集者,亦常有之。张炎《词源》论学词,早有"精加玩味,象而为之"之语。盖凡事模仿先于创造,学者于名集精读之余,得其真境,体会之,推广之,自觉胸中有许多词,须笔之于纸,有欲罢不能之势矣。前人之言,初学作词,以为联句与和韵,同是习练之法;惟联句难得其人,不如和韵。今人犹或不免于勉强酬应之弊,不如和古人为妙。和古人不必和其全集,亦不必和其题、韵,习其法而用其境,以自抒情志之所郁,是亦和也。研究专家词集者,兼尽此功,庶乎可以断手而告全业之底成矣。①

任先生从词学研究的角度出发,认为学者通过学习创作"拟作与和作",才能真正体味一家词作之精髓,进而深透研究某一专家词集。这一方法对于当代词学研究也是有参考价值的。

综上,和韵词的产生受诗歌唱和之风的影响,张先是将和韵的形式从诗中带入词中的第一人,而追和词的出现则要等到词作为一种文学样式的地位得以确立,具有典范意义的词人词作出现之后。李之仪《忆秦娥·用

---

① 任二北:《词学研究法》,商务印书馆,1935年版,第72页。

太白韵》是现存最早的一首追和词,此后直到北宋末年追和之作寥寥无几。南宋以后追和之风始盛。苏轼作为典范词人首先受到较为普遍的追和。追和词的发展与词逐渐脱离音乐的进程相一致。前人对于追和词的体认局限于对其本身质量的评价以及词籍校勘价值的运用,而忽略了追和在唐宋词接受中的意义。

第二章 始成风气:两宋词人追和唐宋词

第一节 两宋追和词概述

自北宋中叶追和词产生至北宋末年,追和词寥寥无几。南渡后,追和词的创作才逐渐成为一个普遍现象。唐五代词无疑是宋人学习效仿的对象,而在两宋时期追和唐五代词的作品并不多见。北宋词人尤其是苏轼、周邦彦成为词人们纷纷追和的对象。

一、追和唐五代词

唐五代词体制短小,格律较为简单,因而后世词人多从内容、风格等方面来学习它,而较少从形式上来和其原韵。两宋词人对于唐五代词的追和范围既小,和作数量亦少。据笔者统计,两宋时期次唐五代词人原韵者仅有4人5首作品。绝大多数学习唐五代词之作和原作词调词意,而不和韵,如王观《清平乐·拟太白应制》、王灼《清平乐·填太白应制词》、吕南公《调笑令·效韦苏州作》等,此外,辛弃疾词中还有效仿唐五代词的作品如《唐河传·效花间集》《河渎神·女诫词效花间体》《玉楼春·效白乐天体》等。如前所述,李之仪《忆秦娥·用太白韵》应是现存最早的一首追和词。

张志和《渔父》词五首体现了文人士大夫渔隐生活之情怀,在当时即有众多和作,甚至远传至日本,为嵯峨天皇及其臣下所喜爱和效仿。由于该词曲谱一度不传,故而宋代词坛掀起一股改唱此词的热潮。据《能改斋漫录》卷一载,苏轼、黄庭坚各有《浣溪沙》渔父词一阕,徐俯继作《浣溪沙》《鹧鸪天》渔父词各二阕。朱敦儒、姚述尧等亦作有《浣溪沙》渔父词。辛弃疾渔父词则调寄《西江月》,刘克庄渔父词调寄《木兰花慢》。另外,宋高宗赵构作有渔父词15首,其序云:"绍兴元年七月十日,余至会稽,因览黄庭坚所书张志和《渔父》词十五首,戏同其韵,赐辛永宗。"据近人考证,序中所云黄庭坚所书十五首词为中唐词人和张志和渔父词。在众多和作中,宋末词人孙锐(1198—1276)所作《渔父词·和玄真子》是现存宋词中唯一一首次张志和原韵之作,仍沿袭原作渔隐主题:

> 平湖千顷浪花飞,春后银鱼霜更肥。菱叶饭,芦花衣,酒酣载月忙呼归。

南唐宰相冯延巳《谒金门》词写闺情极婉丽,马令《南唐书》卷二一记载了关于此词的一段佳话:"元宗乐府辞云:'小楼吹彻玉笙寒。'延巳有'风乍起,吹皱一池春水'之句,皆为警策。元宗尝戏延巳曰:'"吹皱一池春水",干卿何事?'延巳曰:'未如陛下"小楼吹彻玉笙寒"。'"①南宋词人王之道作有一首《谒金门·追和冯延巳》词。和词从构思到用语对原作亦步亦趋,少蕴藉之味:

> 春睡起,金鸭暖消沉水。笑比梅花鸾鉴里,嗅香还嚼蕊。
> 琼户倚来重倚,又见夕阳西坠。门外马嘶郎且至,失惊心暗喜。

李煜亡国后所作《虞美人》词意极沉痛,"真所谓以血书者也"②。三百年后而宋亡,身为遗民的刘辰翁对此词感同身受,因而作《虞美人·用李后主韵二首》以抒内心凄苦之情:

> 梅梢腊尽春归了,毕竟春寒少。乱山残烛雪和风,犹胜阴山海上、窖群中。
> 年光老去才情在,惟有华风改。醉中幸自不曾愁,谁唱春花秋叶、泪偷流。

> 情知是梦无凭了,好梦依然少。单于吹尽五更风,谁见梅花如泪、不言中。

---

① [宋]胡仔纂集,廖德明校点:《苕溪渔隐丛话》,人民文学出版社,1981年版,第317页。
② 王国维著,王幼安校订:《人间词话》,人民文学出版社,1960年版,第198页。

儿童问我今何在？烟雨楼台改。江山画出古今愁，人与落花何处、水空流。

此二词将遗民生涯及心态等一系列片断组接起来，营造出国破家亡的悲剧性意境。笔姿跳宕而又浑化无痕，写意性强，得后主词之神。

二、追和两宋词

苏轼、周邦彦在两宋影响最大，获得的追和也最多。苏轼《念奴娇·赤壁怀古》词获得了两宋 14 位词人 22 首作品的追和，《卜算子》（缺月挂疏桐）也获得了 11 位词人 17 首作品的追和。苏轼 21 首词作共有 74 首追和作品，就作品受欢迎的广度来说，苏轼是独一无二的。就受喜爱的程度来说，周邦彦则略胜一筹，虽然两宋追和周词者仅 16 人 27 首作品，但南宋三家追和清真全集总共有 300 多首作品，则可见周词受追捧的程度之深。苏、周二家追和词情况以下分节重点论述，此节仅对两宋词坛追和情况作一全景式的观照。

（一）追和柳永词

柳永是北宋前期著名词人，"世间有井水饮处，即能歌柳词"[1]。关于柳永词在当时的传播接受状况，徐度《却扫编》卷五云：

> 耆卿以歌辞显名于仁宗朝，官至屯田员外郎，故世号柳屯田。其词虽极工致，然多杂以鄙语，故流俗人尤喜道之。其后欧、苏诸公继出，文格一变，至为歌词，体制高雅，柳氏之作，殆不复称于文士之口，然流俗好之自若也。刘季高侍郎宣和间尝饭于相国寺之智海院，因谈歌词力诋柳氏，旁若无人者。有老宦者闻之，默然而起，徐取纸笔跪于季高之前，请曰："子以柳词为不佳者，盍自为一篇示我乎？"刘默然无以应。而后知稠人广众中，慎不可有所臧否也。[2]

柳永词为应歌而作，在民间广受欢迎，而在文人士大夫中却遭遇冷落，主要

① ［宋］叶梦得：《避暑录话》，《宋元笔记小说大观》，上海古籍出版社，2001 年版，第 2628 页。
② ［宋］徐度：《却扫编》，《宋元笔记小说大观》，上海古籍出版社，2001 年版，第 4518 页。

原因在于其"虽协音律,而词语尘下"①。无论如何,柳永在词坛的巨大影响力都是毋庸置疑的。俞文豹《吹剑续录》载:

> 东坡在玉堂,有幕士善讴,因问:"我词比柳词何如?"对曰:"柳郎中词,只好十七八女孩儿执红牙拍板,唱'杨柳岸晓风残月'。学士词,须关西大汉,执铁板,唱'大江东去'。"公为之绝倒。②

苏轼《与鲜于子骏书》又云:

> 近来颇作小词,虽无柳七郎风味,亦自是一家。呵呵!前数日猎于郊外,所获颇多,作得一阕,今东州壮士抵掌顿足而歌之,吹笛击鼓以为节,颇壮观也。③

苏轼作词往往以柳词为比照,可见柳永作为前辈著名词人在他心目中的地位。清人刘熙载甚至认为,苏轼这样的表达"一似欲为耆卿之词而不能者"④。柳词的"俗"使它深受市民歌妓等世俗之人的喜欢,同时也使它不复称于文士之口。当然,柳词中也有一些雅词,如宋赵令畤《侯鲭录》卷七引东坡语曰:

> 世言柳耆卿曲俗,非也。如《八声甘州》云:"霜风凄紧,关河冷落,残照当楼。"此语于诗句不减唐人高处。⑤

然而,两宋词人对于柳词之"俗"的批评比比皆是,如黄昇《花庵词选》称柳永"长于纤艳之词,然多近俚俗,故市井之人悦之"⑥。王灼《碧鸡漫志》卷二云:"耆卿《乐章集》,世多爱赏该洽,序事闲暇,有首有尾声,亦间出佳语,又能择声律谐美者用之。惟是浅近卑俗,自成一体,不知书者尤好之。予

---

① [宋]李清照著,徐培均笺注:《李清照集笺注》,上海古籍出版社,2002年版,第267页。
② [明]陶宗仪:《说郛》,中国书店,1986年版,第9页。
③ [宋]苏轼著,孔凡礼点校:《苏轼文集》,中华书局,1986年版,第1560页。
④ [清]刘熙载:《艺概》,上海古籍出版社,1978年版,第108页。
⑤ [宋]赵令畤:《侯鲭录》,《宋元笔记小说大观》,上海古籍出版社,2001年版,第2091页。
⑥ [宋]黄昇选编:《花庵词选》,上海古籍出版社,2007年版,第78页。

尝以比都下富儿,虽脱村野,而声态可憎。"①沈义父《乐府指迷》云:"康伯可、柳耆卿音律甚协,句法亦多有好处。然未免有鄙俗语。"②柳永词又多涉艳情,有关风月,张炎《词源》卷下曰:"康、柳词亦自批风抹月中来;风月二字,在我发挥,二公则为风月所使耳。"③柳永词之"俗""艳"与词体雅化的大趋势相背,故而虽盛极一时,在两宋时期追和者却唯见朱雍一人。

朱雍,绍兴中乞召试贤良,有《梅词》一卷行于世。黄昇《中兴以来绝妙词选》卷一选录其《忆秦娥》(风萧萧)、《好事近》(春色为谁来)、《谒金门》(春太早)等三首清新婉约的小令。朱雍词中有三首追和柳词之作,录之如下:

《塞孤·次柳耆卿韵》

雪江明,练静波声歇。玉浦梅英初发,隐隐瑶林堪乍别。琼路冷,云阶滑。寒枝晚、已黄昏,铺碎影、留新月。向亭皋、一任风冽。

歌起郢曲时,目断秦城阙。远道冰车清彻。追念酥妆凝望切,淡伫迎佳节。应暗想、日边人,聊寄与、同欢悦。劝清尊、忍负盟设。

《笛家弄·用耆卿韵》

瑰质仙姿,缟袂清格,天然疏秀,静轩烟锁黄昏后。影瘦零乱,艳冷珑璁,雪肌莹暖,冰枝萦绣。更赋风流,几番攀赠,细捻香盈手。与东君、叙暌远,脉脉两情有旧。

立久。阆苑凝夕,瑶窗淡月,百琲寻芳,醉玉谈群,千钟酢酒。向此、是处难忘瘦花,送远何劳垂柳。忍听高楼,笛声凄断,乐事人非偶。空余恨,惹幽香不灭,尚沾春袖。

《西平乐·用耆卿韵》

夜色娟娟皎月,梅玉供春绪。不使铅华点缀,超出精神淡伫。休

① 〔宋〕王灼著,岳珍校正:《〈碧鸡漫志〉校正》,巴蜀书社,2000年版,第36页。
② 〔宋〕沈义父著,蔡嵩云笺释:《〈乐府指迷〉笺释》,人民文学出版社,1963年版,第46页。
③ 〔宋〕张炎著,夏承焘注:《〈词源〉注》,人民文学出版社,1963年版,第33页。

炉残英如雨。清香眷恋,只恐随风满路。散无数。

　　江亭暮。鸣佩语。正值匆匆乍别,天远瑶池缟毂,好趁飞琼去。忍孤负、瑶台伴侣。琼肌瘦尽,庾岭零落,空怅望、动情处。画角哀时暗度。参横向晓,吹入深沉院宇。

陈振孙对柳词的评价堪称公允,其《直斋书录解题》卷二一云:"柳词格固不高,而音律谐婉,语意妥帖,承平气象,形容曲尽,尤工于羁旅行役。"[①]朱雍和词不仅在形式上次韵,从章法、用语到风格亦几同于原作。柳永原作皆抒羁旅行役之苦以及与美人离别相思之情,朱雍和词用柳词字面而实为咏梅。朱雍在柳永这类作品与咏梅主题之间找到了一个契合点,以脉脉含情之美人喻清丽脱俗之梅花,融化无痕,可谓善学柳词者也。更为可贵的是,朱雍对柳词鄙俗之语进行了自觉的改造,如《塞孤·次柳耆卿韵》以深沉含蓄之期盼"应暗想、日边人,聊寄与、同欢悦。劝清尊、忍负盟设"作结,较之柳词露骨香艳之情欲描写"应念念,归时节。相见了、执柔夷,幽会处、偎香雪。免鸳衾、两恁虚设",雅俗判然。《塞孤》《笛家弄》《西平乐》三个词调均为柳永首次填制,朱雍追和这三首词亦当出于对这些词调音律之美的赏爱。

　　(二)追和秦观、贺铸词

　　苏门词人之间相互次韵,使得一些作品如秦观《千秋岁》(水边沙外)、贺铸《青玉案》(凌波不过横塘路)等有了一定的接受基础。后世词人对于秦观、贺铸词的追和便主要集中在《千秋岁》《青玉案》两首词上。

　　秦观《千秋岁》词情凄厉,在当时就引起苏门文人的共鸣,先后得到孔平仲、苏轼、黄庭坚、李之仪、惠洪等五人的唱和,在南宋又有王之道、丘崈的四首和词。王之道《千秋岁·追和秦少游》为观摩秦词手迹后抒发悼念之情,章法与秦词相同:

　　　　山前湖外,初日浮云退。荷气馥,槐阴碎。葵花红障锦,萱草青垂带。谁得似,黄鹂求友新成对。

　　　　忆昔东门会,千古同倾盖。人已远,歌如在。银钩虽可漫,琬琰终难改。愁浩荡,临风令我思淮海。

---

① [宋]陈振孙:《直斋书录解题》,上海古籍出版社,1987年版,第626页。

秦观《满庭芳》(山抹微云)词"将身世之感,打并入艳情"①,为一时传唱之作,苏轼因而戏其为"山抹微云秦学士"②。董颖《满庭芳·元礼席上用少游韵》仅用此词原韵,词情与风格却大为不同:

红斗风桃,绿肥烟草,杨柳春暗重门。五陵佳兴,酿酝付芳尊。窈窕笙箫丛里,金猊篆、雾绕云纷。勾情也,歌眉低翠,依约鹧鸪村。

人生须快意,十分春事,才破三分。况点检年时,胜客都存。更把余欢卜夜,从彻晓、蜡泪流痕。花阴昼,朱帘未卷,犹自醉昏昏。

丘崈(1135—1209),字宗卿,江阴(今属江苏)人,隆兴元年(1163)进士,有《文定公词》。丘崈《千秋岁》和词除形式上次韵外,其内容、风格都与秦词原唱无关,实为三首咏梅词:

梅妆竹外,未洗唇红退。酥脸腻,檀心碎。临溪闲自照,爱雪春犹带。沙路晓,亭亭浅立人无对。

似恨谁能会,迟见江头盖。和鼎事,终应在。落残知未免,韵胜何曾改。牵醉梦,随香欲渡三山海。

征鸿天外,风急惊飞退。云彩重,窗声碎。初凝铺径絮,渐卷随车带。凝望处,巫山秀耸寒相对。

高卧传都会,茅屋倾冠盖。空往事,今谁在。梅梢春意动,泽国年华改。楼上好,与君浩荡浮银海。

窥檐窗外,酒力冲寒退。风絮乱,琼瑶碎。凌波争缭绕,点舞相萦带。应惬当,凝香燕寝佳人对。

恰与花时会,小阴寻芳盖。犹自得,春多在。日烘梅柳竞,翠入山林改。但只恐,别离恨远如云海。

在秦观《千秋岁》词唱和的同时,又有苏轼、李之仪、黄大临、黄庭坚、惠

① [清]周济:《宋四家词选》,《清人选评词集三种》,齐鲁书社,1988年版,第236页。
② [宋]叶梦得:《避暑录话》,《宋元笔记小说大观》,上海古籍出版社,2001年版,第2629页。

洪等人次韵贺铸《青玉案》词。关于这首词在当时的唱和情形,吴曾《能改斋漫录》卷一云:

> 贺方回为《青玉案》词,山谷尤爱之,故作小诗以纪其事。及谪宜州,山谷兄元明和以送之云:"千峰百嶂宜州路。天黯淡、知人去。晓别吾家黄叔度。弟兄华发,远山修水。异日同归处。　长亭饮散尊罍暮。别语缠绵不成句。已断离肠能几许。水村山郭,夜阑无寐。听尽空阶雨。"山谷和云:"烟中一线来时路。极目送、幽人去。第四阳关云不度。山胡声转,子规言语。正是人愁处。　别恨朝朝连暮暮。忆我当年醉时句。渡水穿云心已许。晚年光景,小轩南浦。帘卷西山雨。"洪觉范亦尝和云:"绿槐烟柳长亭路。恨取次、分离去。日永如年愁难度。高城回首,暮云遮尽。目断人何处。　解鞍旅舍天将暮。暗忆丁宁千万句。一寸危肠情几许。薄衾孤枕,梦回人静。彻晓潇潇雨。"①

贺铸此词自问世始就被誉为绝唱,贺铸本人也因"梅子黄时雨"之句,而得"贺梅子"之雅号。黄庭坚于此词极为赏爱,作绝句云:"少游醉卧古藤下,谁与愁眉唱一杯?解道江南断肠句,只今惟有贺方回。"贺铸词末四句尤其脍炙人口,人皆服其工。这是后人纷起和之的主要原因。《鹤林玉露》"诗家喻愁"条曰:

> 诗家有以山喻愁者,杜少陵云"忧端如山来,澒洞不可掇",赵嘏云"夕阳楼上山重叠,未抵闲愁一倍多"是也。有以水喻愁者,李颀云"请量东海水,看取浅深愁",李后主云"问君能有几多愁?恰似一江春水向东流",秦少游云"落红万点愁如海"是也。贺方回云:"试问闲愁都几许?一川烟草,满城风絮。梅子黄时雨。"盖以三者比之愁多也,尤为新奇;兼兴中有比,意味更长。②

---

① [宋]吴曾:《能改斋漫录》,上海古籍出版社,1960年版,第470页。
② [宋]罗大经:《鹤林玉露》,《宋元笔记小说大观》,上海古籍出版社,2001年版,第5240页。

"兴中有比"一语切中肯綮,道出了这几句的妙处。三个意象组成连喻,既言愁之多与无处不在,起到强化感情的作用,又见愁之朦胧隐约,无法言说,形象贴切。苏轼《青玉案》(用贺方回韵送伯固归吴中)歇拍云:"作个归期天已许。春衫犹是,小蛮针线,曾湿西湖雨。"况周颐称赞其"奇艳、绝艳、令人爱不忍释"①。

贺铸《青玉案》词在南宋就有追和之作 23 首,为两宋时期受到追和最多的一首作品。这些和作在内容与风格上均与贺铸原作相类,以送别怀人为主题者占绝大多数,其中史浩的《青玉案·入梅用贺方回韵》词较有特色,末三句云:"离愁扫尽,更无慵困。怕甚黄梅雨",一反原作之幽眇闲情,颇有豪气。吴潜和词与贺铸原作最为神似,末三句尤为精彩,层层递进,将愁苦之情形容到无以复加的地步:

> 十年三过苏台路。还又是、匆匆去。迅景流光容易度。鹭洲鸥渚,苇汀芦岸。总是消魂处。
> 苍烟欲合斜阳暮。付与愁人砌愁句。为问新愁愁底许?酒边成醉,醉边成梦。梦断前山雨。

贺铸《青玉案》词如此深入人心,以至于在后世词人心目中成为难以超越之绝唱。史浩《青玉案·用贺方回韵》云:"年来不梦巫山暮。但苦忆、江南断肠句。"吴潜《青玉案·和刘长翁右司韵》云:"人生南北如歧路。惆怅方回断肠句。"虽然二位词人的和作并未超越原作,但也不失为自有特色之佳构。他们在创作中并不以模仿为能事,而是试图寻求可以突破之处。只有抱着这样的态度,才有超越原作尤其是名作的可能。

秦观《千秋岁》与贺铸《青玉案》同为一时名作,而贺词何以在后世独享众多追和? 这与此词所表现情感的不确定性、普泛性与丰富性有很大的关系。"一川烟草,满城风絮。梅子黄时雨",每位读者均能从贺词中体味到自己心中独有的一份"闲情",而秦词情感指向的相对确定性和私人化,使得它只能在与作者有着共同遭遇的读者心中引起共鸣。由此可见,经典一定是在更大程度上表现了人类普遍情感,具有更丰富内涵的那类作品。

---

① 况周颐著,王幼安校订:《蕙风词话》,人民文学出版社,1960 年版,第 25 页。

（三）追和李清照词

女词人李清照在当时就有一定的声名，王灼《碧鸡漫志》卷二云："（易安居士）自少年便有诗名，才力华赡，逼近前辈，在士大夫中已不多得。若本朝妇人，当推词采第一。"①李清照于南渡后作《永遇乐》（落日镕金）词，今昔对比之中寓有身世飘零之感。张端义《贵耳集》卷上曰："南渡以来，常怀京、洛旧事，晚年赋元宵《永遇乐》词云：'落日镕金，暮云合璧。'已自工致。至于'染柳烟轻，吹梅笛怨，春意知几许'，气象更好。后段云：'于今憔悴，风鬟霜鬓，怕见夜间出去。'皆以寻常语度入音律，炼字精巧则易，平淡入调者难。"②张炎则以为李清照词句俚俗，《词源》卷下曰："至如李易安《永遇乐》云：'不如向帘儿底下，听人笑语。'此词亦自不恶。而以俚词歌于坐花醉月之际，似乎击缶韶外，良可叹也。"③词评家偏重于对李清照此词形式、技巧方面的评价，而引起词人强烈共鸣并起而追和之的则是这首词中的故国之思与身世之感。宋末词人刘辰翁作有《永遇乐》依易安词韵一首，其自序云："余自乙亥上元诵李易安永遇乐，为之涕下。今三年矣，每闻此词，辄不自堪。遂依其声，又托之易安自喻。虽辞情不及，而悲苦过之。"乙亥为南宋恭帝德祐元年（1275），则此词作于1278年宋亡前夕。其词曰：

> 璧月初晴，黛云远淡，春事谁主。禁苑娇寒，湖堤倦暖，前度遽如许。香尘暗陌，华灯明昼，长是懒携手去。谁知道，断烟禁夜，满城似愁风雨。
>
> 宣和旧日，临安南渡，芳景犹自如故。缃帙流离，风鬟三五，能赋词最苦。江南无路，鄜州今夜，此苦又谁知否。空相对，残釭无寐，满村社鼓。

刘辰翁和词实际上是对李清照本人及其原作词意的个人化阐释，相似的遭遇使他成为李清照的异代知音。"李清照的经历和词人自己的经历打并成了一片。所传达的情感当然都属于词人自己，但也未尝不可以说是李清照

---

① [宋]王灼著，岳珍校正：《〈碧鸡漫志〉校正》，巴蜀书社，2000年版，第41页。
② [宋]张端义《贵耳集》，《宋元笔记小说大观》，上海古籍出版社，2001年版，第4273页。
③ [宋]张炎著，夏承焘注：《〈词源〉注》，人民文学出版社，1963年版，第22页。

的情感在新的历史背景下的合乎逻辑的延伸和发展。"①刘辰翁另有一首次李清照《永遇乐》词韵之作,其序云:"余方痛海上元夕之习,邓中甫适和易安词至,遂以其事吊之。"词曰:

> 灯舫华星,崖山碇口,官军围处。璧月辉圆,银花焰短,春事遽如许。麟洲清浅,鳌山流播,愁似汨罗夜雨。还知道,良辰美景,当时邺下仙侣。
>
> 而今无奈,元正元夕,把似月朝十五。小庙看灯,团街转鼓,总似添恻楚。传柑袖冷,吹藜漏尽,又见岁来岁去。空犹记,弓弯一句,似虞兮语。

邓剡和词今不存。元夕在南宋遗民眼中具有特殊的意义。元夕是两宋时期最盛大的节日之一,而正是在1276年元宵节前夕元军前锋攻破南宋都城临安(今杭州),故而宋末词人元夕词沉痛至极。此词作于入元以后,上片回忆厓山之变的惨痛历史,下片抒发身为亡国遗民的凄楚哀伤之情。宋亡后,元夕习俗亦为之一变,词人心境更是无比悲苦。当时乃"良辰美景",有"邺下仙侣"相伴,而今"小庙看灯,团街转鼓,总似添恻楚","愁似汨罗夜雨"。今昔对比的手法与原词相似,悲苦之情却更甚之。朱敦儒词中有《鹊桥仙·和李易安金鱼池莲》一阕:"白鸥欲下,金鱼不去,圆叶低开蕙帐。轻风冷露夜深时,独自个、凌波直上。 幽阑共晚,明槛难寄,尘世教谁将傍。会寻织女趁灵槎,泛旧路、银河万丈。"李清照原作亦不复可见,但从朱敦儒和作来看,当是对李清照词题材与风格的摹仿。

此外,侯寘、辛弃疾的两首作品虽非和韵,亦是效仿李清照之作。侯寘《眼儿媚·效易安体》不仅是对李清照词境的摹仿,更是对李清照本人才女形象的描述以及对其词作闺情主题的呼应:

> 花信风高雨又收,风雨互迟留。无端燕子,怯寒归晚,闲损帘钩。
> 弹棋打马心都懒,撏掇上春愁。推书就枕,兔烟淡淡,蝶梦悠悠。

---

① 钟振振:《词苑猎奇》,广西师范大学出版社,2007年版,第212页。

辛弃疾《丑奴儿·博山道中效李易安体》一阕则更侧重于对易安浅易自然语言风格的效仿,其词曰:

> 千峰云起,骤雨一霎时价。更远树斜阳,风景怎生图画。青旗卖酒,山那畔、别有人家。只消山水光中,无事过这一夏。
>
> 午醉醒时,松窗竹户,万千潇洒。野鸟飞来,又是一般闲暇。却怪白鸥,觑着人、欲下未下。旧盟都在,新来莫是,别有说话?

此二词题直接表明"效李易安体",可见在南宋人心目中李清照词已可谓自成一体,独具特色。从这两首仿作大致可以看出,闺情主题以及"本色当行"的语言风格是宋人所理解的"易安体"之要义所在。此外,侯寘、辛弃疾二人均为李清照同乡,这也应是他们较早追和李清照词的原因之一。

(四)追和辛弃疾词

南宋词人戴复古在《望江南》词中概括当时诗苑词坛情形说:"诗律变成长庆体,歌词渐有稼轩风。"辛弃疾词中多和韵之作,当时和辛词韵者亦不在少数,如张镃《贺新郎·次辛稼轩韵寄呈》、姜夔《永遇乐·次稼轩北固楼词韵》《汉宫春·次韵稼轩》《汉宫春·次韵稼轩蓬莱阁》、汪莘《哨遍》(余酷喜王摩诘山中与裴迪书因隐括其语为哨遍歌之其用韵平侧按稼轩词)等,此后宋末词人追和之作有吴潜《祝英台近·和辛稼轩宝钗分韵》二首、刘辰翁《青玉案·用辛稼轩元夕韵》、王奕《酹江月·和辛稼轩金陵赏心亭》《南乡子·和辛稼轩多景楼》、刘将孙《金缕曲·用稼轩韵作》等。

吴潜,字毅夫,号履斋,宣城(今属安徽)人,嘉定十年(1217)进士,有《履斋先生诗余》。吴潜以忠亮耿直,受贾似道等人排挤,被劾贬窜,毒死于循州(今属广东)贬所。吴潜词多抒发济时忧国的抱负与报国无门的悲愤,激昂凄切。其《满江红·送李御带珙》词曰:"报国无门空自怨,济时有策从谁吐",亦自道也。吴潜词中和韵之作几占其半,《祝英台近·和辛稼轩宝钗分韵》二阕虽言归隐之志,实则难掩无奈愤激之情:

> 雾霏霏,云漠漠,新绿涨幽浦。梦里家山,春透一犁雨。伤心塞雁回来,问人归未,怎知道、蜗名留住。
>
> 镜中觑。近年短发难簪,丝丝不禁数。蕙帐尘侵,凄切共谁语。被他轻暖轻寒,将人憔悴,正闷里、梅花残去。

旋安排,新捻合,莺谷共烟浦。好处偏悭,一向风和雨。今朝揢得晴明,拖条藜杖,一齐把、春光黏住。

且闲觑。水边行过幽亭,修竹净堪数。百舌楼罗,渐次般言语。从今排日追游,留连光景,但管取、笼灯归去。

吴潜为人豪迈,不附权要。词学稼轩,颇能得其是处。第一首和作多处化用前人词句,风格沉郁悲凉。"梦里家山,春透一犁雨"用苏轼《如梦令》"归去,归去,江上一犁春雨"句意,抒发思乡归隐之情。"蜗名留住"从苏轼《满庭芳》"蜗角虚名蝇头微利,算来着甚干忙"句来,言为功名羁绊。"短发难簪,丝丝不禁数"化用杜甫《春望》"白头搔更短,浑欲不胜簪"句意,极言愁苦深重。第二首和作豪放激切,"拖条藜杖,一齐把、春光黏住"得稼轩风神。"藜杖"用白居易《兰若寓居》诗"薜衣换簪组,藜杖代车马。行止辄自由,甚觉身潇洒"之意。《淮南子·说山训》云:"人有多言者,犹百舌之声。"又杜甫《百舌》诗云:"百舌来何处,重重只报春。……过时如发口,君侧有谗人。"联系吴潜生平际遇,词中"百舌楼罗,渐次般言语"当是隐喻朝中进谗言的小人。

刘辰翁《青玉案·用辛稼轩元夕韵》抒发国破家亡的丧乱之苦与亡国之痛。虽用稼轩韵,今昔对比的写法却类似李清照《永遇乐》(落日熔金)词:

雪销未尽残梅树。又风送、黄昏雨。长记小红楼畔路。杵歌串串,鼓声叠叠,预赏元宵舞。

天涯客鬓愁成缕,海上传柑梦中去。今夜上元何处度?乱山茅屋,寒炉败壁,渔火青荧处。

北宋上元夜宫中宴近臣,贵戚宫人以黄柑相赠,谓之"传柑"。"海上"指临安被占,南宋行朝漂泊于福建、广东沿海,"梦中去"言过去那样美好的情景如梦般一去不复返,语意沉痛。下阕自问自答有似贺铸《青玉案》(凌波不过横塘路)笔法。"乱山茅屋,寒炉败壁,渔火青荧处"写尽眼下悲苦凄凉之情。刘辰翁词取法广泛,自成一家,况周颐评价其"风格遒上似稼轩,情辞跌宕似遗山,有时意笔俱化,纯任天倪,竟能略似坡公。往往独到之处,能以中锋达意,以中声赴节"①。此词用稼轩韵,效仿易安笔法,追摹方回警句,却浑然天成,堪称佳构。

王奕,字伯敬,自号玉斗山人。与谢枋得友善。入元后曾补玉山教谕,有《东行斐稿》传世。王奕词中有和稼轩韵者二阕,《酹江月·和辛稼轩金陵赏心亭》词曰:

> 英雄老矣,对江山、莫遣泪珠成斛。一簏西风休掩面,白浪黄尘迷目。凤去台空,鹭飞洲冷,几度斜阳木。欲书往事,南山应恨无竹。
>
> 宁是商女当年,后来腔调,拍手铜鞮曲。偃蹇老松虽拙□,犹□一枰残局。乌巷垂杨,雀桥野草,今为谁家绿。赏心何处,浩歌归卧梅屋。

味其词意,当为宋亡后游稼轩曾历之地,有感而发。稼轩《念奴娇·登建康赏心亭呈史留守致道》一阕慷慨悲凉,和词则情思哀伤。稼轩其时虽壮志难伸,尚有恢复之希望,而王奕此作已是在江山易主之际,和作与原作在词风上的差异乃时代与心境不同使然。

刘将孙,字尚友,刘辰翁之子,宋末进士,有《养吾斋集》。刘将孙词中有《金缕曲·用稼轩韵作》一阕,其散文化的句式以及流贯其中的豪放之气与稼轩原作颇为相似:

> 我老无能矣。叹人生、得开笑口,一年闲几。去景悠悠如有待,白发已非春事。便一笑、何曾是喜。我本渔樵孟诸野,向举家、尽叹今如是。空自苦,有谁似。
>
> 堆堆独坐文书里。是无能、爱闲爱静,清时有味。出处古今无真是,往往君言有理。看攘臂、后来锋起。汉晋唐虞一杯水,只鲁连、犹未知之耳。况碌碌,共余子。

在词意上,他也不避讳与原作的相关性,如稼轩词曰"一笑人间万事,问何物能令公喜",和作反其意曰"便一笑、何曾是喜";稼轩词曰"江左沈酣求名者,岂识浊醪妙理",和作回应曰"出处古今无真是,往往君言有理"。刘将

---

① 况周颐著,王幼安校订:《蕙风词话》,人民文学出版社,1960年版,第52页。

孙欣赏叹服的不只是稼轩这首词作，更是稼轩本人的精神气度与思想境界，可谓稼轩知音。

刘学箕，字习之，自号种春子，崇安（今福建崇安）人。理学家刘子翚之孙。刘学箕《方是闲居士词》中有和稼轩《贺新郎》词三首，其一曰：

> 往事何堪说。念人生、消磨寒暑，漫营裘葛。少日功名频看镜，绿鬓骎骎未雪。渐老矣、愁生华发。国耻家仇何年报，痛伤神、遥望关河月。悲愤积，付湘瑟。
>
> 人生未可随时别。守忠诚、不替天意，自能符合。误国诸人今何在，回首怨深次骨。叹南北、久成离绝。中夜闻鸡狂起舞，袖青蛇、戞击光磨铁。三太息，眦空裂。

词前有序云："近闻北虏衰乱，诸公未有劝上修饬内治以待外攘者。书生感愤不能已，用辛稼轩金缕词韵述怀。此词盖鹭鸶林寄陈同甫者，韵险甚。稼轩自和凡三篇，语意俱到。捧心效颦，辄不自揆，同志毋以其迂而废其言。"极度激愤的心情借稼轩词韵以抒之，痛快淋漓，颇有稼轩豪气。另外两首和词为咏物之作，一赋梅，一赋雪。

稼轩词亦刚亦柔，刘克庄《辛稼轩集序》评曰："公所作大声鞺鞳，小声铿鍧，横绝六合，扫空万古，自有苍生以来所无。其秾纤绵密者，亦不在小晏、秦郎之下。"[1]从以上追和词可以看出，在宋末时代巨变之际，词人们对于稼轩的追和并不着重摹仿其词风，对于稼轩清丽婉约之篇与豪放雄壮之作并无轩轾，引起他们共鸣的是稼轩词中所寄寓的拳拳爱国之心以及报国无门的忧愤之情。他们的和作借稼轩词韵以浇心中块垒，而能自具风格。稼轩《祝英台令》（宝钗分）、《青玉案》（东风夜放花千树）二阕极缠绵悱恻，和作则与词人所表达之情思相适应，或颓放或悲凉。

（五）追和姜夔词

黄昇《中兴以来绝妙词选》称姜夔"词极精妙，不减清真乐府，其间高处有美成所不能及"[2]，并选姜夔词34首，仅次于辛弃疾与刘克庄（各42首）。周密《绝妙好词》选姜夔词13首，仅次于吴文英（16首）。张炎以姜

---

① ［宋］辛弃疾撰，邓广铭笺注：《稼轩词编年笺注》，上海古籍出版社，2007年版，第622页。
② ［宋］黄昇选编：《花庵词选》，上海古籍出版社，2007年版，第249页。

夔词为清空骚雅之典范,称赞其词"如野云孤飞,去留无迹"①。《暗香》《疏影》为姜夔代表作,各家选本皆选录之,其小序云:"仙吕宫辛亥之冬,予载雪诣石湖。止既月,授简索句,且征新声。作此两曲,石湖把玩不已,使工妓隶习之,音节谐婉,乃名之曰《暗香》《疏影》。"张炎《词源》对此二词称赏备至:

"不惟清空,又且骚雅,读之使人神观飞越。"②(《清空》)

"词用事最难,要体认著题,融化不涩。如白石《疏影》'犹记深宫旧事'三句,用寿阳事;'昭君不惯胡沙远'四句,用少陵诗;皆用事不为事所使。"③(《用事》)

"清空中有意趣,无笔力者未易到。"④(《意趣》)

"所咏了然在目,且不留滞于物。"⑤(《咏物》)

"诗之赋梅,惟和靖一联而已。世非无诗,不能与之齐驱耳。词之赋梅,惟姜白石《暗香》《疏影》二曲,前无古人,后无来者,自立新意,真为绝唱。"⑥(《杂论》)

这两首词在当时即传播于众口,南宋词人对于姜夔词的追和便主要集中在这两首自度曲上。陈允平作有《暗香》《疏影》各一首,主题与梅无关,乃观伯父陈卓山水画遗作有感,借白石韵以抒怀,其小序云:"《疏影》《暗香》,白石自度曲也。予过宛陵,登双溪叠嶂,拊先伯父菊坡先生遗墨有感,借韵以赋。"此二词情景交融,流丽婉转,怀人之情与归隐之思极为沉挚,如《暗香》一阕云:"时拊遗踪暗嗟忆。人事空随逝水,今古但、双流一碧。待办取、蓑共笠,小舟泛得。""春碧生寒""薜碑露泣"等清冷意象与白石词相似。"江上轻鸥似识,背昭亭两两,飞破晴渌"一句亦是生动传伸之笔。

嘉定十二年(1220)吴潜与姜夔相识于扬州,第二年两人曾同游仪真东园赏梅。姜夔离世多年后,吴潜读到《暗香》《疏影》词,作有和词四组,并作

---

① [宋]张炎著,夏承焘注:《〈词源〉注》,人民文学出版社,1963年版,第16页。

② 同上,第16页。

③ 同上,第19页。

④ 同上,第19页。

⑤ 同上,第21页。

⑥ 同上,第29 - 30页。

《题暗香疏影词后用潘德久赠姜白石韵》以抒怀念之情："人生浮脆若菰蒲，四十年前此丈夫。拟向西湖酹孤魄，想应风月易招呼。"吴潜第一、二组和词前序曰："犹记己卯、庚辰之间，初识尧章于维扬。至己丑嘉兴再会，自此契阔。闻尧章死西湖，尝助诸丈为殡之，今又不知几年矣。自昭忽录示尧章《暗香》《疏影》二词，因信手酬酢，并赓潘德久之诗云。"第一组和词中《疏影》一阕云：

> 佳人步玉。待月来弄影，天挂参宿。冷透屏帏，清入肌肤，风敲又听檐竹。前村不管深雪闭，犹自绕、枝南枝北。算平生、此段幽奇，占压百花曾独。
>
> 闲想罗浮旧恨，有人正醉里，姝翠蛾绿。梦断魂惊，几许凄凉，却是千林梅屋。鸡声野渡溪桥滑，又角引、戍楼悲曲。怎得知、清足亭边，自在杖藜巾幅。

此阕借咏梅以写身世之感，词情、脉络以及风格与白石词最为相似。"闲想罗浮旧恨，有人正醉里，姝翠蛾绿"用隋赵师雄醉寝与梅花仙子梦中相遇之事，亦自有新意。第二组和词《暗香》（雪来比色）、《疏影》（寒梢砌玉）分咏雪中梅、瓶中梅，《疏影》一阕尤见作者之性情，"问平生、雪压霜欺，得似老枝擎独"正是词人自身刚直不屈形象的写照，"且不如、藏白收香，旋学世间边幅"则实为词人愤激无奈之语。

第三组和词咏扬州东园之梅，其前小序曰："仪真去城三数里东园，梅花之盛甲天下。嘉定庚辰、辛巳之交，余犹及歌酒其下，今荒矣。园乃欧公记、君谟书，古今称二绝。犹忆其词云：'高甍巨桷，水光日影，动摇而下上，其宽闲深靓，可以答远响而生清风，此前日之颓垣断堑而荒墟也。嘉时令节，州人士女，啸歌而管弦，此前日之晦冥风雨、鼪鼯鸟兽之嗥音也。'令人慨然。"此二首和作虽用白石词韵，却是吴潜词一贯的豪旷风格。词人眼中的梅花幽独孤高，如"屈子《离骚》，兰蕙独前席"（《暗香》）。"耐冻禁寒，便瘦宜枯，前生莫是孤竹"（《疏影》）一句又将梅花比作饿死不食周粟的伯夷、叔齐，事实上正是词人高洁孤傲品性的体现。第四组和词借白石韵咏雪抒怀，以口语入词，亦见词人旷逸情怀，如《疏影》一阕云："千门委玉。是个人富贵，才隔今宿。冒栋摧檐，都未商量，呼童且伴庭竹。千蹊万径行踪灭，渺不认、溪南溪北。问白鸥，此际谁来，短艇钓鱼翁独。　　偏爱山茶雪里,放红艳数朵,衣素裳绿。兽炭金炉,羔酒金钟,正好笙歌华屋。敲冰煮茗风流衬,念不到、有人涧曲。但老农、欢笑相呼,麦被喜添全幅。"

除此之外,刘过《糖多令》(芦叶满汀州)、崔与之《水调歌头》(万里云间戍)分别获得 9 首、7 首和作。刘过词感慨岁月易逝、物是人非、江山易主,深婉含蓄。刘辰翁一人即有 7 首和作,汪元量、黎廷瑞均有和作 1 首。"旧江山、浑是新愁"的亡国之恨是这首词引起广泛共鸣的主要原因,和作中亦多蕴含故国之思,如刘辰翁词云:"明月满沧洲。长江一意流。更何人、横笛危楼。天地不知兴废事,三十万、八千秋。 落叶女墙头。铜驼无恙不。看青山、白骨堆愁。除却月宫花树下,尘坱莽、欲何游。"崔与之虽不以词名,然其《水调歌头》一阕雄壮豪迈,不减苏辛。词中"手写留屯奏"的耿耿忠心,"老来勋业未就"的深沉感慨,"烽火平安夜,归梦到家山"的热切期待都让人为之感动。刘克庄一人独和此词 7 首,绝非偶然。

综上,除朱雍所和三首柳永词外,其余获得追和的词人词作均为词选、词论家所公认的名家名作。这些原作思想内容与艺术技巧高度统一,具有重要的审美价值,大致可以分为两类:一类是在当时即被誉为绝唱,因而引起后人纷纷追和者;一类是由于词中所表达情感内容引起后世词人共鸣,起而和之者。追和之作绝大多数从内容到风格极力追摹原作,由于受原作之限而难以超越,然亦不乏佳作。少数和作仅借用原作之韵,主题、风格与原词无关,但也是接受情形的一种。

第二节 南宋词人追和苏轼词与苏轼词的接受

一、苏门词人次韵东坡词

张叔椿《〈坡门酬唱集〉序》曰:"诗人酬唱,盛于元祐间。自鲁直、后山宗主二苏,旁与秦少游、晁无咎、张文潜、李方叔驰骛相先后,萃一时名流,悉出苏公门下。"[①]苏门诸公亦以词相唱和。苏门内部对于苏词的评价并不一致,晁补之云:"东坡居士词,人多谓不谐音律。然横放杰出,自是曲子

---

① [宋]邵浩编:《坡门酬唱集》,文渊阁《四库全书》第 1346 册,第 465 页。

中缚不住者。"①陈师道则云:"子瞻以诗为词,如教坊雷大使之舞,虽极天下之工,要非本色。"②晁补之为苏门弟子,青年时代曾于杭州袖文谒见苏轼,深受苏轼赏识。元祐初年,苏轼任中书舍人,曾擢补之馆职。元祐三年,苏轼权知贡举,曾辟补之为参详官。元祐七年,苏轼知扬州,补之又以门弟子佐守。王灼《碧鸡漫志》卷二称:"晁无咎、黄鲁直皆学东坡,韵制得七八。"③刘熙载《艺概·词曲概》亦云:"东坡词在当时鲜与同调,不独秦七、黄九别成两派也。晁无咎坦易之怀,磊落之气,差堪骖靳。然悬崖撒手处,无咎莫能追蹑矣。"④晁补之词中有和东坡之作二首,《八声甘州·扬州次韵和东坡钱塘作》作于元祐七年(1092)扬州通判任上,乃和苏轼元祐六年(1091)知杭州时所作《八声甘州·寄参寥子》之作,章法结构与苏词相同,其中情思亦有几分相似。

黄庭坚有《鹊桥仙·次东坡七夕韵》《南柯子·东坡过楚州见净慈法师作南歌子用其韵赠郭诗翁二首》《南乡子·重阳日寄怀永康彭道微使君用坡旧韵》等五首追和苏轼词。陈师道亦有《南乡子·九日用东坡韵》二首。这些和词从题材内容到语言风格,都与原作相近。以下以陈师道二首和作为例,来探讨和作与原作之间的关系:

苏轼《南乡子·重九涵辉楼呈徐君猷》

　　霜降水痕收,浅碧鳞鳞露远洲。酒力渐消风力软,飕飕。破帽多情却恋头。

　　佳节若为酬,但把清尊断送秋。万事到头都是梦,休休。明日黄花蝶也愁。

陈师道《南乡子·九日用东坡韵》

　　晴野下田收,照影寒江落雁洲。禅榻茶炉深闭合,飕飕。横雨旁风不到头。

①　[清]王奕清等:《历代词话》,《词话丛编》,中华书局,1986年版,第1175页。
②　[宋]陈师道:《后山诗话》,文渊阁《四库全书》第1478册,第285页。
③　[宋]王灼著,岳珍校正,《〈碧鸡漫志〉校正》,巴蜀书社,2000年版,第34页。
④　[清]刘熙载:《艺概》,上海古籍出版社,1978年版,第109页。

登览却轻酬,剩作新诗报答秋。人意自阑花自好,休休。今日看
时蝶也愁。

潮落去帆收,沙涨江回旋作洲。侧帽儿行斜照里,飕飕。卷地风
前更掉头。
语妙后难酬,回雁峰南未得秋。唤取佳人听旧曲,休休。瘴雨无
花孰与愁。

苏轼词于元丰八年(1083)重阳节作于黄州,其中"万事到头都是梦,休休。
明日黄花蝶也愁"的深沉感慨应是引起陈师道共鸣,因而次韵的主要原因。
"明日黄花蝶也愁"句并见苏轼《次韵王巩》诗,似本郑谷《十日菊》"节去蜂
愁蝶不知",却更进一层,陈词"今日看时蝶也愁""瘴雨无花孰与愁"承苏词
而来,又进一层,言愁之甚。

从以上次韵篇目来看,苏门词人对于苏轼具有鲜明豪放风格的作品似
乎并不甚在意。他们所次韵苏词并非其中以豪放著称者,而是那些最能代
表苏轼思想感情并能引起他们共鸣的作品。对于这些作品的次韵为后世
词人追和苏轼词奠定了一定的基础。

二、南渡词人王之道追和苏轼词

南渡时期(1125—1164)以徽宗宣和七年(1125)金兵首次南侵为起始,
以孝宗隆兴二年(1164)宋金对峙局面稳定下来为结束,共四十年的时间。
这是一个极为动荡的历史时期,发生了金人入侵、北宋灭亡、高宗南渡等一
系列重大事件。苏轼以后,来自"歌场舞榭之生涯"的反映世俗生活与情欲
的俗词依然具有强大的生命力,尤其是北宋末年,徽宗君臣荒佚声色,朝野
于侧辞俗曲乐此不疲,几乎掩盖了雅词的声音。南渡以后,始行于"苏门"
的雅词才得到了发扬光大,词的雅俗分化、同源分流的局面才得以全面确
立。胡寅《向芗林〈酒边集〉后序》云:"词曲者,古乐府之末造也。……唐人
为之最工,柳耆卿后出,掩众制而尽其妙,好之者以为不可复加。及眉山苏
氏,一洗绮罗香泽之态,摆脱绸缪宛转之度,使人登高望远,举首高歌,而逸
怀浩气,超然乎尘垢之外。于是《花间》为皂隶,而柳氏为舆台矣。"①南渡

---

① [宋]胡寅:《斐然集》,文渊阁《四库全书》第1137册,第547页。

后特殊的政治环境使得苏轼豪放风格的作品受到青睐,胡世将、叶梦得、黄中辅等均有和《念奴娇·赤壁怀古》词。前文已有所论及,此不赘述。

　　王之道、向子諲为这一时期和苏词最多的两位词人。向子諲有《酒边集》二卷,以靖康之难为界限,自分为《江南新词》《江北旧词》两部分。向子諲早期词多为莺莺燕燕的描写,后期则继承苏轼旷达超逸词风。胡寅评价说:"芗林居士,步趋苏堂而哜其胾者也。观其退江北所作于后,而进江南所作于前。以枯木之心,幻出葩华,酌玄酒之尊,弃置醇味,非染而不色,安能及此?"①向子諲作有《点绛唇·重九戏用东坡先生韵》4首、《卜算子》次东坡韵5首。《卜算子》(缺月挂疏桐)是两宋时期除《念奴娇·赤壁怀古》以外,受到追和最多的一首苏词,共获得11人17首和作。黄庭坚《跋东坡乐府》云:"东坡道人在黄州时作,语意高妙,似非吃烟火食人语。非胸中有万卷书,笔下无一点尘俗气,孰能至是。"②苏轼此词人与物、主与客融为一体,浑然天成,被奉为咏物词的典范。正如方智范所说:"词人重视外物(雁)的客观性特征,即按照其即目所见的外物自身的生命活动方式加以描绘。'缺月挂疏桐,漏断人初静。'大自然以它自己的原性存在着。'飘渺孤鸿影',月下孤鸿以它自己的方式活动着。这是主体排除了功利观念对外物静观默察的审美态度。这种观照外物的客观性,是实现物我同一、主客契合的前提。……虚怀然后物归,心无然后入神。论者称东坡词'自在''冲口而出''天趣独到',正是指出了他的词作重视审美直觉,即保持自然表象固有的具体生动性的特点。"③向子諲和作中《卜算子》咏梅一首与苏词最为神似:

　　　　竹里一枝梅,雨洗娟娟静。疑是佳人日暮来,绰约风前影。
　　　　新恨有谁知,往事何堪省。梦绕阳台寂寞回,沾袖余香冷。

另一首《卜算子》词则反映出词人隐居出世之思想,其词云:"胶胶扰扰中,本体元来静。一段澄明绝点埃,世事如泡影。歇即是菩提,此语须三省。古道无人着脚行,禾黍秋风冷。"其余词人和作主要是对苏词凄清孤冷意境

---

①　[宋]胡寅:《斐然集》,文渊阁《四库全书》第1137册,第547页。
②　曾枣庄主编:《苏词汇评》,四川文艺出版社,2000年版,第118页。
③　方智范:《论宋人咏物词的审美层次》,《词学》第6辑,第186-187页。

的追摹,且多用原作中月夜之意象,亦有咏物之作,如朱淑真《卜算子》咏梅:"竹里一枝斜,映带林逾静。雨后清奇画不成,浅水横疏影。　吹彻小单于,心事思重省。拂拂风前度暗香,月色侵花冷。"姜特立《卜算子》咏桂:"凡桂一枝芳,陡觉秋容静。月里人间总一般,共此扶疏影。　枕畔忽闻香,夜半还思省。争奈姮娥不嫁人,寂寞孤衾冷。"总之,宋室南渡后,苏轼不同风格的作品豪放如《念奴娇·赤壁怀古》、清旷如《卜算子》(缺月挂疏桐)、婉丽如《水龙吟·次韵章质夫杨花词》等都获得了追和,词坛对于苏轼词的接受趋于全面。

南渡词人王之道既是第一个在词中大量追和前人的词人,也是宋代追和苏轼词最多的一位词人,在追和词史以及苏轼词接受史上有着重要意义。王之道(1093—1169),字彦猷,自号相山居士,濡须(今安徽合肥)人。宣和六年(1124),与兄王之义、弟王之深同中进士,调历阳丞。绍兴初,因力主抗金,上疏言和议之非,"大忤秦桧意,谪监南雄盐税,坐是沦废者二十年……其所论九不可和之说,慷慨激烈,足与胡铨封事相匹,气节尤不可及"[①]。秦桧死后,起知信阳军,历提举湖北常平茶盐、湖南转运判官,以朝奉大夫致仕。后以其子蔺官枢密使,追赠太师。王之道著有《相山集》三十卷,现存词一百八十余首,其中酬和次韵之作几占百分之八十。

宛敏灏先生《相山居士王之道》[②]一文首次对王之道及其词进行了全面介绍,将王之道赠和之作分为追和前人者、赠和兄弟者、赠和时人者、寿词四类。黄文吉先生在其专著《宋南渡词人》[③]中将王之道列入一般词人,在宛敏灏先生分类的基础上,对王之道词进行了更为详细的论述。王之道对苏轼词的大量追和是对苏轼以次韵为创作手段的继承与发展,源于对苏轼人格的追慕与相似境遇下的情感共鸣。在"君唱我当酬"的追和中,王之道对苏轼的人格与精神更加理解,进而在仕与隐的矛盾挣扎中获得心灵的慰藉。

(一)对苏轼以次韵为创作方式的继承与发展

苏轼将次韵的形式运用在词的创作中,其词中多酬赠、次韵、自次韵之作,而与他交情深厚的秦观、贺铸等词人则拒绝在词中次韵,严守诗词之

---

① [清]永瑢等:《四库全书总目》,中华书局,1965年版,第1351页。
② 宛敏灏:《相山居士王之道》,《学风》,1937年3月。
③ 黄文吉:《宋南渡词人》,台湾学生书局,1985年版。

别。南渡后词人多有酬赠唱和之作,而王之道不仅以词作为酬赠唱和的工具,更在词中广泛追和前人,这是对苏轼词以次韵为创作方式的发展。虽然追和诗并非自苏轼始,但其和陶诗数量颇多,影响颇大,在追和这一创作形式的定型方面,曾起过最大的作用。王之道不仅作有《追和东坡〈喜雪〉用王亲韵》《追和东坡〈严车二雪〉诗》《追和东坡〈倦夜〉》《追和东坡〈梅花〉十绝》等 20 余首,更将追和从诗中引入到词中,在词中多次追和苏轼原作。《浣溪沙》(覆块青青麦未苏)是王之道追和最多的一首苏词,其序云:"十二月二日雨后微雪,太守徐君猷携酒见过,坐上作《浣溪沙》三首。明日酒醒,雪大作,又作二首。"苏轼先作《浣溪沙》组词三首,又自次韵二首,王之道对这种饶有趣味的创作形式颇感兴趣,遂作《浣溪沙·赋春雪追和东坡韵》四首。

王之道是宋代追和苏轼词最多的一位词人,其追和苏轼词共 10 调 16 首,计有《浣溪沙》5 首、《桃源忆故人》3 首、《蝶恋花》《如梦令》《南乡子》《临江仙》《醉蓬莱》《江城子》《归朝欢》《水调歌头》各 1 首。对于其他人词的追和,王之道多选择广为传诵的名作,如《谒金门》(风乍起)、《千秋岁》(水边沙外)、《青玉案》(凌波不过横塘路)等。相比于苏轼受人追捧的名作,王之道更倾向于苏词中表现失意情怀与归隐志趣的作品。《念奴娇·赤壁怀古》《卜算子·黄州定慧院寓居作》是宋代获得追和最多的两首苏词,分别获得 14 人 22 首、11 人 17 首和作。与王之道同时代的词人中,向子諲作有追和《卜算子·黄州定慧院寓居作》词 5 首,叶梦得、胡世将、黄中辅等亦有追和《念奴娇·赤壁怀古》之作,而王之道则未见追和。

(二) 对苏轼词中"雪"意象的丰富与开拓

苏轼因"乌台诗案"贬谪黄州之后,曾筑堂东坡,并作《雪堂记》,"堂以大雪中为之,因绘雪于四壁之间,无容隙也。起居偃仰,环顾睥睨,无非雪者"[1]。苏轼在面临人生失意的生存逆境,经历痛苦的心灵煎熬之后,最终找到了适意的生活方式与人生乐趣:"是堂之作也,吾非取雪之势而取雪之意,吾非逃世之事而逃世之机。吾不知雪之为可观赏,吾不知世之为可依违。性之便,意之适,不在于他,在于群息已动,大明既升,吾方辗转,一观晓隙之尘飞。"[2]苏轼并未选择远离世事人生,而是决意抛弃官场的机巧变

---

① [宋]苏轼著,孔凡礼注:《苏轼文集》,中华书局,1986 年版,第 410 页。

② 同上,第 412 页。

诈与庸俗的功名利禄之心,构建起任真自适而又观照现实的自由人格。苏轼常常借用物象来表现其志行,风、云、月、雪是苏轼诗词中常见的意象,而雪以其纯洁明净无瑕的形象在东坡词中成为美好高洁的象征。据统计,"雪"意象在东坡词中出现50余次之多。

王之道在诗词中也表现出对雪的特别赏爱,见雪辄咏,诗词中以"赋雪""对雪""咏雪"为题的作品俯拾皆是,追和苏轼词中即有6首以雪为吟咏对象:《浣溪沙·赋春雪追和东坡韵》(4首)、《江城子·追和东坡雪》《归朝欢·对雪追和东坡词》。在王之道词中,雪是纯洁、希望的象征,"一洗乾坤不动尘,瑶台银阙斗清新"(《和彦时兄〈腊雪〉六首》其二)的纯净天地是他期望中的理想之境,也是他寄情于雪的原因所在。王之道对苏轼诗词十分熟悉,《江城子·追和东坡雪》不仅次苏轼词原韵,还多处化用苏轼句典,"六花""三白""老蛟潜"分别出自苏诗《章钱二君见和复次韵》(未牟有信迎三白,苍蒪无香散六花)与《前赤壁赋》(舞幽壑之潜蛟,泣孤舟之嫠妇)。

袁安卧雪、李愬雪夜入蔡州事是王之道咏雪之作中反复出现的两个典故。袁安大雪天闭门不出,宁可困寒而死,也不愿乞求他人,是有气节、有操守的文人代表。"坐想袁安门未扫,洛阳谁复念孤惸"(《和彦时兄〈腊雪〉六首》),"雪满江城酒不赊,闭门那患出无车"(追和东坡《严车二雪》诗),王之道在诗词中多次以袁安事隐指自己在现实中不为所用赋闲在家的无奈处境,《浣溪沙·赋春雪追和东坡韵》四首其一云:

> 冻卧袁安已复苏,闭门那患出无车。似渠人物到今无。
> 可笑昆山夸片玉,须怜沧海叹遗珠。时来应许捋君须。

首二句感叹袁安后因贤德之名被举为孝廉,而这样的事如今是不会再发生了。王之道此作借袁安困雪事,表明自己坚贞的操守,同时抒发怀才不遇之情。"将军乘夜平淮蔡,翻笑元和十二年。"(《次韵何子应大卿〈喜雪〉,武昌作》)公元817年,李愬夜袭蔡州,讨平淮西镇,其后成德、淄青、卢龙亦平服,史称"元和中兴"。"谏陛何人正伏蒲,将坛无事且投壶。因观雪曲词争胜,便觉诗邻势不孤。警雁王师方入蔡,赠梅边使欲离吴。可怜鼠辈殊轻敌,乃敢堂堂捋虎须。"(《对雪》和因老韵)借李愬事既写出对于收复失地、中兴朝廷的期盼,又表现出对朝中无能之辈的批评。《归朝欢·对雪追和东坡词》与苏轼原作《归朝欢·和苏坚伯固》同为送别友人之作,词情激昂,是王之道此类作品中最为精彩的一首：

> 透隙敲窗风撼泽。坐见广庭飞缟白。长安道上正骑驴，蔡州城里谁坚壁。表表风尘物。瑶林琼树生豪客。对挥毫、连珠唱玉，竞把诗笺掷。
>
> 草草杯盘还促席。痛饮狂歌话胸臆。前村昨夜放梅花，东邻休更夸容色。清欢那易得。明朝乌缮升南极。带随车、黄垆咫尺，莫作山河隔。

起句气势磅礴，写雪景充满哀感与力量，画面感极强。遥想灞桥风雪中骑背上寻求诗思的诗人孟浩然、雪夜袭取蔡州的将军李愬，诗人不禁豪情万丈。下阕写与友人"痛饮狂歌话胸臆"，寄语友人"黄垆咫尺，莫作山河隔"。《世说新语·伤逝》载："（王濬冲）乘轺车，经黄公酒垆下过，顾谓后车客：'吾昔与嵇叔夜、阮嗣宗共酣饮于此垆……自嵇生夭、阮公亡以来，便为时所羁绁。今日视此虽近，邈若山河。'"①此处用其意，表现对友情的珍视。

（三）相似境遇下的情感共鸣与人格仰慕

苏轼是第一个唱和陶诗的诗人，并且数量颇多，影响颇大。苏辙《子瞻和陶渊明诗集引》记载苏轼说："吾于诗人无所甚好，独好渊明之诗……然吾于渊明，岂独好其诗也哉？如其为人，实有感焉……欲以晚节师范其万一也。"②王之道对于苏轼的追和更多的出于对其人格的追慕。对于苏轼等元祐党人的遭遇与其人格，王之道深以为然。他在写于绍兴二十八年（1158）的《跋元祐党籍事迹》中说："君子小人相斗于其前，而小人常胜，君子常不胜。非它，惟特立独行，危言核论，上必期于致君，下必期于泽民，不然则释为拂衣而去之，兹其所以常不胜也。而邪则反是，惟利从之，不顾是非利害，苟可以中主之欲，为身之谋，以售其说，而保宠固位，无所不用其至，兹其所以常胜也。邪正之不并立，尚矣。小人既得志，则思所以尽逐君子，以快私忿。凡挺特不群，刚放不屈，平时议论稍异于己者，往往指以为朋党，草薙而禽狝之。如是，则举世俊杰靡有孑遗矣。崇宁用事之臣，以元

---

① ［南朝宋］刘义庆著，余嘉锡笺疏：《〈世说新语〉笺疏》，中华书局，2011年版，第550页。
② ［宋］苏辙著，陈宏天、高秀芳点校：《苏辙集》，中华书局，2017年版，第1110页。

祐群贤为奸党,殆为是耶。"①"特立独行,危言核论,上必期于致君,下必期于泽民,不然则释为拂衣而去之",这是王之道对苏轼等元祐党人君子人格的评价,也是他一生奉行的处世准则。

王之道虽被迫卜居相山之下二十余年,以诗酒自娱,但恢复之志在其词作中时有流露,如《六州歌头·和张安国舍人韵呈进彦》云:"堪叹中原久矣,长淮隔、胡骑纵横。问何时,风驱电扫,重见文明。"苏轼一生大起大落,努力调和出仕与归隐的矛盾,在诗词中多有体现。这些作品最能引起王之道情感共鸣,从而追和其词,如《蝶恋花·追和东坡,时滞留富池》:

> 寒雨霏霏江上路,不见书邮,病目空凝注。沙觜尽头飞白鹭,篙师指似人来处。
>
> 自笑自怜还自语,顿滞如君,只合归田去。竹屋数间环甽亩,个中自有无穷趣。

苏轼原作借溪叟之口表达归隐之情:"溪叟相看私自语。底事区区,苦要为官去。尊酒不空田百亩。归来分得闲中趣。"王之道因病滞留富池,苦盼音信而不得,"自笑自怜还自语",内心孤独凄凉;"顿滞如君,只合归田去",既是对自己的失意过往的论断,也表现出渴望闲适生活,回归自然的情感意愿。

又如《水调歌头·追和东坡》:

> 湖上有佳色,黄菊傲霜秋。一尊相属谈咏,彼此得无愁。何处鲈鱼初荐,错俎金齑点鲙,令我忆东州。双鹭带斜日,飞下白蘋洲。
>
> 晚风劲,吹残酒,袭破裘。故人俱在江左,底事独淹留。归去草堂侵夜,一点青荧灯火,得句可忘忧。欲识无穷意,终日倚城楼。

苏轼词写于熙宁十年丁巳年(1077)。由题序可知,苏东坡写这首词的目的是"以不早退为戒,以退而相从之乐为慰",为劝弟弟苏辙要及时隐退,兄弟俩好好享受退隐后的"相从之乐"。在词中苏东坡先以东晋谢安退隐不得

---

① [宋]王之道著,沈怀玉、凌波点校:《〈相山集〉点校》,北京图书馆出版社,2006 年版,第 336 页。

的事迹为例诉说了仕宦生活的痛苦，后又展望了与弟弟苏辙一起退隐的美好生活。王之道创作这首《水调歌头》时正处于人生困顿之中："晚风劲，吹残酒，袭破裘。""归去草堂侵夜，一点青荧灯火，得句可忘忧"实是无奈之中的故作旷达。"一点青荧灯火"出自苏轼《次韵柳子玉过陈绝粮二首》："如我自观犹可厌，非君谁复肯相寻。图书跌宕悲年老，灯火青荧语夜深。早岁便怀齐物志，微官敢有济时心。南行千里何事成，一听秋涛万鼓音。"正是王之道失意心情的真实写照。

王之道与兄之义、弟之深同登进士第，乡绅以为荣，榜其所居堂曰"三桂"。王之道与兄弟之间手足情深，时有唱和，相互勉励，这与三苏进京，苏轼、苏辙兄弟二人同中进士何其相似。王之道赠和兄弟之作共十三首，与兄彦时唱和颇多，抒怀倾诉的对象。《沁园春·和彦时兄》："况鸷群雕鹗，未谐荐祢，棘丛鸾凤，犹叹栖仇。世路如棋，人情似纸，厚薄高低何日休。"和元发弟秋日对酒的《满庭芳》："新词，何所似，金声应铎，玉气腾虹，时来终宦达，休怨苍穹。顾我蹉跎老矣，飘素发、衰态龙钟。心犹壮，会看文度，独步大江东。"黄文吉称其"好像三杯黄汤下肚，毫无顾藉，直肠快口大声道出一样，有不怨天尤人的豪放，又有壮心未已的气魄，实在令人击节叹赏"。苏轼《醉蓬莱·重九上君猷》词感慨时光难驻，人生如梦，情调凄凉。"举世纷纷名利逐，罕遇笑来开口。慰我寂寥，酬君酩酊，不容无酒"，王之道《醉蓬莱·追和东坡重九呈彦时兄》词旷达之中难掩寂寞之情，在情感基调上与原作相呼应。

王之道对于苏轼的接受在表层迹象上显示为追和苏轼词韵，而在更深层次上则表现为对其人格的仰慕与相似境遇下的情感共鸣。在对苏词的不断追和中，《相山词》的风格自然也受到苏词的影响。饶宗颐《词集考》评王之道《相山集》曰："词一百八十余首，《提要》谓韵语虽非所长，而抒写性情，具有真朴之致。今观其词，如《石州慢》《望海潮》《念奴娇》诸阕，并能曲传抑郁怀抱，亦所谓'自苏、黄门庭中来'者，不仅和东坡韵至十余首也。"[①]

三、宋金对峙时期词人追和苏轼词

宋金对峙的状态使得一代爱国之士"报国欲死无疆场"，故而发之为词，既不失抗金复国之志，又难免壮志难酬之恨。辛弃疾继承了苏轼豪放

---

① 饶宗颐：《词集考》，中华书局，1992年版，第124－125页。

词风,一人独和《念奴娇·赤壁怀古》4首,其中《念奴娇·用东坡赤壁韵》一阕云:

> 倘来轩冕,问还是、今古人间何物。旧日重城愁万里,风月而今坚壁。药笼功名,酒垆身世,可惜蒙头雪。浩歌一曲,坐中人物之杰。
>
> 堪叹黄菊凋零,孤标应也有,梅花争发。醉里重揩西望眼,惟有孤鸿明灭。世事从教,浮云来去,枉了冲冠发。故人何在,长歌应伴残月。

稼轩借东坡词韵以抒发壮志不酬的感慨。不同的是,苏词于"人生如梦"中流露出旷达超然的风神,辛词则耿耿国忧,更多悲愤难已的情怀。稼轩另有一首《念奴娇·三友同饮借赤壁韵》词云:"自是不日同舟,平戎破虏,岂由言轻发",仍是借友以抒恢复之志。由此可见,苏、辛虽同归豪放,但苏词主旷逸,辛词主沉郁,同中有异。稼轩另外两首和词一咏梅,一咏桂。作为一代杰出词人,辛弃疾对于苏轼《念奴娇·赤壁怀古》词的多次追和为此词在后世的接受奠定了良好的基础。

此外,辛弃疾又有和苏轼《水调歌头》(明月几时有)一首,其序云:"赵昌父七月望日用东坡韵叙太白东坡事见寄,过相褒借,且有秋水之约;八月十四日余卧病博山寺中,因用韵为谢,兼简子似。"词曰:

> 我志在寥阔,畴昔梦登天。摩挲素月,人世俯仰已千年。有客骖麟并凤,云遇青山赤壁,相约上高寒。酌酒援北斗,我亦虱其间。
>
> 少歌曰:"神甚放,形则眠。鸿鹄一再高举,天地睹方圆。"欲重歌兮梦觉,推枕惘然独念,人事底亏全。有美人可语,秋水隔娟娟。

词人在梦中与李白、苏轼相会于月宫,构想奇特。"鸿鹄一再高举"正是稼轩毕生之愿,然其抗金之志在现实中却屡屡受挫,故而苏轼词以"但愿人长久,千里共婵娟"之美好祝愿与期盼结句,出之以旷逸,辛弃疾词则以"有美人可语,秋水隔娟娟"的迷茫意境结句,实是无法解脱。

辛弃疾之后,方外词人葛长庚和苏词亦值得我们关注。葛长庚(1194—1229),字白叟,一字如晦,又名白玉蟾。闽清(今福建闽清县)人。宁宗嘉定中征赴阙,封紫清明道真人。有《海琼词》二卷。陈廷焯对其词评价颇高:"葛长庚词,一片热肠,不作闲散语,转见其高。其《贺新郎》诸阕,意极缠绵,语极俊爽,可以步武稼轩,远出竹山之右。"①葛长庚作有《卜算子·景泰山次韵东坡三首》,又有和苏轼《念奴娇·赤壁怀古》词二首,《酹江月·次韵东坡赋别》词曰:

> 寄言天上,石麒麟、化作人间英物。醉拥诗兵驱笔阵,百万词锋退壁。世事空花,赏心泥絮,一点红炉雪。识时务者,当今惟有俊杰。
> 我本浩气天成,才逢知己,便又清狂发。富贵于我如浮云,且看云生云灭。羊石论交,鹅湖惜别,别恨多于发。共君千里,登楼何患无月。

潘飞声《粤词雅》称葛长庚词"有情辞优爽,一气呵成,置之苏辛集中所谓词家大文者"②。此首和词借送别友人以抒怀,与苏轼旷达词风为近,可当"词家大文"之称。

四、宋末词人追和苏轼词

国破家亡之际,苏轼词之豪放风格与慷慨之气成为宋末词人抒发内心情感的最好形式。《念奴娇·赤壁怀古》一阕所寄寓的对于古今、人生的思考使得后世词人在有大感慨时,往往想起它。刘辰翁作有《酹江月·北客用坡韵改赋访梅》《酹江月·怪梅一株为北客载酒移置盆中伟然》《酹江月·赵氏席间即事再用坡韵》等4首和词,《念奴娇·酬王城山》词曰:

> 两丸日月,细看来、也是樊笼中物。点点山河经过了,拔帜几番残壁。白是沙堤,苍然吴楚,一片成毡雪。此时把酒,旧词还是坡杰。
> 歌罢公瑾当年,天长地久,柳与梅都发。几许闲愁斜照里,掌上沤生沤灭。沧海桑枯,东陵瓜远,总不关渠发。簪花起舞,可怜今夕无月。

"此时把酒,旧词还是坡杰",刘辰翁在创作这首作品时,显然有苏轼原作横

---

① [清]陈廷焯著,屈兴国校注:《〈白雨斋词话〉足本校注》,齐鲁书社,1983年版,第213页。
② [清]潘飞声:《粤词雅》,《词话丛编》,中华书局,1986年版,第4892页。

亘于胸中。词情较原作则更为苍凉。

宋祥兴二年(1279),文天祥兵败被俘,押送大都,途径南康军。南康军为宋行政区域划分,辖地相当于今江西省星子、永修、都昌等地。文天祥此行意味着永离故园国土,家国之思、兴亡之感油然而生。《酹江月·南康军和苏韵》便作于此际,借苏轼词韵以抒悲愤激烈之情怀:

> 庐山依旧,凄凉处、无限江南风物。空翠晴岚浮汗漫,还障天东半壁。雁过孤峰,猿归危嶂,风急波翻雪。乾坤未老,地灵尚有人杰。
>
> 堪嗟漂泊孤舟,河倾斗落,客梦催明发。南浦闲云连草树,回首旌旗明灭。三十年来,十年一过,空有星星发。夜深愁听,胡笳吹彻寒月。

文天祥北上经金陵驿,邓剡曾作《酹江月》词以言别。故国沦丧,故人此别亦是永别。面对滚滚长江水,词人不禁发出"恨东风、不借世间英物"(《酹江月·驿中言别》)的悲愤感慨。文天祥亦有《酹江月·和友》词与其唱和:

> 乾坤能大,算蛟龙、元不是池中物。风雨牢愁无着处,那更寒虫四壁。横槊题诗,登楼作赋,万事空中雪。江流如此,方来还有英杰。
>
> 堪笑一叶漂零,重来淮水,正凉风新发。镜里朱颜都变尽,只有丹心难灭。去去龙沙,江山回首,一线青如发。故人应念,杜鹃枝上残月。

"方来还有英杰""只有丹心难灭",直至此刻,英雄之心仍坚定不移。词情慷慨激昂,与其《过零丁洋》诗同一境界。

由于人生经历及审美观念的不同,不同词人对于同一首作品的追和亦迥然不同。同为宋末遗民,张炎《壶中天·白香岩和东坡韵赋梅》借苏轼词韵以咏物,风格与苏词殊为不同,而与姜夔词之清空意境相仿佛:

> 苔根抱古,透阳春、挺挺林间英物。隔水笛声那得到,斜日空明绝壁。半树篱边,一枝竹外,冷艳凌苍雪。淡然相对,万花无此清杰。
>
> 还念庾岭幽情,江南聊折,赠行人应发。寂寂西窗闲弄影,深夜寒灯明灭。且浸芳壶,休簪短帽,照见萧萧发。几时归去,朗吟湖上香月。

张炎《词源》以"清空"论词，仅称赏苏轼《水龙吟》(似花还似非花)、《水调歌头》(明月几时有)、《洞仙歌》(冰肌玉骨)、《永遇乐》(明月如霜)等清丽舒徐之作，对于《念奴娇·赤壁怀古》这样的豪放之作显然是不欣赏的，然而由于此词的巨大魅力，他仍然不免受其影响。

从追和之作来看，两宋词坛对于苏轼词尤其是豪放词作的接受有一个渐进的过程。随着词逐渐脱离音乐，成为士大夫陶写性情、抒发抱负的工具，作为中国古代士大夫的杰出代表，苏轼词中所表达的思想情感更易引起后世词人的共鸣，因而无论是豪放之作、婉约之篇都获得众多追和。《苕溪渔隐丛话》后集卷二六列举苏轼佳作 12 首，分别为《念奴娇》(大江东去)、《水调歌头》(明月几时有)、《水调歌头》(落日绣帘卷)、《贺新郎》(乳燕飞华屋)、《永遇乐》(明月如霜)、《水龙吟》(楚山修竹如云)、《西江月》(玉骨那愁瘴雾)、《满江红》(东武南城)、《洞仙歌》(冰肌玉骨)、《八声甘州》(有情风万里卷潮来)、《卜算子》(缺月挂疏桐)、《南乡子》(霜降水痕收)等，以为"凡此十余词，皆绝去笔墨畦径间，直造古人不到处，真可使人一唱而三叹"[①]。这 12 首苏词在宋代获得追和者即有 8 首之多，可见获得后世词人追和者亦为公认的苏词名篇。《念奴娇·赤壁怀古》词为两宋时期受到追和最多的一首苏词，共获得 14 人 22 首和作，其中辛弃疾、刘辰翁分别和有 4 首。和词作者多为抗金志士、爱国将领以及豪放派词人，总体风格以慷慨激昂为主。

第三节 南宋三家和清真词与周邦彦词的接受

周邦彦词谨守音律，富艳精工，陈郁《藏一话腴》谓其"二百年来，以乐府独步，贵人、学士、市侩、妓女，知美成词为可爱"[②]。在南宋词坛崇雅背景下，清真词逐渐被奉为经典。宋末沈义父《乐府指迷》明确指出："凡作词，当以清真为主。盖清真最为知音，且无一点市井气。下字运意，皆有法度，往往自唐宋诸贤诗句中来，而不用经史中生硬字面，此所以为冠绝也。

---

① ［宋］胡仔纂集，廖德明校点：《苕溪渔隐丛话》，人民文学出版社，1981 年版，第193 页。

② ［宋］陈郁：《藏一话腴》，文渊阁《四库全书》第 865 册，第 559 页。

学者看词,当以周词集解为冠。"①南宋名家如吴文英、史达祖、姜夔等作词皆学周邦彦。周邦彦曾充大晟府乐官,《宋史·文苑传》称其"好音乐,能自度曲,制乐府长短句,词韵清蔚"②,为一时绝唱。南渡后,词乐渐失。至宋末,词作已鲜有可歌者。坊曲优伎有能歌清真词一二调者,人皆视为珠璧。张炎《国香》词自序云:"沈梅娇,杭妓也。忽于京师见之,把酒相劳苦,犹能歌周清真《意难忘》《台城路》二曲,因属余纪其事",可为一证。清真词"审音用字之法既不传,如是群视周词四声为金科玉律。方千里、杨泽民、陈西麓诸家和清真调,谨守四声,少有逾越,即其一例"③。

一、三家和清真词与清真词的经典化

周邦彦词在南宋绍兴年间已有别行本,今可考者,宋刻有十一种。《景定严州续志》有《清真诗余》,此为清真词最早之别行本,《花庵词选》即据以选录清真词 17 首。又,陈振孙《直斋书录解题》著录曹杓注《注清真词》二卷;张炎《词源》卷下称杨守斋有《圈法周美成词》。流传至今的清真词重要刻本有二:一为《详注周美成词片玉集》十卷,陈元龙注、刘肃序,后有"嘉定辛未"年号,又有《覆刻陈注本》,汲古阁藏;二为《清真词》二卷,182 首,强焕序,淳熙庚子溧水刊本。关于方千里、杨泽民、陈允平三家所和清真词版本,吴则虞先生辨之甚详:

> 《清真词》自绍兴以来,传刻颇多,已如上述。其纂辑体例有二:一则分门纂录,如前后卷之《清真词》暨陈元龙注本,俱与方、杨和词之序次合。二则不分门类纂者,如卢炳与陈允平所见本《哄堂词》有《玉团儿》,用美成韵,毛氏云,"《清真集》所无",元龙注本亦未收,《西麓继周集》和词佚,而存其调,是西麓与叔阳所据者同一本,又西麓《如梦令》作《宴桃源》,又有《过秦楼》《琴调相思引》,亦皆注本所无。及晋阳强焕本。窃疑分类纂者,或依不满百阕之《清真诗余》《清真集》;其不依类纂录者,或本诸《清真先生文集》之旧。宋人专集著录诗词,分类者稀见。分类之体,往往用之于选集或诗词别行之本。如东坡诗、山

---

① [宋]沈义父著,蔡嵩云笺释:《〈乐府指迷〉笺释》,人民文学出版社,1963 年版,第 44 页。
② [元]脱脱等:《宋史》,中华书局,1977 年版,第 13126 页。
③ 蔡嵩云:《柯亭词论》,《词话丛编》,中华书局,1986 年版,第 4900 页。

谷词等。是知西麓与方、杨所据者固不同本也。如《解语花》，"千门如昼"，千里、泽民和词皆作"画"，元龙本作"昼"，而西麓独押"艳"字，此又得其一证。校《清真词》者，当以方杨还方杨，以卢陈还卢陈。①

　　三家和清真词中，方千里和词因入选《花庵词选》而受到较早的关注。陈允平为当时词坛名家，周密《绝妙好词》选其词9首，其中有和清真词3首。杨泽民和词最是湮没无闻，直到清代，学者才注意到它的存在。毛晋跋方千里《和清真词》云："美成当徽庙时提举大晟乐府，每制一调，名流辄依律赓唱，独东楚方千里、乐安杨泽民有和清真全词各一卷，或合为《三英集》行世。花庵词客止选千里《过秦楼》《风流子》《诉衷情》三阕，而泽民不载，岂杨劣于方耶？"②三家和词谨守清真格律，《片玉词》四库全书总目提要云："邦彦本通音律，下字用韵，皆有法度，故方千里和词，一一案谱填腔，不敢稍失尺寸。今以两集互校……"③自四库馆臣首倡其风，后世学者如朱孝臧、郑文焯等均借之以校清真词，对于三家和词本身的评论亦随之出现在各家词话中。

　　（一）方千里《和清真词》

　　方千里生平事迹不详，《花庵词选》云："方千里，三衢（今浙江省衢州市）人，尽和美成词。"④《四库全书总目》称方千里《和清真词》：

　　　　宋方千里撰。千里，信安人。官舒州签判。李龏《宋艺圃集》尝录其《题真源宫》一诗，其事迹则未之详也。此集皆和周邦彦词。邦彦妙解声律，为词家之冠，所制诸调，不独音之平仄宜遵，即仄字中上、去、入三音亦不容相混，所谓分刌节度，深契微芒。故千里和词，字字奉为标准。⑤

毛晋汲古阁《宋六十名家词》刻本方千里《和清真词》一卷，是现存年代最早、流传最广的刊本。饶宗颐《词集考》云："汲古刻《六十一家》本《和清真词》一卷，九十三首。《四库》录此，《提要》多所订正。有汪氏覆刻，《四部备

① ［宋］周邦彦撰，吴则虞校点：《清真集》，中华书局，1981年版，第175页。
② ［明］毛晋：《汲古阁书跋》，上海古籍出版社，2005年版，第92-93页。
③ ［清］永瑢等：《四库全书总目》，中华书局，1965年版，第1811页。
④ ［宋］黄昇选编：《花庵词选》，上海古籍出版社，2007年版，第311页。
⑤ ［清］永瑢等：《四库全书总目》，中华书局，1965年版，第1811页。

要》排印。"①《全宋词》即据汲古阁刻本录方千里词 93 首。方千里和词编次与陈元龙注《片玉集》相同,自第一卷首篇《瑞龙吟》起,至第八卷末《满路花》止,逐阕和作。其第九、第十两卷,及第八卷之《归去难》《黄鹂绕碧树》两阕,则付阙如。

除黄昇《中兴以来绝妙词选》选录方千里和词《过秦楼》(柳酒鹅黄)、《风流子》(河梁携手别)、《诉衷情》(一钩新月淡于霜)三首外,朱彝尊《词综》亦选录方千里和词《齐天乐》(碧纱窗外黄鹂语)、《寒垣春》(四远天垂野)、《丑奴儿》(凌波台畔)、《迎春乐》(红深绿暗春无迹)等四首。丁绍仪《听秋声馆词话》卷九评其词曰:"虽不能如骖之靳,与陈西麓颇堪并驾。"②丁绍仪以《一落索》(月影娟娟明秀)、《扫花游》(野亭话别)为千里和词中之佳构,并称最爱其《少年游》(东风无力扬轻丝)一阕。沈雄称方千里"《过秦楼》《风流子》是和之出一头地者"③。冯煦《蒿庵论词》曰:"千里和清真,亦趋亦步,可谓谨严。然貌合神离,且有袭迹,非真清真也。其胜处则近屯田,盖屯田胜处,本近清真,而清真胜处,要非屯田所能到。"④试以《风流子》为例,将千里和词与清真原作比而观之。

方千里和词:

> 春色遍横塘,年华巧,过雨湿残阳。正一带翠摇,嫩莎平野;万枝红滴,繁杏低墙。恼人是,燕飞盘软舞,莺语咽轻簧。还忆旧游,禁烟寒食;共追清赏,曲水流筋。
>
> 回思欢娱处,人空老,花影尚占西厢。堪惜翠眉环坐,云鬓分行。看恋柳烟光,遮丝藏絮,妒花风雨,飘粉吹香。都为酒驱歌使,应也无妨。

清真原作:

> 新绿小池塘,风帘动,碎影舞斜阳。羡金屋去来,旧时巢燕;土花

---

① 饶宗颐:《词集考》,中华书局,1992 年版,第 180 页。
② [清]丁绍仪:《听秋声馆词话》,《词话丛编》,中华书局,1986 年版,第 2686 页。
③ [清]沈雄:《古今词话》,《词话丛编》,中华书局,1986 年版,第 1007 页。
④ [清]冯煦著,顾学颉校点:《蒿庵论词》,人民文学出版社,1959 年版,第 63 页。

缭绕，前度莓墙。绣阁凤帏深几许，曾听得理丝簧。欲说又休，虑乖芳信；未歌先咽，愁近清觞。

　　遥知新妆了，开朱户，应自待月西厢。最苦梦魂，今宵不到伊行。问甚时说与，佳音密耗，寄将秦镜，偷换韩香。天便教人，霎时厮见何妨。

清真词乃怀人之作，层次脉络极清晰。"通篇皆是欲见不得之词。至末句乃点破'见'字。叹天何妨教人厮见霎时，亦是思极恨极，故不禁呼天而问之。"①千里和作词意相似，却有平铺直叙之嫌。沈义父《乐府指迷》于清真词推许甚至，然以清真此词结句轻而露，乃词家病，不可学也。况周颐《蕙风词话》卷二于此批驳道：

　　　　此等语愈朴愈厚，愈厚愈雅，至真之情，由性灵肺腑中流出，不妨说尽而愈无尽。南宋人词如姜白石云："酒醒波远，正凝想、明珰素袜。"庶几近似。然已微嫌刷色。诚如清真等句，唯有学之不能到耳。如曰不可学也，讵必攒眉搔首，作态几许，然后出之，乃为可学耶？②

况氏此言甚是，此词笔笔蓄势，层层渲染，至结句方有此至情至真之语，乃自然而然，水到渠成耳。比较而言，千里和词结句"都为酒驱歌使，应也无妨"，读来便觉淡而无味。柳永词多平铺直叙，而周邦彦词则特变其法，于一篇之中，回环往复，一唱三叹，此周词胜于柳词之处，亦陈廷焯所谓周词沉郁顿挫之妙。冯煦论千里和词"胜处则近屯田"，此言不虚。

　　（二）杨泽民《和清真词》

　　杨泽民和词较之千里、允平之作多有题序，如《瑞鹤仙》（忆旧居，呈超然，示儿子及女）、《齐天乐·临江道中》、《蕙兰芳》（赣州推厅新创池亭、画桥，时宴其中，令小春舞。小春乃吾家小妓也）、《六幺令》（壬寅四月，扶病外邑催租，寄内）等，其生平行迹于此约略可见。饶宗颐先生《词集考》据其词题序，考其生平曰：

---

① 唐圭璋选释：《唐宋词简释》，上海古籍出版社，1981年版，第125页。
② 况周颐著，王幼安校订：《蕙风词话》，人民文学出版社，1960年版，第27页。

泽民,江西乐安人。观其《蕙兰芳》题,知曾为赣州推官。又有《六幺令》题云:"壬寅四月,扶病外邑催租,寄内。"有句云:"今岁重更甲子。"是泽民生年为壬寅岁。按南宋有两壬寅,前者为淳熙九年(一一八二),后者为淳祐二年,泽民殆生于淳熙,而《六幺令》作年为淳祐也。词中宦迹,不出赣、浙、湘、鄂。①

饶先生推测杨泽民生年为淳熙九年(1182),当不误。杨泽民和词今传92首,编次四声,悉同于方千里词,但比方词少《垂丝钓》一首,又易《过秦楼》调名为《选冠子》。杨泽民《和清真词》有知圣道斋藏汲古未刻本、小山堂等钞本;侯文灿《十名家词》刻本,有粟香室覆刊本;光绪二十一年(1895)江标辑刊《宋元词十五种》本;《全宋词》据江本收杨泽民词92首。丁绍仪《听秋声馆词话》卷九云:"宋杨泽民有《续和清真词》,后人合美成、千里,作为《三英集》,其词远不如方,无论乎周,然亦有数阕颇佳。"②朱彝尊《词综》仅录泽民《满庭芳》(春过园林)一阕,丁绍仪以为《玉楼春》(奇容压尽群芳秀)、《望江南》(寻胜去)、《大酺》(渐雨回春)亦其中佳者。总体来看,杨泽民和词确不如方千里和词之得清真神韵,然其和词能不囿于原作窠臼而自抒情意,殊少摹拟之迹,亦为可贵。试以其《满庭芳》词观之:

> 春过园林,雨余池沼,嫩荷点点青圆。昼长人静,芳树欲生烟。一径幽通邃竹,松风漱、石齿溅溅。平生志,功名未就,先觅五湖船。
>
> 良田二顷,茅舍三椽。任高歌月下,痛饮花前。果解忘情寄外,归去好意,又何在、频抚无弦。烟波友,扁舟过我,相伴白鸥眠。

清真原作上片绘初夏景色,下片抒漂泊之哀情,文笔曲折。《艺蘅馆词选》评曰:"最颓唐语,却最含蓄。"③泽民和词章法同于清真词,却无清真词转折顿挫之处,下片直抒胸臆,"乃赋体耳"(丁绍仪语)。可贵之处在于他并不强拟清真之情,而是抒发自己归隐田园之愿。又如其《望江南》:"寻胜去,驱马上南堤。信脚不知程远处,醉眠犹劝玉东西。归路任冲泥。

---

① 饶宗颐:《词集考》,中华书局,1992年版,第180页。
② [清]丁绍仪:《听秋声馆词话》,《词话丛编》,中华书局,1986年版,第2687页。
③ 梁令娴:《艺蘅馆词选》,广东人民出版社,1981年版,第76页。

春雨过，农事在瓜溪。野卉无名随地发，山禽着意傍人啼。难解是悲凄。"写眼前景，道自身情，亦真切感人。杨泽民和词亦有颇得清真神韵而又自出机杼、别有新意者，如《秋蕊香》：

> 向晓银瓶香暖，宿蕊犹残娇面。风尘一缕透窗眼，恨入春山黛浅。
> 短书封了凭金线，紧双燕。良人贪逐利名远，不忆幽花静院。

《蕙风词话》卷二评曰："'幽花静院'，抵多少'盈盈秋水，淡淡春山'。'良人'句质不涉俗，是泽民学清真处。"①

（三）陈允平《西麓继周集》

陈允平，字君衡，一字衡仲，号西麓，四明鄞县（今浙江省宁波市鄞县）人。《两宋名贤小集》叙其生平曰："（陈允平）才高学博，一时名公卿皆倾倒。试上舍不遇，放情山水，往来吴淞淮泗间。倚声之作，推为特绝，尝著《日湖渔唱》词。元初以人才征至北都，不受官放还。"②关于陈允平生卒年，至今尚无定论。金启华、肖鹏《周密及其词研究》经过详细推论，以为陈允平出生在宁宗嘉定八年到十三年之间（1215—1220）比较合理，卒年疑在元贞（1295—1297）前后，与周密卒年相去不远。

陈允平和清真词的流传以抄本为主，1922 年朱孝臧所刊《彊村丛书》本《西麓继周集》为最早之印本，底本为劳权及何梦华传抄本。《全宋词》所收陈允平词即彊村本。另有 1929 年商务印书馆仿宋精印林大椿校刊《西麓继周集》一卷。陈允平《西麓继周集》最为晚出，所和独多，共一百二十八阕，内五阕有目无词。陈允平颇有词名，张炎《词源》卷下称："近代陈西麓所作，本制平正，亦有佳者。"③陈允平西湖十咏诸阕如《探春》（苏堤春晓）、《秋霁》（平湖秋月）、《扫花游》（雷峰夕照）、《蓦山溪》（花港观鱼）、《齐天乐》（南屏晚钟）等深受词家好评。陈廷焯《白雨斋词话》卷二曰："西麓西湖十咏，多感时之语，时时寄托，忠厚和平，真可亚于中仙。下视草窗十阕，直不足比数矣。"④对于陈允平词风格流派，各家意见不一。清代浙西词派领袖

---

① 况周颐著，王幼安校订：《蕙风词话》，人民文学出版社，1960 年版，第46 页。
② ［宋］陈思编，［元］陈世隆补：《两宋名贤小集》，文渊阁《四库全书》第 1364 册，第 497 页。
③ ［宋］张炎著，夏承焘注：《〈词源〉注》，人民文学出版社，1963 年版，第 29 页。
④ ［清］陈廷焯著，屈兴国校注：《〈白雨斋词话〉足本校注》，齐鲁书社，1983 年版，第164 页。

朱彝尊以为允平词宗姜夔,常州派词论家陈廷焯则云:"西麓亦是取法清真,集中和美成者十有二三,想见服膺之意。特面目全别,此所谓脱胎法。"①陈廷焯所见当为《日湖渔唱》与《西麓继周集》合刊本,故有此言。试以周密《绝妙好词》所选三首陈允平和清真词为例析之。陈允平《满江红·和清真韵》词曰:

> 目断江横,相思字、难凭雁足。从别后、倦歌慵绣,悄无拘束。烟柳翠迷星眼恨,露桃红沁霞腮肉。傍琐窗、终日对文枰,翻新局。
>
> 频暗把,归期卜。芳草恨,阑干曲。谢多情海燕,伴愁华屋。明月自圆双蝶梦,彩云空伴孤鸾宿。任画帘、不卷玉钩闲,杨花扑。

清真原作措辞含蓄,意境婉媚而有沉挚之思。陈允平词字面、情思与清真词相似,而实是陈允平自家写法,流利而少顿挫,可以"平正"概之。周济评陈允平《八宝妆》(望远秋平)词曰:"西麓和平婉丽,最合世好,但无健举之笔,沈挚之思,学之必使生气泪丧,故为后人拈出。"②陈允平和清真词亦复如此,其遣词用语颇见功底,然殊少自家性情。陈允平小令确有深得清真意趣者,如周密所选二阕:

《秋蕊香》
晚酌宜城酒暖,玉软嫩红潮面。醉中窈窕度娇眼,不识愁深恨浅。
绣窗一缕香绒线,系双燕。海棠满地夕阳远,明月笙歌别院。

《一落索》
欲寄相思情苦,倩流红去。满怀写不尽离愁,都化作、无情雨。
渺渺暮云春树,淡烟横素。夕阳西下杜鹃啼,怨截断、春归处。

南宋三家于清真词格律皆谨守之。就学习清真词风格技法而言,三家成就各不相同:方千里和作亦步亦趋,胜处则近屯田;杨泽民和作并不刻意摹拟清真风貌,贵在独具自家面目;陈允平和作整体水平较高,却失清真之沉挚。三家和词均有佳作,然亦存在因受原韵限制而牵强词意的现象,如

---

① [清]陈廷焯著,屈兴国校注:《〈白雨斋词话〉足本校注》,齐鲁书社,1983年版,第163页。
② [清]周济:《宋四家词选》,《清人选评词集三种》,齐鲁书社,1988年版,第309页。

"堪叹萍泛浪迹,是事无长寸"(杨泽民《丁香结》)、"比屋逢尧世,好相将载酒寻歌立对"(方千里《西河》)等皆文理欠通,令人费解。

二、南宋其他词人追和清真词

刘永济《微睇室说词》云:"当美成之时,词体变而与诗近。美成知音又能文,故所作独得其体之正,虽多赋丽情,而出之以雅和之笔,故不伤格,所以享盛名于时。每制一词,名流辄和,方千里、杨泽民至和其全集,非无故也。"①三家和清真词之外,卢炳、杨无咎、袁去华、刘埙、周密、蒋捷、萧允之、赵崇嶓、楼扶、吴潜、叶隆礼、王奕、赵必瑑等16人亦有和作27首,追和对象为清真20首词作。周济《宋四家词选》谓清真《齐天乐》(绿芜凋尽台城路)词曰:"此清真荆南作也,胸中犹有块垒。南宋诸公多模仿之。"②杨无咎(1097—1171)《齐天乐·和周美成韵》为现存最早的和清真之作:

> 后堂芳树阴阴见,疏蝉又还催晚。燕守朱门,萤粘翠幕,纹蜡啼红慵剪。纱帏半卷。记云鬓瑶山,粉融珍簟。睡起援毫,戏题新句谩盈卷。
>
> 暌离鳞雁顿阻,似闻频念我,愁绪无限。瑞鸭香销,铜壶漏永,谁惜无眠展转。蓬山恨远。想月好风清,酒登琴荐。一曲高歌,为谁眉黛敛。

此词与清真原作意境略似,绵丽工炼处则颇似梦窗。《兰陵王·柳》为周邦彦代表作,曾传唱一时,据宋毛开《樵隐笔录》记载,"绍兴初,都下盛行周清真咏柳《兰陵王慢》,西楼南瓦皆歌之,谓之'渭城三叠'。以周词凡三换头,至末段,声尤激越,惟教坊老笛师能倚之以节歌者。"③《兰陵王·柳》与《意难忘》(衣染莺黄)是南宋词人追和最多的两首清真词,各有和作3首。袁去华,字宣卿,奉新(今属江西)人。绍兴十五年(1145)进士。有《袁宣卿词》一卷。其《兰陵王·次周美成韵》一阕章法与清真词同,笔力、词境皆逊之:

---

① 刘永济:《唐五代两宋词简析·微睇室说词》,中华书局,2007年版,第237页。

② [清]周济:《宋四家词选》,《清人选评词集三种》,齐鲁书社,1988年版,第211页。

③ [清]冯金伯:《词苑萃编》,《词话丛编》,中华书局,1986年版,第2270页。

小桥直，林表遥岑寸碧。斜阳外、霞绚晚空，一目千里总佳色。初寒遍泽国。投老依然是客。功名事，云散鸟飞，匣里青萍漫三尺。

重来怆陈迹。又水褪沙痕，风满帆席。鲈肥莼美曾同食。听虚阁松韵，古墙竹影，参差犹记过此驿，傍溪南山北。

悲恻，暗愁积。拥绣被焚香，谁伴孤寂。追寻恩怨无穷极。正难续幽梦，厌闻邻笛。那堪檐外，更夜雨，断又滴。

赵必瑑、卢炳分别追和清真词9首、3首之多。赵必瑑(1245—1294)，字玉渊，自号秋晓，宋宗室，东莞(今广东东莞)人。咸淳元年(1265)进士。文天祥开府潮惠，辟摄军事判官。入元隐居不仕。有《覆瓿集》。《四库全书总目》谓其"诗文篇帙无多，在宋末诸家中未为颖脱。然体格清劲，不屑为靡靡之音，如'一雨鸣蛙乱深夜，数声啼鸟怨斜阳'诸句，固未尝不绰有情韵也。"[1]潘飞声评其人其作曰："秋晓先生志节高超，儒林景仰。其诗若霜天鹤唳，清气往来，骚屑哀音，寓黍离麦秀之感，皆可传也。词则绮思丽句，取法清真。"[2]赵秋晓和词中，《风流子·别赣上故人用美成韵》一阕抒惜春之情，多用"春"字，独具特色。《琐窗寒·春暮用美成韵》一阕则逼肖清真原作：

乳燕双飞，黄莺百啭，深深庭户。海棠开遍，零乱一帘红雨。绣帘低、卷起春风，香肩倦倚娇无语。叹玉堂底事。匆匆聚散，又江南旅。

春暮。人何处。想歌馆睡浓，日高丈五。旧迷未醒，莫负孤眠凤侣。长安道、载酒寻芳，故园桃李还忆否。早归来、整过阑干，花下携春俎。

此词在布局上苦心经营，上片以暮春景象衬离别之情，用一"叹"字揭开佳人心事；下片以闺中人之设想见出思念之深，拈一"想"字提起下文无限情思，流利婉转，用字亦精妙。《苏幕遮·钱塘避暑忆旧用美成韵》则是一首极为艳冶的小令："远迎风，回避暑。人似荷花，笑隔荷花语。无限情云并

---

① [清]永瑢等：《四库全书总目》，中华书局，1965年版，第1412页。

② [清]潘飞声：《粤词雅》，《词话丛编》，中华书局，1986年版，第4888页。

意雨。惊散鸳鸯,兰棹波心举。　　约重游,轻别去。断桥风月,梦断飘蓬旅。旧日秋娘犹在否。雁足不来,声断衡阳浦。"

卢炳,字叔阳,自号丑斋,宁宗时人,有《哄堂词》一卷。卢炳词中和清真韵者有《玉团儿》(绿云慢绾新梳束)、《少年游》(绣罗襦子间金丝)、《菩萨蛮》(而今怕听相思曲)三首。其和作皆拟清真词意,然多俗滥之语。卢炳《玉团儿》词有"把不定、红生脸肉"之句,四库馆臣批评其"鄙俚不文,有乖雅调"①,当不为过。另外,清真二首小令均有故事背景寓于其中,内涵丰富而情真意切,卢炳和词则纯为概念化的毫无感情的机械摹拟。卢炳和词惟《菩萨蛮》一首别有情味:

> 而今怕听相思曲,多情蹙损眉峰绿。惜别上扁舟,望穷江际楼。
> 蛮笺封了发,为忆人如雪。离恨写教看,休令盟约寒。

清真原作抒写游子念归之情,上片写游子思归,下片遥想思妇念己,深婉含蓄。"归舟""夕阳""梅""雪"等意象与沉挚思念之情相得益彰。卢炳和词则变抒情主人公为思妇,着重抒写别后刻骨思念之情,情感直露而强烈,有如汉乐府之《上邪》。"怕听""蹙损""望穷""为忆人如雪""休令盟约寒"等字句,使得此词别有一种纯粹、决绝之美。若如此"有乖雅调",亦可贵可喜。

综上,南宋词人对于苏轼、周邦彦的追和蔚成风气,对于其他词人如贺铸、秦观、刘过、姜夔、崔与之的追和则仅集中于其个别名篇上。从《花庵词选》选录情况来看,苏轼、欧阳修、周邦彦是北宋词人中入选词作最多的三位词人,分别有 31 首、18 首、17 首词作入选,而后世词人对于欧阳修词的追和则为数不多,可见追和在一定程度上受词选的影响,但仍具有相对独立性。词选作为一种批评形式,难免受到时代风会及选家审美眼光的局限,只有少数经典的作家作品能够超越这一局限。南宋词人在创作实践中对苏轼、周邦彦词大量、广泛、反复的追和,无疑大大促进了苏轼、周邦彦词的传播与影响及其在词史上经典地位的确立。

---

① ［清］永瑢等:《四库全书总目》,中华书局,1965 年版,第 1830 页。

附录1:两宋追和词一览表

原唱作者	原唱篇名	花庵	和词作者	和词篇名	和词数量	
李 白	《忆秦娥》(秦娥咽)	√	李之仪	《忆秦娥》(清溪咽)	1	
冯延巳	《谒金门》(风乍起)	√	王之道	《谒金门》(春睡起)	1	
李 煜	《虞美人》(春花秋月何时了)	√	刘辰翁	《虞美人》(梅梢腊尽春归了)	2	5
				《虞美人》(情知是梦无凭了)		
张志和	《渔父》(西塞山前白鹭飞)	√	孙 锐	《渔父词》(平湖千顷浪花飞)	1	
柳 永	《塞孤》(一声鸡)		朱 雍	《塞孤》(雪江明)	1	3
	《西平乐》(尽日凭高目)		朱 雍	《西平乐》(夜色娟娟皎月)	1	
	《笛家弄》(花发西园)		朱 雍	《笛家弄》(瑰质仙姿)	1	
贺 铸	《青玉案》(凌波不过横塘路)	√	张元干	《青玉案》(平生百绕垂虹路)	23	25
			蔡 伸	《青玉案》(参差弱柳长堤路)		
			冯时行	《青玉案》(年时江上垂杨路)		
			杨无咎	《青玉案》(五云楼阁蓬瀛路)		
			史 浩	《青玉案》(涌金斜转青云路)		
				《青玉案》(银涛渐溢江南路)		
			侯 寘	《青玉案》(三年牢落荒江路)		
			程 垓	《青玉案》(宝林岩畔凌云路)		
			吴 潜	《青玉案》(十年三过苏台路)		
			刘一止	《青玉案》(小山遮断蓝桥路)		
			周紫芝	《青玉案》(青鞋忍踏江沙路)		
			王之道	《青玉案》(逢人借问钱塘路)		
				《青玉案》(半年不踏轩车路)		
			王千秋	《青玉案》(雪堂不远临皋路)		
			张孝祥	《青玉案》(红尘冉冉长安路)		

原唱作者	原唱篇名	花庵	和词作者	和词篇名	和词数量	
贺　铸	《青玉案》(凌波不过横塘路)	√	陈　亮	《青玉案》(武陵溪上桃花路)	23	25
			韩　淲	《青玉案》(苏公堤上西湖路)		
			李彭老	《青玉案》(楚峰十二阳台路)		
			无名氏	《青玉案》(钉鞋踏破祥符路)		
				《青玉案》(征鞍不见邯郸路)		
			赵彦端	《青玉案》(当年万里龙沙路)		
			廖行之	《青玉案》(家山此去无多路)		
			吴　泳	《青玉案》(玉骢已向关头路)		
	《六幺令》(今不存)		李　纲	《六幺令》(长江千里)	1	
	《望扬州》(铁瓮城高)		杨无咎	《长相思》(急雨回风)	1	
秦　观	《千秋岁》(水边沙外)	√	丘　崇	《千秋岁》(梅妆竹外)	4	5
				《千秋岁》(征鸿天外)		
				《千秋岁》(窥檐窗外)		
			王之道	《千秋岁》(山前湖外)		
	《满庭芳》(山抹微云)	√	董　颖	《满庭芳》(红斗风桃)	1	
苏　轼	《念奴娇》(大江东去)	√	胡世将	《念奴娇》(神州沉陆)	22	76
			黄中辅	《念奴娇》(炎精中否)		
			叶梦得	《念奴娇》(云峰横起)		
			辛弃疾	《念奴娇》(倘来轩冕)		
				《念奴娇》(道人元是)		
				《念奴娇》(洞庭春晚)		
				《念奴娇》(论心论相)		
			石孝友	《念奴娇》(半千宝运)		
			汪　晫	《念奴娇》(相逢草草)		
			葛长庚	《酹江月》(寄言天上)		
				《酹江月》(罗浮山下)		

原唱作者	原唱篇名	花庵	和词作者	和词篇名	和词数量	
苏　轼	《念奴娇》（大江东去）	√	章谦亨	《酹江月》（画楼侧畔）		22
			刘辰翁	《酹江月》（冰肌玉骨）		
				《酹江月》（四无谁语）		
				《酹江月》（岁寒相命）		
				《念奴娇》（两丸日月）		
			邓　剡	《酹江月》（水天空阔）		
			文天祥	《酹江月》（庐山依旧）		
				《酹江月》（乾坤能大）		
			林横舟	《大江词》（一夔呈秀）		
			张　炎	《壶中天》（苔根抱古）		
			陈　纪	《念奴娇》（凭高眺远）		
	《卜算子》（缺月挂疏桐）	√	葛长庚	《卜算子》（云散雨初晴）		76
				《卜算子》（古寺枕空）		
				《卜算子》（渔火海边明）		
			向子諲	《卜算子》（雨意挟风回）		
				《卜算子》（时菊碎榛丛）		
				《卜算子》（胶胶扰扰中）	18	
				《卜算子》（千古一灵根）		
				《卜算子》（竹里一枝梅）		
			徐　俯	《卜算子》（心空道亦空）		
			黄公度	《卜算子》（寒透小窗纱）		
			朱淑真	《卜算子》（竹里一枝斜）		
			卓世清	《卜算子》（流水一湾西）		
			姜特立	《卜算子》（凡桂一枝芳）		
			范成大	《卜算子》（云压小桥）		
			陈三聘	《卜算子》（涧下水声寒）		
			韩　淲	《卜算子》（一雨已秋深）		
			卢祖皋	《卜算子》（寒谷耿春姿）		
	《醉翁操》（琅然）		楼　钥	《醉翁操》（泠然）		

续　表

原唱作者	原唱篇名	花庵	和词作者	和词篇名	和词数量	
苏　轼	《点绛唇》 (我辈情钟)		向子諲	《点绛唇》(无热池南)	4	76
				《点绛唇》(莫问重阳)		
				《点绛唇》(今日重阳)		
				《点绛唇》(病卧秋风)		
	《水调歌头》 (明月几时有)	✓	刘一止	《水调歌头》(缥缈青溪畔)	4	
			仲　并	《水调歌头》(华栋一何丽)		
			辛弃疾	《水调歌头》(我志在寥廓)		
			李曾伯	《水调歌头》(万里净无翳)		
	《南乡子》 (霜降水痕收)	✓	王之道	《南乡子》(风急断虹收)	4	
			吴　潜	《南乡子》(野思浩难收)		
				《南乡子》(野景有谁收)		
				《南乡子》(黄耳讯初收)		
	《浣溪沙》 (覆块青青麦未苏)		王之道	《浣溪沙》(阳气初升土脉苏)	4	
			王之道	《浣溪沙》(体粟须烦鼎力苏)		
			王之道	《浣溪沙》(春到衡门病滞苏)		
			王之道	《浣溪沙》(冻卧袁安已复苏)		
	《桃源忆故人》 (华胥梦断人何处)		王之道	《桃源忆故人》(逢人借问春归处)	3	
			王之道	《桃源忆故人》(不知春色归何处)		
			王之道	《桃源忆故人》(南园最是花多处)		
	《贺新郎》 (乳燕飞华屋)	✓	陈　亮	《贺新郎》(镂刻黄金屋)	2	
			吴　潜	《贺新郎》(碧沼横梅屋)		
	《南歌子》 (山与歌眉敛)		杨无咎	《南歌子》(波静明如染)	2	
				《南歌子》(小雨疏疏过)		
	《水龙吟》 (似花还似非花)	✓	李　纲	《水龙吟》(晚春天气融和)	2	
			刘　镇	《水龙吟》(弄晴台馆收烟候)		
	《醉蓬莱》 (笑劳生一梦)		王之道	《醉蓬莱》(对黄芦卧雨)	1	
	《洞仙歌》 (冰肌玉骨)	✓	陈　著	《洞仙歌》(冰肌玉骨)	1	
	《点绛唇》 (闲倚胡床)		杨无咎	《点绛唇》(小阁清幽)	1	

续　表

原唱作者	原唱篇名	花庵	和词作者	和词篇名	和词数量
苏轼	《蝶恋花》（云水萦回溪上路）		王之道	《蝶恋花》（寒雨霏霏江上路）	1	
	《水调歌头》（安石在东海）		王之道	《水调歌头》（湖上有佳色）	1
	《水调歌头》（落日绣帘卷）	√	方　岳	《水调歌头》（秋雨一何碧）	1
	《江城子》（黄昏犹是雨纤纤）		王之道	《江城子》（寒光凌乱六花纤）	1
	《行香子》（一叶舟轻）	√	吴　潜	《行香子》（世事尘轻）	1
	《浣溪沙》（细雨斜风作晓寒）		王之道	《浣溪沙》（残雪笼晴作沍寒）	1
	《归朝欢》（我梦扁舟浮震泽）		王之道	《归朝欢》（透隙敲窗风撼泽）	1
	《临江仙》（自古相从休务日）		王之道	《临江仙》（鼓棹正逢江雪霁）	1	76
周邦彦	《意难忘》（衣染莺黄）	√	朱用之	《意难忘》（宫额涂黄）		
			刘　埙	《意难忘》（汀柳初黄）	3
			赵必瓛	《意难忘》（魏紫姚黄）	
	《兰陵王》（柳阴直）	√	袁去华	《兰陵王》（小桥直）	
			赵必瓛	《兰陵王》（画阑直）	3
			叶隆礼	《兰陵王》（大堤直）	
	《渡江云》（晴岚低楚甸）	√	萧允之	《渡江云》（蔷薇开欲谢）	2
			萧元之	《渡江云》（流苏垂翠幰）	
	《隔浦莲》（新篁摇动翠葆）	√	赵必瓛	《隔浦莲》（东风吹长嫩葆）	2
			吴　潜	《隔浦莲》（扇荷偷换羽葆）	
	《西河》（佳丽地）	√	王　奕	《西河》（江左地）	2
			吴　潜	《西河》（都会地）	
	《过秦楼》（水浴清蟾）	√	赵崇嶓	《过秦楼》（隐枕轻潮）	1
	《风流子》（新绿小池塘）	√	赵必瓛	《风流子》（旧梦忆钱塘）	1
	《风流子》（枫林凋晚叶）	√	赵必瓛	《风流子》（春光才一半）	1
	《华胥引》（川原澄映）	√	赵必瓛	《华胥引》（沧浪矶外）	1	27

续　表

原唱作者	原唱篇名	花庵	和词作者	和词篇名	和词数量	
周邦彦	《宴清都》(地僻无钟鼓)		赵必瑑	《宴清都》(远远渔村鼓)	1	27
	《锁窗寒》(暗柳啼鸦)		赵必瑑	《锁窗寒》(乳燕双飞)	1	
	《苏幕遮》(燎沈香)		赵必瑑	《苏幕遮》(远迎风)	1	
	《秋蕊香》(乳鸭池塘水暖)		王从叔	《秋蕊香》(薄薄罗衣乍暖)	1	
	《齐天乐》(绿芜凋尽台城路)	√	杨无咎	《齐天乐》(后堂芳树阴阴见)	1	
	《水龙吟》(素肌应怯余寒)		楼枎	《水龙吟》(素娥洗尽繁妆)	1	
	《玉团儿》(铅华淡伫新妆束)		卢炳	《玉团儿》(绿云慢绾新梳束)	1	
	《菩萨蛮》(银河宛转三千曲)		卢炳	《菩萨蛮》(而今怕听相思曲)	1	
	《少年游》(朝云漠漠散轻丝)		卢炳	《少年游》(绣罗褙子间金丝)	1	
	《扫地花》(晓阴翳日)		周密	《扫花游》(柳花飏白)	1	
	《应天长》(条风布暖)		蒋捷	《应天长》(柳湖载酒)	1	
李清照	《永遇乐》(落日熔金)		刘辰翁	《永遇乐》(灯舫华星)	1	1
辛弃疾	《贺新郎》(老大犹堪说)		刘学箕	《贺新郎》(往事何堪说)	4	10
				《贺新郎》(东阁凭诗说)		
				《贺新郎》(晓听儿曹说)		
			刘辰翁	《金缕曲》(世事如何说)		
	《祝英台令》(宝钗分)	√	吴潜	《祝英台近》(雾霏霏)	2	
			吴潜	《祝英台近》(旋安排)		
	《念奴娇》(我来吊古)	√	王奕	《酹江月》(英雄老矣)	1	
	《南乡子》(何处望神州)		王奕	《南乡子》(豪杰说中州)	1	
	《青玉案》(东风夜放花千树)		刘辰翁	《青玉案》(雪销未尽残梅树)	1	
	《贺新郎》(甚矣吾衰矣)	√	刘将孙	《金缕曲》(我老无能矣)	1	

续 表

原唱作者	原唱篇名	花庵	和词作者	和词篇名	和词数量	
刘 过	《糖多令》（芦叶满汀洲）		刘辰翁	《唐多令》（明月满沧洲）	9	9
				《唐多令》（风露小瀛洲）		
				《唐多令》（寒雁下荒洲）		
				《唐多令》（日落紫霞洲）		
				《唐多令》（零露下长洲）		
				《唐多令》（明月满河洲）		
				《唐多令》（残日下瓜洲）		
			汪元量	《唐多令》（莎草被长洲）		
			黎廷瑞	《唐多令》（回棹百花洲）		
姜 夔	《暗香》（旧时月色）	√	陈允平	《暗香》（霁天秋色）	5	10
			吴 潜	《暗香》（晓霜一色）		
				《暗香》（雪来比色）		
				《暗香》（澹然绝色）		
				《暗香》（九垓共色）		
	《疏影》（苔枝缀玉）	√	陈允平	《疏影》（千峰翠玉）	5	10
			吴 潜	《疏影》（佳人步玉）		
				《疏影》（寒梢砌玉）		
				《疏影》（嗤琼笑玉）		
				《疏影》（千门委玉）		
崔与之	《水调歌头》（万里云间戍）		刘克庄	《水调歌头》（敕使竟空反）	7	7
				《水调歌头》（遣作岭头使）		
				《水调歌头》（老子颇更事）		
				《水调歌头》（半世惯歧路）		
				《水调歌头》（落日几呼渡）		
				《水调歌头》（羯虏问周鼎）		
				《水调歌头》（怪事广寒殿）		

注：陈三聘《和石湖词》71首、南宋三家和清真词312首未统计在内；"花庵"指黄昇《花庵词选》，√表示入选《花庵词选》。

说明（由上表可见）：

1. 两宋时期获得5首以上追和的作家：

周邦彦（339首）、苏轼（76首）、范成大（71首）、贺铸（25首）、辛弃疾

(10 首)、姜夔(10 首)、刘过(9 首)、崔与之(7 首)、秦观(5 首)。

　　2. 两宋时期获得 5 首以上追和的作品:

　　《青玉案》(凌波不过横塘路)(23 首)、《念奴娇》(大江东去)(22 首)、《卜算子》(缺月挂疏桐)(17 首)、《糖多令》(芦叶满汀洲)(9 首)、《水调歌头》(万里云间戍)(7 首)、《暗香》(旧时月色)(5 首)、《疏影》(苔枝缀玉)(5 首)。

　　3.《花庵词选》选录情况:

　　获得 5 首以上追和的 7 首词作全部入选《花庵词选》。

第三章　相对沉寂:金元词人追和唐宋词

　　相对于唐宋词的光彩夺目,金元词颇显黯淡。历来多有词衰于元之论,明王世贞《艺苑卮言》曰:"元有曲而无词,如虞、赵诸公辈,不免以才情属曲,而以气概属词,词所以亡也。"①清人吴衡照《莲子居词话》卷三亦云:"金元工于小令套数而词亡。"②虽然"求如两宋词家,深美闳约,声文具谐,殆十不获其一二焉"③,金元词与唐宋词有着无法割裂的密切关系。金词与南宋词具有共时性与同源性,唐宋词对金代词坛的影响显而易见,开启金代词运的蔡松年、吴激、宇文虚中等实皆宋儒,而对于苏轼词风的继承和发扬则是金代词坛的主流。王世贞《艺苑卮言》卷四曰:"元裕之好问有《中州集》,皆金人诗也。如宇文太学虚中、蔡丞相伯坚、蔡太常珪、党承旨怀英、周常山昂、赵尚书秉文、王内翰庭筠,其大旨不出苏黄之外。"④元词上承金词与南宋词。灭金之初,词人如杨果、李治等皆出自金,元好问更是以一代文宗主领词坛,其时之创作风尚与金一脉相承。迨灭南宋后,词人如赵文、戴表元、刘将孙、赵孟頫、仇远、吴澄、詹正等均由南宋入元。陆辅之、仇远绍述张炎之学,重视音律。赵文、张之翰、刘敏中等推重苏辛,倡悲壮磊落之格。随着时代的推移,南北文风的交融,南宋各词学风尚与流派均在元代得以承继和发展。张翥为元代词坛一大家,朱彝尊《词综》以其为姜夔之羽翼。《四库全书总目·蜕岩词》提要亦云:"翥年八十八乃卒,上犹及见仇远,传其诗法;下犹及与张羽、倪瓒、顾阿瑛、郯九韶、危素诸人,与之唱和。以一身历元之盛衰,故其诗多忧时伤乱之作,其词乃婉丽风流,有南

---

①　[明]王世贞:《艺苑卮言》,《词话丛编》,中华书局,1986 年版,第 393 页。
② 　[清]吴衡照:《莲子居词话》,《词话丛编》,中华书局,1986 年版,第 2461 页。
③ 　[清]郑文焯:《大鹤山人词话》,《词话丛编》,中华书局,1986 年版,第 4336 页。
④ 　[明]王世贞著,罗仲鼎校注:《〈艺苑卮言〉校注》,齐鲁书社,1992 年版,第 227 页。

宋旧格。"①于此皆可见唐宋词对金元词之影响。

此外，值得注意的是，全真道士通过批点、和韵柳永词以达到悟道与教化的目的。全真教祖师爷王重阳《解佩令》(爱看柳词，遂成)词云："平生颠傻，心猿轻忽。乐章集，看无休歇。逸性摅灵，返认过、修行超越。仙格调，自然开发。　四旬七上，慧光崇兀。词中味，与道相谒。一句分明，便悟彻、耆卿曲杨柳岸，晓风残月。"王重阳弟子马钰词中有《玉楼春》(借柳词韵赠云中子)、《五灵妙仙》(借柳词韵)、《传妙道》(本名传花枝，借柳词韵)等和作。据吴熊和先生考证，柳永《玉楼春》(洞天无夜还无曙)乃谀圣词，实写宋真宗佞道场面，马钰因借此词韵以度人。《五灵妙仙》所和词为《小镇西》(意中有个人)，以口语入词，写艳情。《传妙道》所和为柳永《传花枝》词："平生自负，风流才调。口儿里、道知张陈赵。唱新词，改难令，总知颠倒。解刷扮，能嗽，表里都峭。每遇著、饮席歌筵，人人尽道。可惜许老了。

阎罗大伯曾教来，道人生、但不须烦恼。遇良辰，当美景，追欢买笑。剩活取百十年，只恁厮好。若限满、鬼使来追，待倩个、掩通著到。"柳永词的通俗化、世俗化倾向以及其中所传达出的玩世不恭的人生态度与全真教道义有契合之处，因而成为道士词人传道度人的工具。

第一节　蔡松年、赵秉文、元好问追和苏轼词

金代诗坛次韵之风盛行。与严羽对次韵的态度一样，王若虚、元好问等都给予严厉的批评。王若虚云："次韵实作诗之大病也。诗道至宋人，已自衰弊，而又专以此相尚。才识如东坡，亦不免波荡而从之，集中次韵者几三之一。虽穷极技巧，倾动一时，而害于天全多矣。使苏公而无此，其去古人何远哉。"②这种批评不仅击中苏诗之短，亦切中时弊。金代中期以来，次韵之风大盛，其流弊亦更著。元好问在《〈十七史蒙求〉序》中说："及诗家以次韵相夸尚，以《蒙求》韵语也，故姑汾王琢又有《次韵蒙求》出焉。评者谓次韵是近世人之弊，以志之所之而求合他人律度，迁就傅会，何所不

---

① [清]永瑢等:《四库全书总目》，中华书局，1965年版，第1822页。
② [金]王若虚著，霍松林、胡主佑校点:《滹南诗话》，人民文学出版社，1962年版，第68页。

有?"①刘祁《归潜志》卷八亦记载了元好问对次韵的态度:"凡作诗,和韵为难。古人赠答皆以不拘韵字。追宋苏、黄,凡唱和,须用元韵,往返数回以出奇。余先子颇留意,故每与人唱和,韵益狭,语益工,人多称之。尝与雷希颜、元裕之论诗,元云:'和韵非古,要为勉强。'"②与诗坛次韵之风盛行的状况相比,金代词人词作中次韵之作较少,但对于苏轼词的追和仍然清晰可见。

北宋末年统治者制造党禁,打压苏轼、黄庭坚等元祐诗人,然而苏轼著作"禁愈严而传愈多"③。宋室南渡、党禁解除之后,在爱国情绪高涨的情形下,苏轼词逐渐受到南宋词人叶梦得、张元干、张孝祥等的推崇和追和,其中辛弃疾成就最高,与苏轼并称,形成了词坛上的苏辛词派。南宋末年姜夔、吴文英、周密、王沂孙等典雅派词人一味哀唱低吟,苏辛一派词风一度被冷落,只有亡国之际文天祥、邓剡等人继承了苏轼词的豪放之风。与此不同的是,金初褒崇元祐诸人,苏轼更是以他丰富多彩的人生、达观放旷的生活态度、纵横豪迈的才气、全面的文学才能,得到金代统治者与文人的钟爱。"苏学"对金代文学的建设与健康发展具有重要意义。金代诗坛"百年以来,诗人多学坡、谷"④,词坛亦复如是,赵秉文、王若虚、元好问等公推苏词为古今第一,如元好问《新轩乐府引》云:"唐歌词多宫体,又皆极力为之。自东坡一出,情性之外不知有文字,真有'一洗万古凡马空'之气象。"⑤况周颐论宋金词不同曰:"南宋佳词能浑至,金源佳词近刚方。宋词深致能入骨,如清真、梦窗是。金词清劲能树骨,如萧闲、遯庵是。南人得江山之秀,北人以冰霜为清。南或失之绮靡,近于雕文刻镂之技。北或失之荒率,无解深裘大马之讥。"⑥金词与南宋词同出于北宋词,然由于国运、地域与民风的不同,各自呈现出不同的面目。金词较少受到柳永、秦观、周邦彦等婉约词人的影响,而更多继承了苏轼词的清雄亢爽之风。由于政治背景、审美观念等方面的原因,金人对于苏轼的崇奉与追和成为普遍

① [金]元好问:《元好问全集》,山西古籍出版社,2004年版,第754页。
② [金]刘祁:《归潜志》,中华书局,1983年版,第90页。
③ [宋]朱弁:《曲洧旧闻》,《宋元笔记小说大观》,上海古籍出版社,2001年版,第3016页。
④ [金]元好问:《赵闲闲书拟和韦苏州诗跋》,《元好问全集》,山西古籍出版社,2004年版,第844页。
⑤ [金]元好问:《新轩乐府引》,《元好问全集》,山西古籍出版社,2004年版,第764页。
⑥ 况周颐著,王幼安校订:《蕙风词话》,人民文学出版社,1960年版,第57页。

的倾向。金初的蔡松年(1107—1159)、金中期的赵秉文(1159—1232)以及金元之际的元好问(1190—1257)堪称金代词坛步武苏轼词的三位杰出代表。

蔡松年为金初词坛第一大家,《金史》本传谓其"文词清丽,尤工乐府,与吴激齐名,时号'吴蔡体'"①。蔡松年词疏博平快,雅近东坡,《水调歌头·镇阳北潭追和老坡原韵》、《念奴娇》(倦游老眼)、《念奴娇》(离骚痛饮)皆用苏词原韵,首开金代词坛学苏之风气。蔡松年于宋徽宗宣和末年随父降金,虽仕途通达,但内心的矛盾忧虑之情在他的作品中时时可见。苏轼《水调歌头》词云:"一旦功成名遂,准拟东还海道,扶病入西州。雅志困轩冕,遗恨寄沧洲。"正是苏词中对于仕途的厌倦矛盾之情触动了久在官场的蔡松年,遂有《水调歌头·镇阳北潭追和老坡原韵》之作:

> 玻璃北潭面,十丈藕花秋。西楼爽气千仞,山障夕阳愁。谁谓弓刀塞北,忽有冷泉高竹,坐我泽南州。准备黄尘眼,管领白蘋洲。
>
> 老生涯,向何处,觅莼裘。倦游岁晚一笑,端为野梅留。但得白衣青眼,不要问囚推按,此外百无忧。醉墨蔷薇露,洒遍酒家楼。

《念奴娇·赤壁怀古》词是金代词人追和最多的一首苏词,蔡松年《念奴娇》(倦游老眼)词前小序云:"仆来京洛三年,未尝饱见春物。今岁江梅始开,复事远行。虎茵、丹房、东岫诸亲友折花酌酒于明秀峰下,仍借东坡先生赤壁词韵,出妙语以惜别。辄亦继作,致言叹不足之意。"其另一首《念奴娇》(离骚痛饮)词序又云:"还都后,诸公见追和赤壁词,用韵者凡六人,亦复重赋。"可以想见当时众人追和苏轼此词之盛况。元好问以《念奴娇》(离骚痛饮)一首为蔡松年"乐府中最得意者,读之则平生自处,为可见矣"②,《中州乐府》所收蔡松年词亦以此词为首。金末魏道明为蔡松年《明秀集》作注,几乎首首必言东坡,虽失之烦冗,却道出了蔡松年取法东坡门径这一消息。试以魏注蔡松年《念奴娇》(离骚痛饮)为例,来看蔡松年对于苏轼词的接受:

---

① [元]脱脱等:《金史》,中华书局,1975年版,第2717页。
② [金]元好问编:《中州集》,台湾商务印书馆,1973年版,第28页。

　　离骚痛饮,笑人生佳处,能消何物。(东坡:"自笑平生消底物。")

　　夷甫当年成底事,空想岩岩玉壁。(坡词:"不独笑书生成底事。")

　　五亩苍烟,一邱寒碧,岁晚忧风雪。(东坡:"古木昏苍烟。")

　　我梦卜筑萧闲,觉来岩桂,十里幽香发。("我梦"与"觉来"字如东坡"我梦扁舟浮震泽,觉来满眼是庐山"此体,其句法坡诗"卜筑萧闲计已成"。东坡:"十里南风草木香",又"风烟袅袅十里香"。)

　　嵬隗胸中冰与炭,一酌春风都灭。(东坡:"万户春风为子寿。")①

魏道明如此注法未免拘泥,然亦可见出蔡松年词对苏轼诗词意境的化用以及句法的效仿。蔡松年此词起句平地突兀而起,直言人生佳处,惟读《离骚》,痛饮酒而已,足见其胸中沉郁愤懑之气。接下来两句感慨王衍身为宰辅而崇尚清谈,导致西晋亡国。既而由古及今,借岁寒风雪之景自抒忧虑之情,如魏道明注所说:"是时公方自忧,恐不为时之所容,故有此句。"②结句由自身处境,忆及同样位高遭忌,时怀忧思的谢安,不免"悲感前杰"。蔡松年词豪而能郁,深受苏轼词风影响,然而由于二人身世处境的不同,词中所抒情思自不相同。苏轼词作于被贬黄州之时,追慕吴蜀英雄人物,感慨功业未就而"早生华发",寓有人生哲理与历史兴亡之感,蔡松年身居高位而心怀忧虑,故而借与晋贤王衍、谢安之神交,以浇胸中块垒。

　　赵秉文,字周臣,晚号闲闲道人,磁州滏阳(今河北磁县)人。幼颖悟,读书若素习,金世宗大定二十五年(1185)进士,累迁至礼部尚书。哀宗即位,乞致仕不许,改翰林学士,同修国史,兼说书官。著述甚富,有《滏水集》传世。赵秉文在金代文人中与苏轼气质最为相近,其两首和词径用苏词原作首句为词牌,《缺月挂疏桐·拟东坡作》颇得东坡神韵:

　　　　乌鹊不多惊,贴贴风枝静。珠贝横空冷不收,半湿秋河影。

　　　　缺月堕幽窗,推枕惊深省。落叶萧萧听雨声,帘外霜华冷。

《大江东去·用东坡先生韵》虽为和韵之作,却纵横挥洒,毫无拘束,殊为难得。元好问《题闲闲书〈赤壁赋〉后》云:"夏口之战,古今喜称道之。东坡赤

---

　　① [金]魏道明注:《萧闲老人〈明秀集〉注》,《续修四库全书》第1723册,第286页。
　　② 同上,第286页。

壁词，殆戏以周郎自况也。词才百许字，而江山人物，无复余蕴，宜其为乐府绝唱。闲闲公乃以仙语追和之，非特词气放逸，绝去翰墨畦径。其字画亦无愧也。"①徐釚《词苑丛谈》亦称其词"壮伟不羁。视《大江东去》，信在伯仲间，可谓词翰两绝者"②。赵词曰：

> 秋光一片，问苍苍桂影，其中何物。一叶扁舟波万顷，四顾黏天无壁。叩枻长歌，嫦娥欲下，万里挥冰雪。京尘千丈，可能容此人杰。
>
> 回首赤壁矶边，骑鲸人去，几度山花发。澹澹长空今古梦，只有归鸿明灭。我欲从公，乘风归去，散此麒麟发。三山安在，玉箫吹断明月。

此词上片主要檃括《赤壁赋》语意，下片化用杜牧《登乐游原》诗句，表达了词人对苏轼被谪黄州际遇的深切同情，更表现出欲追随苏轼而去、隐逸出世之思想。与《念奴娇·赤壁怀古》之壮美相比，其中旷逸之气与苏轼《水调歌头》（明月几时有）一阕更为相似。

元好问无疑是金代词坛成就最高者，刘熙载《艺概·词曲概》云："金元遗山诗兼杜、韩、苏、黄之胜，俨有集大成之意。以词而论，疏快之中，自饶深婉，亦可谓集两宋之大成者矣。"③元好问论词主性情，反对和韵，在创作中也实践了他这一理论主张。其词中有《促拍丑奴儿·学闲闲公体》《鹧鸪天·效朱希真体》《思仙会·效杨吏部体》等效仿他人词作者，均不和原韵。元好问是在创作上最得苏词精髓的大家，况周颐《蕙风词话》卷三云："遗山之词，亦浑雅，亦博大。有骨干，有气象。以比坡公，得其厚矣，而雄不逮焉者。""知人论世，以谓遗山即金之坡公，何遽有愧色耶。"④元好问词题中标明效仿苏词者有《鹧鸪天·效东坡体》（用东坡词成句"殷勤昨夜三更雨"）："煮酒青梅入坐新。姚家池馆宋家邻。楼中燕子能留客，陌上杨花也笑人。

梁苑月，洛阳尘。少年难得是闲身。殷勤昨夜三更雨，剩醉东城一日春。"又有《定风波·用东坡体拟六客词》："离合悲欢酒一壶。白头红颊醉相扶。见说德星今又聚。何处。范家亭上会周吴。　　造物有情留此老。

---

① ［金］元好问：《元好问全集》，山西古籍出版社，2004年版，第843页。
② ［清］徐釚撰，唐圭璋校注：《词苑丛谈》，上海古籍出版社，1981年版，第74页。
③ ［清］刘熙载：《艺概》，上海古籍出版社，1978年版，第113页。
④ 况周颐著，王幼安校订：《蕙风词话》，人民文学出版社，1960年版，第65页。

人道。洛西清燕百年无。六客不争前与后。好□。龙眠老笔画新图。"《念奴娇·钦叔钦用避兵太华绝顶以书见招因为赋此》是元好问唯一的一首和苏词,疏快豪旷之气与苏词为近:

> 云间太华,笑苍然尘世,真成何物。玉井莲开花十丈,独立苍龙绝壁。九点齐州,一杯沧海,半落天山雪。中原逐鹿,定知谁是雄杰。
> 我梦黄鹤移书,洪崖招隐,逸兴尊中发。箭笴天门飞不到,落日旌旗明灭。华屋生存,丘山零落,几换青青发。人间休问,浩歌且醉明月。

钦叔、钦用指李献能及其从弟李献甫。李献能昆弟皆以文学名,从兄献卿、献诚,从弟献甫相继擢第,故李氏有"四桂堂"。又因先世有为金吾卫上将军者,故时号"李金吾家"。李献能与元好问为至好,金末兵乱,避祸华山。元好问亦有《闻钦叔在华下》诗一首。此词深寓家国兴亡之感,亦可见出元好问在金亡之际面对人生出处之艰难选择时的矛盾心理。

综上,与南宋词人追和苏词之作比较而言,金代词人和作更明显地表现出对于苏轼人格的仰慕和推崇,苏轼洒脱超旷的人生境界显然是最为他们所欣赏和企慕的。在不同的地域尤其是政治环境下,南宋与金对于苏轼词的接受必然存在一定的差异。从和作之风格来看,金人和词中很少有辛弃疾、刘过和词那样的慷慨愤懑之气,而是更倾向于对苏词清雄亢爽之境的学习。

第二节　元代追和词与苏辛词风的接受

元代词人在创作中有意效仿唐宋词人,接受形式则更多样化。除追和之外,檃括、拟古亦颇为流行。檃括、拟古与追和一样,所效仿对象都是前人作品,而最大的不同之处在于是否和韵。檃括与拟古虽非本文讨论范围,但它们与追和相互作用,在一定程度上影响到元代词人追和词的创作,兹以白朴之檃括词与邵亨贞之拟古词为例简述之。白朴(1226—1307),字仁甫,又字太素,号兰谷,祖籍陕州(今山西河曲),生于汴京(今河南开封)。父华仕金为枢密院判官。幼逢世乱,父子相失,育于元好问家,受其指授,后迁居真定（今河北正定）。及长，学问渊博，有名于时。元中统初，徙家金陵，与金朝诸遗老放情山水间，以诗酒优游，著书自娱。有《天籁集》二卷及杂剧、散曲集等传世。《四库全书总目》评白朴词曰："清隽婉逸，意惬韵谐，可与张炎玉田词相匹。惟以制曲掩其词名，故沉晦者越数百年，词家选本，遂均不载其姓字。"①白朴词中多有檃括唐宋人诗语词意之作，其中有以古喻今而寄托故国之思者，如《水调歌头·感南唐故宫就檃括后主词》：

> 南郊旧坛在，北渡昔人空。残阳澹澹无语，零落故王宫。前日雕阑玉砌，今日遗台老树，尚想霸图雄。谁谓埋金地，都属卖柴翁。
>
> 慨悲歌，怀故国，又东风。不堪往事多少，回首梦魂同。借问春花秋月，几换朱颜绿鬓，荏苒岁华终。莫上小楼上，愁满月明中。

此词作于词人徙居金陵时期，自谓"用《北州集》咸阳怀古韵"。又如《石州慢》借檃括杜甫诗意而抒亡国之痛以及避世隐逸之情：

> 千古神州，一旦陆沈，高岸深谷。梦中鸡犬新丰，眼底姑苏麋鹿。少陵野老，杖藜潜步江头，几回饮恨吞声哭。岁暮意何如，快秋风茅屋。
>
> 幽独。疗饥赖有商芝，暖老尚须燕玉。白璧微瑕，谁把闲情拘束。草深门巷，故人车马萧条，等闲瓢弃樽无绿。风雨近重阳，满东篱黄菊。

白朴《沁园春》词序交代了创作此类词作的缘由："保宁佛殿即凤凰台，太白留题在焉。宋高宗南渡，尝驻跸寺中，有石刻御书王荆公赠僧诗云：'纷纷扰扰十年间，世事何常不强颜。亦欲心如秋水静，应须身似岭云闲。'意者当时南北扰攘，国家荡析，磨盾鞍马间，有经营之志，百未一遂，此诗若有深契于心者以自况。予暇日来游，因演太白、荆公诗意，亦犹稼轩《水龙吟》用李延年、淳于髡语也。"目睹历史的遗迹，词人往往陷入深沉的思索之中，而前辈诗人与此境此情相关之作品亦自然而然涌现于头脑之中，故而借其中"有深契于心者以自况"。白朴另外一类檃括词则似有与前人争胜之意，如

----

① ［清］永瑢等：《四库全书总目》，中华书局，1965 年版，第 1822 页。

《满庭芳》词序曰:"屡欲作茶词,未暇也。近选宋名公乐府,黄贺陈三集中,凡载《满庭芳》四首,大概相类,互有得失。复杂用元寒删先韵,而语意若不伦。仆不揆,□斐合三家奇句,试为一首,必有能辨之者。"邵亨贞(1309—1401),字复孺,号清溪。云间(今上海松江)人。博通经史,工篆隶,洪武中官松江府训导。著有《野处集》四卷、《蚁术诗选》一卷、《蚁术词选》四卷。宋末词人周密曾作词拟辛弃疾、卢祖皋、史达祖、张楫、孙惟信、赵汝茪、《花间》、吴文英、李彭老与李莱老、施岳共十首。俞陛云评曰:"各家词中,间有拟古之作,草窗独多,作《效颦十解》,各极其致。赵瓯北赠袁随园诗云:'古今只此笔数枝。怪哉公以一手持。'草窗其手持数笔乎?"①元至正二年(1342)继周密而作,分拟《花间》、周邦彦、康与之、姜夔、史达祖、辛弃疾、元好问、刘过等十位词人。郑文焯《蚁术词选跋》评曰:"兹编拟古诸作,或犹凝滞于物,未尽切情,然其好学深思,匪苟为嗣音而已。"②此外,邵氏词中还有《昭君怨·拟古》《花间诉衷情·拟古》等。

元代唱和之风颇胜,其中最著名者如许有壬与其弟许有孚以及其子许桢唱和之《圭塘欸乃集》二卷。许有壬(1287—1364),字可用,汤阴(今河南汤阴县)人,仁宗延祐二年(1315)进士,累拜集贤大学士、太子谕德,谥文忠。况周颐称许有壬词为元词中上驷。《四库全书总目》评《圭塘欸乃集》曰:"是集乃至正八年有壬既致仕归,乃以赐金得康氏废园于相城之西,凿池其中,形如桓圭,因以圭塘为名。日携宾客子弟,觞咏其间,积成巨帙,共诗二百一十九首、乐府六十六首。中惟《乐府十解》为其客马熙所作,余皆有壬、有孚及桢之作。既而桢如京师,以其本示马熙,熙复取而尽和之,凡诗七十八首,词八首,别题曰《圭塘补和》,附之于后。其诗虽多一时适兴之什,不必尽刻意求工,而一门之中,父子兄弟自相师友,其风流文雅之盛,犹有可以想见者焉。"③《圭塘欸乃集》中录许有壬(10首)、许有孚(10首)、许桢(2首)、马熙(10首)唱和晁补之《摸鱼儿》词共32首,词皆以晁补之"买陂塘、旋栽杨柳"为首句,并和其韵。许有孚词序叙此次唱和情形曰:"公(许有壬)尝谓池成,当用晁补之《摸鱼子》首句'买陂塘、旋栽杨柳'为乐府。未几,明初马先生撖此以为公寿。公欢然,即席和之,命有孚同赋,得

---

① 俞陛云:《唐五代两宋词选释》,上海古籍出版社,1985年版,第539页。
② [清]郑文焯:《大鹤山人词话》,《词话丛编》,中华书局,1986年版,第4336页。
③ [清]永瑢等:《四库全书总目》,中华书局,1965年版,第1708页。

二首。池既成，载赓八韵，通为十阕，以成初意，且以为同声唱和张本。"晁补之《摸鱼儿》词体现了中国古代文人共有的淡泊功名、归隐田园之志，这正是许有壬等以此词唱和的主要原因。《圭塘欸乃集》所录和词虽非次韵之作，然亦是广义上的追和词，故此顺带提及。金元时期未见有追和唐五代词者，以下从追和词中来看元代词人对于宋词的接受。

一、元代词人追和苏辛词

元王博文《天籁集序》曰："乐府始于汉，著于唐，盛于宋。大概以情致为主。秦、晁、贺、晏虽得其体，然哇淫靡曼之声胜，东坡、稼轩矫之以雄词英气，天下之趋向始明 。"①刘敏中为张养浩《江湖长短句》作序，亦谓词"逮宋而大盛，其最擅名者东坡苏氏，辛稼轩次之，近世元遗山又次之"②。对于苏、辛词风的学习是当时词坛的普遍意识。元代追和词总计 33 首，其中和苏轼词 11 首、和辛弃疾词 2 首、和刘过词 2 首、文天祥词 1 首，和苏词占和作总数的三分之一。

苏轼《念奴娇·赤壁怀古》为元代词人次韵最多的一首宋词，共获得 7 人 9 首追和之作，其中佳作自有不可替代的认识价值与审美价值。白朴、李孝光各有二首和作。白朴《念奴娇·题镇江多景楼用坡仙韵》一阕发怀古之幽思，与苏词章法同而情调更显低沉，另一首《念奴娇·题阙》词境亦凄清哀伤，不同于原作之雄壮，如其词下片曰："落日烟水茫茫，孤城残角，怨入清筇发。岸榇扁舟人不寐，柳外渔灯明灭。半夜潮来，一帆风送，凛凛森毛发。乘流东下，玉箫吹落残月。"朱彝尊《天籁集跋》评白朴词曰："兰谷词源出苏、辛，而绝无叫嚣之气，自是名家。"③李孝光的二首和词均值得一提，其中一首描摹农村风物人情，是对于苏轼原作怀古题材的一大突破，另一首豪旷之气直逼原作：

> 男儿堕地，便试教啼看，定知英物。老去只追风月债，天地应空四壁。黄石残书，赤松归去，不料头如雪。子房何信，竟推何者为杰。
> 醉后一笑掀髯，狂歌拍手，四座清风发。竹帛功名人安在，去去云

---

① ［元］白朴著，徐凌云校注：《〈天籁集〉编年校注》，安徽大学出版社，2005 年版，第205 页。

② ［元］刘敏中：《中庵集》，文渊阁《四库全书》第 1206 册，第 79 页。

③ ［元］白朴著，徐凌云校注：《〈天籁集〉编年校注》，安徽大学出版社，2005 年版，第211 页。

鸿灭没。枣下枯枝，黄金虚牝，此事真毫发。豪吟轰饮，直须唤取明月。

安熙、萨都剌的二首和作堪称佳构。安熙(1269—1311)，字敬仲，藁城(今属河北)人。有《默庵集》，存词四首。安熙少时闻理学家刘因之学，心向慕焉。刘因亦愿传所学与安熙。后因刘因卒而不果，然安熙所学一以刘因为宗。《酹江月·登古容城有感城阴则静修刘先生故居》一阕即感物伤怀，追念前贤之作。此词笔力雄健，议论抒情跌宕转折而一气贯注，沉郁慷慨之气感人至深：

> 天山巨网，尽牢笼、多少中原人物。赵际燕陲空老却，千仞岩岩苍壁。古柏萧森，高松偃蹇，不管飞冰雪。慕膻群蚁，问君谁是豪杰。
>
> 重念禹迹茫茫，免狐荆棘，感慨悲歌发。累世兴亡何足道，等是轰蚊飞灭。湖海襟怀，风云壮志，莫遣生华发。中天佳气，会须重见明月。

萨都剌(1308—?)，字天赐，号直斋，蒙古族人。有《天赐词》传世。清人李佳称其词"多感慨苍茫之音，是咏古正格"[1]。其《百字令》一阕次东坡韵而不为所限，写景言情，指点评说，毫无拘束，实为不可多得之佳作：

> 石头城上，望天低吴楚，眼空无物。指点六朝形胜地，唯有青山如壁。蔽日旌旗，连云樯橹，白骨纷如雪。一江南北，消磨多少豪杰。
>
> 寂寞避暑离宫，东风辇路，芳草年年发。落日无人松径里，鬼火高低明灭。歌舞尊前，繁华镜里，暗换青青发。伤心千古，秦淮一片明月。

此词气势恢宏，感慨深沉。"一江南北，消磨多少豪杰"与苏词"大江东去，浪淘尽，千古风流人物"同一机杼。"落日无人松径里，鬼火高低明灭"极力渲染衰飒阴森气象，则是词中少有之境。其他追和《念奴娇·赤壁怀古》词者尚有魏初、张之翰、李齐贤等。魏初《念奴娇·为王约斋绍明寿》一阕次

---

① ［清］李佳：《左庵词话》，《词话丛编》，中华书局，1986年版，第3132页。

苏词原韵，并用金初词人蔡松年和作首句"离骚痛饮"，于此可见蔡松年和作在苏轼此词追和过程中所产生的影响。张之翰，字周卿，邯郸（今河北省邯郸市）人。元世祖至元末年，自翰林侍读学士知松江府事。有《西严集》。张之翰论词云："留连光景足妖态，悲歌慷慨足雄姿。秦晁贺晏周柳康，气骨渐弱孰维纲？稼翁独发坡仙秘，圣处往往非人为。"（《方虚谷以诗余饯余至松江因和韵奉答》）其词亦有苏辛豪壮之气。《唐多令·和刘改之》一阕化用张志和《渔父词》句意，有超出尘外之想："何处是沧洲。寒波不尽流。恰登舟、便过城楼。一片锦云三万顷，常记得、藕花秋。　　渔父雪蒙头。此情知道否。说生来、不识闲愁。青笠绿蓑烟雨里，吾与汝、可同游。"《酹江月·赋济南风景和东坡韵》亦为即景抒怀，辞情兼善之作。高丽词人李齐贤《大江东去·过华阴》词描写华山奇景，追怀谪仙李白，旷放而不粗率，其中"安得联翩，云裾霞佩，共散麒麟发"之句，似从赵秉文"我欲从公，乘风归去，散此麒麟发"（《大江东去·用东坡先生韵》）而来。此外，元代女词人张玉娘《水调歌头·次东坡韵》一阕写闺情，婉约中不乏清雄之气，如其下片曰："玉关愁，金屋怨，不成眠。粉郎一去，几见明月缺还圆。安得云鬟香臂，飞入瑶台银阙，兔鹤共清全。窃取长生药，人月满婵娟。"赵孟頫《水调歌头》（与魏鹤台饮夫容洲牟成甫用东坡韵见赠走笔和之时己巳中秋也）起句平地突兀而起，充满郁勃之气，词境与坡词亦复相似：

> 行止岂人力，万事总由天。燕南越北鞍马，奔走度流年。今日芙蓉洲上，洗尽平生尘土，银汉溢清寒。却忆旧游处，回首万山间。
>
> 客无哗，君莫舞，我欲眠。一杯到手先醉，明月为谁圆。莫惜频开笑口，只恐便成陈迹，乐事几人全。但愿身无恙，常对月婵娟。

许有壬词中有《贺新郎·登滕王阁用稼轩韵》《菩萨蛮·宿造口用稼轩韵》二首。稼轩《贺新郎》中有句云："王郎健笔夸翘楚。到如今、落霞孤鹜，竞传佳句。"许有壬承稼轩词意，感慨古今一梦，意欲远去瀛海：

> 陈迹空凫渚。怅繁华、等闲一梦，便成今古。佩玉鸣銮人如画，何处为云为雨。只明月、还生春浦。帝子当时无穷欲，奈浮云、回首浑非故。天有意，肯轻许。
>
> 江湖襟带雄吴楚。更翩翩、三王文采，俪章骈句。一旦飞来韩家

笔,才见龙翔凤舞。漫千载、怀人延伫。豪杰纷纷今谁在,笑世间、华屋争寒暑。瀛海远,去无侣。

稼轩《菩萨蛮·书江西造口壁》感慨"西北望长安。可怜无数山",为抗金之志不得行而发。许有壬和词则云"底事不求安。世闲多好山",心境不同,而感伤之情却相似。原作结句"山深闻鹧鸪",和词化为"山寒无鹧鸪",亦为新奇之笔。

二、元代词人追和周邦彦、姜夔词

张翥(1287—1368),字仲举。有《蜕岩词》。《左庵词话》卷上云:"张翥《蜕岩词》典雅温润,每阕皆首尾完善,词意兼美,允推元代一大家。"[1]张翥《春从天上来》题下注曰:"广陵冬夜,与松云子论'五音''二变''十二调',且品箫以定之。清浊高下,还相为宫。犁然律吕之均,雅俗之正。"可见他精通乐律,于倚声之学研究颇深。朱彝尊以张翥为姜夔羽翼,陈廷焯则谓其"规模于南宋诸家,而意味渐失,亦非专师白石"[2]。尽管各家对张翥词评价不一,然皆以为其受南宋词风影响。张翥《瑞龙吟·用清真韵赋别》词云:

> 鳌溪路。潇洒翠壁丹崖,古藤高树。林间猿鸟欣然,故人隐在,溪山胜处。
>
> 久延伫。浑似种桃源里,白云窗户。灯前素瑟清尊,开怀正好,连床夜语。
>
> 应是山灵留客,雪飞风起,长松掀舞。谁道倦途相逢,倾盖如故。阳春一曲,总是关心句。何妨共、矶头把钓,梅边徐步。只恐匆匆去。故园梦里,长牵别绪。寂寞闲针缕。还念我、飘零江湖烟雨。断肠岁晚,客衣谁絮。

此词虽次清真原韵,却意境浑成,婉丽流转。下片写欲与友人共隐,又难舍家园,不直言,却道家人念己"断肠岁晚,客衣谁絮",深得清真词沉郁顿挫之妙处。张翥虽为南宋格律词派再传弟子,然其词中亦有"时或以稼

---

① [清]李佳:《左庵词话》,《词话丛编》,中华书局,1986年版,第3110页。
② [清]陈廷焯:《白雨斋词话》,上海古籍出版社,1984年版,第353页。

轩济之"①者，如《沁园春·读白太素〈天籁集〉，戏用韵效其体》和白朴词云：

> 客汝知乎，载酒轻舟，看花小车。胜炎州出使，瘴浮征斾，禁门待漏，霜满朝靴。岁去堂堂，老来冉冉，瓶雀飞时手怎遮。平生事，叹山林迹远，霄汉程赊。
>
> 从渠梦蝶疑蛇。得放懒、还须自在些。甚天荒地老，铜台歌舞，水流云在，金谷豪奢。客问先生，归宜早计，醉后之言可信耶。鸥盟在，任渔蓑江上，雨细风斜。

《四库全书总目》评《蜕岩词》曰："其《沁园春》题下注曰：'读白太素〈天籁集〉，戏用韵效其体。'盖白朴所宗者，多东坡、稼轩之变调，薵所宗者，犹白石、梦窗之余音。门径不同，故其言如是也。"②四库馆臣似究之过深。张薵词乃次白朴《沁园春·夜枕无梦感子陵太白事明日赋此》词韵而作，引起他追和兴趣的应是白朴词中"狂歌醉饮"的洒脱情怀。

邵亨贞为元末词人中成就最高者，郑文焯《蚁术词选跋》评其词曰："清丽宛约，学白石而乏骚雅之致，声律亦未尽妍美。旧选本曾载其《沁园春》赋眉目二阕，取径颇嫌纤巧。今葵生同年从元钞校补付梓，多至百余首，视昔所见，清典可风，尚是元词之遗脉，然较弇阳则远逊矣。"③拟古十首之外，邵亨贞有《追和赵文敏公旧作十首》，又有和刘过《沁园春》词二首，其序云："龙洲先生以此词咏指甲、小脚，为绝代脍炙。继其后者，独未之见。彦强庚兄示我眉目二作，真能追逐古人于百岁之上，不既难矣。暇日偶于卫立礼座上，以告孙季野丈，为之击节不已。因约相与同赋，翼日而成什焉。"邵氏《沁园春》二阕分赋眉、目，新艳入情，世所传诵。《四库全书总目》谓其"隽永清丽，颇有可观"④。然而，正如郑文焯所评，如此取径颇嫌纤巧。沈景高亦有《沁园春·和刘龙洲指甲》一首，可见当时词坛风习。邵亨贞《暗香》(吴中顾氏旧时月色亭陆壶天倡始用白石先生元韵以咏黄一峰持卷索赋)词风与白石之清空相近，下片更是深寓兴亡之感与故国之思："萧瑟。

---

① ［清］刘熙载：《艺概》，上海古籍出版社，1978年版，第113页。
② ［清］永瑢等：《四库全书总目》，中华书局，1965年版，第1822页。
③ ［清］郑文焯：《大鹤山人词话》，《词话丛编》，中华书局，1986年版，第4337页。
④ ［清］永瑢等：《四库全书总目》，中华书局，1965年版，第1499页。

更幽寂。记驻马断桥,顿觉愁积。倚风暗泣。离黍残碑尚追忆。绝艳无人管领,潮自落、吴山横碧。便想象、风景好,可能再得。"

　　陈匪石《声执》卷下称张翥、张雨、邵亨贞等皆属南宋周密、王沂孙、张炎、仇远一派,"在元代词学为南方之一流别,与北人平博疏快者迥乎不同"①。元词上承南宋词与金词,故而亦有南北方之不同流派。然而,我们必须注意的是,元在灭金四十余年后才吞并南宋,且定都于北方,以金故地为腹心,元词审美的主导倾向,仍为金词所推重的苏辛豪放一路。这一点从元人追和词中亦可见出。

　　综上,词发展至宋,极盛而难以为继,金元词坛对于宋词的接受具有鲜明的选择性。金元词人一方面在词学批评中直接推崇苏轼、辛弃疾,在理论上张扬豪放词风,另一方面在创作实践中效仿与学习苏辛词。金元追和词数量少,其意义不在于使苏轼、辛弃疾词经典化,而在于通过追和苏辛词以影响当代词坛风气。

附录2:金元追和词一览表

原唱作者	原唱篇名	和词作者	和词篇名	和词数量	
柳　永	《玉楼春》（昭华夜醮连清曙）	马　钰	《玉楼春》（洞天无夜还无曙）	3	3
	《传花枝》（平生自负）	马　钰	《传妙道》（山侗正抚）		
	《小镇西》（意中有个人）	马　钰	《五灵妙仙》（马风海宁）		
苏　轼	《念奴娇》（大江东去）	蔡松年	《念奴娇》（倦游老眼）	13	17
		蔡松年	《念奴娇》（离骚痛饮）		
		赵秉文	《大江东去》（秋光一片）		
		元好问	《念奴娇》（云间太华）		
		白　朴	《念奴娇》（江山信美）		
		白　朴	《念奴娇》（江湖落魄）		
		张之翰	《酹江月》（南山北济）		
		萨都剌	《百字令》（石头城上）		
		安　熙	《酹江月》（天山巨网）		

---

① 陈匪石编著,钟振振校点:《宋词举》,江苏古籍出版社,2002年版,第199页。

续　表

原唱作者	原唱篇名	和词作者	和词篇名	和词数量	
苏　轼	《念奴娇》(大江东去)	李孝光	《念奴娇》(江南春暮)	13	17
			《念奴娇》(男儿堕地)		
		李齐贤	《大江东去》(三峰奇绝)		
		魏　初	《念奴娇》(离骚痛饮)		
	《水调歌头》(明月几时有)	赵孟頫	《水调歌头》(行止岂人力)	2	
		张玉娘	《水调歌头》(素女炼云液)		
	《水调歌头》(安石在东海)	蔡松年	《水调歌头》(玻璃北潭面)	1	
	《卜算子》(缺月挂疏桐)	赵秉文	《缺月挂疏桐》(乌鹊不多惊)	1	
周邦彦	《瑞龙吟》(章台路)	张　翥	《瑞龙吟》(鳌溪路)	1	1
李清照	《如梦令》(昨夜雨疏风骤)	张玉娘	《如梦令》(门外车驰马骤)	1	1
张　伦	《烛影摇红》(双阙中天)	张玉娘	《烛影摇红》(梅雪乍融)	1	1
京　镗	《汉宫春》(暖律初回)	张玉娘	《汉宫春》(玉兔光回)	1	1
姚孝宁	《念奴娇》(素娥睡起)	张玉娘	《念奴娇》(冰轮驾海)	1	1
辛弃疾	《贺新郎》(高阁临江渚)	许有壬	《贺新郎》(陈迹空凫渚)	1	2
	《菩萨蛮》(郁孤台下清江水)	许有壬	《菩萨蛮》(月明江阔天如水)	1	
刘　过	《糖多令》(芦叶满汀洲)	张之翰	《唐多令》(何处是沧洲)	1	2
	《沁园春》(销薄春冰)	沈景高	《沁园春》(新脱鱼鳞)	1	
姜　夔	《暗香》(旧时月色)	邵亨贞	《暗香》(水边寒色)	1	1
文天祥	《沁园春》(为子死孝)	赵　雍	《沁园春》(临死不惧)	1	1
赵孟頫	《点绛唇》(昏晓相催)	邵亨贞	《点绛唇》(扰扰行藏)	1	10
	原作已佚	邵亨贞	《点绛唇》(萼绿仙人)	1	
	原作已佚	邵亨贞	《感皇恩》客里访南枝	1	
	《江城子》(冰肌绰约态天然)	邵亨贞	《江城子》(凌风翠袖兴飘然)	1	

原唱作者	原唱篇名	和词作者	和词篇名	和词数量	
赵孟頫	原作已佚	邵亨贞	《蝶恋花》(燕子楼边春意早)	1	10
	《蝶恋花》(依是江南游冶子)	邵亨贞	《蝶恋花》(湖上双双新燕子)	1	
	《虞美人》(潮生潮落何时了)	邵亨贞	《虞美人》(天台洞口桃开了)	1	
	《虞美人》(池塘处处生春草)	邵亨贞	《虞美人》(天涯绿遍王孙草)	1	
	《浪淘沙》(今古几齐州)	邵亨贞	《浪淘沙》(佳丽古神州)	1	
	《太常引》(水风吹树晚萧萧)	邵亨贞	《太常引》(蓬壶阆苑景飘萧)	1	
白朴	《沁园春》(千载寻盟)	张翥	《沁园春》(客汝知乎)	1	1
总计					42

第四章　狂热追摹：明代词人追和唐宋词

第一节　明代追和词的兴盛及原因

朱彝尊《水村琴趣序》云："词自宋元以后,明三百年无擅场者。"①明代为词的中衰期,有明一代文人,专力为词者甚少,以词名家者更是寥寥无几。陈霆《渚山堂词话》卷三曰："我朝文人才士,鲜工南词。间有作者,病其赋情遣思、殊乏圆妙。甚则音律失谐,又甚则语句尘俗。求所谓清楚流丽,绮靡蕴藉,不多见也。"②明代文人对词普遍以小道视之,如俞彦《爱园词话》所云："词于不朽之业,最为小乘。"③明代词坛沉寂的状况与明人对词的轻视态度密切相关。然而,明代追和词的数量却大增,形式上也更多样化。

一、明代追和词的空前兴盛

明代是唐宋词经典化的重要阶段。与前代相比,明人追和行为出现了一些新变。首先,明代追和词在数量上大大超过了前代,仅以追和苏轼《念奴娇·赤壁怀古》词为例,宋金元和作总共 32 首,而有明一代追和此词者则增至 48 家 153 首。这与明人在追和心态上的变化不无关系。明人对于和韵并不一味排斥,甚至以为和韵可以较才力之短长,徐士俊评张炎"词不可强和人韵"曰："才长须以和韵见长,才短须以弗和藏短。"④明人和词亦未必真正有意追和前贤,而往往只是针对眼前的社交场景而创作。明代词

---

① ［清］朱彝尊：《曝书亭集》,文渊阁《四库全书》第 1318 册,第 109 页。
② ［明］陈霆著,王幼安校点：《渚山堂词话》,人民文学出版社,1960 年版,第 32 页。
③ ［明］俞彦：《爱园词话》,《词话丛编》,中华书局,1986 年版,第 399 页。
④ ［明］卓人月汇选,徐士俊参评：《古今词统》,辽宁教育出版社,2000 年版,第 34 页。

坛有影响的几次唱和活动均以追和前贤名作为形式。其次,明人和作对于原作题材的突破较前代更大。苏轼《念奴娇·赤壁怀古》是明人追和最多的一首宋词,与前人和赤壁词相比,其内容既有咏赤壁本意、抒情感怀者,又有论学者如聂豹《大江东去· 答戴子三首被逮作》(分别题为《论儒》《论佛》《论道》)、夏言《大江东去·与楚望戴子论学三首》,咏物者如周用《百字令·中秋咏月》、陈士元《大江东去·咏雪》、戴重《念奴娇·咏梅》等。尤为突出的是明人追和词的形式更加多样化:

(一)追和某一词人全集者:戴冠《和朱淑真〈断肠词〉》

女词人朱淑真是在明代获得全集追和的唯一一位词人。朱淑真与李清照同为宋闺秀词人,李清照在当时即有词名,朱淑真词"才力不逮易安"①,直到明代中期才受到关注。陈霆《渚山堂词话》卷二曰:"闻之前辈,朱淑真才色冠一时,然所适非偶。故形之篇章,往往多怨恨之句。世因题其稿曰《断肠集》。大抵佳人命薄,自古而然,断肠独斯人哉。古妇人之能词章者,如李易安、孙夫人辈,皆有集行世。淑真继其后,所谓代不乏贤。其词曲颇多,予精选之,得四五首。……凡皆清楚流丽,有才士所不到。而彼顾优然道之,是安可易其为妇人语也。"②陈霆首次将朱淑真与李清照相提并论,为朱淑真词的接受奠定了基础。

戴冠,字仲鹖,号邃谷,信阳(今属河南)人。正德三年(1508)进士。有《邃谷集》十二卷,词 44 首附集中。《四库全书总目·〈邃谷集〉提要》云:"冠受业于乡人何景明,诗亦似之。然景明诗虽风姿俊逸,而酝酿犹深。冠才学皆逊于师,而徒守其格调,殆所谓时女步春、终伤婉弱者矣。"③《邃谷词》后一部分为积年散作,前一部分为和朱淑真《断肠词》,凡 26 首。朱淑真《断肠词》现存最早的版本为洪武三年(1370)钞本,存词 27 首,毛晋汲古阁刊本及《四库全书》所收即据此本,其中《生查子》(人约黄昏后)一首为欧阳修所作,四库馆臣已作辨证。张仲谋《明词史》指出:"戴冠所和《断肠词》,应是据《紫芝漫抄》本,其中有些非朱淑真词,而是他人词误收,《全宋词》已作辨证。如《柳梢青》一首,即为杨无咎《逃禅词》中物。"④戴冠和词

---

① [清]陈廷焯著,杜维沫校点:《白雨斋词话》,人民文学出版社,1959 年版,第 53 页。
② [明]陈霆著,王幼安校点:《渚山堂词话》,人民文学出版社,1960 年版,第 13 页。
③ [清]永瑢等:《四库全书总目》,中华书局,1965 年版,第 1571 页。
④ 张仲谋:《明词史》,人民文学出版社,2002 年版,第 179 页。

跋语曰："始予得朱淑真《断肠词》于钱唐处士陈逸山，阅之，喜其清丽，哀而不伤。癸亥庆岁除之夕，因乘兴遍和之，且系以诗，盖欲益白朱氏之心，非与之较工拙也。"①癸亥为弘治四十二年（1563）。戴冠能于一夕之间遍和《断肠词》，且颇有可观之作，亦可见其词学造诣之深。戴冠和词不仅次朱淑真词原韵，而且绝大多数用其原题，和其词原意，其中佳构如：

《浣溪沙·春》

> 红杏墙头已放英，日长睡起暖风轻，踏青时近绣鞋成。
> 芳草连天归路远，落花满院为愁局，一宵灯火对谁明。

《西江月·赏春》

> 剪就桃花扇，恼人天气犹寒。晓来对镜画春山，黛绿任他浓浅。
> 欲待问花情懒，无言独倚阑干。楼空人去几时还，烟锁绿杨深院。

为追求与原作的相似，戴冠和词亦难免有凑泊之处。朱淑真《菩萨蛮》（咏梅）为陈霆所称道，其下阕哀婉而含蓄："人怜花似旧，花不知人瘦。独自倚阑干，夜深花正寒。"自怜抑或怜花，已无从分辨。戴冠和作则显得生硬而直露："莫言人似旧。人比花尤瘦。寂寞苦相干。花寒人也寒。"

除戴冠和词之外，明代追和朱淑真词者尚有范守己《忆秦娥·次朱淑真韵》《眼儿媚·次朱淑真韵》二首以及金堡《蝶恋花·和朱淑真闺情》一首等。

（二）专和某一首词者：《江南春词》

《江南春词》是一部性质颇为独特的词集，为明代中期以至明末吴中文人多次追和倪瓒《江南春》词结集而成。《四库全书总目·〈江南春词〉提要》云：

> 《江南春词》一卷，明沈周等追和元倪瓒作也。时吴中有得瓒手稿者，因其属和成帙。首有作者姓氏，自周以下共五十人。嘉靖十八年，袁表序而刻之。后有袁表跋。二人亦皆有和作。又有张凤翼、汤科、

---

① 饶宗颐初纂，张璋总纂：《全明词》，中华书局，2004 年版，第 662 页。

陈瀚三人之作。卷首不载姓氏,疑刻成后所续人也。瓒原倡题三首,而其后和者皆作二首。祝允明跋云:"按其音调是两章,而题作三首,岂误书耶?"袁表则云:"细观墨迹,本书二首,后人以词一阕谬增为三也。"今考《云林诗集》,惟"春风颠"一首载入七言古体,题作《江南曲》,而无"汀州夜雨"一首。则后一首是七言诗,而前一首是词耳。然文徵明《甫田集》云:"追和倪元镇《江南春》,亦载入诗内。"则当时实皆以诗和之。盖唐人乐府,被诸管弦者,往往收入诗集,自古而然,固非周之创例矣。①

正如四库馆臣所云,关于倪瓒《江南春》本身的文体归属,学界历来意见不一,然明人既以《江南春词》名其追和之作,兹暂以词集视之。《江南春词》现存版本有三:一为明嘉靖刻本,《四库全书存目丛书》据此影印本;一为清道光十八(1838)年刻本;一为清光绪十七(1891)年刻,《粟香室丛书》本。从作者数量上来看,四库馆臣所见本当为明嘉靖刻本。据《全明词》及其补编与《四库全书存目丛书》本《江南春词》统计,明代追和倪瓒《江南春》词凡74家116首。

沈周跋云:"国用爱云林二词之妙,强余尝一和,兹于酒次,复从奥继之。被酒之乱,不觉又及三和,明日再咏倪篇,不胜自愧,始信虽多何为也。"②可见唱和的起因是许国用得倪瓒手稿,而沈周为其中首倡者。文徵明、唐寅、祝允明等皆有和词,仇英为此作江南春图一幅,允为一时盛事。此次唱和一直从弘治三年持续到明末清初。据叶晔《明词中的次韵宋元名家词现象》(《中国文化研究》2007年秋之卷)一文统计,弘治年间、正德年间、嘉靖年间、万历年间、天启年间、崇祯年间共有十余次追和《江南春》词活动。倪瓒原词如下:

> 汀洲夜雨生芦笋。日出曈昽帘幕静。惊禽蹴破杏花烟,陌上东风吹鬓影。远江摇曙剑光冷。辘轳水咽青苔井。落花飞燕触衣巾。沈香火微萦绿尘。
>
> 春风颠,春雨急。清泪泓泓江竹湿。落花辞枝悔何及。丝桐哀鸣

---

① [清]永瑢等:《四库全书总目》,中华书局,1965年版,第1741页。
② [明]沈周等:《江南春词》,《四库存目丛书》第292册,第380页。

乱朱碧。嗟我胡为去乡邑。相如家徒四壁立。柳花入水化绿萍。风波浩荡心怔营。

此词上片极力渲染江南春天独有之美景，笔致细腻轻灵，下片抒发被迫离开家园的哀伤之情。其中所描绘之江南风物既为吴中文人所熟悉，倪瓒晚年身世飘零之经历亦引起他们的同情和感慨。这首词在有明一代获得如此多的和作，固然与它本身的艺术魅力有关，更与吴中文化传统以及吴中文人对于倪瓒的推崇分不开。元代末年，依赖相对安定的政治环境，吴中文学活动相当繁荣。明建国后，由于与张士诚集团的关系等原因，吴中文人受到残酷迫害，吴中文学活动一度消歇。直到景泰、天顺年间，吴中文化才逐渐得到恢复，至成化、弘治时更得到了蓬勃发展，涌现了大批知名的文人学士如沈周、吴宽、文徵明、祝允明、杨循吉、唐寅等。吴门文人"具有共同的地域文化传统，都以文学艺术为安身立命之生业，又都崇尚自由放旷的生活态度与生活方式，对政治表现出一种疏离超脱的心理祈向。"①倪瓒(1301—1374)，字元镇，号云林，江苏无锡(今江苏省无锡市)人。有洁癖，工诗善画，书法亦高妙。所居有清閟阁，多藏法书名画秘籍。至正初(1341)，忽散家财，往来震泽三泖间，以终余年。倪瓒以其自由超脱的名士风范以及全面卓越的艺术才能，成为吴门文人崇奉的不二人选。

　　明人对于单篇词作的大量追和多与他们的唱和活动有关，除次韵倪瓒《江南春》之外，追和苏轼《念奴娇·赤壁怀古》、崔与之《水调歌头·题剑阁》、虞集《苏武慢》三词之风气亦颇盛。据《全明词》及其补编，明代次韵崔与之《水调歌头·题剑阁》共 19 家 88 首，仅次于明代和苏轼《念奴娇·赤壁怀古》词的总数，其中较为重要的词人有霍韬(21 首)、张邦奇(16 首)、夏言(14 首)等。明代对《水调歌头》词的次韵风尚与嘉靖年间的馆阁词人群体有密切关系。崔与之虽不以词名，然《水调歌头·题剑阁》一阕极雄壮，论者以为虽苏辛无以过之，为岭南词之名篇。与他同时代的刘克庄即七用其韵。明嘉靖年间，经方献夫、霍韬等广东官员的追和而成为一时名篇。元彭致中编《鸣鹤余音》九卷，中录冯尊师《苏武慢》20 首。虞集曾和冯尊师《苏武慢》12 首及《无俗念》一首，其词序曰："全真冯尊师，本燕赵书生，游汴，遇异人，得仙学。所赋歌曲，高洁雄畅，最传者《苏武慢》廿篇。前十

---

①　张仲谋：《明词史》，人民文学出版社，2002 年版，第 162－163 页。

篇道遗世之乐,后十篇论修仙之事,会稽费无隐独善歌之,闻者有凌云之
思,无复流连光景者矣。予山居每登高望远,则与无隐歌而和之。"①由于
虞集的地位和影响,追和《苏武慢》组词在明代词坛成为一大风尚,如林俊
《鸣鹤余音·次虞绍庵韵》15 首、凌云翰《鸣鹤余音·偶阅道园遗稿》13 首、
夏言《苏武慢·次虞韵写怀一十二首》、姚绶《苏武慢·追和虞道园八首》
等。据祝允明次韵虞集《苏武慢》十二首序,弘治年间,朱存理曾将虞集《苏
武慢》12 首以及后人和作汇成一册。

(三)专和某类题材者:周履靖《唐宋元明酒词》

周履靖(1542—1632),字逸之,号螺冠子,又号梅颠道人,秀水人。好
金石,工各体书法,致力为古文诗词,亦为戏曲。隐居不仕。编篱引流,杂
植梅竹,读书其中。有《夷门广牍》《梅颠稿选》《寻芳咏》等。周履靖好为和
作,且数量可观。《夷门广牍》保存了其所作大量唱和诗词,其中既有与同
时代人唱和者,又有追和前代作家者。该书原作与和作并录,有和作系于
原作之后者,亦有置和作于原作之前者。列表如下:

卷 89	《五柳赓歌》四卷	和陶渊明
卷 96	《千片雪》上下卷	和(元)冯海粟咏梅
卷 97	《鸳湖唱和稿》一卷	和时人
卷 98	《山家语》一卷	和贯休山居十咏
卷 100	《毛公坛倡和诗》一卷	和时人
卷 103	《青莲觞咏》上下卷	和李白
卷 104	《香山酒颂》上下卷	和白居易
卷 105	《唐宋元明酒词》上下卷	和前人
卷 106	《狂夫酒语》上下卷	和前人

《夷门广牍》共分十个部分,有艺苑牍、博雅牍、尊生牍、书法牍、画薮
牍、娱志牍、杂占牍、禽兽与草木牍、招隐牍,附以闲适、觞咏两部分。由此
可见晚明文人诗酒唱和,吟咏山水,追求自适的生活情趣及风尚。周履靖
《唐宋元明酒词》次韵唐宋元明词人酒词共 59 首,其中和李珣韵者 12 首,
和王世贞韵者 8 首。以下将其和作与李珣原作进行比较。

①　唐圭璋编:《全金元词》下册,中华书局,1979 年版,第 864 页。

106

李珣《渔歌子》：

> 荻花秋，潇湘夜，橘洲佳景如屏画。碧烟中，明月下，小艇垂纶初罢。
>
> 水为乡，篷作舍，鱼羹稻饭常餐也。酒盈杯，书满架，名利不将心挂。

周履靖和作：

> 有春秋，无朝夜，碧山流水堪图画。古矶边，垂柳下，钓满船头方罢。
>
> 鹭为朋，舟是舍，莼丝鲤鲙时烹也。酝倾瓢，竿且架，醉后俗情难挂。

周履靖和作从词意到遣词造句，亦步亦趋，跳不出原作之窠臼。其绝大部分和作亦复如此，原因有三：一因受制于原作之韵；二受其本人思想境界及创作水平所限。由于生活面狭小，其和作缺乏真情实感，有文字游戏之嫌；三因一夕和成，漫和百绝，贪多求快，不经推敲锤炼的创作态度所致。周履靖《千片雪》跋曰："髫年闻海粟、中峰二君倡咏梅花百首，心向慕之。甲午孟冬之华亭，登袁太冲书楼，得阅所作，欣然假归，漫和百绝，少畅平生嗜梅之癖耳。"[1]由于仅将追和视为一种附庸风雅的行为，草率为之，因而所作毫无性灵可言，这是存在于明代文人中的一种恶习，也是明代追和词质量总体不高的重要原因。

（四）全和某一词选者：张杞《和花间集》与陈铎《草堂余意》

《花间集》与《草堂诗余》在明代盛极一时。仅就版本而言，《草堂诗余》明刻本有 22 种，《花间集》明刻本亦有 19 种。明代词坛笼罩在"花草"之风下，陈铎《草堂余意》与张杞《和花间集》正是在这种风气之下的产物。此二词集于第三节重点讨论。

---

① ［明］周履靖：《夷门广牍》，书目文献出版社，1991 年版，第 1216 页。

二、明代追和词兴盛原因论析

弘治、嘉靖时期为明词的中兴期,追和词的兴盛也大致始于这一时期。盛行于明代诗坛的复古摹拟之风,亦影响到词的领域,如廖可斌在《明代文学复古运动研究》中所说:"元代至明中叶,词一脉仅存,几成绝响。复古派作家王世贞等人在力图恢复古典诗歌审美特征的同时,也对词的审美特征进行了探讨。可以说,经过两百年的衰敝之后,词的领域内也出现了一个与诗的领域内相似的'复古运动'。"①明代词人对宋词抱有极大的尊重,以为宋词乃一代之盛,难以超越。钱允治《类编笺释国朝诗余序》云:"窃意汉人之文,晋人之字,唐人之诗,宋人之词,金元人之曲,各擅所能,各造其极,不相为用。纵学窥二西,才擅三长,不能兼盛。词至于宋,无论欧、晁、苏、黄,即方外、闺阁,罔不消魂惊魄,流丽动人。"②明代批评家往往以宋词为标准来评鉴当代词人作品,王世贞《艺苑卮言》云:"我明以词名家者,刘诚意伯温秾纤有致,去宋尚隔一尘。杨状元用修,好入六朝丽事,近似而远。夏文愍公谨最号雄爽,比之辛稼轩,觉少精思。"③明末陈子龙论词宗南唐、北宋,他在《〈幽兰草〉题词》中说:"明兴以来才人辈出,文宗两汉,诗俪开元,独斯小道,有惭宋辙。"④明代词坛对于唐宋词的尊崇心态是一以贯之且显而易见的。这一心态在创作中的直接体现即是效仿追和唐宋词之风的盛行。马洪是明代专力为词的少数词人之一,当时颇有词名,其《花影集》自序曰:"予始学为南词,漫不知其要领。偶阅《吹剑录》,中载东坡在玉堂日,有幕士善歌。坡问曰:'吾词何如柳耆卿?'对曰:'柳郎中词宜十七八女孩儿,按红牙拍,歌"杨柳岸晓风残月"。学士词须关西大汉,执铁板唱"大江东去"。'缘是求二公词而读之,下笔略知蹊径。"⑤明代成就较高的词人如茅维、陈霆、陈如纶、易震吉等多有追和唐宋名家之作。

除复古之风的影响以外,明代各类为数众多的词谱、词选、词籍的编著也在很大程度上影响到明人的追和实践。至宋末词已有不可歌的记载,元

① 廖可斌:《明代文学复古运动研究》,上海古籍出版社,1994年版,第402页。
② [明]钱允治:《类编笺释国朝诗余》卷首,《明词汇刊》,上海古籍出版社,1992年版,第1484页。
③ [明]王世贞:《艺苑卮言》,《词话丛编》,中华书局,1986年版,第393页。
④ [明]陈子龙等《幽兰草》,辽宁教育出版社,2000年版,第1页。
⑤ [明]杨慎著,王幼安校点:《词品》卷六,人民文学出版社,1960年版,第159页。

人去宋未远,故词乐尚能不绝如缕,入明之后,则渐次失传。王世贞在《艺苑卮言》中说:"词兴而乐府亡矣,曲兴而词亡矣,非乐府与词之亡,其调亡也。"①明人对词乐属外行,但他们却极为重视词的音乐本体。他们创设词谱,作为填词的文字规范,使不通音律的人也可以填出抑扬中节的词。张綖《诗余图谱》、万惟檀《诗余图谱》、程明善《啸余图谱》等文字性的词谱即在这种情形下应运而生。张綖《诗余图谱》为词史上第一部词谱。王象晋《重刻诗余图谱序》云:"南湖张子创为《诗余图谱》三卷,图列于前,词缀于后,韵脚句法,犁然井然。一披阅而调可守,韵可循。字推句敲,无事望洋,诚修词家南车已。"②《四库全书总目》则批评其"往往不据古词,意为填注,于古人故为拗句以取抗坠之节者,多改谐诗句之律。又校雠不精,所谓黑圈为仄,白圈为平,半黑半白为平仄通者,亦多混淆,殊非善本,宜为万树《词律》所讥"③。晚明程明善所编《啸余图谱》比《诗余图谱》影响更大,万树《词律》自序指责其"触目瑕瘢,通身罅漏"④。尽管有不少疏误之处,这些词谱在明代以至清初的影响却是不容低估的,清初倚声大家邹祗谟即云:"今人作诗余,多据张南湖《诗余图谱》及程明善《啸余图谱》二书。"⑤从追和对象来看,明人很有可能是依据某种词谱来填词的。张仲谋在《明词史》中推断说:"(陈如纶)集中慢调之作,大多有所规仿,而往往用宋人韵。……因为步韵既非一家,又多为名家名篇,陈如纶也许是依据某种词谱来填词的。"⑥

就词选而言,明人编选而见诸著录者就有二十余种,《草堂诗余》更是盛极一时。毛晋《草堂诗余跋》曰:"宋元间词林选本,几屈百指,惟《草堂》一编,飞驰几百年来,凡歌栏酒榭丝而竹之者,无不拊髀雀跃,及至寒窗腐儒,挑灯闲看,亦未尝欠伸鱼睨,不知何以动人一至此也。"⑦《草堂诗余》在明代的版本总计22种,有分类本与分调本之分。分类本分春景、夏景、秋景、冬景、节序、天文、地理、人物、人事、饮馔器用、花禽等类,分调本则始于

① [明]王世贞:《艺苑卮言》,《词话丛编》,中华书局,1986年版,第385页。
② [明]张綖:《诗余图谱》,《续修四库全书》第1735册,上海古籍出版社,2002年版,第202页。
③ [清]永瑢等:《四库全书总目》,中华书局,1965年版,第1835页。
④ [清]万树编著:《词律》,上海古籍出版社,1984年版,第6页。
⑤ [清]邹祗谟:《远志斋词衷》,《词话丛编》,中华书局,1986年版,第643页。
⑥ 张仲谋:《明词史》,人民文学出版社,2002年版,第187页。
⑦ [明]毛晋:《汲古阁书跋》,上海古籍出版社,2005年版,第113页。

明嘉靖中顾从敬所编《类编草堂诗余》四卷,其编次词以调汇,调以字数之多寡挨次排列,于是有小令、中调、长调之分,与宋人令、引、近、慢之称相异。此后按调分类成为词选编排的主要方式之一。饶宗颐《词集考》云:"自宫调失传,此种以字数排列之本,最便于文人浏览,故宋人所无之名(如中调长调之类),乃盛行于明中叶以后,盖作俑于顾氏也。"①按调分类的各种词选不仅便于文人阅读,也为他们学习填词提供了蓝本。陈匪石《声执》卷下云:"盖《草堂诗余》一书,在明流传极盛,填词者奉为圭臬。例如陈大声之《草堂余意》,即取《草堂诗余》而遍和之,一若舍此,别无足据者。"②明代《花间集》的编排方式也有一些变化,如明天启钟人杰刊本将原书顺序打乱重编,按照字数多少排序;雪艳亭活字本(李一氓定为清初活字排印本)不按字数多少,也不以人分,而是把同调词排列在一起。很明显,这种编排方式的目的之一便是为了方便后人的创作,使他们在运用某一词调时可以参考多家,有法可循。这些词选在一定程度上起到了词谱的作用,或许也是明代追和词数量众多的一大原因。

明人在词的创作上无法与唐宋词人相比,然而,他们在词籍整理方面的贡献却不容我们忽视。明代有两部大型词籍丛刻:一为明前期吴讷所辑《唐宋名贤百家词》,一为明末毛晋所辑《宋六十名家词》。吴讷所辑《百家词》编录于正统六年(1441),起于《花间集》,终于明初王达《耐轩词》,凡百三十一卷。有天一阁抄本,今存天津图书馆,1940年商务印书馆印行。毛晋《宋六十名家词》原称《宋名家词》,共分六集,自晏殊《珠玉词》至南宋卢炳《哄堂词》,共六十一家。尽管这两部书在选录、校勘等方面存在不少疏误之处,但它们前呼后应,对后来词籍的整理产生了深远影响,也为明人追和唐宋词对象和范围的扩大奠定了良好的基础。

第二节　明代词人追和唐宋词概述

总体而言,明人崇尚轻绮侧艳的词风,论词崇婉约而黜豪放,张綖《诗余图谱》凡例曰:"词体大略有二,一体婉约,一体豪放。婉约者欲其词情蕴

---

① 饶宗颐:《词集考》,中华书局,1992年版,第365页。
② 陈匪石编著,钟振振校点:《宋词举》,江苏古籍出版社,2002年版,第198页。

藉，豪放者欲其气象恢弘。盖亦存乎其人。如秦少游之作，多是婉约；苏子瞻之作，多是豪放。大抵词体以婉约为正，故东坡称少游为今之词手。后山评东坡词虽极天下之工，要非本色。今所录为式者，必是婉约，庶得词体。"①就追和情形而言，受《草堂诗余》与《花间集》的影响，明代词人所追和对象亦以清丽婉约为主。

一、明代词人追和唐五代词

明代词人对于唐五代词的追和，不如他们对于宋词追和的热情，而是有如一股涓涓细流，源远而流长。其中金堡有和作三首：《巫山一段云·和毛文锡本意》《更漏子·和温庭筠》《更漏子·和毛滂鹤唳》，唐世济有《忆秦娥·送友人入都次青莲韵》《三字令·春兴次欧阳炯韵》《山花子·牡丹谢后次李后主韵》《遐方怨·春闺二首次温飞卿韵》《江城子·次张泌韵二首》等 7 首，而和词质量最为可观者当属余怀。

余怀（1671—？），字澹心，一字无怀，号曼翁，又号曼持老人。福建莆田人，侨居江宁。才情艳逸，工诗，与杜濬、白梦鼎齐名，时称"余杜白"。词藻艳俊，为诗人吴伟业、龚鼎孳所称道。生当明末乱离之际，词多凄丽。有《研山词》《秋雪词》，总称《玉琴斋词》。其《四十九岁感遇词六首》序曰：

> 白香山云："四十九年身老日，一百五夜月明天。"苏子瞻云："嗟我与君皆丙子，四十九年穷不死。"余今年四十九，身既老矣，穷犹未死。追想平生，六朝如梦，每爱宋诸公词，倚而和之，聊进一杯。正山谷所云"坐来声喷霜竹"也。②

这组词作于明亡之后，分别追和王安石《桂枝香》、苏轼《念奴娇》、陆游《水龙吟》、辛弃疾《永遇乐》《摸鱼儿》、刘过《沁园春》，慷慨激昂，歌哭无端，集中表现了词人的亡国之痛。又有《和李后主词五首》，序曰："李重光风流才子，误作人主，致有入宋牵机之恨。其所作小词，一字一珠，非他家所能及也。余以暇日触绪兴情，抽毫吮墨，辄和数篇，用自写心，非关学古。然其丽句妙音，如'一江春水'则终难仿佛耳。余尝论陈、李二后主，宋徽宗三君

---

① ［明］张綖：《诗余图谱》，《续修四库全书》第 1735 册，上海古籍出版社，2002 年版，第 473 页。
② 饶宗颐初纂，张璋总纂：《全明词》，中华书局，2004 年版，第 2402 页。

者,使不为天子,其才华流溢,著作经通,当在鲍、谢、苏、米之上。惜乎累于富贵,狼狈以死,身名俱败。甚矣!天子之不如才子也与。"①《虞美人·吴门感旧》次后主韵而自抒怀抱,凄丽哀婉:"鹦哥报道花开了。春事知多少。玉箫吹出一江风。昨夜美人携手曲阑中。 银塘珠箔依然在。梦境何曾改。愁人禁受许多愁。却忆十年零落泪空流。"尤侗《玉琴斋词题辞》评曰:"昔人问词何句最佳,曰:'好似一江春水向东流。'然'小楼昨夜'卒召牵机之祸,岂非恨耶?千载而下,遇余子为知己,从而和之,可以破洗面之泪矣。"②《蝶恋花·送春》写闺中佳人伤春意绪,亦细腻婉曲。虽为次韵之作,却浑然天成:

> 柳岸花塘闲步。南国佳人,来觉伤迟暮。一点春光留不住。可怜去则从他去。
>
> 手内金针谁与度。只听梁间,乳燕呢喃语。枕子敲残无意绪。梦中觅个安排处。

又有《柳枝·和刘宾客》,序曰:"余最爱刘宾客禹锡《杨柳枝》词十首,风流跌宕,照映江潭。暇日依韵和成,各言己之所欲言,不必雷同其意也。薛能云:'纤腰舞尽春杨柳,未有侬家一首诗。'岂非妄耶。"刘禹锡《竹枝词》共9首,余怀序文称"刘宾客禹锡《杨柳枝》词十首",和词第八首和第10首重复,同为"绿烟如簇拥红旗,风絮漫天送客时。摇落江潭独惆怅,一株憔悴似将离"③。疑为刊刻之误。又有《调笑令·杂感》十首。余怀和作无牵强凑泊之感,这与他虽次韵却"用自写心,非关学古","各言己之所欲言,不必雷同其意"的创作态度密切相关。这在明代词人中是难得一见的。

明万历年间词人俞彦词中多效仿唐五代词之作,如《竹枝·孙光宪皇甫松俱有此体》12首、《荷叶杯·温助教廷筠体》2首、《荷叶杯·顾太尉夐》6首、《赤枣子·欧阳舍人体》2首、《忆长安》10首等。俞彦,字仲茅,江苏上元(今南京市)人。万历二十九年(1601)进士。历官光禄寺少卿。俞彦词所取得的成就与他对唐五代词名家名作的潜心学习分不开。因俞彦词

① 饶宗颐初纂,张璋总纂:《全明词》,中华书局,2004年版,第2404页。
② [明]余怀:《余怀集》影印本第3册,广陵书社,2005年版,第7页。
③ 同上,第69页。

并非和韵,仅点到为止。

二、明代词人追和两宋词

在两宋词人中,明人对于苏轼的追和占有绝对的优势,对于柳永、秦观、周邦彦、李清照、辛弃疾等词人的追和在范围与数量上都超过宋元时期。南宋词人崔与之以一首《水调歌头》获得仅次于和苏词总量的追和,由此亦可见此词艺术魅力之大。明人对于元代词人虞集《苏武慢》的追和,前文已论及,此不赘述。

(一)追和苏轼词

明代词人刘节的一首《西江月·读东坡词》代表了明代文人对于苏轼词的欣赏之情:"妙曲篇篇可爱,新词句句堪歌。风流争羡老东坡。三昧诗余勘破。 减字木兰何少,括声哨遍偏多。含宫嚼徵羽商和。艺苑几人能过。"明代词人对于苏轼词的追和蔚为大观,追和之作总计200余首,仅《念奴娇·赤壁怀古》一阕在明代就有153首的追和作品(见附录4),其中较为重要的有夏言37首、严嵩15首、孙楼8首、马邦良8首、费寀7首、陆深6首、周用4首、张璧4首、张邦奇4首等。孙楼《念奴娇·用东坡赤壁怀古韵》序曰:"《念奴娇》,一名《百字令》,词刚百字也。又名《大江东去》,又名《酹江月》,又名《赤壁词》,则以坡老赤壁怀古首尾两言得名。词人赋此调者多矣。而坡老一章,独冠千古,后人属而和者不少,余戊辰岁留滞燕都,旅愁闲作,辄寄兴一阕,共得八首。不使弃之。漫录备揽,情至当复赓之,不知此后又积若干也。"①明代次韵《念奴娇·赤壁怀古》的风尚与嘉靖年间以夏言为首的台阁词人群体的唱和活动关系密切。夏言(1482—1548),字公谨,广信贵溪(今属江西)人。正德十二年(1517)进士,世宗(朱厚熜)朝参预机务,居首辅。后为严嵩所嫉,诬陷至弃市。有《桂洲集》,存词300余首。钱谦益《列朝诗集小传》云:"少师得君专政,声势喧赫,诗余小令,草稿未削,已流布都下,互相传唱。殁后未百年,黯然无闻,《花间》《草堂》之集,无有及贵溪氏名者,求如前代所谓曲子相公,亦不可得。可一慨也。"②夏言在当时颇有词名,然词实未甚工。清沈雄《古今词话》引钱允治语曰:"词至夏桂洲、严介溪,俱以《百字令》《木兰花慢》为赠答之什。如

---

① 饶宗颐初纂,张璋总纂:《全明词》,中华书局,2004年版,第1044页。
② [清]钱谦益:《列朝诗集小传》,上海古籍出版社,2008年版,第536页。

陆俨山、周白川,亦无不效之。但悉遵旧人之韵,千篇一律,了无旨趣。若桂洲闺艳小令脍炙人口,则又嫁名于无名氏。集中三百九十阕,应酬居多。"①夏言以股肱大臣之身份与陆深、严嵩等台阁词人相唱和,词中多应酬次韵之作,尤好追和古人,有追和之作近百首,如《渔家傲·和欧阳韵一十六阕》《苏武慢·次虞韵写怀一十二首》《西江月·次朱希真三阕》等。夏言一人独作和《念奴娇·赤壁怀古》词37首,掀起了明代追和此词的热潮。叶晔《明词中的次韵宋元名家词现象》将这些和作按主题大致分为扈跸渡河词、馆阁唱和词、赤壁本意词、金山登眺词、咏物词、其他抒情词六类,论之甚详,此不赘述。

苏轼《水龙吟·次韵章质夫杨花词》仅次于《念奴娇·赤壁怀古》,获得21首和作。此词在宋代即获好评,朱弁《曲洧旧闻》云:"章质夫杨花词,命意用事,潇洒可喜。东坡和之,若豪放不入律吕,徐而视之,声韵谐婉,反觉章词有织绣工夫。东坡词如毛嫱西子,净洗却面,与天下妇人斗好,余人讵可比哉。"②宋末张炎《词源》卷下云:"东坡次章质夫杨花《水龙吟》韵,机锋相摩,起句便合让东坡出一头地,后片愈出愈奇,真是压倒今古。"③王国维《人间词话》更是对苏轼和作给予高度评价:"东坡水龙吟咏杨花,和韵而似原唱。章质夫词,原唱而似和韵。才之不可强也如是。"④由于苏轼的首次追和以及围绕原作与和作的一系列评论,此后和作不绝如缕。在宋代即有李纲的一首《水龙吟·次韵和质夫子瞻杨花词》:

> 晚春天气融和,乍惊密雪烟空坠。因风飘荡,千门万户,牵情惹思。青眼初开,翠眉才展,小园长闭。又谁知化作,琼花玉屑,共榆荚、漫天起。
> 深院美人慵困,乱云鬟、尽从妆缀。小廊回处,甋瓵重叠,轻拈却碎。飞入楼台,舞穿帘幕,总归流水。怅青春又过,年年此恨,满东风泪。

与章、苏二作中所表现的思妇心绪不同,此词借咏杨花以发抒青春易逝的

----

① [清]沈雄:《古今词话》,《词话丛编》,中华书局,1986年版,第802页。
② [宋]朱弁:《曲洧旧闻》,《宋元笔记小说大观》,上海古籍出版社,2001年版,第2992页。
③ [宋]张炎著,夏承焘校注:《〈词源〉注》,人民文学出版社,1963年版,第27页。
④ 王国维著,王幼安校订:《人间词话》,人民文学出版社,1960年版,第208页。

生命感慨，更为沉挚。暮春时节杨花飘落，词人由此联想到"青春又过"，惆怅悲凉之感油然而生，从咏物到抒情的衔接自然而然。刘镇亦有一首《水龙吟·丙戌清明和章质夫韵》词，《粤词雅》评曰："情思婉妙，读者疑为白石道人集中作。"①金元未见和苏轼咏杨花词者，明代词人则对这首词表现出了极大的兴趣。据笔者统计，《全明词》及《全明词补编》中次韵《水龙吟·咏杨花》词凡 14 家 21 首，列表如下：

作者	篇名	首句
陈霆	《水龙吟·杨花和章质夫韵》	是谁断送春光
赵南星	《水龙吟·杨花用章质夫韵》	春闺忒恁愁人
茅维	《水龙吟·次苏子瞻韵咏园中绯碧桃落花》	桃花雨带初浓
彭孙贻	《水龙吟·道中见杨花和东坡韵》	东坡道是非花
	《水龙吟·看正仲园中杏花用东坡杨花韵》	小庭深掩重门
徐石麒	《水龙吟·咏杨花和苏公韵》	因何不见花开
徐士俊	《水龙吟·次坡公杨花韵》	莺儿啼老枝头
杜濬	《水龙吟·清凉寺即目用东坡韵》	夜来甫雪廉纤
金堡	《水龙吟·次韵章质夫杨花六首》	是他轻薄情才
		偶然阑入春光
		为谁触着心肠
		也如七趣昏昏
		闲凭曲曲阑干
		曾将籍隶花王
	《水龙吟·用杨花韵调侍者》	是谁置得杨花
钱继章	《水龙吟·杨花次坡韵》	西风铦似吴刀
卓人月	《水龙吟·次坡公杨花韵》	天孙嫌绣铢衣
史可程	《水龙吟·清明用东坡韵》	水村山郭寻春
宋仪望	《水龙吟·杨花和苏韵》	澹烟晴日春迟
张守中	《水龙吟·咏杨花》	陌上一片芳心卷
辛升	《水龙吟·步章质夫苏子瞻咏杨花韵》	日晴风暖春深

① ［清］潘飞声：《粤词雅》，《词话丛编》，中华书局，1986 年版，第 4887 页。

其中金堡一人即有《水龙吟·次韵章质夫杨花六首》《水龙吟·用杨花韵调侍者》共 7 首,占到和作总数的三分之一。总体来看,金堡和作与原作相差甚远,为次韵而次韵,给人一种拼凑之感。具体而言有以下弊病:首先,用语俗滥,如其第三首下片云:"针袋婆婆袖底,裂干霜、懒联慵缀。游丝枉续,翻波罢饮,毛尘等碎。破絮吹云、灰钱卷蝶,败荷擎水。细看来、总是杨花,何处洒牛山泪。"其次,好用叠字、叠词,表现出明显的曲化倾向。这在第二首中表现得最为突出:

> 偶然阑入春光,被他一手推教坠。悠悠漾漾,有无着意,无无着思。露网斜悬,风轮乱滚,雨巢深闭。却萧萧洒洒,痴痴昵昵,轻轻下、低低起。
> 似我千针坏衲,锦回文、织成休缀。丝丝络络,颠颠倒倒,零零碎碎。妒宠争妍,一般花月,一般萍水。到不如、元自凄凉,免怅望繁华泪。

第六首句句用"花"字,则纯为游戏笔墨:

> 曾将籍隶花王,是花敢不从花坠。生花何事,留花无计,惜花多思。花运将倾,花民渐散,花天忽闭。见病花委地,老花傍路,殷勤待、扶花起。
> 恰似葬花时至,续花命、五丝难缀。露晞花挽,星沉花陨,楼空花碎。花质揉烟,花魂塞雾,花心濯水。在花间忍死,不为花贵,为花赔泪。

显而易见,这些质量低劣的和作的出现与作者贪多求快、视次韵为文字游戏的创作态度密切相关。当然,从其他和作来看,明代词人在题材、主题上对原作均有所突破,16 首作品仍次原韵咏杨花,而有些和作已不再局限于此,如茅维《水龙吟·次苏子瞻韵,咏园中绯碧桃落花》之咏桃花、彭孙贻《水龙吟·看正仲园中杏花用东坡杨花韵》之咏杏花、史可程《水龙吟·清明用东坡韵》之描绘清明节物等,其中突破最大者如杜濬《水龙吟·清凉寺即目用东坡韵》用咏杨花韵而发怀古之幽思,可谓独具特色:

夜来雨雪廉纤，谁人洒向空中坠。登峰一望，些些点点，徒萦旅思。寂寞僧居，茶烟出户，畏寒坚闭。笑书生苦问，当年战绩，那说向，从头起。

不是乌林赤壁，是儿童、分曹牵缀。两家弈局，一般拙手，忽然催碎。南亘方山，北蟠钟阜，西流江水。到面前、只有东方，吹落杜陵双泪。

王屋《鼓笛慢》虽非次韵之作，却很有特色，其小序云："章质夫有咏杨花《水龙吟》，东坡和之，今古称其绝唱。余不揣敢复效颦，虽工拙悬殊，托寄不无小异。"此词上片"烂红堆里飞来，恍疑是雪，还非雪。悠悠飏飏，沾襟惹袖，将停未歇。闲看儿童，芬芸争捉，倒拏横接。被微风卷去，功名到手，成虚境、诚何别。"诚如其小序所云，寄托之意不再局限于闺思、伤春。即使在传统的咏杨花题材和作中，明代词人亦有让人眼前一亮的作品，徐石麒《水龙吟·咏杨花和苏公韵》即为一首不可多得的佳作：

因何不见花开，纷纷只见花飞坠。临桃色减，拟梅香逊，颇无佳思。罗幌黏时，琼楼着处，几人深闭。想东君不为，繁华妆点，多只为、愁人起。

遥忆灞桥上，折长条、绣鞍难缀。都来几日，韶光催并，共人心碎。更学游人，随风化作，断萍流水。看一年一度春残，敢则是、天挥泪。

词人紧扣杨花之特点谋篇布局，从构思到遣词造句均不落原作窠臼，起句、结句尤为精彩。开篇设以奇特的发问，可与苏轼"似花而似非花"相媲美。结句想象出奇，却极为贴切。

明人追和较多的苏词还有《卜算子》（缺月挂疏桐）（5首）、《洞仙歌》（冰肌玉骨）（4首）、《西江月》（玉骨那愁瘴雾）（4首）、《满庭芳》（归去来兮）（3首）、《水调歌头》（明月几时有）（3首）等。这些都是苏词中的名篇。

（二）追和秦观词

秦观词被张綖引以为婉约词的正宗。张綖《踏莎行·咏闺情用秦少游韵》婉丽似少游："芳草长亭，垂杨古渡。当时记得分襟处。珠帘小院卷杨花，绿窗几度伤春暮。 鸳帐心期，鸾笺情素。天涯回首山无数。寒江日落水悠悠，倚楼目送孤鸿去。"秦观在明代共获得23首的追和作品，其中

《千秋岁》(水边沙外)一阕有 7 人 8 首追和作品,《满庭芳》(晓色云开)、《风流子》(东风吹碧草)二阕均获得 3 首和作。秦观《千秋岁》词有着良好的接受基础,明代追和之作大多数与原作之感时忆昔主题相类,情调亦偏感伤,如吕希周《千秋岁·春梦作次秦少游韵》与《千秋岁·秋思作再次秦少游韵》、陈铎《千秋岁·和秦少游》、茅维《千秋岁·忆旧次秦少游韵》等。卓人月《古今词统》卷一〇评秦观此词曰:"悲歌未终,能使琴人舍徽,笛人破竹。"① 女词人叶小鸾的一首《千秋岁·即用秦少游韵》自抒情怀,哀婉感伤之情与秦词尤为相似:

> 草边花外,春意思将退。新梦断,闲愁碎。慵嫌金叶钏,瘦减香罗带。庭院悄,只和镜里人相对。
> 过了秋千会,荷叶将成盖。春不语,难留在。几番花雨候,一霎东风改。肠断也,每年赚取愁如海。

王屋的一首《千秋岁》次少游词韵而咏蔺相如渑池会之史实,表现出对于世事的忧虑,颇有豪气,可谓《千秋岁》和词中之别调:

> 一身之外,谁进谁为退。与瓦舍,宁珠碎。唐盟山作砺,汉誓河如带。曾几日,山河依旧空愁对。
> 回首渑池会,气势难笼盖。青史上,风流在。人情惊雨散,世事翻云改。君不见,桑田昨日皆沧海。

元明杂剧、小说为塑造秦观风流才子的形象,虚构了秦观与苏小妹这一才子佳人的故事。受此影响,明人在词中亦对此加以咏叹。这是秦观词接受中一个很有意思的现象。卓人月与徐士俊的两首和作一吊秦观,一吊苏小妹,卓人月《千秋岁·次秦少游韵吊少游》:

> 心从天外,笔扫千人退。玉比润,金如碎。旗亭传乐拍,帘砌飘香带。风肆好,更夸静好苏娘对。

---

① [明]卓人月汇选,徐士俊参评:《古今词统》卷一〇,辽宁教育出版社,2000 年版,第393 页。

远谪成奇会,喜气生华盖。绣几上,芳词在。藤阴蝉已蜕,花影莺
无改。人逝矣,千秋岁仰秦淮海。

徐士俊《千秋岁·次少游韵吊苏小妹》:

飘然林外,晋代风流退。箫可丢,环能碎。文章父兄授,聪颖前生
带。冲口处,尽教雅谑成佳对。
恰与秦嘉会,苏蕙声名盖。眉画出,眉山在。梅妆高可认,玉骨香
难改。归去也,塘城花月春如海。

秦观与苏小妹的故事在明代流传甚广,明人李诩在《戒庵老人漫笔》卷四中
特作考辨,以证秦观妻乃徐氏,而非苏小妹。卓人月、徐士俊未必相信这一
故事,但这并不妨碍他们在词中对此段佳话津津乐道。

(三) 追和周邦彦词

明代追和周邦彦词近 40 首,其中陈铎《草堂余意》和周词 20 首。陈铎
和词字面情调皆似清真原作,然其大多数和词因缺乏真情实感而终显单
薄,与清真原作差距较大。《拜星月慢》一阕为思妇代言,将其因思念而猜
疑的心理表现得细致入微,与原作情调大不相同,却耐人咀嚼:

冷雨鸣窗,凄风撼树,转觉秋灯易暗。历历清砧,起谁家深院。忖
离思、似绝沧溟白石,应是几时枯烂。水性萍踪,定何年重见。
风流旧有如花面。春城好、马系秦楼畔。许多绿意红情,肯匆匆
分散。纵音书、谁信眠孤馆。数长更、阁泪频嗟叹。才梦里、一霎相
逢,被晓钟撞断。

其他和周词较多的词人还有彭孙贻、孙楼、陈霆等,较为出色的作品如陈霆
《水龙吟·梨花和周美成韵》,其清丽不减清真原作:

醉颜消尽东风,一枝迥出纷华地。暖香吹雪,淡妆欺粉,群芳羞
避。静院无人,闲庭转午,重门深闭。倚阑干无语,玉容寂寞,为滴尽
伤春泪。
愁到黄昏时候,漏声沉、隔墙歌吹。疏帘淡月,离怀唤醒,梦魂惊

起。细雨廉纤，轻云低娜，不禁春意。算东皇、独付清标，正好与梅花比。

结句紧承清真"恨玉容不见，琼英谩好，与何人比"而来，亦相映成趣。陈霆《瑞龙吟·春情和宋周美成韵》字面多袭美成原作，给人似曾相识的感觉，惟"无因见、风前月底，盈盈仙步"一句能自出己意，新人耳目。

明末词人彭孙贻有4首和清真词，其中《西河·金陵怀古次美成韵》一阕深寓兴亡之感与家国之恨：

> 龙虎地。繁华六代犹记。红衣落尽，只洲前、一双鹭起。秦淮日夜向东流，澄江如练无际。
>
> 白门外，枯杕倚。楼船朽橛难系。石头城坏，有燕子、衔泥故垒。倡家犹唱后庭花，清商子夜流水。
>
> 卖花声过春满市。闹红楼、烟月千里。春色岂关人世。任野棠无主，流莺成对，衔入临春故宫里。

清真善以诗句入词，彭孙贻和作亦深得清真此法，如"澄江如练无际"化用谢朓"澄江静如练"（《晚登三山还望京邑》），"倡家犹唱后庭花"化用杜牧"隔江犹唱后庭花"（《泊秦淮》），皆融化前人诗句如自己出。《兰陵王·咏柳和美成》虽次原韵而少摹拟之痕，亦为佳作：

> 汴河直。宫柳两行曳碧。能禁得，几度别离，落日津亭淡无色。飘零况去国。憔悴多情逐客。风流散，春暗凤城，韦杜参差去天尺。
>
> 浮萍转世迹。忆马滑霜浓，花媚当席。月圆翻作如钩食。随一片飞絮，几程茅店，折梅从此断成驿。恨天限南北。
>
> 怆恻。寸心积。莫别后经秋，为我愁寂。攀条执手情何极。且暂系征棹，慢吹离笛。怕尊中酒，袂上雨，杂泪滴。

其中"马滑霜浓"径用清真《少年游》字面，从而让人联想到"并刀如水，吴盐胜雪，纤手破新橙。锦幄初温，兽烟不断，相对坐调笙"之词境，与下句"花媚当席"句意相融无间，化用之妙，可谓深得清真精髓。

(四)追和李清照词

　　明代中后期词人对于李清照词的婉约本色有了更为深刻的认识,初步确立了李清照在词史上的正宗地位。王世贞论词区分"正宗"与"变体",将李清照列入"词之正宗",其《艺苑卮言》曰:"花间以小语致巧,世说靡也。草堂以丽字取妍,六朝陒也。即词号称诗余,然而诗人不为也。何者,其婉娈而近情也,足以移情而夺嗜。其柔靡而近俗也,诗咡缓而就之,而不知其下也。之诗而词,非词也。之词而诗,非诗也。言其业,李氏、晏氏父子、耆卿、子野、美成、少游、易安至矣,词之正宗也。温韦艳而促,黄九精而险,长公丽而壮,幼安辨而奇,又其次也,词之变体也。"①杨慎认为李清照不独为闺阁词人的代表,更可以与男性词人相提并论。他在《词品》中首次将李清照放在整个宋代词史上来评价,如《词品》卷二曰:"宋人中填词,李易安亦称冠绝。使在衣冠,当与秦七、黄九争雄,不独雄于闺阁也。"②又《词品》卷一云:"李易安'清露晨流,新桐初引',乃全用世说语。女流有此,在男子亦秦周之流也。"③李清照在明代词坛正宗地位的确立与明中期以来肯定张扬人之情性思潮的大背景有关,亦与明人对于女性词人的怜惜赏爱心态不无关系。李清照在宋代未受到应有的关注,与她的女性身份有关,尤其受到南宋以来理学思想的影响。

　　对于李清照词的推崇在明人的追和实践中有明显的体现。据粗略统计,明代次韵易安词共 20 余首,其中次易安《声声慢》(寻寻觅觅)一阕 10首,次《凤凰台上忆吹箫》(香冷金猊)词韵与次《念奴娇》(萧条庭院)词韵者分别有 3 首。杨慎以《声声慢》一阕为易安词中"最为婉妙"者,并引张端义《贵耳集》曰:"此词首下十四个叠字,乃公孙大娘舞剑手。本朝非无能词之士,未曾有下十四个叠字者。乃用文选诸赋格。'守着窗儿,独自怎生得黑。'此黑字不许第二人押。又'梧桐更兼细雨,到黄昏点点滴滴',四叠字又无斧痕,妇人中有此,殆间气也。"④对其中叠字运用之绝妙叹赏至极。宋人罗大经早在《鹤林玉露》中评易安此词曰:"起头连叠七字,以一妇人,乃能创意出奇如此。"⑤明人追和此词者亦着力效仿其叠字的运用,如"谁

---

① 〔明〕王世贞:《艺苑卮言》,《词话丛编》,中华书局,1986 年版,第 385 页。

② 〔明〕杨慎著,王幼安校点:《词品》,人民文学出版社,1960 年版,第 76 页。

③ 同上,第 62 页。

④ 〔宋〕张端义:《贵耳集》,《宋元笔记小说大观》,上海古籍出版社,2001 年版,第4273 页。

⑤ 〔宋〕罗大经:《鹤林玉露》,《宋元笔记小说大观》,上海古籍出版社,2001 年版,第 5308 页。

怜谁念,谁唱谁酬,谁亲谁眷谁戚"(卓人月)、"若莺若燕,若蕙若蘋,若甄若蔡若戚"(卓人月)、"担愁担恨,担怕担惊,担忧担闷担戚"(徐士俊)、"含愁含怨,含恨含鼙,含喜含恕含戚"(曹元方)、"自眠自起,自叹自嗟,自恋自笑自戚"(彭孙贻)、"闲题闲咏,闲赋闲评,闲愁闲恨闲戚"(贺贻孙)等,然终无出其右者。卓人月《声声慢·次李易安韵》其二乃李清照一生才情、命运的写照,表现出对于这位"女才子"的欣赏、怜惜之情:

> 若莺若燕,若蕙若苹,若甄若蔡若戚。宫怨闺情,绝胜男人声息。儿家试举彤管,要比他、峡流还急。女才子,肯输人、只许碧瞳能识。
>
> 幸遇郎才天积。常赌茗、翻书章张搜摘。打马才完,又把蜀笺涂黑。从来单栖不惯,况伤怀、红鞯翠滴。夜不寐,听门外、郎马得得。

金堡有次易安《声声慢》词二首,其中一首词题标明"次易安秋闺韵",实借易安口吻以抒亡国之痛与愁苦之情:

> 不知何事,顿在眉尖,倚阑长是惨戚。难吐难吞,自也难传消息。天边云头风角,雁飞迟、叶飞还急。香篝畔,镜台前、仿佛梦中曾识。
>
> 影在花阴重叠。扫不去、只把柔心生摘。怪煞双眸,深夜不随灯黑。寒蛩更催苦泪,漏声声、胆浆同滴。这愁字,也没个、次第写得。

此词在字面、风格上极力摹仿易安原作,词情之凄厉有甚于易安。另一首题为"赋得壮心不已,仍用易安韵",则自抒愤激不平之气,与易安词之凄婉大不相同,如其上片曰:"譬如利剑,斩却形天,至今犹舞干戚。童见长新,谁管甚时休息。流光未觉电驶,渐老来、渐看渐急。如意舞,唾壶歌、此意少年怎识。"金堡虽在明亡后遁入空门,而斗争之心实难泯灭,于此词可见。这首词在主题与风格上对易安原作皆有大突破。

（五）追和辛弃疾、蒋捷词

明代追和辛弃疾词的范围与数量大大超过前代,是辛弃疾词接受的重要阶段。以婉约为正宗是明代词论的主流,然离异的言论亦时有所见,如杨慎在《词品》卷四中说:"近日作词者,惟说周美成、姜尧章,而以东坡为词诗,稼轩为词论。此说固当,盖曲者曲也,固当以委曲为体。然徒狃于风情婉娈,则亦易厌。回视稼轩所作,岂非万古一清风哉。或云周、姜晓音律,自能撰词调,故人尤服之。"①此论仍以周邦彦、姜夔词为本色,然已看到苏轼、辛弃疾词的魅力。刊于崇祯六年(1633)的《古今词统》更是选辛词 139首(居入选词人首位)。孟称舜《古今词统序》曰:"盖词与诗、曲,体格虽异,而同本于作者之情。古来才人豪客,姝淑名媛,悲者喜者,怨者慕者,怀者想者,寄兴不一。或言之而低徊焉,宛变焉;或言之而缠绵焉,凄怆焉;又或言之而嘲笑焉,愤怅焉,淋漓痛快焉。作者极情尽态,而听者洞心耸耳,如是者皆为当行,皆为本色,宁必姝姝媛媛,学儿女子语,而后为词哉?故幽思曲想,张、柳之词工矣,然其失则俗而腻也,古者妖童冶妇之所遗也。伤时吊古,苏、辛之词工矣,然其失则莽而俚也,古者征夫放士之所托也。两家各有其美,亦各有其病,然达其情而不以词掩,则填词者之所宗,不可以优劣言也。"②公然以情论词,一反以婉约为词之本色的论调。明代后期词学思想的转变为稼轩词的接受提供了理论基础。此外,在明清易代之际这一特定的时代背景中,稼轩词作为南宋社会慷慨任气的最强音,成为明代文人纷起追和的对象。

"撚髭长啸西风里。想稼轩、凌云意气,挥毫情味。落句铿然金石响,殊胜新桐初理。岂屑效、刘卿钱起。万古词人无敌手,只使君之后惟孤耳。宁鹿鹿,数余子。"(彭孙贻《贺新郎·和稼轩词用辛韵》)在明代词人的眼中,稼轩是"撚髭长啸西风里"的英雄人物,作为词人,稼轩更是苏轼之后第一人。明代追和辛弃疾词有 50 余首,其中和《卜算子》(百郡怯登车)词 12首,和《祝英台近》(宝钗分)、《水龙吟》(渡江天马南来)各 4 首,和《哨遍》(池上主人)、《摸鱼儿》(更能消)、《念奴娇》(野棠花落)各 3 首。稼轩《祝英台近》(宝钗分)一阕缠绵婉约,张炎《词源》卷下称其"景中带情,而存骚雅"③。陈铎、王屋、徐士俊、梁云构均有和词,皆言伤春别离之情,堪称清丽,却乏骚雅之致。易震吉是明代少数专力为词的词人之一,也是明词史上存词最多的一位词人,著有《秋佳轩诗余》十二卷,存词一千一百八十四

---

①　[明]杨慎著,王幼安校点:《词品》,人民文学出版社,1960 年版,第 131 页。按,杨慎此论实出自南宋陈模《怀古录》,原文为:"近时作词者,只说周美成、姜尧章等,而以稼轩词为豪迈,非为体,然徒狃于风情婉娈,则亦不足以启人意。回视稼轩所作,岂非万古一清风也。或云美成、尧章以其晓音律,能自撰词调,故人尤服之。"(见郑必俊校注《〈怀古录〉校注》,中华书局,1993 年版,第 61 页)

②　[明]卓人月汇选,徐士俊参评:《古今词统》,辽宁教育出版社,2000 年版,第 3 页。

③　[宋]张炎著,夏承焘校注:《〈词源〉注》,人民文学出版社,1963 年版,第 23 页。

首。易震吉,字起也,号月槎,上元(今南京市)人。崇祯七年(1634)进士。授刑部主事,升郎中,出为大名知府,历嘉湖道,官至江西参政副使。赵尊岳跋语称震吉"词笔取径稼轩一流,力求以疏秀取胜,虽不能至,犹较颦眉龋齿强增色泽为善矣"①。易震吉《念奴娇·读稼轩集用大江东去韵》高度赞扬稼轩其人其词曰:"期思渡口,来青兕、共诧天生神物。叠嶂西驰旋万马,压倒东坡赤壁。婢子琵琶,儿童蘦策,那解阳春雪。绍兴相望,如公应号词杰。 公岂仅仅词人,八陵二圣,忠愤漫胸发。陡把大声呼海内,虏欲一飙吹灭。著作其余,风流婉约,写出心如发。伊人安在,瓢泉犹照秋月。"易震吉、吴充、唐世济等和稼轩《卜算子》皆言隐逸之情,如易震吉《卜算子·漫兴次稼轩六阕》其三曰:"喜策灞桥驴,厌跨长安马。岂为功名始读书,寄语儿曹者。 十个竹当檐,一片云埋瓦。此是高人世外庐,何不归来也。"从词意到用语,与稼轩原作最为相似。易震吉《杏花天·本调次稼轩韵》咏杏花,亦为婉丽之作,其词曰:"年来习就山中懒。爱艳杏、春园一片。开缸料理留人盏。应见月生如扇。 怕明日、落红含怨。有甚计、将风拘管。昨朝雨洗胭脂浅。妒杀淡妆人面。"末二句状雨后杏花颜色,尤为精彩,堪与稼轩原作"杨花也笑人情浅。故故沾衣扑面"相媲美。

金堡是和稼轩词作最多的一位明代词人,共有和稼轩词16首之多。金堡(1614—1680),字道隐,号性因,杭州人。崇祯十三年(1640)进士。官临清州知州。1648年诣肇庆,谒永明王永历帝,授礼科给事中。耿直不畏强暴,清兵破桂林,削发为僧,住韶州丹霞寺。有《遍行堂集》。金堡词中多有追和之作,约占其全部词作的十分之一。金堡和作颇有豪气,然曲化倾向比较严重,如《西江月·遣兴和稼轩韵》其二曰:

　　争怪老来受老,那教衰至辞衰。如今饭也不相宜。睡去睡来重睡。

　　汝也欠些睡债,好来我处销支。我还乞汝一些儿。睡也打人白水。

其中较佳者如《贺新郎·遣兴次稼轩自述韵》:"世道交丧矣。送几回、霜蒿露薤,身其余几。闲极却来寻事做,天下何尝有事。只送断、庸人悲喜。手

---

① 赵尊岳辑录:《明词汇刊》上册,上海古籍出版社,1992年版,第1078页。

弄碧岩消作水，火炕中、飞雪寒如是。恶面目，谁相似。冻倒柴门里。较石崇、玉轻金艳，岂殊风味。缚得电光敲骨髓，有理谁知无理。捉不正、炉烟斜起。与汝同床同作梦，顾梦之苦乐何如耳。我不敢，轻余子。"愤激之情以颓唐语出之。

　　另外，值得一提的是，金堡作有和《竹山词》9首，为蒋捷词在清代的接受奠定了基础。蒋捷生当宋元易代之际，所著《竹山词》中多家国之恨、身世之感。在晚明特定的时代背景下，词人们开始关注蒋捷词。《古今词统》选蒋捷词27首，几占其全部词作的三分之一。金堡好作咏物词，和蒋捷词有5首为咏物之作，分别为《木兰花慢·和竹山赋冰三首》《瑞鹤仙·和蒋竹山红叶》《永遇乐·和蒋竹山绿荫》。蒋捷《竹山词》中有咏物词13首，所咏对象有梅花、荷花、菊花、牡丹、芙蓉等。蒋捷绝大多数咏物词都不是单纯地状物写形，而是寄托比兴，融入了家国之慨、身世之感，如《解连环·岳园牡丹》《水龙吟·效稼轩体招落梅之魂》等，然金堡所追和的三首作品则为咏物而咏物，并非蒋捷咏物词中之杰作。金堡《贺新郎·感旧次竹山兵后寓吴韵》词曰：

　　　　古剑花生绣。忆当初、仰天长叹，风尖□透。几垒哀笳吹白露，化作清霜满袖。唤一緉芒鞋同走。入夜欲投何处宿，见半弯、月上三更后。刚挂住，驼腰柳。
　　　　溪渔网悬如旧。渡前村、叩门不应，猖狺多狗。积得陈年零落梦，搬出胸中堆阜。要浇也、不须杯酒。老大无人堪借问，照澄潭吾舌犹存否。窥白发，自摇手。

蒋捷于宋亡后流落他乡，作有《贺新郎·兵后寓吴》，将悲凉心酸的遗民生活状态表现得淋漓尽致。金堡和词当作于明亡之后，历史的悲剧又一次重演，蒋捷词中所述经历与感受，金堡感同身受，这当是他大量追和蒋捷词的主要原因。蒋捷《贺新郎·秋晓》下片云："愁痕倚赖西风扫。被西风、翻催鬓鬒，与秋俱老。旧院隔霜帘不卷，金粉屏边醉倒。计无此、中年怀抱。万里江南吹箫恨，恨参差、白雁横天杪。烟未敛，楚山杳。"萧瑟的秋景与无家可归的忧愁、国破家亡的哀怨以及有为之年而无为的惆怅融为一体，浓情却以淡景出之，其情更深厚、沉痛。金堡作有和词三首，分别为《贺新郎·次竹山秋晓韵》《贺新郎·赠顾孝廉湘佩用秋晓韵》《贺新郎》（送顾湘佩钱公受出岭二子同潘测干方伊蔚有间七夕倡和诗索为小序仍用秋晓韵)。

陈霆《渚山堂词话》卷三云:"京师崇文门外,有祠曰三忠,都人建以祀汉诸葛忠武、宋岳武穆、文文山。士大夫南行者,多饯别于此,所以作勤瘁而励忠节,于夫世教,不谓无补。"①明代词人尤其在明清易代之际对于岳飞《满江红》、王清惠《满江红》以及文天祥词的追和亦引人注目。明代追和岳飞《满江红》词者有顾潜、夏言、顾应祥、刘天民、范守己、眭石、彭孙贻、徐士俊、张煌言、张肯堂、卓人月、曹元方、李文缵等十余人,其中同为英烈词人的张煌言和作慷慨激昂,与岳飞原作交相辉映:

> 屈指兴亡,恨南北、皇图销歇。更几个、孤忠大义,冰清玉烈。赵信城边羌笛雨,李陵台畔胡笳月。惨模糊、吹出玉关情,声凄切。
>
> 汉苑露,梁园雪。双龙游,一鸿灭。剩逋臣怒击,唾壶皆缺。豪气欲吞白凤髓,高怀肯饮黄羊血。试排云、待把捧日心,诉金阙。

除时代原因外,岳飞词作的大受追和也与嘉靖年间宋高宗赐岳飞手敕的发现以及围绕此事的唱和有关。金堡《满江红·和沈石田诸公题宋高宗赐岳飞手敕》词序曰:"夏侯桥、沈润卿掘地得宋高宗赐岳飞手敕,石刻装潢,乞诸名士题咏,惟石田、横山、弇州三词甚著。"其中文徵明词曰:"岂不念,徽钦辱。念徽钦既返,此身何属。千载休谈南渡错,当时自怕中原复。笑区区、一桧亦何能,逢其欲。"指出岳飞冤案幕后真正的主使者乃是宋高宗,秦桧所为正是迎合了宋高宗晦暗卑劣的心理,可谓独具论古只眼。王清惠《满江红》词在当时就获得文天祥、邓剡、汪元量等的唱和,至明代有吴本泰、萧诗、顾景星、胡超、吴有涯、钱肃乐、吴易、彭孙贻等所作十余首的和词,其中以彭孙贻的两首和词最为沉痛。彭孙贻生于国难,抱遗民之志,入清不仕,其和作乃借他人酒杯以浇胸中块垒。词前小序曰:"昭仪'嫦娥相顾肯从容,随圆缺'句,须于相顾处略读断,原是决绝语,不是商量语。文山惜之,似误。然文山所和二结句,又高出昭仪上,读之悲感,敬步二阕。"和文天祥词有顾潜《沁园春·用文信公韵吊文》、钱肃乐《唐多令·和文文山旅怀》《沁园春·过东瓯文信国祠即和信国题睢阳庙韵》等,皆表现出对文天祥精忠报国、舍生取义精神的敬仰,如顾潜词曰:"人孰不死,重于泰山,

---

① [明]陈霆著,王幼安校点:《渚山堂词话》,人民文学出版社,1960年版,第26页。

死也无妨。有昭然青史，照人耳目，云霄事业，金石心肠。孔曰成仁，孟曰取义，衣带常余八字香。燕京市，濒临鼎镬，肯挫贞钢。"

第三节　"花草之风"：《和花间集》与《草堂余意》

陈铎《草堂余意》与张杞《和花间集》是明人极端推崇《草堂诗余》与《花间集》风气之产物，于此亦可见出在唐宋词接受中词选与追和词创作之间的相互影响。由于取法乎上，陈铎与张杞和作虽难以超越诸家名作，却无明词曲化、俗化的弊病。如此追和群贤的努力，亦有其积极意义。

一、张杞《和花间集》

张杞，字迁公，黄陂（今属武汉）人，约生活于明崇祯年间，有《和花间集》一卷，凡 487 首，今已散佚。《全明词》及《全明词补编》从各类词选中共辑得张杞和词 9 首。《古今词统》选其词 3 首：《思越人·步鹿虔扆韵》《采莲子·步皇甫嵩韵》《甘州遍·和毛文锡韵》；《古今词汇》选其词 4 首：《醉公子·步薛昭蕴韵》《女冠子·和孙光宪韵》《浣溪沙·和韦庄韵》《菩萨蛮·步牛峤韵》；《明词综》选其《浣溪沙·和孙光宪韵》1 首；《倚声初集》选其《南乡子·和欧阳炯韵》1 首。从入选情况来看，张杞和词在当时应该产生了一定的影响。

张杞《和花间集》的出现与《花间集》在明代后期的盛行密切相关。万历四卷本为明《花间集》诸多版本中影响最大者。此本为汤显祖所评，闵映璧朱墨套印。前有万历乙卯汤序，后有万历庚申闵跋。汤显祖序云："《花间集》久失其传，正德初，杨用修……始得其本，行于南方。《诗余》流遍人间，枣梨充栋，而讥评赏誉之者亦复称是，不若留心《花间集》者之寥寥也。"[1]陈耀文《花草萃编》自序亦云："夫填词者，古乐府流也。自昔选次者众矣。唐则有《花间集》，宋则《草堂诗余》。诗盛于唐而衰于晚叶，至夫词调独妙绝无伦，然宋之《草堂》盛行而《花间》不显，故知宣情易感，含思难谐者矣。"[2]可见《花间集》的盛行在明正德以后，流行程度亦稍逊于《草堂诗

---

① ［后蜀］赵崇祚辑，李一氓校：《〈花间集〉校》，人民文学出版社，1985 年版，第 241 页。
② ［明］陈耀文辑：《花草萃编》，文渊阁《四库全书》第 1490 册，第 114 页。

余》。《古今词统》认为张杞和词起到了以《花间集》之传统词格来挽救晚明庸滥词风的重要作用,故而给予极高的评价:"西蜀南唐而下,独开北宋之垒,又转为南宋之派。《花间》致语,几于尽矣。黄陂张迂公起而全和之,使人不流于庸滥之句,谓非其大力与?"①此论虽不无过誉之嫌,但其从宏观的词史视角出发看到张杞和词的意义所在,这一点却是值得称道的。然而,更多的学者则是站在和韵的角度,对张杞和词提出批评,如沈际飞云:"张杞《和花间集》,凡四百八十七首。篇篇押韵,未免拘牵,字字求新,变饶生凿,惟《甘州遍》'鸿影又被战尘迷'一句差胜。"②又如王士禛《花草蒙拾》云:"绝调不可强拟,近张杞有《和花间词》一卷,虽不无可采,要如妄男子拟遍《十九首》与《郊祀》《铙歌》耳。"③全和《花间集》,对于张杞来说,的确是一个巨大的挑战。明人俞彦曾感叹说:"小令佳者,最为警策,令人动褰裳涉足之想。第好语往往前人说尽,当从何处生活。"④小令本已为难作,更何况和词受原作韵脚的限制,难度就更可想而知了。《古今词统》谓张杞《采莲子·步皇甫嵩韵》词"与嵩词工力悉敌,不复知年代之相后"⑤。其词云:

> 六月芳堤冷觉秋(举棹),巧姿伴笑翠如流(年少)。荷珠滴尽芙蓉钗(举棹),红褪香销看欲羞(年少)。

此词辞藻虽华美,却显人工雕琢之痕,实难与嵩词之天然浑成相比。沈际飞所赏爱之《甘州遍·和毛文锡》一首确是张杞和词中不可多得之佳作:

> 玉门远,云合塞天低。铁矛齐。笳吹笛弄,惊梅怨柳,伤心还听闹征鼙。
> 玄兔寨,白狼西。月明漏下鸿影,又被战尘迷。连营起,白骨衬霜蹄。捣蛮奚。将军有令,带箭拥飞梯。

---

① [清]沈雄:《古今词话》,《词话丛编》,中华书局,1986年版,第1029页。
② 同上,第845-846页。
③ [清]王士禛:《花草蒙拾》,《词话丛编》,中华书局,1986年版,第674页。
④ [明]俞彦:《爱园词话》,《词话丛编》,中华书局,1986年版,第401页。
⑤ [明]卓人月汇选,徐士俊参评:《古今词统》,辽宁教育出版社,2000年版,第273页。

总之，张杞和词首首次韵，从内容、风格到用语全袭《花间集》诸作，基本上没有个人情感在内，虽然学得极像，终归得其形而失其神。与陈子龙的学《花间》而能"遗貌取神"，突出个人性情，不可同日而语。

二、陈铎《草堂余意》

陈铎，字大声，号秋碧，又号七一居士。原籍下邳（今属江苏睢宁），后徙南京。生卒年不详。明正德年间，袭济州卫指挥。工诗善画，尤善乐府、散曲，与徐霖齐名。精研宫律，人称"乐王"。钱谦益《列朝诗集小传》曰："大声以乐府名于世，所为散套，稳协流丽。被之管弦，能审宫节羽，不差毫末。"[1]所著有《梨云寄傲》《秋碧轩稿》《可雪斋稿》《月香亭稿》《滑稽余韵》《草堂余意》等。陈铎《草堂余意》，今存有明万历三十九年（1611）汪廷讷环翠楼堂刻本，全称为《坐隐先生精订草堂余意》。坐隐先生为汪氏之别号。《全明词》陈铎小传称陈铎"别号坐隐先生"，[2]误。《续修四库全书》（第1738册）据原北京图书馆藏汪氏环翠楼堂刻《坐隐先生精订陈大声乐府全集七种》本影印。又有赵尊岳惜阴堂丛书本。

全书共上下二卷，上卷收词83首，下卷收词64首，初看去似乎为一部词选，其中选唐宋词人49人，再加上陈铎本人，总共50家147首作品。这样的体例的确容易使人误解，黄虞稷《千顷堂书目》便称此书乃"陈铎选宋词，附以己作"[3]。赵尊岳《明词汇刊》跋曰："全书为大声撰，然多引用原作者姓名，其本无名者，始用陈名，此亦刊例之至奇者，未尝经见，特揭示出之。"[4]况周颐则说："词全和草堂韵，每音调名下，径题元作者姓名。唯一人两调相连，则第二阕题陈大声名。"[5]正如陈匪石先生在《声执》卷下中所说："明人性好作伪，以己作伪古人之作，或袭古人之作为己作，往往而有；而所刊古书，割裂窜改，尤属见不一见"[6]，《草堂诗余》本身体例混乱，赵尊岳、况周颐的认识都可以说是基本准确。陈铎如此做法，实欲借唐宋名家以抬高自己的声名。张仲谋《明词史》对《草堂余意》中题名"陈大声"所作

---

① ［清］钱谦益：《列朝诗集小传》丙集，上海古籍出版社，2008年版，第351页。

② 饶宗颐初纂，张璋总纂：《全明词》，中华书局，2004年版，第447页。

③ ［清］黄虞稷：《千顷堂书目》，上海古籍出版社，1990年版，第786页。

④ 赵尊岳辑录：《明词汇刊》上册，上海古籍出版社，1992年版，第779页。

⑤ 况周颐著，王幼安校订：《蕙风词话》，人民文学出版社，1960年版，第162页。

⑥ 陈匪石编著，钟振振校点：《宋词举》，江苏古籍出版社，2002年版，第198页。

的三十七首词列表辨析,认定"陈铎所和《草堂诗余》,不可能是任何别的版本,而只能是武陵逸史编次、明嘉靖二十九年(1550)顾汝所刊本《类编草堂诗余》"①,并以此推论陈铎生活年代应在正德、嘉靖年间。笔者于此颇有疑义。《草堂诗余》在词集版本中最为繁杂,又有分类本与分调本两大系统。上海古籍出版社所编《唐宋人选唐宋词》,以安肃荆聚校刊本为底本,参校泰宇书堂本和遵正书堂本,录入《增修笺注妙选群英草堂诗余》前集二卷后集二卷。将陈铎和词与此本比照,即可发现陈铎所和基本上为《增修笺注妙选群英草堂诗余》前集上下卷春景类、夏景类、秋景类、冬景类所收唐宋名家名作,且陈铎和作亦分春意、夏意、秋意、冬意四个部分,则陈铎所和版本更有可能是某一分类本。又,陈霆《渚山堂词话》已论及陈铎《草堂余意》,而据陈霆自序,《渚山堂词话》定稿于嘉靖九年(1530),成书则在此之前。陈铎所和不可能为嘉靖二十九年(1550)顾汝所刊本。钱谦益《列朝诗集小传》"金陵社集诸诗人"条曰:"海宇承平,陪京佳丽,仕宦者夸为仙都,游谈者指为乐土。弘、正之间,顾华玉、王钦佩以文章立璧,陈大声、徐子仁以词曲擅场,江山妍淑,士女清华,才俊歊集,风流弘长。"②可知陈铎生活年代为弘治、正德年间,大致不误。

对于陈铎和《草堂诗余》这一行为,论者或褒或贬,评价很不一致。况周颐对陈铎称赏备至,《蕙风词话》续编卷二云:"其词超澹疏宕,不琢不率。和何人韵,即仿其人体格。即如淮海、清真、漱玉诸大家,置本集中,虽识者不能辨。昔人谓词绝于明,观于大声之作,斯言殆未为信。"③况周颐之所以给予陈铎词如此高的评价,当与《草堂余意》一书得而复失的遗憾心理有关。他在《蕙风词话》中说:"陈大声词,全明不能有二。《坐隐先生草堂余意》,甲辰春,半塘假去,即付手民,盖亦契赏之至。写样甫竟,半塘自扬之苏,婴疾遽殁。元书及样本并失去,不复可求。……是书失传,明词之不幸,半塘之隐恫矣。"④明代词论家陈霆则以为陈铎此举实乃策略上的失误,仅对其词中佳句致以赞赏。陈霆《渚山堂词话》卷二云:

---

① 张仲谋:《明词史》,人民文学出版社,2002年版,第152页。
② [清]钱谦益:《列朝诗集小传》,上海古籍出版社,2008年版,第462页。
③ 况周颐著,王幼安校订:《蕙风词话》,人民文学出版社,1960年版,第163页。
④ 同上,第111页。

　　江东陈铎大声,尝和《草堂诗余》,几及其半,辄复刊布江湖间。论者谓其以一人心力,而欲追袭群贤之华妙,徒负不自量之讥。盖前辈和唐音者,胥以此故为大力所不许。大声复冒此禁,何也?然以其酷拟前人,故其篇中亦时有佳句。四言如"娇云送马,高林回鸟,远波低雁",五言如"飞梦去江干,又添驴背寒","饥鸟啄琼树,寒波净银塘","香浮残雪动,影弄寒蟾小",六言如"长日余花自落,无风弱柳还摇","杨柳依风清瘦,花枝照水分明","明月为谁圆缺,浮云随意阴晴",七言如"花蕊暗随蜂作蜜,溪云还伴鹤归巢","欲将离恨付春江,春江又恐东流去","千里青山劳望眼,行人更比青山远","秋水无痕涵上下,浮云有意遮西北"。散句如"东风路。多少小燕闲庭,乱莺芳树","绿云尽逐东风散,惟有花阴层叠","九十韶光自不容,何必憎风雨","暮山高下暮云平。行人不渡,只有断桥横","清溪流水,斜桥淡月,不减山阴好","春城晚,霏霏满湖烟雨。断肠无奈,落花飞絮"。凡此颇婉约清丽。使其用为己调,当必擅声一时。而以之追步古作,遂蹈村妇斗美毛施之失。盖不善用其长者也。①

　　陈霆(1479—1560 年前后),字声伯,号水南,浙江德清人,有《水南稿》十九卷,《四库全书总目》云:"是集所载诸诗,意境颇为萧洒,而才气坌涌,信笔而成,故往往不暇检点。古文大致朴直,而少波澜顿挫之胜。惟诗余一体较工,其豪迈激越,犹有苏、辛遗范。末附诗话一卷,中间论词一条,谓'明代骚人多不务此。间有知者,十中之一二。'则其自负亦不浅矣。"②陈霆论词颇为自负,又好改古人作品,四库馆臣于此批评道:"韦庄'雨余风软碎鸣禽'句,本用杜荀鹤《春宫怨》语,南卓《羯鼓录》所谓'透空碎远之声'即此,'碎'字当训'细琐杂乱'之义。霆乃谓'鸣禽曰碎,于理不通',改为'暖风娇鸟碎鸣音',未免点金成铁。又谓杨孟载《雪词》'籦籦扬扬'字,古无所出,欲据黄庭坚诗改为'疏疏密密',不知以'疏疏密密'咏雪,黄诗又何所出,亦未免涉于胶固。"③在继承与创新的关系上,陈霆认为继承的目的是为了创造新的艺术境界,并非为摹拟而摹拟。《渚山堂词话》卷一论陈铎《蝶恋花》

---

①　[明]陈霆著,王幼安校点:《渚山堂词话》,人民文学出版社,1960 年版,第 17 - 18 页。
②　[清]永瑢等:《四库全书总目》,中华书局,1965 年版,第 1568 页。
③　同上,第 1826 页。

词曰:

> 欧公有句云:"平芜尽处是春山,行人更在春山外。"陈大声体之,作《蝶恋花》,落句云:"千里青山劳望眼,行人更比青山远。"虽面目稍更,而意句仍昔。然则偷句之钝,何可避也。予向作《踏莎行》,末云:"欲将归信问行人,青山尽处行人少。"或者谓其袭欧公。要之字语虽近,而用意则别。此与大声之钝,自谓不侔。①

平心而论,陈铎之作固不如原作之妙,陈霆己作亦不高明,但由此可见陈霆反对一味摹拟,主张自出新意的艺术思想。他之所以严厉批评陈铎和作,主要也是认为其和作虽酷似前人,但毫无个人真实感情可言,袭用原作字面词意而不能自出机杼。然而,正如陈霆所认识到的那样,陈铎和作仍然展示了他驱遣文字的不凡才力,时有佳句。陈铎和徐昌图《木兰花令》是为陈霆所称道的少数词作之一,《渚山堂词话》卷二曰:"论者谓其有宋人风致。使杂之《草堂》集中,未必可辨也。"②

陈铎和作:

> 金猊瑞脑喷香雾。向晓寒多深闭户。窗明残雪积飞璙,风起乱云飘败絮。
>
> 锦帏细看霓裳舞。小玉银筝学莺语。梅香满座袭人衣,谁道江桥无觅处。

徐昌图原作:

> 沉檀烟起盘红雾。一剪霜风吹绣户。汉宫花面学梅妆,谢女雪诗裁柳絮。
>
> 长垂天幕孤鸾舞。旋炙银笙双凤语。红窗酒病对寒冰,冰觉相思无梦处。

---

① [明]陈霆著,王幼安校点:《渚山堂词话》,人民文学出版社,1960年版,第5页。
② 同上,第16页。

陈铎此作较少摹拟之痕而能自出新意,结句尤为精彩,"写座中梅花桥边梅花,清雅遒逸而有高致。词笔远近虚实相生:梅香袭人衣,近而实写;江桥觅寒梅,远而虚写,一波三折宛曲而明"①,故而为陈霆所欣赏。又,王昶《明词综》选录陈铎《浣溪沙》一首体物入微,亦是清新婉丽之作:

> 波映横塘柳映桥,冷烟疏雨暗庭皋,春城风景胜江郊。
> 花蕊暗随蜂作蜜,溪云还伴鹤归巢,草堂新竹两三梢。

另外,施蛰存先生在《陈大声及其〈草堂余意〉》一文中指出:"陈大声的和作并不和原作完全一样。句法、字数常有参差。原作领字的句子,和作往往没有领字。或者由于他是曲家,以为词中的领字都是衬字,不妨省去。上下卷的最后一首都是《如梦令》。这两首词在《草堂诗余》中找不到原作。大约这是陈大声自己写了为这两卷《余意》作题词的。"②施先生所说陈铎两首《如梦令》词分别为:

> 一剪小园风快。春困此时方解。含笑上秋千,再束绣鸯罗带。墙外。墙外。料得那人先在。

> 日晏绣帘初挂。雪满小楼鸯瓦。睡起觉寒轻,坐近玉梅窗下。妆罢。妆罢。眉黛倩谁重画。

事实上,除这两首词外,陈铎和词中秋意部分最后一首亦调寄《如梦令》:"深夜客窗才睡。不省寒蛩何意。飞近耳边来,说出许多心事。相似。相似。细听有腔无字。"则这两首词的位置并非特意为之。细味其词意,亦不应为题词。

---

① 邱世友:《论陈霆词的绮靡蕴藉和风致》,《词学》第11辑,华东师范大学出版社,1993年,第14页。
② 施蛰存:《陈大声及其〈草堂余意〉》,《词学》第1辑,华东师范大学出版社,1981年,第212页。

第四节　从《草堂余意》反思追和的利弊得失

　　陈霆、况周颐对陈铎《草堂余意》褒贬不一,然而,无论是陈霆对陈铎追和群贤这一行为的批评,还是况周颐对于《草堂余意》的高度评价,都显得过于笼统。通过对陈铎一百余首追和之作与原作的仔细对比,可以看出陈铎和作虽严守原作之韵,但句法、字数常有参差。从和作与原作内容是否一一对应的角度来看,陈铎和作可分为和意与不和意两类:和意之作从字面、意象、典故到词意均对原作亦步亦趋;不和意之作则仅借用原韵而自抒情怀。

一、和意之作:难至浑成,时有佳句

　　清人李佳在谈到和韵词时说:"盖以拘牵束缚,必不能畅所欲言。若押韵妥谐,别出机轴,十不得一。"①陈铎和意之作由于受原作内容的限制,无论写景抒情,难免有牵强之处,与原作的差距还是比较明显的。《草堂余意》和周邦彦词最多,总共 20 首,其中大部分为和意之作,以下通过陈铎和作与周邦彦词的对比来具体分析。以陈铎和周邦彦《渡江云》词为例,原作上片写景体物精细,笔力遒劲,词境浑厚:"晴岚低楚甸,暖回雁翼,阵势起平沙。骤惊春在眼,借问何时,委曲到山家。涂香晕色,盛粉饰、争作妍华。千万丝、陌头杨柳,渐渐可藏鸦。"而陈铎和作写景虽清丽,却给人支离破碎的感觉:"忽惊春色好,多在杏花。茅店两三家"。原词结句"沈恨处,时时自剔灯花"沉郁含蓄,耐人寻味,而和作"都休论,放歌且对莺花"则显直露。又如和周邦彦《少年游》:"玳瑁陈筵,芙蓉簇障,春色注金橙。白雪腔新,沉香火暖,玉手弄瑶笙。　　银河流去参横午,报道又残更。醉兴方浓,有人门外,骑马踏霜行。"原作深婉曲折,画面感极强,用简洁的笔墨将人物的心理情态刻画得惟妙惟肖,而和作虽字面、句意似之,却叙事平直,有堆砌辞藻之嫌。

　　周邦彦词善用典故,用典密实而浑然天成。陈铎和作沿用原作典故,却多有牵强之处,如周邦彦《侧犯》:"谁念省。满身香、犹是旧荀令",陈铎

---

　　① ［清］李佳:《左庵词话》,《词话丛编》,中华书局,1986 年版,第 3553 页。

和作："应自省。白头人、还是旧荀令"。周邦彦词往往数典连用，如《宴清都》："始信得、庾信愁多，江淹恨极须赋""凄凉病损文园，徽弦乍拂，音韵先苦""更久长、不见文君，归时认否"，层层渲染，将愁苦凄凉之情表现得淋漓尽致，陈铎和作仅保留司马相如典故："文园病倒相如，千金却买谁赋"。周邦彦《瑞龙吟》词如周济所云，"不过桃花人面，旧曲翻新耳"①，然而 11 个典故的运用不仅使得词作的语言含蓄典雅，也大大丰富了这首词的内涵，唐代三位大诗人刘禹锡、杜牧、李商隐与周邦彦的政治遭遇、情感经历暗合，恰切地表达了词人的诸多人生感慨，陈铎和作则词境单薄，仅"应笑崔护重来，容鬓非故"一处用典。

　　周邦彦词章法多变，虚实相间，长于勾勒，一篇之中回环往复，形成沉郁顿挫的风格。周济《宋四家词选》评曰："勾勒之妙，无如清真。他人一勾勒便薄，清真愈勾勒愈浑厚。"②陈铎和作则往往将原作句式结构简化，平铺直叙，并未学得周邦彦词章法之妙。周邦彦《拜星月慢》下片一波三折："画图中、旧识春风面。谁知道、自到瑶台畔。眷恋雨润云温，苦惊风吹散。念荒寒、寄宿无人馆。重门闭、败壁秋虫叹。怎奈向、一缕相思，隔溪山不断。""雨润云温"两相爱悦的幸福以"谁知道"领起，以"苦惊风吹散"收束，跌宕起伏，而陈铎和作却寡淡无味如"春城好、马系秦楼畔。许多绿意红情，肯匆匆分散"；原词"念"字领起以下两句，道尽现今苦况，与昔日之乐形成鲜明对比，自然而然引发末句悠然不尽的相思之情，而和作虽词笔流利却落入俗套："纵音书、谁信眠孤馆。数长更、阁泪频嗟叹。才梦里、一霎相逢，被晓钟撞断。"领字于词之章法关系至巨，在协调音节、疏通气脉、串合意象、变换句式、创造意境等方面发挥着独到的作用。周邦彦词善用领字，而陈铎和作往往没有领字，如周邦彦《红林檎近》用一"望"字领起："望虚檐徐转，回廊未扫，夜长莫惜空酒觞。"和作则不用领字，直用赋笔："老梅香处，翠羽啼时，无边清气归咏觞。"又如周邦彦《渡江云》："愁宴阑、风翻旗尾，潮溅乌纱"，陈铎和作则为："撩人处、兰薰衣袂，柳碍巾纱。"领字的缺失大大削弱了陈铎和作的表现力。

　　总之，陈铎和意之作受原作内容限制，不仅毫无个性可言，在词艺上亦

① ［清］周济：《宋四家词选》，《词话丛编》，中华书局，1986 年版，第 1646 页。
② ［清］周济：《介存斋论词杂著》，《词话丛编》，中华书局，1986 年版，第 1632 页。

未能把握到不同词人的独特之处,而总体表现出流利疏快之风。陈铎和词中浑成之作难得一见,然佳句颇多,如"忍见垂杨折后枝,还拂杯中酒"(《卜算子》)写离别之情而能别出机杼,"小梅香冷瑶台雪"(《重叠金》)直逼姜夔清空词境。

二、不和意之作:自抒胸臆,超澹疏宕

陈铎词中有相当一部分仅借用前人原韵而自抒胸臆,表现自己人生的喜怒哀乐,总体词风超澹疏宕,如周邦彦《早梅芳》以闺中女子为抒情主人公,写离别之情、相思之意,而陈铎和作则写身在仕途中的迷茫与忧愁:"院宇深,风光好。南国春将到。是否梅开,醉把红灯试高照。香浮残雪动,影弄寒蟾小。又谁家却把,羌笛奏天晓。　酒微醺,歌未了。愁上长安道。清霜凝袂,渐觉疏星没云表。闻鸡茅店远,度柳山桥抱。迷茫中,不知前路杳。"李清照《念奴娇》抒发深闺寂寞之情,陈铎和作则感叹人生老去,抒写倦游思归之意:"朱门湖上,向凄风冷雨,为谁深闭。迤逦湖堤三十里,吹不断水香花气。系马垂杨,恼人狂絮,若个知风味。江南倦客,春晚又无梅寄。　常思一掷千金,评红拣翠,醉把银筝倚。不料而今添白发,往事怕人说起。金谷花明,新丰酒美,到处还留意。故乡书屋,不知江燕归未。"张辑《疏帘淡月》写秋夜相思之情与羁旅之愁,陈铎和作则流露出强烈的今昔之感:"年少常从醉里。弄玉挼珠,舞红歌翠。争解桃源,回首不通尘世。而今方识凄凉味。望绝锦鳞千里。吟销绛烛,落叶惊鸦,转教难寐。"

这些作品表现词人高歌宴饮,潇洒自适的生活,如"试问取、尊中有酒无,拚解下金鱼,隔墙重换"(《洞仙歌》)、"何时载酒,赏韦娘、一曲清歌。须换取、教坊队子,尊前协奏云和"(《潇湘逢故人慢》)、"长日有、瑶琴三尺是知音"(《夏云峰》)、"一醉都忘,任取世情昏晓"(《隔莲浦》)等。《念奴娇》一阕最能反映陈铎真实的生活和思想感情:"池亭落日,才倒尽璃杯,碧筒重酌。时有清飔生绨纻,坐近小帘低箔。美事娱心,余音恋耳,锦瑟初停却。百竿修竹,粉痕初进新箨。　随意散发披襟,休言天上,有紫薇台阁。饮社高阳皆故旧,不厌暮期朝约。风月清闲,功名澹薄,彩笔情堪托。渊明高卧,北窗谁道萧索。"陈铎很享受这种与美酒、歌舞相伴,醉心词曲,淡泊功名的艺术人生,风流倜傥、洒脱疏狂的才子形象跃然纸上。作为著名词曲家,陈铎频繁出入各种社集宴会活动,钱谦益《列朝诗集小传》"金陵社集诸

诗人"条曰："海宇承平,陪京佳丽,仕宦者夸为仙都,游谈者指为乐土。弘、正之间,顾华玉、王钦佩以文章立蹊,陈大声、徐子仁以词曲擅场,江山妍淑,士女清华,才俊歙集,风流弘长。"①陈铎词中往往以司马相如、孟嘉、潘安等才思敏捷的风雅名士自比,如"江城又寒食。笑白发,南州客。谁解我、宦居春寂。守文园,渴病经年,谬称通籍"(《应天长》)、"来年知健否,荣枯真一梦,身世悠悠。且喜鸡坛人在,酒盏香浮。好寻欢觅笑,僧窗道院,歌台舞榭,尽可消愁。记取西风落帽,千古风流"(《风流子》)等。

另一方面,陈铎和作抒写人生老去而事业无成,意欲鄙弃功名,归隐田园之情,如"念孤旅。故国腴田数顷,草屋依淮浦。虚名绊,山灵为倩传语"(《过涧歇》)、"故园三径归应早。岁月无心人自老。清闲好。此情只与知音道。"(《渔家傲》)、"老去怕教尘事缚。虚名何用登麟阁。说天谈地都罢却。解组欲寻彭泽意,采芝先订商山约"(《千秋岁引》)等。陈铎虽出身显赫,但仕途并不顺利,因而词中多流露出渴望避世隐逸的情愫。《金陵琐事》卷三云："指挥陈铎,以词曲驰名,偶因卫事谒魏国公于本府。徐公问：'可是能词曲之陈铎乎?'铎应之曰：'是。'又问：'能唱乎?'铎遂袖中取出牙板高歌一曲。徐公挥之去。乃曰：'陈铎是金带指挥,不与朝廷做事,牙板随身,何其卑也!'"②从这条记载可以看出,陈铎雅好词曲,牙板随身的形象并不被正统士大夫所认可,而疏狂的个性也影响到他仕途的发展。陈铎此类和作中时有可与原作相颉颃者,如和周邦彦《氏州第一》："漫野萧条,残阳冷澹,远山转觉青小。雁影沉吴,江流入楚,故乡消息缥缈。病起潘安,临水鬓毛羞照。妒态芙蓉,关情杨柳,不知人老。　　懊恼常多欢聚少。镇日被愁萦绕。世路纵横,是非颠倒,美玉惭空抱。小前程、何足问,且归去、仰天大笑。四十年来,一梦中、而今尽晓。"原作抒写羁旅之愁与相思之苦,而陈铎和作则感叹人生如梦,世路艰险,宦途坎坷,不如归去,表面的洒脱中实有怀才不遇的愤懑。黄拔荆《中国词史》以为,"两词相较,一深婉含蓄,一深沉旷达,各有特色,各得其妙。因风格不同,似不必分高下。"③陶渊明、商山四皓、二疏、林逋等著名隐者是陈铎追慕的对象。据粗略统计,陈铎在词中提到陶渊明的作品即有 10 余首,如《塞翁吟》："小阁临

---

① 〔清〕钱谦益：《列朝诗集小传》,上海古籍出版社,2008 年版,第 462 页。
② 〔明〕周晖：《金陵琐事》,《中国方志丛书》,成文出版社,1983 年版,第 358 页。
③ 黄拔荆：《中国词史》,福建人民出版社,2003 年版,第 55 页。

清景,千章夏木青葱。山无数,大江东。削万朵芙蓉。西郊三月全无雨,火云似欲烧空。微霭散,碧帘重。返照敛余红。　　忡忡。旧事业、蹉跎梦里,闲岁月、消磨醉中。尽长日、抚松看竹,何须问、玉帛徵求,紫诰泥封。君看靖节,容易归来,三径清风。"此词上片写景气象宏阔,下片抒写归隐之情,淡泊超脱,亦堪称佳构。"红尘奔逐无心。历乾坤、许多俯仰曾禁。回首功名已过,老病交侵。昏昏高卧,细赓和、楚些陶吟。稳受用、高槐翠竹,密影疏阴"(《夏云峰》),晚年的陈铎视陶渊明为异代知己,通过追和陶诗与他进行精神上的交流。

　　总之,陈铎和意之作虽时有佳句,但难至浑成之境,并没有达到"兼乐章之敷腴,清真之沉着,漱玉之绵丽"的境界。不和意之作则自成风格,往往有可与原作相颉颃者,堪当况周颐"超澹疏宕,不琢不率"的评价。陈铎和作虽难以超越前人经典,但总体艺术水平较高。由此,我们亦可对追和这一创作方式进行反思。初学作词者可以通过摹拟前人名作来学习填词之法,选择与自己性情、才力相近的名家名作进行追和,但若像陈铎这般追摹群贤,则很难做到形神兼备。追和的目的是为了创造新的艺术境界,并非为摹拟而摹拟。相对而言,不和意之作能自由抒发自我性情与襟抱,有利于形成自己独特风格。

　　明代追和词的兴盛与弘治、嘉靖年间明词的中兴大致同步,对于唐宋名家名作的大量追和有助于当时词坛的复苏。盛行于诗坛的复古摹拟之风以及诸种词谱、词选、词籍的编著刊行,使得明代追和词数量大增,类型也更多样化。嘉靖年间馆阁词人群体以苏轼《念奴娇》(大江东去)、崔与之《水调歌头》(万里云间戍)词韵相互唱和,吴中文人对于倪瓒《江南春》的追和延绵不绝,元人虞集《苏武慢》组词亦为明代词人群起追和的对象。清浙西词派宗主朱彝尊将明词的衰敝归结于《草堂诗余》的影响,实为不公之论。《草堂诗余》《花间集》对于明人追和实践的影响无疑是深刻而普遍的,陈铎《草堂余意》与张綖《和花间集》即为"花草"之风的产物。陈铎、张綖和作虽难以超越诸家名作,但由于取法乎上,却无明词曲化、俗化的弊病,这不能不说是《草堂诗余》与《花间集》作为唐宋名家词选对于明代词坛的积极意义。

附录3:明代追和两宋词一览表

原唱作者	原唱篇名	草堂	和词作者	和词篇名	和词数量	
柳 永	《十二时》(晚晴初)		王 翃	《十二时》(闲幽深)	1	15
	《玉蝴蝶》(望处雨收云断)	√	彭 华	《玉蝴蝶》(一片湖山如旧)	2	
			陈 铎	《玉蝴蝶》(一段江南秋色)		
	《望海潮》(东南形胜)		林时跃	《望海潮》(临安图画)	2	
			彭孙贻	《望海潮》(川原衣锦)		
	《雨霖铃》(寒蝉凄切)		徐士俊	《雨霖铃》(琴台愁切)	1	
	《忆帝京》(薄衾小枕天气)		王 屋	《忆帝京》(荷风一阵回香气)	1	
	《夜半乐》(冻云黯淡天气)		金是瀛	《夜半乐》(澹烟侧语)	1	
	《戚氏》(晚晴天)		孙 楼	《戚氏》(丽春天)	1	
	《斗百花》(煦色韶光明媚)	√	陈 铎	《斗百花》(隔竹小桃鲜媚)	1	
	《过涧歇近》(淮楚)	√	陈 铎	《过涧歇》(绿树)	1	
	《尾犯》(夜雨滴空阶)	√	陈 铎	《尾犯》(惊梦错疑人)	1	
	《望远行》(长空降瑞)	√	陈 铎	《望远行》(老梅近水)	1	
	《醉蓬莱》(渐亭皋叶下)		彭孙贻	《醉蓬莱》(正银河夜永)	1	
	《爪茉莉》(每到秋来)		彭孙贻	《爪茉莉》(不是春宵)	1	
贺 铸	《青玉案》(凌波不过横塘路)		吴 山	《青玉案》(彩霞不续长河路)	2	6
			马 洪	《青玉案》(平川渺渺花无数)		
	《望湘人》(厌莺声到枕)	√	陈 铎	《望湘人》(糁地残红)	1	
	《薄幸》(艳真多态)		王 翃	《薄幸》(顾花知态)	1	
	《行路难》(缚虎手)		王 屋	《小梅花》(莫弄手)	1	
	《雁后归》(巧剪合欢罗胜子)		季步骐	《临江仙》(叠被红芽声断续)	1	

原唱作者	原唱篇名	草堂	和词作者	和词篇名	和词数量	
秦观	《千秋岁》(水边沙外)	√	吕希周	《千秋岁》(花飘阁外)	8	21
			吕希周	《千秋岁》(风生树外)		
			徐士俊	《千秋岁》(飘然林外)		
			叶小鸾	《千秋岁》(草边花外)		
			卓人月	《千秋岁》(心从天外)		
			陈铎	《千秋岁》(断虹雨外)		
			王屋	《千秋岁》(一身之外)		
			茅维	《千秋岁》(绵绵春雨)		
	《满庭芳》(晓色云开)	√	易震吉	《满庭芳》(嫩草蒲茵)	3	
			林时跃	《满庭芳》(梅弹香渐)		
			陈铎	《满庭芳》(九十春光)		
	《踏莎行》(雾失楼台)	√	张綖	《踏莎行》(芳草长亭)	2	
			陈铎	《踏莎行》(细柳平桥)		
	《风流子》(东风吹碧草)	√	陈德文	《风流子》(山郭自可乐)	1	
	《画堂春》(东风吹柳日初长)	√	顾磐	《画堂春》(游丝百尺引风长)	1	
	《鹊桥仙》(纤云弄巧)	√	吴绪	《鹊桥仙》(花针穿月)	1	
	《水龙吟》(小楼连苑横空)	√	杜濬	《水龙吟》(小春过去匆匆)	1	
	《望海潮》(梅英疏淡)	√	陈铎	《望海潮》(芳草闲云)	1	
	《八六子》(倚危亭)	√	陈铎	《八六子》(倚江亭)	1	
	《菩萨蛮》(虫声泣露惊秋枕)	√	陈铎	《菩萨蛮》(彩云梦断珊瑚枕)	1	
	《桃源忆故人》(玉楼深锁薄情种)	√	陈铎	《桃源忆故人》(多情自是风流种)	1	
苏轼	《念奴娇》(大江东去)	√			153	220
	《水龙吟》(似花还似非花)	√			21	
	《卜算子》(缺月挂疏桐)	√	徐士俊	《卜算子》(香谢玉无烟)	5	
			卓人月	《卜算子》(新妇月争新)		

续　表

原唱作者	原唱篇名	草堂	和词作者	和词篇名	和词数量	
苏　轼	《卜算子》 （缺月挂疏桐）	√	李　玑	《卜算子》（推窗月在檐）	5	220
			陈德文	《卜算子》（秋雨破梧桐）		
				《卜算子》（天海隔闽州）		
	《洞仙歌》 （冰肌玉骨）	√	陈　铎	《洞仙歌》（殿角凉生）	4	
			徐士俊	《洞仙歌》（东坡解事）		
			卓人月	《洞仙歌》（开元遗事）		
			茅　维	《洞仙歌》（鸦黄檀粉）		
	《西江月》 （玉骨那愁瘴雾）	√	卓人月	《西江月》（今雨惨于旧雨）	4	
			林时跃	《西江月》（乳燕生生帘幕）		
			卓发之	《西江月》（湖上花开春水）		
				《西江月》（当日逢君如月）		
	《如梦令》 （曾宴桃源深洞）		吕希周	《如梦令》（春睡浓忺玉洞）	4	
				《如梦令》（炎薄冰帘雪洞）		
				《如梦令》（荡桨菱歌出洞）		
				《如梦令》（漠漠云封别洞）		
	《满庭芳》 （归去来兮）		费　宏	《满庭芳》（谁道归来）	3	
			陶奭龄	《满庭芳》（归去来兮）		
			钱士升	《满庭芳》（往事千端）		
	《水调歌头》 （明月几时有）	√	夏　言	《水调歌头》（今夜中秋月）	3	
			徐士俊	《水调歌头》（云气敛何处）		
			卓人月	《水调歌头》（人堕有情地）		
	《哨遍》 （为米折腰）	√	彭孙贻	《哨遍》（珠帘围绣）	3	
			吕希周	《哨遍》（铜雀台边）		
			王夫之	《哨遍》（一领青蓑）		
	《八声甘州》 （有情风）	√	吕希周	《八声甘州》（青宵上）	2	
			林大辂	《八声甘州》（任逍遥）		
	《满庭芳》 （蜗角虚名）	√	彭　华	《满庭芳》（世事如棋）	2	
			陈　霆	《满庭芳》（战蚁柯边）		
	《蝶恋花》 （春事阑珊芳草歇）		方一元	《蝶恋花》（好鸟歌残花事歇）	2	
				《蝶恋花》（池馆晚凉堪暂歇）		

原唱作者	原唱篇名	草堂	和词作者	和词篇名	和词数量	
苏　轼	《点绛唇》（不用悲秋）		曹　堪	《点绛唇》（几处飘蓬）	2	220
				《点绛唇》（檐角风凄）		
	《翻香令》（金炉犹暖麝煤残）		杨　仪	《翻香令》（阶前石竹又阑残）	1	
	《行香子》（北望平川）		王　屋	《行香子》（笔底空尘）	1	
	《菩萨蛮》（秋风湖上萧萧雨）		彭孙贻	《菩萨蛮》（絮飞花尽春余雨）	1	
	《南乡子》（霜降水痕收）	√	杜　濬	《南乡子》（记得藕花新）	1	
	《水龙吟》（楚山修竹如云）		金　堡	《水龙吟》（螺岩绝顶凌虚）	1	
	《菩萨蛮》（玉笙不受朱唇暖）		胡　介	《菩萨蛮》（离情不向三更暖）	1	
	《南乡子》（霜降水痕收）		张　著	《南香子》（雨过碧云收）	1	
	《西江月》（照野弥弥浅浪）	√	陈　铎	《西江月》（古渡水摇明月）	1	
	《醉落魄》（醉醒醒醉）		周履靖	《醉落魄》（日日一醉）	1	
	《江城子》（十年生死两茫茫）		林时跃	《江城子》（魂来何处路苍茫）	1	
	《蝶恋花》（花褪残红青杏小）	√	陈　铎	《蝶恋花》（花拂壶觞香径小）	1	
	《阮郎归》（绿槐高柳咽新蝉）	√	陈　铎	《阮郎归》（夕阳满树乱鸣蝉）	1	
黄庭坚	《木兰花令》（翰林本是神仙谪）		龙　膺	《木兰花令》（前身应是天宫谪）	2	20
				《木兰花令》（一官鸡肋三番谪）		
	《木兰花令》（庾郎三九常安乐）		龙　膺	《木兰花令》（平生快意图书乐）	2	
				《木兰花令》（村居爱享清闲乐）		
	《鹧鸪天》（西塞山边白鹭飞）	√	彭　华	《鹧鸪天》（白鸟无心款款飞）	2	
			吴　山	《鹧鸪天》（风细澄江浪不飞）		
	《蓦山溪》（鸳鸯翡翠）	√	张　綖	《蓦山溪》（一丘一壑）	2	
			陈　铎	《蓦山溪》（薄情双燕）		
	《念奴娇》（断虹霁雨）	√	夏　言	《念奴娇》（东风忽到）	2	
				《念奴娇》（朔风一夜）		

续　表

原唱作者	原唱篇名	草堂	和词作者	和词篇名	和词数量	
黄庭坚	《醉落魄》 (红牙板歇)	√	萧　显	《醉落魄》(名场游歇)	1	20
	《清平乐》 (春归何处)		吕希周	《清平乐》(韶华何处)	1	
	《江城子》 (画堂高会酒阑珊)		吕希周	《江城子》(龙舟彩舫珊珊)	1	
	《品令》 (凤舞团团饼)	√	吕希周	《品令》(岁岁陈汤饼)	1	
	《踏莎行》 (临水夭桃)	√	陈　铎	《踏莎行》(细柳新蒲)	1	
	《忆帝京》 (银烛生花如红豆)		彭孙贻	《忆帝京》(一点相思如梅豆)	1	
	《蓦山溪》 (稠花乱叶)		彭孙贻	《蓦山溪》(人前可意)	1	
	《浣溪沙》 (新妇滩头眉黛愁)		彭　华	《浣溪沙》(落魄江湖未解愁)	1	
	《归田乐引》 (暮雨濛阶砌)		王　屋	《归田乐》(步遍闲庭砌)	1	
	《归田乐引》 (对景还销瘦)		徐士俊	《归田乐》(不管花肥瘦)	1	
周邦彦	《隔浦莲》 (新篁摇动翠葆)	√	陈　铎	《隔浦莲》(红阑相映翠葆)	3	38
			朱让栩	《隔浦莲》(芭蕉风摇翠葆)		
			梁云构	《隔浦莲》(初筼微飐凤葆)		
	《法曲献仙音》 (蝉咽凉柯)	√	陈　铎	《法曲献仙音》(水殿烟消)	3	
			韩　洽	《法曲献仙音》(迟日笼晴)		
			吕希周	《法曲献仙音》(柳腰绿软)		
	《瑞龙吟》 (章台路)	√	陈　铎	《瑞龙吟》(东风路)	2	
			陈　霆	《瑞龙吟》(天涯路)		
	《丹凤吟》 (迤逦春光无赖)	√	陈　铎	《丹凤吟》(开尊何处)	2	
			夏　言	《丹凤吟》(茬苒端阳节届)		
	《早梅芳》 (花竹深)	√	陈　铎	《早梅芳》(院宇深)	2	
			茅　维	《早梅芳》(雪晴时)		
	《花犯》 (粉墙低)	√	茅　维	《花犯》(卷东风)	2	
			彭孙贻	《花犯》(亚枝低)		

原唱作者	原唱篇名	草堂	和词作者	和词篇名	和词数量	
周邦彦	《庆春宫》(云接平冈)	√	吕希周	《庆春宫》(梅香沁玉)	2	
			陈铎	《庆春宫》(故里荒烟)		
	《渡江云》(晴岚低楚甸)	√	陈铎	《渡江云》(小堂临野意)	1	
	《浣溪沙》(楼上晴天碧四垂)	√	陈铎	《浣溪沙》(春柳楼前镇日垂)	1	
	《应天长》(条风布暖)	√	陈铎	《应天长》(原本脱一行)	1	
	《如梦令》(池上春归何处)	√	陈铎	《如梦令》(行到柳塘清处)	1	
	《满庭芳》(风老莺雏)	√	陈铎	《满庭芳》(醉傍清溪)	1	
	《塞翁吟》(暗叶啼风雨)	√	陈铎	《塞翁吟》(小阁临清景)	1	
	《西河》(佳丽地)	√	彭孙贻	《西河》(龙虎地)	1	
	《兰陵王》(柳荫直)	√	彭孙贻	《兰陵王》(汴河直)	1	
	《红窗迥》(几日来)		彭孙贻	《红窗迥》(恁地愁)	1	38
	《解连环》(怨怀难托)	√	孙楼	《解连环》(柔情暗托)	1	
	《水龙吟》(素肌应怯余寒)	√	陈霆	《水龙吟》(醉颜消尽东风)	1	
	《氏州第一》(波落寒汀)	√	陈铎	《氏州第一》(漫野萧条)	1	
	《宴清都》(地僻无钟鼓)	√	陈铎	《宴清都》(永夜沉钟鼓)	1	
	《过秦楼》(水浴清蟾)	√	陈铎	《过秦楼》(午景移檐)	1	
	《拜星月》(夜色催更)	√	陈铎	《拜星月慢》(冷雨鸣窗)	1	
	《霜叶飞》(露迷衰草)	√	陈铎	《霜叶飞》(夜阑珊枕回孤梦)	1	
	《满路花》(金花落烬灯)	√	陈铎	《满路花》(轻歌声入云)	1	
	《蕙兰芳引》(寒莹晚空)	√	吕希周	《蕙兰芳引》(大雅希踪)	1	

原唱作者	原唱篇名	草堂	和词作者	和词篇名	和词数量	
周邦彦	《玉烛新》 （溪源新蜡后）	✓	卞　氏	《玉烛新》（亭轩微雨过）	1	38
	《六丑》 （正单衣试酒）	✓	金　堡	《六丑》（怪三春雨）	1	
	《归去难》 （佳约人未知）		沈　谦	《归去难》（向道伊至诚）	1	
	《苏幕遮》 （燎沉香）		吕师濂	《苏幕遮》（燕将归）	1	
李清照	《声声慢》 （寻寻觅觅）		金　堡	《声声慢》（不知何事）	10	21
				《声声慢》（譬如利剑）		
			卓人月	《声声慢》（谁怜谁念）		
				《声声慢》（若莺若燕）		
			曹元方	《声声慢》（妆楼秋晚）		
			黄传祖	《声声慢》（长思短忆）		
			徐士俊	《声声慢》（担愁担恨）		
			屠维吉	《声声慢》（含愁含怨）		
			彭孙贻	《声声慢》（自眠自起）		
			贺贻孙	《声声慢》（闲题闲咏）		
	《念奴娇》 （萧条庭院）	✓	金　堡	《百字令》（萧萧飒飒）	4	
			茅　维	《念奴娇》（冻云飘瞥）		
			茅　维	《念奴娇》（江城萧瑟）		
			陈　铎	《念奴娇》（朱门湖上）		
	《凤凰台上忆吹箫》 （香冷金猊）	✓	莫秉清	《凤凰台上忆吹箫》（爽气横空）	3	
			王　屋	《凤凰台上忆吹箫》（拍拍春波）		
			吕希周	《凤凰台上忆吹箫》（六管飞灰）		
	《如梦令》 （昨夜雨疏风骤）	✓	金　堡	《如梦令》（眼见莺驰燕骤）	1	
	《蝶恋花》 （暖日晴风初破冻）		金　堡	《蝶恋花》（点点泪珠难结冻）	1	
	《武陵春》 （风住尘香花已尽）	✓	陈　铎	《武陵春》（汩汩离愁消不得）	1	
	《怨王孙》 （帝里春晚）		莫秉清	《怨王孙》（轻阴天晚）	1	

原唱作者	原唱篇名	草堂	和词作者	和词篇名	和词数量	
辛弃疾	《卜算子》（百郡怯登车）		易震吉	《卜算子》（不拟出潜龙）	12	57
				《卜算子》（起舞忽闻鸡）		
				《卜算子》（喜策灞桥驴）		
				《卜算子》（投馆烛惊鸦）		
				《卜算子》（漫养右军鹅）		
				《卜算子》（少扑读书萤）		
			徐士俊	《卜算子》（金挦斗双鸡）		
				《卜算子》（辛苦听铜龙）		
			吴兖	《卜算子》（性懒不衣冠）		
				《卜算子》（倦放林逋鹤）		
			唐世济	《卜算子》（开笼羡放鹇）		
				《卜算子》（骑驴莫觅驴）		
	《贺新郎》（老大犹堪说）		金堡	《贺新郎》（拟向何人说）	5	
				《贺新郎》（唤取虚空说）		
			彭贻孙	《贺新郎》（孤愤韩非说）		
				《贺新郎》（时事尊新说）		
				《贺新郎》（说法本无说）		
	《水龙吟》（渡江天马南来）	√	夏言	《水龙吟》（文章独占龙头）	4	
				《水龙吟》（名花坐对嫣然）		
			陈德文	《水龙吟》（小梅见腊初开）		
				《水龙吟》（黄梅昔对霜晨）		
	《祝英台近》（宝钗分）	√	陈铎	《祝英台近》（晚潮平）	4	
			王屋	《祝英台近》（问书舟）		
			徐士俊	《祝英台近》（杜鹃啼）		
			梁云构	《祝英台近》（黄河滨）		
	《哨遍》（池上主人）	√	金堡	《哨遍》（庄叟当年）	3	
				《哨遍》（枯鱼过河）		
			季孟莲	《哨遍》（十七重言）		
	《摸鱼儿》（更能消）		王夫之	《摸鱼儿》（总由他）	4	
				《摸鱼儿》（向西园）		

原唱作者	原唱篇名	草堂	和词作者	和词篇名	和词数量	
辛弃疾	《摸鱼儿》（更能消）		王鸿儒	《摸鱼儿》（浥芳尘）	4	
			余 怀	《摸鱼儿》（最伤情）		
	《念奴娇》（野棠花落）	√	陈 铎	《酹江月》（孤吟旅邸）	3	
			莫是龙	《念奴娇》（秋林萧瑟）		
			官伟镠	《念奴娇》（萧娘楼畔）		
	《满江红》（宿酒醒时）		吴 熙	《满江红》（按剑何为）	2	
				《满江红》（扫破虚空）		
	《贺新郎》（甚矣吾衰矣）		金 堡	《贺新郎》（世道交丧矣）	2	
			彭贻孙	《贺新郎》（吾老是乡矣）		
	《汉宫春》（秦望山头）		刘命清	《汉宫春》（桃花浪煖）	2	
				《汉宫春》（东风鹩首）		
	《摸鱼儿》（问何年）		金 堡	《摸鱼儿》（问何年）	2	57
				《摸鱼儿》（问何年）		
	《贺新郎》（曾与东山约）		金 堡	《贺新郎》（去去寻初约）	1	
	《沁园春》（叠嶂西驰）		金 堡	《沁园春》（锦水西流）	1	
	《杏花天》（病来自是于春懒）		易震吉	《杏花天》（年来习就山中懒）	1	
	《西江月》（醉里且贪欢笑）		金 堡	《西江月》（却病已无方术）	1	
	《西江月》（万事云烟忽过）		金 堡	《西江月》（争怪老来受老）	1	
	《南歌子》（玄人参同契）		金 堡	《南歌子》（欲入全无路）	1	
	《粉蝶儿》（昨日春如）		金 堡	《粉蝶儿》（尽人间都展眼）	1	
	《蓦山溪》（饭蔬饮水）		金 堡	《蓦山溪》（直钩钩泽）	1	
	《水调歌头》（头白齿牙缺）		金 堡	《水调歌头》（树上乌白鸟）	1	
	《小重山》（绿涨连云翠拂空）		韩纯玉	《小重山》（万顷玻璃水接空）	1	
	《沁园春》（我醉狂吟）		金 堡	《沁园春》（何处诗来）	1	

续 表

原唱作者	原唱篇名	草堂	和词作者	和词篇名	和词数量	
辛弃疾	《沁园春》(我见君来)		陈霆	《沁园春》(一事无成)	1	57
	《满江红》(过眼溪山)		张嘉禺	《满江红》(怀古情深)	1	
	《满江红》(直节堂堂)		唐世济	《满江红》(凤翥龙翔)	1	
崔与之	《水调歌头》(万里云间戍)				88	88
姜夔	《暗香》(旧时月色)		彭孙贻	《暗香》(凄凄夜色)	1	4
	《疏影》(苔枝缀玉)		彭孙贻	《疏影》(月痕如玉)	1	
	《眉妩》(看垂杨连苑)		彭孙贻	《眉妩》(把湘帘高卷)	1	
	《长亭怨慢》(渐吹尽)		彭孙贻	《长亭怨别》(是何处)	1	
张炎	《南浦》(波暖绿粼粼)		李怀	《南浦》(门外绕清流)	1	1
史达祖	《绮罗香》(做冷欺花)		茅维	《绮罗香》(野戍疏星)	3	3
			唐世济	《绮罗香》(点点浇花)		
			彭孙贻	《绮罗香》(忆昔寻春)		
王清惠	《满江红》(太液芙蓉)		钱肃乐	《满江红》(上广寒宫)	10	10
				《满江红》(长信宫中)		
			彭孙贻	《满江红》(曾侍昭阳)		
				《满江红》(有客黄冠)		
			胡超	《满江红》(回首昭阳)		
			吴有涯	《满江红》(百二山河)		
			吴本泰	《满江红》(白雁南飞)		
			吴易	《满江红》(回首昭阳)		
			萧诗	《满江红》(玉蕊琼枝)		
			顾景星	《满江红》(划壁攒空)		
岳飞	《满江红》(怒发冲冠)		顾潜	《满江红》(磊落人豪)	10	10
			范守己	《满江红》(佳气苁葱)		
			张煌言	《满江红》(屈指兴亡)		

续　表

原唱作者	原唱篇名	草堂	和词作者	和词篇名	和词数量	
岳　飞	《满江红》 (怒发冲冠)		张肯堂	《满江红》(满目兴亡)	10	10
			潘廷章	《满江红》(匣剑长鸣)		
			卓人月	《满江红》(臣罪当诛)		
			徐士俊	《满江红》(刘岳张韩)		
			吴　易	《满江红》(举目河山)		
			夏　言	《满江红》(南渡偏安)		
			刘天民	《满江红》(忠义心横)		

注:"草堂"为《草堂诗余》(《唐宋人选唐宋词》,上海古籍出版社,2007 年版),"√"表示入选《草堂诗余》;和朱淑真〈断肠集〉《江南春词》与追和元人虞集之作未统计在内。

说明(由上表可见):

1. 明代获得追和最多的 10 位宋代词人依次为:

苏轼(220 首)、崔与之(88 首)、辛弃疾(57 首)、周邦彦(38 首)、秦观(21 首)、李清照(21 首)、黄庭坚(20 首)、柳永(15 首)、王清惠(10 首)、岳飞(10 首),其中岳飞(存词 3 首)、崔与之(存词 2 首)、王清惠(存词 1 首)并不以词名家,仅以 1 首名篇而获追和。

2. 明代获得追和最多的 10 首宋词依次为:

《念奴娇》(大江东去)(153 首)、《水调歌头》(万里云间戍)(88 首)、《水龙吟》(似花还似非花)(21 首)、《卜算子》(百郡怯登车)(12 首)、《声声慢》(寻寻觅觅)(10 首)、《满江红》(太液芙蓉)(10 首)、《满江红》(怒发冲冠)(10 首)、《千秋岁》(水边沙外)(8 首)、《卜算子》(缺月挂疏桐)(5 首)、《贺新郎》(老大犹堪说)(5 首),其中有苏轼、辛弃疾词各 2 首。

3.《草堂诗余》选录情况:

获得明人追和的 11 首秦观词均见于《草堂诗余》,获得明人追和的 29 首周邦彦词中,有 26 首见于《草堂诗余》。

附录4:明代追和苏轼《念奴娇·赤壁怀古》词一览表

和词作者	词题	词作首句	数量
王汝玉	和东坡赤壁词	楚天秋暮	1
桑 悦	登仙奕山作,和东坡韵	龙城老倅	1
陈 霆	赤壁图,用东坡韵	三分鼎时	1
焦 竑	咏蟹,次东坡韵	新秋雨足	1
范守己	用苏东坡韵	留都乍入	1
聂 豹	大江东去词苏韵答戴子三首,论儒。被逮作	尧舜相传	3
	论佛	东度达摩	
	论道	天道浑成	
孙 楼	用东坡赤壁怀古韵	江南燕北	8
		盛年浮气	
		功名难准	
		高牙大纛	
		蜉蝣身世	
		倚闾日暮	
		红尘深处	
		茫茫知己	
顾起纶	避暑山池,和苏长公韵	嘉树团阴	1
王 屋	和东坡赤壁韵二首	周郎年少	2
		江山千古	
易震吉	读稼轩集,用大江东去韵	期思渡口	1
杨 慎	和坡仙韵,赠陈广文致政归	阳关休唱	1
宋仪望	登金山览眺,次苏公	独上蓬莱第一峰	1
孙永祚	中秋月下登金山,和东坡大江东去韵	一峰中拥	1
卓人月	次坡公赤壁韵	汉人亡鹿	1
吴景旭	赠南粤归,用东坡赤壁韵	破天荒处	1
彭孙贻	和东坡赤壁韵二首	周郎年少	2
		江山千古	
戴 重	咏梅,用东坡韵	茅堂苔树	1
陈德文	自信州出玉山,值秋涨,和东坡韵	漫空新涨	1

和词作者	词题	词作首句	数量
唐世济	咏松,次东坡韵	挺然孤峙	1
吴子孝	海警次韵	烟迷海岛	1
严 嵩	赠别驾皇甫子循	端阳才过	15
	寄寿顾箬溪司寇葵亭	旧德高年	
	寄答张侍御惟时	桂史铁冠	
	和答太傅朱公葵亭	今代国勋	
	寄答曹侍御子诚	南浦双鱼	
	忆旧游呈陆俨山学士,和东坡韵	记得当年	
	俨山学士示病中词一阕,乃有辟毂寻山之语,余广其意而慰答之,仍用东坡韵	玉署山翁	
	少宗伯孙先生和东坡词见赠,依韵奉酬	早岁向逢	
	吴中诸君寄予《百字令》词作者七人,皆寿老也。各和一阕答之	弘治年中	
		洛社衣冠	
		词翰名高	
		当日追从	
		天目之山	
		文学知名	
		通议高踪	
夏 言	和东坡韵病起闲述	一卧经旬	37
	次东坡韵,赠谢侍御九仪巡按江西	铁豸峨冠	
	次坡韵,为戴君赋楚望	龙山山上	
	答陆俨翁	凤阁鸾台	
	又答俨翁	昔试南宫	
	答李蒲汀惠水晶葡萄	病榻相如	
	再咏葡萄	一种灵株	
	答蒲汀惠蟹	夜雨秋尊	
	答陆俨翁	大河南北	
	答李蒲汀张阳峰	源分天上	
	答未翁阁老	大河东下	
	庚子初度,陆俨翁作金焦图,和东坡此词,遣其子楫瞿、塎学召来为予寿,予喜对二子即席赋答	一撮峰儿	

和词作者	词题	词作首句	数量
夏　言	庚子初度,石门少傅、松皋太宰、介溪宗伯治具来贺,即席和答二阕	瑞鹤灵龟	37
		大药难求	
	题宗伯张阳峰仰宸楼	百尺危楼	
	春日喜雪,次东坡韵	新春前后	
	次东坡韵,柬李蒲汀送蟹	秋意满前	
	再叠坡韵,答蒲汀蟹词	水落蒹葭	
	答蒲汀馈水晶葡萄	小坐秋轩	
	再答蒲汀葡萄之咏	水晶宫里	
	和答张阳峰寄贺辛丑初度之作	衡岳湘川	
	谢苏立翁寿仪	南极老人	
	壬寅秋南归登金山作	砥柱乾坤	
	乙巳初度,溧阳史恭甫绘玉阳调天图并词二首寄寿,用韵谢答二阕	玉光阁上	
		玉阳山水	
	次东坡韵,题袁佩兰大尹画	海岳道人	
	次苏韵,谢史恭甫寄惠竹椅	玉削湘筠	
	扈跸渡河日,进呈御览	九曲黄河	
	次苏韵,赠槐川御史	骢马巡行	
	答楚望和篇	楚望台前	
	再和楚望	石城城外	
	走笔再答,因读佳词,追惟旧事,为之悽惋,故率尔成章	说起当年	
	与楚望戴子论学三首	圣学希天	
		允执厥中	
		精一道心	
	戏占奉答	今夕何年	
	次坡韵,怀桂洲先庐	琵琶峰下	
陆　深	叠韵寿桂洲	天下奇才	6
	同费钟石宗伯再和桂州扈驾南巡	六飞南下	
	与甬川钟石同宿杨园再次前腔	半途微雨	
	秋日怀乡	大江东去	
	秋日怀乡再和介翁	秋风客里	
	和钱文通公小赤壁	江山阆人	

和词作者	词题	词作首句	数量
江以达		登临何处	1
朱宪㸅		味秘堂深	5
		月明如画	
	冬至喜雪	阳气初回	
	喜　雪	云满长空	
		天外纷纷	
陈士元	题达摩画像，用东坡韵	禅门同仰	3
		丛林空色	
	咏雪，用前韵	星周岁暮	
刘尧海	渡河读夏桂洲大江东去词牌用韵	一派长河	1
黄　易	次苏韵	银汉初回	1
邱　濬	和东坡韵题赤壁图	黄州迁客	1
郑士奇	自述，用东坡韵	先生拂袖	1
储贞庆	和赤壁词	投鞭可断	1
马邦良	大江东去 本名《念奴娇》，一名《酹江月》，又名《百字令》，与俞养弘寅丈，赴陈章阁年丈清源饮。由瑞相庵，憩冷饮亭，度云关，登南台，观空中楼阁，上三台绝顶	洞天何处	8
	与俞养弘寅丈，邀包涵所年丈，过狮岩，循瑞相庵，度小云关，西望金鸡，东瞻飞凤，南观紫帽，北驻三台，斟酌尽欢	探春嘉会	
	与俞养弘寅丈，邀陈还冲藩伯，从资生宫，入欧阳洞，步观海亭小饮	暮春天气	
	与顾振宇将军，赴包涵所年丈酌。由老君岩，谒大士，瞻弥陀，望窠云，劝酬咏归	踏青郊外	
	发晋安，途遇惺初吴公、章阁陈公、桃陵颜公、麓源李公，观蔡公碑，饮饯落阳桥，漫兴	晋安归骑	
	勉二子勤学	古今名士	
	与林玉峰仙丈谈心有感	圣贤门第	
	与林玉峰仙翁讲道有悟	洞开门户	

和词作者	词题	词作首句	数量
费寀	圣驾渡河恭闻识喜	河流滚滚	7
	南还留都,舟中赠答闻石塘司寇、汪秋浦廷尉	潞河南去	
	答赠秋浦	两都相峙	
	中秋后怀周白川司寇	秋天气杳	
	登牛首山约白川不至	韵光荏苒	
	游牛首归答和白川	牛山高处	
	中秋夜月	年年此夜	
周用	早出城南登牛首	名山梵宇	4
	送简少司马,次钟石韵	中原旧日	
	次韵简钟石	裁花剪柳	
	中秋咏月,次钟石韵	中秋三五	
张璧	驾旋渡黄河,次桂洲公	万古黄流	4
	补寿桂洲阁老六十	嵩岳生申	
		玉李冰瓜	
	寄贺毛东塘都宪	武峤文江	
张邦奇	和桂翁扈驾渡黄河之作	一派河流	4
		望极河流	
		云护飞龙	
		河水滔滔	
施槃	缥缈晴岚	具区山水	1
王鸿儒	送张太守朝觐障词	黄堂燕喜	1
骆问礼	赠颜傅	丈夫斯世	1
张名由	京口	长江万里	3
	前登观音阁	建业名区	
	后登观音阁,叠前韵	凭虚眺远	
许毂	冬日对酒作	自出铨曹	2
	与诸友赏莲作	瓦沼齐开	
杨育秀		长电驱雷	2
		古来豪士	

和词作者	词题	词作首句	数量
徐士俊	次坡公赤壁韵,隐括前赤壁赋	是年壬戌	2
	再次坡公韵,隐括后赤壁赋	雪堂闲步	
戚　勋	中秋步东坡韵	五湖深渺	1

第五章　理性审视：清初词人追和唐宋词

胡适先生在 1926 年所作《词选》自序中把词的历史分为三个发展时期，以为第三个时期"自清初至今日（1650—1900），为模仿填词的时期"，乃词的"鬼"的历史，并且说：

> 清朝的文学，除了小说之外，都是朝着"复古"的方面走的。他们一面做骈文，一面做"词的中兴"的运动。陈其年、朱彝尊以后，二百多年之中很出了不少的词人。他们有学《花间》的，有学北宋的，有学南宋的，有学苏、辛的，有学白石、玉田的，有学清真的，有学梦窗的。他们很有用全力做词的人，他们也有许多很好的词，这是不可完全抹杀的。然而词的时代早过去了四百年了。天才与学力终归不能挽回过去的潮流。三百年的清词，终逃不出模仿宋词的境地。所以这个时代可说是词的鬼影的时代；潮流已去，不可复返，这不过是一点点回波，一点点浪花飞沫而已。[①]

胡适此论受到不少学者的质疑和反驳，然而其中所说到的清代词人对于唐宋词的学习和效仿则是不容置疑的事实。正是在对唐宋词经典作家作品选择接受的过程中，有清一代词学才得以复兴，因而，张宏生在《近百年清词研究的历史回顾》中说："清代词史要把'接受史'考虑进去。从大的方面来看，词坛流变不外南北宋之争，但对词史的经典确立却并非如此简单。在清代，人们根据自己的需求来建构词史，起码有好几位作家的意义得到了重新估量。清代是把唐宋词不断经典化的过程，唐宋词中许多作家的地位都是在清代得以确立的，因此，对所谓'经典'在清词发展中的作用，也应

---

① 胡适选注：《词选》，中华书局，2007 年版，第 3 页。

给予应有的注意。”①

顺治后期至康熙中叶是清词最为鼎盛的时期，也是词发展史上的一个重要阶段。李一氓《一氓题跋·清康熙本〈瑶华集〉》云：“清顺康间，词风大盛，就其表达方法而论，极为自由放纵而又委曲隐讳，此一代作家同具有明清易代之感受，唯词足以发抒之。……当时统治阶级尚来不及注意此一文体，故作者数量既多，词作亦五花八门，蔚为一时之盛。论清词而不崇顺康，则有清一代为无词。”②邹祗谟序王士禛《衍波词》曰：“同里诸子，好工小词，如文友之儇艳，其年之矫丽，云孙之雅逸，初子之清扬，无不尽东南之瑰宝。今则陈、董愈加绵渺，二黄益属深妍。更加庸庵之醇洁，风山之超爽，卓人之精腴，介眉之隽练，公阮之幽峭，紫曜之鲜圆，陶云之雅润，赓明之秀濯，含英咀华，彬彬可诵。词虽小道，读之亦觉风气日上。”③由此可见清初词体复兴之气象。南北宋之争一直是清代词学的焦点问题，顺康时期云间、阳羡、浙西词派先后影响词坛，或倡北宋，或主南宋，或崇尚苏、辛，或以姜、史为圭臬，皆通过标举具体效法对象以申明各自的词学主张。先著《词洁序》即云：“明一代治词者寥寥，近日则长短句独盛，无不取途涉津于南、北宋。”④清初词人追和实践受同期词学流派的影响十分明显。清代以前，对于北宋词人的追和占有绝对优势，受到较多追和的南宋词人惟有李清照、辛弃疾二人。自清初始，南宋词人姜夔、史达祖、张炎、蒋捷等受到较多追和，他们在词史上的经典地位开始确立，这与浙西词派对于南宋词的推举紧密相关。蒋兆兰《词说》评价说：“清初诸公，犹不免守《花间》《草堂》之陋，小令竞趋侧艳，慢词多效苏、辛。竹垞大雅闳达，辞而辟之，词体为之一正。”⑤从数量上来看，苏轼、辛弃疾仍是此期受到追和最多的两位词人，这与阳羡词派对于苏、辛豪放词风的推崇密不可分。随着清廷统治的进一步巩固，阳羡词派退出了历史舞台，宗尚醇雅之风的浙西词派大盛，以苏、辛为代表的豪放词风渐受冷落。浙西词派宗主朱彝尊在《水调歌头·送纽玉樵宰项城》词中说：“吾最爱姜史，君亦厌辛刘。”这一观点在杜诏《三姝媚·朱竹垞先生为余品骘宋人词有作》中亦有所体现：“风流消未尽。侍先

① 张宏生：《近百年清词研究的历史回顾》，《文学评论》2007年第1期，第165页。

② 李一氓：《一氓题跋》，三联书店，1981年版，第192页。

③ ［清］邹祗谟：《远志斋词衷》，《词话丛编》，中华书局，1986年版，第659页、660页。

④ ［清］先著、程洪辑，刘崇德、徐文武点校：《词洁》，河北大学出版社，2007年版，第1页。

⑤ 蒋兆兰：《词说》，《词话丛编》，中华书局，1986年版，第4637页。

生朝来,侧闻高论。屈指词人,自南唐而后,几多名俊。第一欧秦,歌婉约、苏黄俱逊。总在天然,色淡红嫣,语幽香润。　　谁撷清真余韵。只白石梅溪,梦窗无分。净洗铅华,算解人惟有,玉田差近。一笛蘋州,夸绝妙、还轮公谨。说甚晓风残月,揉酥滴粉。"

　　清初词人对于唐五代词的追和为数不多,故不列专节论述,仅在此简述之。南唐后主李煜是此期词人追和较多的一位词人,十余首和词中以余光耿二首为佳,《临江仙·用李后主韵》曰:"横塘路暗春容淡,寻香蛱蝶还飞。粉墙遥隔柳堤西。一帘残照,红傍暮烟垂。　　誓月盟花多少恨,不堪回首凄迷。帕诗重认小名儿。只应今夜,携手梦依依。"此词写闺中佳人春日相思之情,虽次韵却自然浑成,殊为不易。又《临江仙·书李后主词后》曰:"繁华六代销磨尽,朱门燕又争飞。箫声不管日沉西。镂金歌袖,双向月中垂。　　婉丽新词填未就,一城烽举烟迷。东风面洗泪珠儿。粉残香断,亡国恨依依。"深寓历史兴亡之感,表现出对于李煜悲剧命运的同情。另外,值得一提的词人尚有罗文颉,其和词颇有唐五代之风。文颉字羽苍,浙江会稽(今绍兴)人,罗坤之子。少承家学,肆力于词,与坤有"大晏小晏"之目。罗文颉《卜算子·次温飞卿三首》其一曰:"绣床缕刺金鹓鶒。泪痕痴看朱成碧。庭院对棠梨。溶溶白雪枝。　　倚阑凝媚靥。为见双飞蝶,掩恨度芳菲。飞红转眼稀。"为表现佳人伤春意绪与孤寂之情,此词不惜浓墨重彩,层层烘托渲染,词风极秾丽,深得温词妙处。温庭筠工于造语,《更漏子》(玉炉香)一阕尤佳,"梧桐树"一句直下,道离情之苦而有余不尽之味。罗文颉《更漏子·秋闺用温飞卿韵》一阕极力摹仿温词,其词曰:"桂华香,桐叶泪。逗起碧窗愁思。金剪冷,篆烟残。谁怜独夜寒。　　迷烟树。潇潇雨。守着相思更苦。莲漏滴,夜蛩声。凄凄听到明。"总之,罗文颉和词虽未臻温词至境,亦堪称小令中之精品。

第一节　从清初词人的追和看北宋词人词史地位的沉浮

　　在清顺康时期,北宋词人中受到追和最多的一位仍是苏轼(164首),其次为周邦彦(84首)、柳永(49首)、秦观(40首)。苏轼、周邦彦、秦观词在清代以前有着较好的接受基础,而对于柳永词的追和则一直未成风气。

此期最值得关注的一点是,追和柳永词的数量大为增加,为此前和柳永词总数的两倍还要多。

一、追和苏轼词与苏轼词史地位的巩固

小令学《花间》,长调学苏、辛,乃清初词坛之通例。方炳《瑞鹧鸪·书苏公词后》云:"乱头粗服自嫣然。巷语街谈总值钱。能与坡公为后辈,好呼稼老作同年。词中有史应难识,颊上添毫岂易传。我见魏征多妩媚,不能更学柳屯田。"王士禛论词虽以婉约为正宗,其《花草蒙拾》亦曰:"名家当行,固有二派。苏公自云:'吾醉后作草书,觉酒气拂拂,从十指间出。'黄鲁直亦云:'东坡书挟海上风涛之气。'读坡词当作如是观。琐琐与柳七较锱铢,无乃为髯公所笑。"①在阳羡词人大力鼓扬豪放词风的背景之下,对于苏轼词的追和更是蔚成风气。清初词人和苏词总计 164 首,其中《念奴娇·赤壁怀古》与《水龙吟·次韵章质夫杨花词》仍是受到追和最多的两首作品。和东坡赤壁词总计 61 首,大多数和作咏赤壁本意及赤壁图,如傅燮詷《百字令·题赤壁图用东坡原韵》、吴秉仁《百字令·论坡公赤壁旧作用原韵》、丁炜《酹江月·赤壁怀古用坡公韵》、徐吴昇《酹江月·赤壁怀古用苏东坡韵》、杨春星《念奴娇·舟过赤壁次坡公韵》等,其中储贞庆《念奴娇·和赤壁词》从词意到风格均与东坡原作相类:

> 投鞭可断,问江东、谁是千秋人物。两点金焦环铁瓮,瓜步临流插壁。千里乘风,一湾带水,浪卷飞如雪。滔滔不尽,消磨几许英杰。
>
> 一上燕子矶头,旌旗风曳,画角高城发。六代繁华成往事,自古谁无兴灭。逝水东归,片帆北去,老我霜华发。长江天堑,渔舟惯渡明月。

其他怀古之作如徐喈凤《大江东去·君山观大阅用苏东坡赤壁怀古韵》、董元恺《念奴娇·登焦山再用坡公韵》、邹祗谟《念奴娇·焦山次张寰用坡韵》等。吊古怀人之作如孔毓埏《百字令·吊屈原用东坡大江东去原韵》、盛本枏《念奴娇·文文山用赤壁词韵》等。咏物词如周金然《酹江月·梅用子瞻赤壁韵》。以东坡赤壁词韵酬赠唱和之作也占了相当的数量,如陈维崧 5 首和词皆为应酬、唱和之作,曹亮武亦有《念奴娇·同其年用赤壁词

---

① ［清］王士禛:《花草蒙拾》,《词话丛编》,中华书局,1986 年版,第 681 页。

韵》《念奴娇·同其年纬云为南岳之游再用前韵》《念奴娇·前题三用前韵》等3首和作。陈维崧《念奴娇·春日同纬云南耕遍历南岳诸园林仍用赤壁词韵》一阕次东坡词韵而充满豪狂之气，"何限向来哀乐事，一笑浮沤生灭"句与东坡"人生如梦"的感慨遥相呼应。

清初词人追和苏轼《水龙吟》杨花词总计22首。就总体水平而言，比明人和作质量要高。绝大部分和词皆次韵咏杨花，虽清新雅丽而难以超越苏、章二作，其中较佳者如曹亮武《水龙吟·和章质夫韵》：

> 雕梁燕子呢喃，翩然争逐飞花坠。朱颜应惜，又随春减，漫添愁思。斗草偏慵，熏香都惰，镜奁长闭。任韶光妍媚，浑如中酒，欹珊枕，眠难起。
> 听罢三声杜宇，倩谁将、断魂重缀。几多往事，回头暗省，越教心碎。翠幕低垂，悄无人影，沉沉似水。拚灯昏月落，安排绡帕，揾凄凉泪。

清人和词中亦有少数几首对原作题材有所突破者，如钱芳标《水龙吟·咏萤用坡公和章质夫杨花韵》一反原作咏杨花之主题而咏萤，堪称咏物佳作："黄昏庭院无人，何来几点疏星坠。未烧兰焰，乍移桃箪，催将秋思。巧人低穿，银床渐冷，铜铺初闭。向画阑干畔，齐纨试扑，忽逐粉墙阴起。飘落溪头山嘴。也多情、草黏花缀。狂踪暗度，朝来那管，雨零风碎。隋苑荒凉，胜伊阅尽，年光如水。最无端赚得，玉阶长信，不眠铅泪。"范荃《水龙吟·雨中即事用东坡杨花韵》一阕在题材、立意上均不依傍原作，叙写生活中家常之事，语淡而情真，颇具特色，其词曰："穿帘细雨霏霏，蛟龙喷沫迎风坠。望里天垂，坐中云涌，转添愁思。屋角淙淙，阶除汩汩，柴门紧闭。捡纸堆中，拈来抛去，困了欲眠还起。　可爱痴儿幼女，尽多情、闲中点缀。提壶抱瓮，来往奔波，一时击碎。瓦盏茶干，竹炉火爇，注兹无水。想书生薄命，难消清福，何须挥泪。"苏轼和词起句"似花还似非花"状杨花情态极为神似，后人颇多好评，清人和作亦在起句着重用力，往往给人新奇之感，如：

> 尤侗《水龙吟·杨花和东坡韵》其一："美人满院红妆，绿珠忽向高楼坠。"
> 曹亮武《水龙吟·再和前韵》："人间竟有姮娥，姗姗环佩从天坠。"

查慎行《水龙吟·次章质夫杨花旧韵》:"是谁细剪兜罗,不期而至无端坠。"

屠文漪《水龙吟·杨花追和章苏二公韵》:"小蛮舞困宫腰,薄绵卸却从飘坠。"

陆瑶林《水龙吟·杨花仿坡公体》:"芳菲缭绕晴华,惊疑微霰从空坠。"

苏轼《水调歌头》(明月几时有)、《贺新郎》(乳燕飞华屋)、《洞仙歌》(冰肌玉骨)亦是清初词人纷起追和的对象,其中《水调歌头》一首获得 17 首的追和作品。《词洁》卷三评苏轼《水调歌头》词曰:"题为中秋对月怀子由,宜其怀抱俯仰浩落如是,录坡公词若并汰此作,是无眉目矣。"①清初词人和作多与中秋及月有关,而所抒情思各有不同。苏词慨叹"人有悲欢离合,月有阴晴圆缺,此事古难全",陈维崧《水调歌头·中秋次东坡韵》则曰"花放正当秋半,酒贱又逢人健,乐事此宵全",反其意而行之,新人耳目。东坡原作为怀其弟子由而作,尤珍《水调歌头·月下对酒兼怀诸弟和东坡韵》作于相似的情境之下,其词曰:"试问玉堂金马,何似竹篱茅舍,皓魄一般全。愿得同尊酒,醉看月连娟。"思乡念亲之情真挚感人。龚鼎孳《水调歌头·述怀用苏东坡中秋韵》自抒怀抱,多豪放之气,与苏轼词清旷之风不同:"小住为佳耳,万事总由天。乞天判与沈醉,断送奈何年。往日宝刀横吹,入夜清灯疏雨,鬓发暮云寒。吾老是乡矣,双袖百花闲。　　倦司马,穷阮籍,只高眠。宿酲刚醒,又问明月可曾圆。长策琼台采药,小隐于陵织屦,雅操仗君全。放眼凭栏久,风露正娟娟。"彭桂《水调歌头·甲辰中秋客怀和东坡韵》亦为难得之佳作,其词上片曰:"把水晶帘卷,挂起碧河天。古人今月曾照,不记几多年。千里关山离别,六代楼台兴废,长映九秋寒。望大江南北,一片彩云间。"起句即出人意料,继而将人带入古往今来、大江南北的无限时空中,气魄特大。"古人今月曾照"从李白"今人不见古时月,今月曾经照古人"(《把酒问月》)句化出,整首词狂傲之气亦有似李白。

二、追和清真词与周邦彦宗主地位的确立

先著、程洪《词洁·发凡》曰:"柳永以'乐章'名集,其词芜累者十之八,

---

① 〔清〕先著、程洪辑,刘崇德、徐文武点校:《词洁》,河北大学出版社,2007 年版,第124 页。

必若美成、尧章，宫调、语句两皆无憾，斯为冠绝。"①周邦彦历来被视为婉约词之正宗，在浙西词派推举姜夔、张炎词风的大背景下，其地位益尊。清初词家多有白石源出美成之论，先著、程洪《词洁》卷三甚至以为"宋末诸家，皆从美成出。"②

　　清初词人和周邦彦词凡80余首，《兰陵王》(柳阴直)共获得6首和作，为此期词人追和最多的一首周词。周廷谔《兰陵王·咏柳用周美成韵》、陆进《兰陵王·柳次周美成韵》、佟世南《兰陵王·咏柳赠别和周美成韵》等3首仍用美成词意，如陆进词曰："夕阳直。细细柳丝笼碧。东风里、闲倚画栏，和雨和烟暗春色。云山迷故国。肠断天涯行客。难禁是、多病沈郎，瘦损腰围不盈尺。　　长亭旧游迹。正翠拂雕鞍，絮舞瑶席。困人时候刚寒食。叹当日轻别、一枝闲折、归雁无由寄远驿。恨天隔南北。　　悲恻。怨还积。任芳草愁凝，黄鸟声寂。江流渺渺情何极。谁耐听月下，吟哀羌笛。枝头清露，也似我，泪频滴。"此类次韵而用原作词意之和词很难超越原作尤其是名作。方炳《兰陵王·咏梅用周美成韵》词对于清真原作咏柳题材有所突破，其最大的特点在于化用前人诗句，如"相思处，忽到窗前，世外佳人弄颜色"化用卢仝《有所思》名句"相思一夜梅花发，忽到窗前疑是君"；"思照水清浅，暗香浮动"用林逋《山园小梅》"疏影横斜水清浅，暗香浮动月黄昏"诗境。遗憾的是，方炳对于此法的运用未能如清真般熟稔老到，稍显生硬凑泊。龚鼎孳有和周邦彦词7首，其中《兰陵王·冬仲奉使出都南辕已至沧州道梗复返用周美成赋柳韵》仅用清真原韵而自抒情怀，转折顿挫之处颇似清真原作：

　　　　戍烽直。山外寒雪卷碧。香尘道、千里绣弧，凌乱垂杨暮烟色。鸿飞如异国。何况朱颜作客。茱萸带、霜打雨吹，瘦损宫腰恰盈尺。

　　　　京华旅人迹。正草迸金鞭，花暗瑶席。五侯鲭好无心食。听白雁风快，紫鸾人远，钿辖辘过渭桥驿。似天限南北。

　　　　心恻。万愁积。料野馆斜曛，芳影凄寂。回头凤阙情何极。伫日丽仙掌，柳回羌笛。经年红泪，向锦衾畔，宛转滴。

---

① ［清］先著、程洪辑，刘崇德、徐文武点校：《词洁》，河北大学出版社，2007年版，第1页。
② 同上，第126页。

清初词人和周邦彦词在章法、用字、技巧等方面极力摹仿清真原作，然往往只及一点，难及清真词浑成精工之境。董元恺作有和清真词 6 首，少摹拟之痕，质量较为可观。董元恺（？—1687），字舜民，号子康。清顺治十七年（1660）举人。有《苍梧词》。朱孝臧将董元恺与陈维崧并举，跋《苍梧词》曰："国朝词流，常州称盛。其年实开其先，同时分镖平骋者，其惟舜民先生乎？……盖先生以名孝廉怀才不遇，复遭诖误，侘傺不自得，故激昂哀感，悉寓于词。"①董元恺《塞垣春·送友人出塞和周清真韵》词曰："塞外天垂野。矗莽莽、征鞍卸。紫台一去，黄埃千里，关山如画。对大旗、落日萧萧也。毳幕烟，光飘洒。听银筝、初弄罢，半逼边愁堪写。"描绘塞外苍凉雄阔风光而有唐人边塞诗之意境。又如《霜叶飞·旅况和周清真韵》拟闺中相思之情，虽不如原作练字精粹，却也清丽可读，其上片曰："天涯芳草斜阳外，千里关河云表。荧荧流泪落灯花，正桐龙漏悄。看绛蜡、成灰未晓。芳心一点如烟小。又帘外稀星，恰巧映、檐前萤火，暗飞残照。"

三、追和柳永词与柳词雅俗之辨

清初词风沿明代余脉，以艳丽为词体之本色，董以宁、彭孙遹等皆善作艳词，王士禛甚至戏称彭孙遹为"艳词专家"。柳永词成为此期词人追摹的主要对象。与明人不同的是，清初词人对于柳永词之优劣得失有了更为准确的认识，他们虽尚绮艳之词，却反对鄙俗之气。邹祗谟《远志斋词衷》曰："云华词，其模仿屯田处，穷纤极眇，缠绵儇俏。然毛驰黄云柳七不足师，此言可为献替。盖《乐章集》多在旗亭北里间，比《片玉词》更宕而尽。《郑》繁《雅》简，便启《打枣》《挂枝》伎俩。阮亭与仆于文友少作，多所删逸，亦是此意。"②针对当时词坛学柳词而带来的浅俗之弊，彭孙遹在《金粟词话》中说："牛峤'须作一生拚，尽君今日欢'，是尽头语。作艳语者，无以复加。柳七亦自有唐人妙境，今人但从浅俚处求之，遂使《金荃》《兰畹》之音，流入《挂枝》《黄莺》之调，此学柳之过也。"③

柳永词多涉艳情，有关风月，历来词家皆以艳词视之，然柳词中亦有极雅者。《八声甘州》为柳永雅词之代表，格调独高。魏学渠、范荃、张潮、彭

---

①　冯乾编校：《清词序跋汇编》，凤凰出版社，2013 年版，第 301 页。

②　[清]邹祗谟：《远志斋词衷》，《词话丛编》，中华书局，1986 年版，第 657 页。

③　[清]彭孙遹：《金粟词话》，《词话丛编》，中华书局，1986 年版，第 723 页。

孙遹等均有和作,其中彭孙遹《八声甘州·秋怨和柳七韵》词曰:"点清霜、一夜渡河来,木叶辣高秋。最伤心时候,西风旅梦,残月江楼。何事南来北往,行役不知休。回首当年事,飚散云流。 可惜舞茵歌管,任蛛丝马迹,狼藉谁收。便吴姬楚艳,值得几回留。忆分襟木兰花下,怅佳期、怯上此花舟。料伊也,恹恹终日,长为侬愁。"此词从词意到字面刻意追摹柳词,为彭孙遹学柳词之得意作品。柳永以俚语入词,已遭宋人诟病,后世词人学柳词仍有沾染此病者,如沈谦《十二时·闺怨用耆卿韵》词曰:

> 问多情,如何下得,扫却旧恩如洗。子细想、真无意思。撞住吃亏忍气。万种禁持,千般啰唆,见了谁提起。都是我、惯了伊家,做出这般,我也无如何耳。
>
> 凭着伊,十分怪我,我是至今牵系。人也劝奴,为何守这,冷冷清清地。奴须丢不下,死生只在这里。
>
> 算将来,真成痴想,只为旧时情意。清夜无眠,翻来覆去,泪满鸳鸯被。是我难割舍,料伊也拼奴弃。

此词用语浅露鄙俗,又沾染明词曲化、俗化的弊病,"千般啰唆",正是彭孙遹所谓"但从浅俚处求之",学柳词而误入歧途者。

《多丽》(凤凰箫)、《雨霖铃》(寒蝉凄切)、《八声甘州》(对潇潇)是此期获得追和较多的几首柳永词。周稚廉《雨霖铃·壬戌除夕和柳耆卿韵》一阕与柳词风味不同,悲苦之情却十分感人:"听来悲切。劝邻家鼓、暂且停歇。去年骨肉团坐,望红烛里,小灯花发。颇怪鶺鶹啼树,又爆竹声咽。有今夜、独拨炉灰,微火荧荧半床阔。 家人半作泉台别。劈不开、苦竹无情节。天光和我黯淡,收拾尽、小星残月。待饮屠苏,仍把双杯、照旧虚设。剩箧里、旧赋椒花,夸向亲朋说。"此期词人追和对象以柳永慢词为主,追和柳永令词者惟陈维崧、谈九叙、董元恺等所作数首,其中董元恺《少年游·江楼秋怀和柳屯田韵》一阕堪称清丽缱绻:"十年旧事上心头。残月下江楼。玉露初零,金风乍起,吹动一天愁。 衣香手粉曾留处,仿佛忆同游。眼泪如潮,枕痕似水,终夜尽情流。"其中"衣香手粉曾留处"从吴文英《风入松》"黄蜂频扑秋千索,有当时、纤手香凝"化用而来,亦恰切自然。

四、追和秦观词与淮海词的接受

关于秦观在词坛的地位，自宋以来有"秦七黄九"之称，又有"周秦"之论；至明人张綖论词以婉约为正宗，以秦观为范式；清初词论家则以为秦观优于黄庭坚而劣于周邦彦。清初词人对于秦观词的追和较为普遍。

此期追和秦观词凡 40 首，秦观《千秋岁》(水边沙外)仍是获得追和作多的一首作品。11 首和作绝大多数沿用原作今昔对比的章法，与原作词意情思亦相似，如曹亮武《千秋岁·春情用淮海韵》词云："燕飞花外。春遣余寒退。帘影漾，波纹碎。含愁拢鬓影，忆梦搜裙带。看戏水，鸳鸯小小偏成对。　　曾向瑶池会。荷柱初擎盖。挥别泪，痕犹在。音尘终断绝，密意无时改。君信否，夜长脉脉情如海。"冯云骧《千秋岁·云中登戍楼作用淮海韵》词意与风格均不同于原作，尺幅之中寓有兴亡之感，殊为难得："黑云城外，风逆飞鸿退。悲笳响，惊蓬碎。乱峰攒剑戟，野水环衣带。闲徙倚，堆沙老树遥相对。　　忆昔兵戈会，龙虎纷旌旆。寻战垒，今犹在。千载精灵灭，几度江山改。凝望处，白登古道烟如海。"王士禄存有和秦观词 6 首，其中《千秋岁·和少游韵》一阕结句云："无奈是，愁心一寸深于海"，一寸之心而寓有深于海之愁，两相比较，尤见愁之深。虽不如淮海"飞红万点愁如海"蕴藉，也颇见思致。

秦观《鹊桥仙》词为咏七夕名作，吴绡、徐倬、徐喈凤、陆垫皆有和作，然无出其右者。清初词人和秦观之作中以王士禛、陈维崧的两首小令最为本色当行。王士禛《蝶恋花·和少游》词曰："春去应知郎去处，好嘱春光，共向郎边去。毕竟春归人独住，淡烟芳草千重路。"一反伤春而欲留春住的惯常表达，而出之以新意，写闺中人因为思念之深而愿与春同归去。"共向郎边去"，与宋代词人王观《卜算子·送鲍浩然之浙东》词"才始送春归，又送君归去。若到江南赶上春，千万和春住"同一艺术构思。又陈维崧《画堂春·春景和少游原韵》词曰：

今年愁似柳条长，春宵梦断昭阳。杏花著雨隔篱香，瘦不成妆。
十载流连蜂蝶，半生沦落湖湘。残红几斛扑衣裳，和泪同量。

此词在风格上与秦观词颇为相似，然细味之，内容上则有所不同，秦观原作言春日闺情，陈维崧和作实借闺情自抒身世飘零之感。"杏花著雨隔篱香。

瘦不成妆"状雨中杏花飘零之态,与秦词"杏花零落燕泥香。睡损红妆"同为传神语。秦观的悲剧命运往往引起后世文人对他的同情和追怀,这也是秦观词受到追和较多的一个原因,如贺国璘《阮郎归·彬阳感秦淮海事即仍前韵》词曰:"长沙曲院定情初。闻名见不虚。迢迢迁谪路于于。逐臣长向徂。　　同调少,赏音孤。难教党籍除。衡南也见碧空书。休言鸿影无。"秦观原作末二句云:"衡阳犹有雁传书。郴阳和雁无。"和词反其意而用之。

综上,清初词人对于北宋各家词作之风格特点以及各自所擅长之技法有了更为准确深刻的认识,如彭孙遹关于学柳永词不当从浅俚处入手,而当以其雅词为规模对象之论,又如方炳和词对于周邦彦词化用前人诗句之法的刻意学习,皆显示出他们对于追和的认真严肃态度。清初词人的追和并不以摹仿为能事,而以学习各家长处为我所用为目的。他们在和作中努力寻找突破口,不仅在题材风格上有意偏离原作以求超越,更在艺术构思与技巧方面向前人名作挑战。清初词人追和之作虽然未能超越前人名作,然在某些方面已经有所突破,更为重要的是这种努力提高了清词的总体水平。

附录 5:清初词人追和苏轼词一览表

原作	和词作者	和词篇名	和词数量	和词总数
《念奴娇·赤壁怀古》	王永命	《念奴娇》(兴来促膝)	61	164
		《念奴娇》(月陟昆仑)		
		《念奴娇》(记得当年)		
		《念奴娇》(早岁成名)		
		《念奴娇》(文满空山)		
	董元恺	《念奴娇》(长天浩渺)		
		《念奴娇》(学文高燕)		
		《念奴娇》(金焦两点)		
		《念奴娇》(我来探胜)		
		《念奴娇》(北山山后)		
	陈维崧	《念奴娇》(湖帆浦笛)		
		《念奴娇》(嗟乎余仲)		
		《念奴娇》(空庭何有)		
		《念奴娇》(春山劝我)		
		《念奴娇》(玉峰高燕)		

原作	和词作者	和词篇名	和词数量	和词总数
《念奴娇·赤壁怀古》	曹亮武	《念奴娇》（文园多病）	61	164
		《念奴娇》（溪明山秀）		
		《念奴娇》（此中乐事）		
	顾汧	《念奴娇》（振古天中）		
		《念奴娇》（廿载京华）		
		《念奴娇》（落拓金门）		
	屠文漪	《念奴娇》（漫游曾记）		
		《念奴娇》（凉波鱼蒞）		
		《念奴娇》（金波激滟）		
	吴绮	《念奴娇》（笑天如戏）		
		《念奴娇》（大江东去）		
	徐基	《念奴娇》（雄豪天放）		
		《念奴娇》（海天一望）		
	沈虬	《念奴娇》（西子湖头）		
		《念奴娇》（大运茫茫）		
	沙张白	《念奴娇》（绕树无枝）		
		《念奴娇》（六朝繁华）		
	徐喈凤	《念奴娇》（昨宵霜重）		
	吴秉仁	《念奴娇》（闲中何事）		
	石洰	《念奴娇》（竹篱僧舍）		
	傅燮詷	《念奴娇》（模糊墨气）		
	吴兴祚	《念奴娇》（梦中仿佛）		
	陈维岳	《念奴娇》（家园重到）		
	徐履忱	《念奴娇》（暮天催雨）		
	储贞庆	《念奴娇》（投鞭可断）		
	蒋景祁	《念奴娇》（君才英绝）		
	张夏	《百字令》（风流如昨）		
	郑侠如	《念奴娇》（书分八体）		
	吴景旭	《念奴娇》（破天荒处）		
	周茂源	《念奴娇》（闲情一片）		

原作	和词作者	和词篇名	和词数量	和词总数
《念奴娇·赤壁怀古》	龚鼎孳	《念奴娇》(画眉余兴)	61	164
	尤侗	《念奴娇》(江山如梦)		
	李中素	《念奴娇》(笑尘埃里)		
	徐沁	《念奴娇》(隔江营垒)		
	孔毓埏	《念奴娇》(怀沙逐浪)		
	柯煜	《念奴娇》(英雄好手)		
	杨春星	《念奴娇》(片帆飞渡)		
	周金然	《念奴娇》(翠禽啼苦)		
	丁炜	《念奴娇》(扁舟西上)		
	徐吴升	《念奴娇》(江山依旧)		
	包咸	《念奴娇》(琴堂高会)		
	曹鉴伦	《念奴娇》(金门大隐)		
	甘国基	《念奴娇》(严关南去)		
	孔传志	《念奴娇》(冤沉江底)		
	梁清标	《念奴娇》(吴头楚尾)		
	邹祗谟	《念奴娇》(孝然祠畔)		
《水龙吟》(似花还似非花)	尤侗	《水龙吟》(美人满院红妆)	22	
		《水龙吟》(卷帘但见飞花)		
	曹亮武	《水龙吟》(雕梁燕子呢喃)		
		《水龙吟》(人间竟有姮娥)		
	陆瑶林	《水龙吟》(芳菲缭绕晴华)		
	魏学渠	《水龙吟》(树头谁见杨花)		
	陆曾禹	《水龙吟》(芳郊十里香风)		
	朱茂暭	《水龙吟》(蒙蒙扑面撩人)		
	王士禄	《水龙吟》(玉阶昼暑全慵)		
	范荃	《水龙吟》(穿帘细雨霏霏)		
	曹贞吉	《水龙吟》(千红万紫谁留)		
	陆求可	《水龙吟》(东风轻薄杨花)		
	徐籀	《水龙吟》(有情还似无情)		
	黄坦	《水龙吟》(把春揉作梦丝)		

原作	和词作者	和词篇名	和词数量	和词总数
《水龙吟》 (似花还似非花)	钱芳标	《水龙吟》(黄昏庭院无人)	22	
	周稚廉	《水龙吟》(空中似有还无)		
	查慎行	《水龙吟》(是谁细剪兜罗)		
	屠文漪	《水龙吟》(小蛮舞困宫腰)		
	曹士勋	《水龙吟》(东风吹处蒙蒙)		
	郑景会	《水龙吟》(柔肌素质盈盈)		
	姚之骃	《水龙吟》(莺喁燕唧谈禅)		
	姚大祯	《水龙吟》(一年春去难留)		
《水调歌头》 (明月几时有)	姚之骃	《水调歌头》(骊颔唧珠上)	17	164
		《水调歌头》(骊龙未掣海)		
	邹祗谟	《水调歌头》(何处吹芦管)		
	何采	《水调歌头》(佳兴四时有)		
	仲恒	《水调歌头》(何日春阳到)		
	陈维崧	《水调歌头》(且把鹍裘典)		
	方炳	《水调歌头》(疏雨收河汉)		
	彭桂	《水调歌头》(把水晶帘卷)		
	贺国璘	《水调歌头》(十载浪游客)		
	荆揩	《水调歌头》(秋与酒为友)		
	曹亮武	《水调歌头》(小艇挂帆去)		
	尤珍	《水调歌头》(把酒对明月)		
	周在浚	《水调歌头》(露洗残云净)		
	钱肃润	《水调歌头》(华盖山高矣)		
	詹贤	《水调歌头》(客枕虚抛日)		
	龚鼎孳	《水调歌头》(小住为佳耳)		
	魏学渠	《水调歌头》(天亦有时醉)		
《贺新郎》 (乳燕飞华屋)	吴绮	《乳燕飞》(老树阴连屋)	6	
	朱茂晭	《贺新郎》(凤尾梢金屋)		
	丁炜	《贺新郎》(垂柳藏金屋)		
	钱芳标	《贺新凉》(参佐三闲屋)		
	郑景会	《贺新凉》(绿柳环茅屋)		
	汪鹤孙	《贺新凉》(不羡生金屋)		

原作	和词作者	和词篇名	和词数量	和词总数
《洞仙歌》 (冰肌玉骨)	沈尔璟	《洞仙歌》(南薰雨过)	6	164
		《洞仙歌》(霓裳舞褪)		
		《洞仙歌》(窗临电闪)		
	周金然	《洞仙歌》(湘纹冷簟)		
	沈时栋	《洞仙歌》(清池皓月)		
	董元恺	《洞仙歌》(小斋烦暑)		
《点绛唇》 (我辈情钟)	周金然	《忆江南》(秋色佳哉)	4	
		《忆江南》(高会龙山)		
		《忆江南》(冷落东篱)		
		《忆江南》(饮露餐英)		
《蝶恋花》 (花褪残红青杏小)	盛禾	《蝶恋花》(淡墨银钩缄恨小)	4	
	盛本枬	《蝶恋花》(莫比钱塘苏小小)		
	蔡文熊	《蝶恋花》(雨簌荷钱青更小)		
	王岱	《蝶恋花》(髯公老去朝云小)		
《卜算子》 (缺月挂疏桐)	韩纯玉	《卜算子》(修禊过湘溪)	4	
	贺国璘	《卜算子》(便不过衡阳)		
	龚翔麟	《卜算子》(凉月白纷纷)		
	李应机	《卜算子》(斗室坐蒲团)		
《哨遍》 (睡起画堂)	彭孙遹	《哨遍》(拾翠年时)	3	
	钱芳标	《哨遍》(絜几胆瓶)		
	杨通佺	《哨遍》(再拜先生)		
《哨遍》 (为米折腰)	何采	《哨遍》(日月序迁)	3	
	方炳	《哨遍》(尚论古人)		
	唐梦赉	《哨遍》(童背锦囊)		
《满庭芳》 (归去来兮)	董元恺	《满庭芳》(山色螺浮)	2	
	王士禄	《满庭芳》(白日为心)		
《阮郎归》 (绿槐高柳咽新蝉)	燕燕	《阮郎归》(绿云初绾夜飞蝉)	2	
	周廷谔	《阮郎归》(柳阴水外暮鸣蝉)		
《木兰花令》 (霜余已失长淮阔)	仲恒	《玉楼春》(窄愁不见天涯阔)	2	
	方炳	《玉楼春》(怀人转觉佳期阔)		

续　表

原作	和词作者	和词篇名	和词数量	和词总数
《西江月》 （三过平山堂下）	彭桂	《西江月》（莫吊参军赋后）	2	164
	宗观	《西江月》（昔爱龙蛇壁上）		
《浣溪沙》 （菊暗荷枯一夜霜）	陆瑶林	《浣溪沙》（曾踏三衢十里霜）	2	
	姚大祯	《浣溪沙》（洞庭秋晚已加霜）		
《念奴娇》 （凭高眺远）	龚鼎孳	《念奴娇》（远鸿飞送）	2	
	陈契	《念奴娇》（羲炎乍远）		
《水龙吟》 （楚山修竹如云）	邹祗谟	《水龙吟》（金台游倦初回）	2	
	甘国基	《水龙吟》（熊湘如画凝眸冷）		
《南乡子》 （霜降水痕收）	李应机	《南乡子》（杏酪小香收）	2	
	无名氏	《南乡子》（雁路白云收）		
《水调歌头》 （安石在东海）	朱茂暻	《水调歌头》（月色四时好）	1	
《水调歌头》 （落日绣帘卷）	董汉策	《水调歌头》（乌榜弄清影）	1	
《八声甘州》 （有情风）	曹亮武	《八声甘州》（酿琼浆）	1	
《南歌子》 （山与歌眉敛）	张潮	《南柯子》（蛩语声声咽）	1	
《卜算子》 （蜀客到江南）	韩纯玉	《卜算子》（有客在长安）	1	
《阳关曲》 （暮云收尽溢清寒）	何采	《阳关曲》（疏钟声出慧山寒）	1	
《阳关曲》 （受降城下紫髯郎）	何采	《阳关曲》（虬髯憔悴羽林郎）	1	
《阳关曲》 （济南春好雪初晴）	何采	《阳关曲》（绮席风开照露晴）	1	
《三部乐》 （美人如月）	仲恒	《三部乐》（望春痴坐）	1	
《少年游》 （去年相送）	叶光耀	《少年游》（雕鞍玉勒）	1	
《江城子》 （十年生死两茫茫）	林时跃	《江城子》（魂来何处路苍茫）	1	
《定风波》 （月满苕溪照夜堂）	吴绮	《定风波》（紫菊含霜对郡堂）	1	
《翻香令》 （金炉犹暖麝煤残）	陆瑶林	《翻香令》（薰笼才整玉妆残）	1	

原作	和词作者	和词篇名	和词数量	和词总数
《满庭芳》（蜗角虚名）	陆瑶林	《满庭芳》（时命先排）	1	
《劝金船》（无情流水多情客）	李应机	《劝金船》（鸳湖才子珠江客）	1	
《点绛唇》（闲倚胡床）	姚之骃	《点绛唇》（江上芙蓉）	1	164
《点绛唇》（醉漾轻舟）	侯嘉翻	《点绛唇》（一片胡麻）	1	
《如梦令》（水垢何曾相受）	无名氏	《如梦令》（揩背辛勤生受）	1	

附录6：清初词人追和柳永、秦观、周邦彦词一览表

原唱作者	原唱篇名	和词作者	和词篇名	和词数量
柳 永	《多丽》（凤凰箫）	徐旭旦	《多丽》（听吹箫）	5
		徐旭旦	《多丽》（彩鸾箫）	
		徐 倬	《绿头鸭》（赤鸾箫）	
		王 倩	《多丽》（听吹箫）	
		陆 进	《多丽》（听吹箫）	
	《雨霖铃》（寒蝉凄切）	黄 云	《雨霖铃》（终朝悲切）	5
		钱芳标	《雨霖铃》（檐低声切）	
		周稚廉	《雨霖铃》（听来悲切）	
		范 邍	《雨霖铃》（嘈嘈切切）	
		赵而忭	《雨霖铃》（寒风如切）	
	《卜算子》（江枫渐老）	孔传志	《卜算子》（莺声唤老）	5
			《卜算子》（飘残柳絮）	
			《卜算子》（长歌当哭）	
			《卜算子》（虬髯大帽）	
		胡 山	《卜算子》（登临几度）	
	《八声甘州》（对潇潇）	魏学渠	《八声甘州》（渡江来）	4
		范 荃	《八声甘州》（想垂垂）	
		张 潮	《八声甘州》（问苍天）	
		彭孙遹	《八声甘州》（点清霜）	

和词总数 49

续　表

原唱作者	原唱篇名	和词作者	和词篇名	和词数量	
柳　永	《爪茉莉》 (每到秋来)	丁　澎	《爪茉莉》(密缄轻裁)	4	49
		方　炳	《爪茉莉》(试看才人)		
		范　荃	《爪茉莉》(何许多情)		
		陈　轼	《爪茉莉》(月照东垂)		
	《玉女摇仙珮》 (飞琼伴侣)	龚鼎孳	《玉女摇仙珮》(青天万里)	4	
		梁允植	《玉女摇仙珮》(绀宫碧落)		
		钱芳标	《玉女摇仙佩》(单衫水墨)		
		吴应莲	《玉女摇仙佩》(杯中竹叶)		
	《夜半乐》 (冻云黯淡天气)	金是瀛	《夜半乐》(澹烟侧雨)	2	
		钱芳标	《夜半乐》(沈寥一派秋气)		
	《十二时》 (晚晴初)	龚鼎孳	《十二时》(隔江楼)	2	
		沈　谦	《十二时》(问多情)		
	《少年游》 (参差烟树灞陵桥)	陈维崧	《少年游》(奉诚园内小斜桥)	2	
		谈九叙	《少年游》(一帆春水拍红桥)		
	《玉蝴蝶》 (望处雨收云断)	周斯盛	《玉蝴蝶》(几度西风残夜)	2	
		周廷谔	《玉蝴蝶》(极目江南千里)		
	《望海潮》 (东南形胜)	周　纶	《望海潮》(名标尔雅)	2	
		林时跃	《望海潮》(临安图画)		
	《安公子》 (远岸收残雨)	王　庭	《安公子》(烟际丝丝雨)	1	
	《燕归梁》 (织锦裁编写意深)	丁　澎	《燕归梁》(石叶烟鬟惹翠深)	1	
	《少年游》 (日高花榭懒梳头)	董元恺	《少年游》(十年旧事上心头)	1	
	《凤衔杯》 (追悔当初孤深愿)	丁　澎	《凤衔杯》(屏前私结今生愿)	1	
	《两同心》 (伫立东风)	丁　澎	《两同心》(旧苑谁家)	1	
	《柳腰轻》 (英英妙舞腰肢软)	陈维崧	《柳腰轻》(白家蛮柳丝丝软)	1	
	《二郎神》 (炎光谢)	朱茂暚	《二郎神》(金风初届)	1	
	《驻马听》 (凤枕鸾帷)	钱芳标	《驻马听》(四载空帏)	1	

原唱作者	原唱篇名	和词作者	和词篇名	和词数量	
柳永	《望远行》（长空降瑞）	张世绶	《望远行》（高秋绝塞）	1	49
	《夏云峰》（宴堂深）	孙致弥	《夏云峰》（乱松深）	1	
	《斗百花》（煦色韶光明媚）	吴应莲	《斗百花》（做弄艳阳天气）	1	
	《鹊桥仙》（届征途）	程梦星	《鹊桥仙》（七冀开）	1	
秦观	《千秋岁》（水边沙外）	陈祥裔	《千秋岁》（春归帘外）	11	40
			《千秋岁》（孤踪天外）		
		吴绮	《千秋岁》（春风帘外）		
		冯云骧	《千秋岁》（黑云城外）		
		王士禄	《千秋岁》（花间叶外）		
		曹亮武	《千秋岁》（燕飞花外）		
		陆瑶林	《千秋岁》（风生郊外）		
		尤侗	《千秋岁》（落花帘外）		
		张鷃	《千秋岁》（碧梧风外）		
		姚大祯	《千秋岁》（霜飞林外）		
		侯嘉翻	《千秋岁》（玉屏风外）		
	《鹊桥仙》（纤云弄巧）	吴绡	《鹊桥仙》（花针穿月）	4	
		陆埜	《鹊桥仙》（牵牛伫望）		
		徐喈凤	《鹊桥仙》（天孙织倦）		
		徐倬	《鹊桥仙》（筵前瓜枣）		
	《踏莎行》（雾失楼台）	贺国璘	《踏莎行》（携得愁来）	4	
		岳宏誉	《踏莎行》（江汉初归）		
		韩裴	《踏莎行》（残絮依妆）		
		钱肃润	《踏莎行》（隋苑迷楼）		
	《阮郎归》（湘天风雨破寒初）	贺国璘	《阮郎归》（长沙曲院定情初）	2	
		岳宏誉	《阮郎归》（阮郎忽到楚江初）		
	《满庭芳》（山抹微云）	彭孙遹	《满庭芳》（饮水虹明）	2	
		魏荔彤	《满庭芳》（寒雨连山）		

续　表

原唱作者	原唱篇名	和词作者	和词篇名		和词数量
秦　观	《梦扬州》 (晚云收)	尤　侗	《梦扬州》(晚潮收)	2	40
		钱芳标	《梦扬州》(镜奁收)		
	《望海潮》 (梅英疏淡)	钱芳标	《望海潮》(穷桑一发)	2	
		盛本柟	《望海潮》(溪原新腊)		
	《风流子》 (东风吹碧草)	沈　谦	《风流子》(风流今已尽)	2	
			《风流子》(风流难再得)		
	《画堂春》 (东风吹柳日初长)	陈维崧	《画堂春》(今年愁似柳条长)	2	
		钱肃润	《画堂春》(千丝万缕柳梢长)		
	《望海潮》 (星分牛斗)	董元恺	《望海潮》(画堂插汉)	1	
	《浣溪沙》 (锦帐重重卷暮霞)	王士禄	《浣溪沙》(半下流苏冒绿霞)	1	
	《沁园春》 (宿霭迷空)	王士禄	《沁园春》(小雨捆晴)	1	
	《踏莎行》 (晓树啼莺)	王士禄	《踏莎行》(瑞脑烘猊)	1	
	《江城子》 (清明天气醉游郎)	王士禄	《江城子》(游春梦好殢元郎)	1	
	《蝶恋花》 (并倚香肩颜斗玉)	王士禄	《蝶恋花》(倾鬓颓云肩觯玉)	1	
	《蝶恋花》 (晓日窥轩双燕语)	王士禛	《蝶恋花》(啼碎春光莺燕语)	1	
	《满庭芳》 (晓色云开)	林时跃	《满庭芳》(梅弹香澌)	1	
	《阮郎归》 (潇湘门外水平铺)	孔传铎	《阮郎归》(蓼花荽叶满寒湖)	1	
周邦彦	《兰陵王》 (柳阴直)	龚鼎孳	《兰陵王》(戍烽直)	6	84
		陆　进	《兰陵王》(夕阳直)		
		方　炳	《兰陵王》(斗将直)		
		钱芳标	《兰陵王》(远江直)		
		周廷谔	《兰陵王》(午阴直)		
		佟世南	《兰陵王》(雨丝直)		
	《霜叶飞》 (露迷衰草)	魏学渠	《霜叶飞》(平原枯草)	5	
		邹祗谟	《霜飞叶》(烟生芳草)		
		董元恺	《霜叶飞》(天涯芳草)		

原唱作者	原唱篇名	和词作者	和词篇名	和词数量	
周邦彦	《霜叶飞》（露迷衰草）	吴兴祚	《霜叶飞》（雁声草草）	5	84
		周在浚	《霜叶飞》（霜风一夜）		
	《瑞龙吟》（章台路）	王　庭	《瑞龙吟》（东风里）	5	
		陈维崧	《瑞龙吟》（西江路）		
		方　炳	《瑞龙吟》（江东路）		
		钱芳标	《瑞龙吟》（横塘路）		
		吴陈琰	《瑞龙吟》（严陵路）		
	《锁窗寒》（暗柳啼鸦）	龚鼎孳	《琐窗寒》（幔卷红楼）	3	
		龚翔麟	《琐窗寒》（惜别西湖）		
		梁允植	《琐窗寒》（屋角同云）		
	《丹凤吟》（迤逦春光无赖）	董元恺	《丹凤吟》（门外马嘶人去）	3	
		金　烺	《丹凤吟》（长记故园消夏）		
		钱芳标	《丹凤吟》（赐沐西清多暇）		
	《渡江云》（晴岚低楚甸）	史惟圆	《渡江云》（□□□□尽）	3	
		李　莲	《渡江云》（金盘欹紫岫）		
		华文炳	《渡江云》（黄尘迸马足）		
	《苏幕遮》（燎沉香）	吕师濂	《苏幕遮》（燕将归）	3	
		陆　进	《苏幕遮》（竹床闲）		
		吴兴祚	《苏幕遮》（碧天高）		
	《扫地花》（晓阴翳日）	龚鼎孳	《扫花游》（绛霞万叠）	3	
		梁允植	《扫花游》（冻云发岫）		
		魏学渠	《扫地花》（胭脂万点）		
	《看花回》（蕙风初散轻暖）	邹祗谟	《看花回》（寒香散雾初暖）	3	
		陈维崧	《看花回》（春山淡冶如笑）		
		钱芳标	《看花回》（红桥雁齿斜度）		
	《满路花》（金花落烬灯）	董元恺	《满路花》（笔垂秋叶露）	3	
			《满路花》（尽欢郎官酒）		
		周在浚	《满路花》（重帘障暮云）		
	《过秦楼》（水浴清蟾）	梁清标	《过秦楼》（灯夕才过）	3	
		汪懋麟	《惜余春慢》（树种连枝）		
		孔传志	《过秦楼》（雨截虹腰）		

续　表

原唱作者	原唱篇名	和词作者	和词篇名	和词数量	
周邦彦	《花犯》 (粉墙低)	魏学渠	《花犯》(隔银墙)	2	84
		彭孙遹	《花犯》(傍疏篱)		
	《一落索》 (眉共春山争秀)	龚鼎孳	《一落索》(人影放帘深秀)	2	
		梁允植	《一落索》(黛蹙小峦环秀)		
	《塞垣春》 (暮色分平野)	邹祗谟	《塞垣春》(爽气生兰野)	2	
		董元恺	《塞垣春》(塞外天垂野)		
	《氐州第一》 (波落寒汀)	丁　澎	《氐州第一》(驿路斜阳)	2	
		陈维崧	《氐州第一》(千片芰荷)		
	《解连环》 (怨怀难托)	曹亮武	《解连环》(我将安托)	2	
		陈维崧	《解连环》(潚湖栖托)		
	《大有》 (仙骨清赢)	陈维崧	《大有》(亚字墙边)	2	
		钱芳标	《大有》(绣㡩辞春)		
	《浪淘沙》 (昼阴重)	钱芳标	《浪淘沙慢》(五湖去)	2	
		徐吴昇	《浪淘沙慢》(愁望处)		
	《红林檎近》 (高柳春才软)	王士禄	《红林檎近》(蘋叶晴溪小)	2	
		董　俞	《红林檎近》(云影轻蘋娲)		
	《六幺令》 (快风收雨)	程正萃	《六幺令》(浪游久客)	2	
			《六幺令》(招风易雨)		
	《一寸金》 (州夹苍崖)	蒋景祁	《一寸金》(三径何如)	2	
			《一寸金》(记剪秋光)		
	《法曲献仙音》 (蝉咽凉柯)	谈九叙	《法曲献仙音》(三尺床边)	2	
		吴应莲	《法曲献仙音》(萤入罗帏)		
	《四园竹》 (浮云护月)	陈维崧	《四园竹》(山光水态)	1	
	《万里春》 (千红万翠)	钱芳标	《万里春》(腮霞鬓翠)	1	
	《西平乐》 (稚柳苏晴)	邹祗谟	《西平乐》(乱雨分秋)	1	
	《六丑》 (正单衣试酒)	邹祗谟	《六丑》(见春光又去)	1	
	《长相思》 (夜色澄明)	邹祗谟	《长相思慢》(南浦依依)	1	

原唱作者	原唱篇名	和词作者	和词篇名	和词数量	
周邦彦	《月中行》 （蜀丝趁日染干红）	董元恺	《月中行》（葡萄斝满晕流红）	1	84
	《侧犯》 （暮霞霁雨）	董元恺	《侧犯》（茅庵负郭）	1	
	《华胥引》 （川原澄映）	何　采	《华胥引》（凝珠朝泫）	1	
	《应天长》 （条风布暖）	曹尔堪	《应天长》（池塘皱绿）	1	
	《月下笛》 （小雨收尘）	白　铭	《月下笛》（霜杵敲寒）	1	
	《凤来朝》 （逗晓看娇面）	李　雯	《凤来朝》（秀靥宜春面）	1	
	《意难忘》 （衣染莺黄）	郑景会	《意难忘》（蝶粉蜂黄）	1	
	《满庭芳》 （风老莺雏）	丁　介	《满庭芳》（荳蔻犹含）	1	
	《满庭芳》 （山崦笼春）	龚鼎孳	《锁阳台》（楼枕层涛）	1	
	《蓦山溪》 （楼前疏柳）	龚鼎孳	《蓦山溪》（清波桃叶）	1	
	《粉蝶儿慢》 （宿雾藏春）	刘壮国	《粉蝶儿慢》（花信如期）	1	
	《西河》 （佳丽地）	沈　谦	《西河》（伤心地）	1	
	《隔浦莲》 （新篁摇动翠葆）	梁云构	《隔浦莲》（初筠微飐凤葆）	1	
	《琐窗寒》 （暗柳啼鸦）	叶光耀	《琐窗寒》（柳发金芽）	1	
	《蕙兰芳引》 （寒莹晚空）	释大权	《蕙兰芳引》（修禊润边）	1	
	《南乡子》 （晨色动妆楼）	姚　炳	《南乡子》（清旭射红楼）	1	
	《玉楼春》 （桃溪不作从容住）	侯嘉繙	《玉楼春》（溪花涧水留人住）	1	

第二节　清初词人追和辛弃疾词与稼轩风的盛行

在明清易代之际特殊的时代环境里,稼轩词风有所回归,这在金堡、王夫之、屈大均等词人作品中已露端倪。顺治十四年(1657)"科场案"与顺治十八年(1661)"奏销案"使得江南士子受到严厉打击,更是导致康熙初年"稼轩风"勃然兴起的重要原因。严迪昌先生在《清词史》中说:"汉族知识分子刚从顺治之初频频开科考试中感到生存希望犹存,紧接着就面对如此严酷的铁腕,不由不深深感受到新王朝的残酷性,从而勾起已渐沉淀的旧痛,醇化为一种逆反心态。这种心态当然是既有愤急的,也有颓唐的,既可是悲慨的,又可以是萧瑟凄楚的,更可能转化成玩世不恭或超然'物外'的。"①而稼轩词所包蕴的多层次的丰富内涵使他成为此期文人纷纷追摹的对象。

一、清初词坛稼轩风的回归

金人望酷爱稼轩词,以稼轩为知音,其《念奴娇》题曰:"稼轩全词,世罕善本,余得于里媪筐箧中,二十余年未少离。"词曰:"稼轩老子,唱新词、真个文章游戏。国色天然夸绝代,说甚苏豪柳腻。欲觅知音,蛩然空谷,神物终须阙。山行水宿,何曾一日轻离。"傅世垚甚至以辛词为治病之良药,赏爱之情溢于言表,其《沁园春》(读辛稼轩词不忍去手,戏成小词以送之)曰:"爱读公词,乐此不疲,何其快乎。念清真匡鼎,说诗无倦,孤高张谓,积卷成车。我亦年来,嗜痂成癖,日入篇中学蠹鱼。呀然笑,觉一朝去此,病也堪虞。　小窗灯火清虚。似大白、频倾读汉书。喜将军上阵,目眦裂破,归来捉笔,金玉霏如。自是奇人,卓然千古,岂类寻章摘句儒。吟哦处,看江天无际,月影徐徐。"刘榛明确表示要追步稼轩,其《念奴娇·读宋名家词》曰:"儒雅本色风流,稼轩吾友,还后山。吾族。太史文章工部诗,个里游行元足。下令词坛,为刘左袒,为柳长戈逐。管城先拜,义辞巾帼之辱。"于此皆可见出稼轩在清初词坛的影响力。

清初词坛百家腾跃的盛况实得益于"稼轩风"的回归,邹祗谟《远志斋

---

①　严迪昌:《清词史》,江苏古籍出版社,2001年版,第146-147页。

词衷》云:"稼轩雄深雅健,自是本色,俱从南华冲虚得来。然作词之多,亦无如稼轩者。中调短令亦间作妩媚语,观其得意处,真有压倒古人之意。尔来如展成反止酒,弈先偶然间,敦五焚笔砚,紫曜梦醒诸作,骎骎争先,无夏公谨宣武学司空之恨。至阮亭、金粟、艾庵唱和,偶兴数阕,以笔墨牢骚,写胸中块垒,无意摹古,而提刘攀陆,予能无续貂之愧耶。"①在创作实践中无论是以苏、辛为宗尚的阳羡词人,还是以姜、张为圭臬的浙西词人都有学习稼轩之作。仅就追和情形来看,此期追和稼轩词共 193 首,这个数量大大超过了此前和稼轩词的总和,亦使辛弃疾超过苏轼而成为词史上受到追和最多的一位词人。清初词论中虽以"苏辛"并称,但从词家所推崇的词风来看,苏轼已然退居其次了。《贺新郎》(老大犹堪说)是清初词人追和最多的一首辛词,总计 13 人 34 首和作。《满江红》(过眼溪山)一阕亦获得 21 首和作,其中唐梦赉 1 人追和此词 13 首。

二、曹溶、陈维崧、何采等追和稼轩词

此期重要词人皆有和稼轩之作,以下简述之。曹溶(1613—1685),字洁躬,又字鉴躬,号倦圃,又号鉏莱翁,浙江秀水(今嘉兴市)人。明崇祯十年(1637)进士,考选御史。入清,官至户部侍郎。家富藏书,工诗词,有《静惕堂集》。曹溶在清初词坛卓然为一名家。朱彝尊在《静惕堂词序》中说:"数十年来,浙西填词者,家白石而户玉田,春容大雅,风气之变,实由先生。"②推举曹溶为浙西词风的启变者。曹溶和词中追步稼轩词韵者共计 5首。这些作品在风格上并不一味摹仿稼轩原作,仍能自具面目,如《祝英台近·同杨香山次辛稼轩韵》云:"凤凰山,乌鹊渡。锦缆逗寒浦。抱膝空林,世事几烟雨。羡他漉酒先生,萧萧三径,把江左、黄花留住。　　那堪觑。昨日燕市悲歌,霜髭镜中数。残漏荒鸡,耿耿十年语。漫嫌愁向春深,春光好处。便策取、紫骝前去。"此词感慨身老而功业未就,抒发意欲归隐之情,不同于原作之婉丽风格,而颇多豪气。

陈维崧(1625—1682),字其年,号迦陵,江苏宜兴人。陈维崧诗文皆卓特,尤工于词。所著《湖海楼诗文词全集》中有词三十卷,一千六百二十九阕。陈维崧为清初阳羡词派之领袖,词名甚高。朱彝尊《迈陂塘·题其年

① [清]邹祗谟:《远志斋词衷》,《词话丛编》,中华书局,1986 年版,第 652 页。
② [清]曹溶:《静惕堂词》,南京图书馆藏清康熙四十六年刻本,第 1 页。

题词图》曰："擅词场、飞扬跋扈，前身可是青兕?"此后论陈维崧词者亦多以其师法稼轩，如孙尔准《论词绝句》云："词场青兕说髯陈，千载辛刘有替人。罗帕旧家闲话在，更兼蒋捷是乡亲。"①陈维崧和词豪放之气以及散文化的笔法与稼轩词颇为相似，如《贺新郎·冬夜不寐写怀用稼轩同甫倡和韵》词曰：

> 已矣何须说！笑乐安、彦升儿子，寒天衣葛。百结千丝穿已破，磨尽炎风腊雪。看种种、是余之发。半世琵琶知者少，枉教人、斜抱胸前月。羞再挟，王门瑟。
>
> 黄皮裤褶军装别。出萧关、边笳夜起，黄云四合。直向李陵台畔望，多少如霜战骨。陇头水、助人愁绝。此意尽豪那易遂？学龙吟、屈煞床头铁。风正吼，烛花裂。

稼轩词乃与陈亮相互唱和之作，刘熙载评曰："陈同甫与稼轩为友，其人才相若，词亦相似。……观此（陈亮和词）则两公之气谊怀抱，俱可知矣。"②辛、陈二人共有的恢复之志以及建立在志同道合基础上的深厚友谊使得这首词获得众多和作。陈维崧和词知音难觅的感叹，"黄皮裤褶军装别"的豪情皆与稼轩词相呼应。陈廷焯《白雨斋词话》评陈维崧词曰："迦陵词气魄绝大，骨力绝道，填词之富，古今无两。只是一发无余，不及稼轩之浑厚沉郁。然在国初诸老中，不得不推为大手笔"③。陈廷焯以稼轩词为标准来评价迦陵词，故以为其不够沉郁，然而正如他所意识到的那样，"蹈扬湖海，一发无余，是其年短处，然其长处亦在此"④。陈维崧和词自有其不可替代的审美价值。曹亮武与陈维崧为中表兄弟，"当时名几相埒。其缠绵婉约之处，亦不减于维崧，而才气稍逊，故纵横跌宕，究不能与之匹敌也"⑤。曹亮武有和稼轩词4首，《摸鱼儿·用稼轩韵悼亡》一阕沉痛之情感人至深："怎能堪、这番除夕，灯前举案人去。一尊柏酒凭棺奠，添入泪珠无数。啼且住。空望断、孤魂黯黯迷归路。难逢笑语。算往事都非，回风急雪，犹似

① 孙克强、裴喆编著：《论词绝句二千首》，南开大学出版社，2014年版，第244页。
② [清]刘熙载：《艺概》，上海古籍出版社，1978年版，第111页。
③ [清]陈廷焯著，屈兴国校注：《〈白雨斋词话〉足本校注》，齐鲁书社，1983年版，第329页。
④ 同上，第330页。
⑤ [清]永瑢等：《四库全书总目》，中华书局，1965年版，第1832页。

卷飞絮。　　今休讶,半世遭逢多误。病妻也惹天妒。双眉惯泥妆台画,蓦地凄凉难诉。拚醉舞。君不见、彭觞总则成尘土。何须自苦。奈爆竹声中,椒花影里,搅碎寸肠处。"

何采(1626—1700),字敬与,又字涤源,号南涧,一号省斋,有《南涧词选》二卷。何采和稼轩词近 20 首,如《卜算子·和稼轩且进杯中物韵》3首、《采桑子·咏愁和稼轩韵》5 首、《最高楼·和稼轩四时歌韵》5 首等,其中《贺新郎·龙文初度用稼轩韵》一阕豪壮之气颇类稼轩:"薄俗难为说。叹纷纷、连枝荆棘,断藤瓜葛。覆手为云翻手雨,做作冬雷夏雪。哆黄口、齐嘲白发。我近稀年君近艾,且消摇、今夕闲风月。击瓦缶,胜瑶瑟。

幕天席地休轻别。对樽前、寻欢躅忿,几枝夜合。却笑嵇康空学锻,何遽锻成仙骨。养生诀、全凭交绝。好把新翻金缕曲,弄柯亭、长笛声如铁。将入破,恐吹裂。"顾贞观(1637—1714),字华峰,号梁汾,江苏无锡人。有《弹指词》二卷。顾贞观与陈维崧、朱彝尊有"三绝"之目,为清初重要词人之一。其《贺新凉·用辛稼轩韵代别》一阕缠绵悱恻,与稼轩词风迥异:"愁向清辉说。黯将离、冰纨却扇,香罗替葛。不觉凉飔吹茉莉,回首纱橱似雪。得几度、为君簪发。行矣天边风露冷,汉时关、偏隔秦时月。幽怨重,写瑶瑟。　　情知又是经年别。转难忘、凭肩密誓,长生钿合。此意双星应鉴取,好耐寒侵肌骨。恩不甚、怕成轻绝。来日征帆休便挂,听残更、软语镕心铁。银汉影,夜分裂。"彭孙遹为清初词人中少有的仕途通达者,然作为明遗民,家国身世与仕途经济所构成的复杂矛盾心理常流露于笔端。彭孙遹对稼轩词评价极高,其《金粟词话》曰:"稼轩之词,胸有万卷,笔无点尘,激昂措宕,不可一世。今人未有稼轩一字,辄纷纷有异同之论,宋玉罪人,可胜三叹。"[①]其《贺新郎·酌酒与孙默用稼轩韵》一阕乃自抒怀抱之作:"笑谓君休矣。算人生、重茵列鼎,为时能几。趁取新凉今夜好,一醉破除万事。尽酒后、沾沾自喜。赋笔凌云谁见赏,只子虚乌有公无是。更谁荐,雄文似。　　休官且卧烟霞里。又何须、虎头食肉,马肝知味。速筑糟丘吾将老,得丧由来一理。纵狂歌、东方月起。驹隙光阴河射角,叹羊肠、仕路车生耳。且引尽,黄山子。"词中既云"赋笔凌云谁见赏",又有仕路多艰、不如归去的感慨,正是其极端矛盾心态的真实反映。仲恒,字道久,号

①　[清]彭孙遹:《金粟词话》,《词话丛编》,中华书局,1986 年版,第 724 页。

雪亭,晚号渔隐道人,浙江仁和(今杭州)人,约生于明天启间。有《词韵》《雪亭词》。仲恒《汉宫春·自慨步稼轩韵》运笔之法、愤慨之情有似稼轩:"十月东风,喜当前清丽,自爱吾庐。幽窗净几堪适,迥与人殊。功名渺矣,问佳山、胜水何疏。人误我,吾尤自误,子身之外全无。　　剩得毛锥犹在,任风流翰墨,古拟今如。兴来自咏自歌,不省惭余。秋声才动,便殷殷、遥想莼鲈。还自笑,君休痴也,再读子史经书。"

　　周在浚(1640—1696后),字雪客,号梨庄,河南祥符(今开封市)人。有《花之词》《梨庄词》。发生在康熙十年(1671)的"秋水轩唱和",用《贺新郎》"剪"字韵,为"稼轩风"在南北词坛的鼓荡起了重大作用,而周在浚为其主持者。"辛稼轩当弱宋末造,负管乐之才,不能尽展其用,一腔忠愤,无处发泄。观其与陈同甫抵掌谈论,是何等人物。故其悲歌慷慨,抑郁无聊之气,一寄之于词。今乃欲与搔头傅粉者比,是岂知稼轩者?"[1]周在浚并非仅以词人视稼轩,而是以末世英雄视之,以为稼轩词乃其英雄情怀之寄托,可谓知稼轩者。正如徐釚所说:"有稼轩之心胸,始可为稼轩之词。"[2]周在浚与卓回合编《古今词汇》,其《贺新郎》(钱塘卓方水年七十走数百里来白下觅予合选词汇于其垂成作此志喜再用瑶星韵)词曰:"辛似天边鹤。听云中、一声长唳,翔翔高泊。且道涪翁能绝俗,却又怪他穿凿。苏又别、生成丘壑。柳七若遭脂粉浼,但红牙低按供人乐。医俗眼,少灵药。　　吾曹肯使源头涸?漫搜求、缥缃秘笈,互加斟酌。大雅独存真不易,陈腐何能生活?况又是、依人慵窳,堆垛饾饤尤可叹,叹昔今、传习非真钵。披毒雾,见寥廓。"其中对黄庭坚、苏轼、柳永词皆有所批评,俨然奉稼轩词为经典。在创作实践中,他亦以稼轩词为效仿对象,如《永遇乐·用稼轩京口怀古韵》词曰:"漭漭乾坤,此身宜在,醉乡深处。地北天南,不须惆怅,放脚随他去。竹西亭下,董公祠畔,一月无端闲住。却怎生、伤今怀昔,辜负气豪如虎。

　　闽山越峤,滇云湘水,鼠斗何烦南顾。试看江干,连营结垒,焚羽驰官路。寂寂红桥,荷花犹放,不见旧时箫鼓。归去也,因君留恋,问君知否。"同为怀古之作,稼轩词颇豪壮而周在浚和词则多惆怅忧伤之情。董元恺追和唐宋名家词近50首,其中和稼轩词10首。《永遇乐·过虎牢关用辛稼

---

[1]　[清]徐釚撰,唐圭璋校注:《词苑丛谈》,上海古籍出版社,1981年版,第79页。

[2]　同上。

轩韵》一阕慷慨激昂:"千古崤关,是英雄战守纷争处。废垒寒沙,荒原宿草,精灵自来去。氾水滔滔,河流滚滚,日夜何曾少住。把当年、袁曹刘项,一样销沉龙虎。 有恨兴亡,无端成败,赢得横鞭指顾。西去荥阳,东来嵩渚,险设成皋路。风响鸣环,霜飞断镞,隐隐犹闻金鼓。惊心问、长陵抔土,今犹在否。"结句一"问"尤为惊心。

综上,清初词人引稼轩为异代知音,追和之作并不以摹仿稼轩词为能事,"笔墨牢骚,写胸中块垒,无意摹古"①。他们的追和之作注重对主体感情的抒发,因而能够自具面目,且多佳作。大多数和作表现出对于世事的忧虑,是对稼轩精神的继承,对稼轩词风的蹈扬。

附录7:清初(顺康)词人追和辛弃疾词一览表

原作	和词作者	和词篇名	和词数量	和词总数
《贺新郎》 (老大犹堪说)	王 霖	《贺新郎》(闷痒无人说)	34	193
		《贺新郎》(去矣何须说)		
		《贺新郎》(尔我都休说)		
		《贺新郎》(把酒听吾说)		
		《贺新郎》(往事何堪说)		
		《贺新郎》(西笑曾闻说)		
		《贺新郎》(细把家山说)		
		《贺新郎》(离绪匆匆说)		
		《贺新郎》(慷慨听吾说)		
		《贺新郎》(惆怅如何说)		
		《贺新郎》(留此真无说)		
		《贺新郎》(拟共樽前说)		
	张 荣	《贺新郎》(命也如何说)		
		《贺新郎》(大道无多说)		
		《贺新郎》(听我和天说)		
		《贺新郎》(与子凭栏说)		
		《金缕曲》(离恨如何说)		

---

① [清]邹祇谟:《远志斋词衷》,《词话丛编》,中华书局,1986年版,第652页。

原作	和词作者	和词篇名	和词数量	和词总数
《贺新郎》 (老大犹堪说)	孙致弥	《贺新郎》(把剑为君说)	34	193
		《贺新郎》(醉看黄花说)		
		《贺新郎》(咄咄从谁说)		
		《贺新郎》(罷黜从君说)		
	王灏	《贺新凉》(环海纷纷说)		
		《貂裘换酒》(掷帽和君说)		
		《貂裘换酒》(漫把离情说)		
	陈维崧	《贺新郎》(立马和君说)		
		《贺新郎》(已矣何须说)		
	吴绮	《贺新郎》(去矣无多说)		
	曹延懿	《金缕曲》(行矣何须说)		
	何采	《贺新郎》(薄俗难为说)		
	周斯盛	《贺新郎》(别绪从头说)		
	顾贞观	《贺新凉》(愁向清辉说)		
	臧眉锡	《贺新郎》(大雅今谁说)		
	薛斑	《金缕曲》(龙犬从人说)		
	孔毓埏	《贺新郎》(往事那堪说)		
《满江红》 (过眼溪山)	唐梦赉	《满江红》(日下云龙)	21	
		《满江红》(物色尘埃)		
		《满江红》(所谓伊人)		
		《满江红》(客里阳关)		
		《满江红》(庾岭高峰)		
		《满江红》(王粲荆州)		
		《满江红》(先正文孙)		
		《满江红》(玉宇茫茫)		
		《满江红》(潦倒渔樵)		
		《满江红》(策杖云岩)		
		《满江红》(南极星临)		
		《满江红》(放浪吴山)		
		《满江红》(许子英年)		

原作	和词作者	和词篇名	和词数量	和词总数
《满江红》 （过眼溪山）	林云铭	《满江红》（自笑疏狂）	21	
		《满江红》（终贾才名）		
		《满江红》（乱后逢生）		
		《满江红》（千古真儒）		
	王　庭	《满江红》（物色谁人）		
		《满江红》（欲杀何妨）		
	张嘉炳	《满江红》（怀古情深）		
	俞公毂	《满江红》（不肯飘零）		
《水龙吟》 （渡江天马南来）	释行悦	《水龙吟》（最难闰个端阳）	11	193
		《水龙吟》（世风上眼宁堪）		
		《水龙吟》（倒倾三峡词源）		
		《水龙吟》（早来竹院投闲）		
		《水龙吟》（前年西子湖心）		
		《水龙吟》（白花小朵家山）		
	徐履忱	《水龙吟》（相逢老大飘零）		
	徐　釚	《水龙吟》（鹊灵此夕填桥）		
	叶亦苞	《水龙吟》（算来三十余年）		
	龚鼎孳	《水龙吟》（绣弧悬在当门）		
	王琪龄	《水龙吟》（柴桑早赋归来）		
《沁园春》 （三径初成）	王　度	《沁园春》（水阁城隈）	10	
		《沁园春》（不负元宵）		
		《沁园春》（水抱孤亭）		
	臧眉锡	《沁园春》（三楚初游）		
	茅　麟	《沁园春》（鸡肋浮名）		
	杜首昌	《沁园春》（初购园林）		
	曹亮武	《沁园春》（丁卯之春）		
	郑熙绩	《沁园春》（三径就荒）		
	叶光耀	《沁园春》（冷署荒凉）		
	吴陈琰	《沁园春》（淄水之间）		

续　表

原作	和词作者	和词篇名	和词数量	和词总数
《贺新郎》 （翠浪吞平野）	曹溶	《贺新郎》（秀色盈春野）	10	193
		《贺新郎》（性癖宜山野）		
		《贺新郎》（红瘦三吴野）		
	吴贯勉	《贺新郎》（浊浪高于野）		
		《贺新郎》（一望皆平野）		
	董汉策	《乳燕飞》（霞散云铺野）		
	王倩	《贺新郎》（吴越平分野）		
	董元恺	《贺新郎》（茫茫天垂野）		
	梁云构	《贺新郎》（河气连晴野）		
	陈轼	《贺新郎》（寒溜连青野）		
《念奴娇》 （野棠花落）	屠文漪	《念奴娇》（再无消息）	7	
		《念奴娇》（烛房山障）		
		《念奴娇》（当初分手）		
		《念奴娇》（冬缸夏簟）		
	曹亮武	《念奴娇》（桃符刚换）		
	叶光耀	《念奴娇》（遥山凝望）		
	孔传铎	《念奴娇》（踏灯才罢）		
《祝英台近》 （宝钗分）	王庭	《祝英台近》（水茫茫）	6	
	尤侗	《祝英台近》（玉炉残）		
	董元恺	《祝英台近》（碧鲜庵）		
	曹溶	《祝英台近》（凤凰山）		
	董俞	《祝英台近》（雾烟轻）		
	梁云构	《祝英台近》（黄河滨）		
《贺新郎》 （甚矣吾衰矣）	诸九鼎	《贺新郎》（我醉将眠矣）	5	
	彭孙遹	《贺新郎》（笑谓君休矣）		
	曹亮武	《贺新郎》（又是春归矣）		
	尤珍	《贺新郎》（亲老儿衰矣）		
	张潮	《贺新郎》（化鹤归来矣）		
《丑奴儿》 （少年不识愁滋味）	何采	《采桑子》（少年不识愁何物）	5	
		《采桑子》（愁来难倩旁人替）		

原作	和词作者	和词篇名	和词数量	和词总数
《丑奴儿》 （少年不识愁滋味）	何　采	《采桑子》（老来尝尽愁滋味） 《采桑子》（人间无地将愁寄） 《采桑子》（一钩月上三星系）	5	193
《一枝花》 （千丈擎天手）	董元恺 方　炳 陈　轼 徐时盛	《一枝花》（技学屠龙手） 《一枝花》（谁是排山手） 《一枝花》（金弹抛随手） 《一枝花》（闲着持螯手）	4	
《鹧鸪天》 （扑面征尘去路遥）	盛　禾 盛本枘 盛　枫	《鹧鸪天》（天际孤鸿望里遥） 《鹧鸪天》（云锁平林一望遥） 《鹧鸪天》（宫漏迟迟夜渐遥） 《鹧鸪天》（梦到凉州归路遥）	4	
《永遇乐》 （千古江山）	董元恺 陈维崧 周在浚	《永遇乐》（千古峤关） 《永遇乐》（千仞雄关） 《永遇乐》（如此江山） 《永遇乐》（漭漭乾坤）	4	
《最高楼》 （长安道）	何　采	《最高楼》（东菑处） 《最高楼》（蘋风里） 《最高楼》（长歌去） 《最高楼》（朝暾出）	4	
《汉宫春》 （亭上秋风）	董元恺 仲　恒 陆瑶林 姚大祯	《汉宫春》（天地茫茫） 《汉宫春》（十月东风） 《汉宫春》（倦客言归） 《汉宫春》（不醉无归）	4	
《水龙吟》 （稼轩何必长贫）	陆瑶林 梁云构 姚大祯	《水龙吟》（人间欣逢中秋） 《水龙吟》（双轮碾遍名山） 《水龙吟》（一轮冰鉴呈秋）	3	
《沁园春》 （杯汝来前）	冯达道 徐履忱 卓长龄	《沁园春》（君负余乎） 《沁园春》（杯汝休来） 《沁园春》（无数烂文）	3	

续　表

原作	和词作者	和词篇名	和词数量	和词总数
《卜算子》 （一以我为牛）	方　炳	《卜算子》（天用莫如龙）	3	
	朱中楣	《卜算子》（稚子学弹棋）		
	江士式	《卜算子》（执戟老千牛）		
《满江红》 （直节堂堂）	陈玉璂	《满江红》（奋袂而登）	2	
	张　荣	《满江红》（曲径清幽）		
《婆罗门引》 （落花时节）	丁　澎	《婆罗门引》（三升可恋）	2	
	方　炳	《婆罗门引》（黄沙万里）		
《金菊对芙蓉》 （远水生光）	魏学渠	《金菊对芙蓉》（铜漏声长）	2	
	汪懋麟	《金菊对芙蓉》（白雁晨号）		
《鹧鸪天》 （秋水长廊水石间）	陈维崧	《鹧鸪天》（斫鱵吹箫吴市间）	2	
	谈九叙	《鹧鸪天》（几载埋名燕市间）		
《鹧鸪天》 （不向长安路上行）	陈维崧	《鹧鸪天》（曾倚瑶台喝月行）	2	
	盛　禾	《鹧鸪天》（紫陌春游汗漫行）		
《乌夜啼》 （江头醉倒山公）	盛　禾	《相见欢》（高人卖药壶公）	2	193
	盛本梗	《相见欢》（豪情睥睨三公）		
《柳梢青》 （莫炼丹难）	何　采	《柳梢青》（马上眠难）	2	
	孙枝蔚	《柳梢青》（常在家难）		
《念奴娇》 （晚风吹雨）	何　采	《念奴娇》（两高四照）	2	
	仲　恒	《念奴娇》（泠泉初沸）		
《哨遍》 （蜗角斗争）	徐　倬	《哨遍》（矮屋三间）	2	
	何　采	《哨遍》（鸿渐在磐）		
《摸鱼儿》 （更能消儿番风雨）	曹亮武	《摸鱼儿》（怎能堪）	1	
《汉宫春》 （秦望山头）	董元恺	《汉宫春》（丰草长林）	1	
《水龙吟》 （楚天千里清秋）	万　树	《水龙吟》（酒清高馆张灯）	1	
《水龙吟》 （听兮清佩琼瑶些）	何　采	《水龙吟》（母兮育我靡将些）	1	
《生查子》 （梅子褪花时）	方　炳	《生查子》（人力夺天工）	1	
《生查子》 （高人千丈崖）	方　炳	《生查子》（谁人一卷文）	1	

原作	和词作者	和词篇名	和词数量	和词总数
《水调歌头》 (四坐且勿语)	周 篔	《水调歌头》(夙爱琴川客)	1	
《水调歌头》 (头白齿牙缺)	王 庭	《水调歌头》(强壮若可恃)	1	
《水调歌头》 (今日复何日)	李 崧	《水调歌头》(大笑海天阔)	1	
《木兰花慢》 (汉中开汉业)	曹贞吉	《木兰花慢》(桑干河畔路)	1	
《御街行》 (阑干四面山无数)	方 炳	《御街行》(千红万紫无数)	1	
《定风波》 (百紫千红过了春)	方 炳	《定风波》(蛱蝶何尝不恋春)	1	
《减字木兰花》 (盈盈泪眼)	王士禛	《减字木兰花》(离愁满眼)	1	
《鹧鸪天》 (枕簟溪堂冷欲秋)	周廷谔	《鹧鸪天》(橙橘香黄逗晚秋)	1	
《鹧鸪天》 (莫避春阴上马迟)	盛本柟	《鹧鸪天》(何事纱窗晓色迟)	1	
《鹧鸪天》 (陌上柔条初破芽)	陈维崧	《鹧鸪天》(罂粟阑边已放芽)	1	
《乌夜啼》 (晚花露叶风条)	盛本柟	《相见欢》(凉秋景物萧条)	1	193
《贺新郎》 (云卧衣裳冷)	盛本柟	《贺新郎》(滴露凝烟冷)	1	
《贺新郎》 (曾与东山约)	盛 禾	《贺新郎》(误了林间约)	1	
《千秋岁》 (塞垣秋草)	周廷谔	《千秋岁》(倦寻芳草)	1	
《新荷叶》 (人已归来)	盛 禾	《新荷叶》(暮暮朝朝)	1	
《踏莎行》 (吾道悠悠)	韩纯玉	《踏莎行》(荒馆萧条)	1	
《小重山》 (绿涨连云翠拂空)	韩纯玉	《小重山》(万顷玻璃水接空)	1	
《临江仙》 (金谷无烟宫树绿)	韩纯玉	《临江仙》(偶向泉滋成石隐)	1	
《卜算子》 (盗跖傥名丘)	何 采	《卜算子》(贫富判崇丹)	1	
《卜算子》 (一个去学仙)	何 采	《卜算子》(绝粒欲成仙)	1	

原作	和词作者	和词篇名	和词数量	和词总数
《卜算子》 (一饮动连宵)	何　采	《卜算子》(昨日去何方)	1	
《菩萨蛮》 (郁孤台下清江水)	丁　炜	《菩萨蛮》(一年六泛章江水)	1	
《太常引》 (一轮秋影转金波)	吴　绮	《太常引》(桂华清影漾曾波)	1	
《南歌子》 (玄人参同契)	尤　珍	《南柯子》(竹影常侵户)	1	
《六幺令》 (酒群花队)	曹　溶	《六幺令》(一从仙去)	1	
《瑞鹤仙》 (黄金堆到斗)	龚鼎孳	《瑞鹤仙》(泰山连北斗)	1	193
《瑞鹤仙》 (片帆何太急)	董元恺	《瑞鹤仙》(野鸟低飞急)	1	
《蝶恋花》 (洗尽机心随法喜)	仲　恒	《蝶恋花》(肯到茅堂心窃喜)	1	
《破阵子》 (醉里挑灯看剑)	吴　绮	《破阵子》(直向湖山放诞)	1	
《南乡子》 (何处望神州)	张　夏	《南乡子》(对面指扬州)	1	
《沁园春》 (我见君来)	姚　炳	《沁园春》(梅汝知乎)	1	

第三节　清初词人对于南宋其他词人的追和

　　云间词派论词主南唐北宋,其流韵余响在清初词坛仍颇具影响,然而对于云间诸子取径狭窄之弊,当时词论家已有所觉察,如王士禛《花草蒙拾》曰:"云间数公论诗拘格律,崇神韵。然拘于方幅,泥于时代,不免为识者所少。其于词,亦不欲涉南宋一笔,佳处在此,短处亦坐此。"①又曰:"宋南渡后,梅溪、白石、竹屋、梦窗诸子,极妍尽态,反有秦、李未到者。虽神韵天然处或减,要自令人有观止之叹。正如唐绝句,至晚唐刘宾客、杜京兆,妙处反进青莲、龙标一尘。"②王士禛此论开启了推崇南宋词的先声,亦得

---

① 〔清〕王士禛:《花草蒙拾》,《词话丛编》,中华书局,1986年版,第685页。
② 同上,第682页。

到同辈词人的肯定和响应。邹祗谟称赏南宋诸家慢词长调,以为"其瑰琢处,无不有蛇灰蚓线之妙,则所云一气流贯也"①。其《远志斋词衷》云:"长调惟南宋诸家,才情蹀躞,尽态极妍。"②又曰:"清真、乐章,以短调行长调,故滔滔莽莽处,如唐初四杰,作七古嫌其不能尽变。至姜、史、高、吴,而融篇炼句琢字之法,无一不备。"③此后浙西词派论词主醇雅、崇姜张、宗南宋,将南宋词推尊到前所未有的地步,以至形成"浙西填词者,家白石而户玉田"(《静惕堂词序》)的局面。朱彝尊明确标举南宋词,他在《词综·发凡》中称:"世人言词,必称北宋,然词至南宋始极其工,至宋季而始极其变。姜尧章氏最为杰出。"④清初词坛仍笼罩在《花间集》《草堂诗余》的影响之下,邹祗谟《远志斋词衷》自述曰:"己丑、庚寅间,常与文友(董以宁)取唐人《尊前》《花间》集,宋人《花庵词选》及《六十家词》,摹仿僻调将遍。"⑤彭孙遹评价王士禛《衍波词》曰:"其工致而绮靡者,花间之致语也。其婉娈而流动者,草堂之丽字也。洵乎排黄轶秦,凌周驾柳,尽态穷姿,色飞魂断矣。"⑥朱彝尊将明词的衰敝归结于《草堂诗余》的流传,他在《词综》发凡中说:"《草堂诗余》所收最下最传,三百年来,学者守为《兔园册》,无惑乎词之不振也。"又曰:"填词最雅无过石帚,《草堂诗余》不登其只字,见胡浩《立春》《吉席》之作,蜜殊《咏桂》之章,亟收卷中,可谓无目者也。"⑦为了进一步张扬雅词理论,朱彝尊与汪森历经八载选编了《词综》一书。关于编选此书的目的,汪森《词综序》云:"世之论者,惟《草堂》是规,白石、梅溪诸家,或未窥其集,辄高自矜诩。予尝病焉,顾未有以夺之也。"此书成,则"庶几可一洗《草堂》之陋,而倚声者知所宗矣"⑧。《词综》所选词作最多的词人为周密、吴文英(各入选 57 首),其余依次为张炎(入选 48 首)、辛弃疾(入选 43 首)、周邦彦(37 首)、王沂孙(入选 35 首)、史达祖(入选 26 首)、蒋捷(入选 21 首)。周邦彦是北宋词人中入选作品最多的一位,而苏轼词则只入选了 15 首,不及周邦彦的一半,柳永、秦观词分别入选 21 首、19 首。《词

---

① [清]邹祗谟:《远志斋词衷》,《词话丛编》,中华书局,1986 年版,第 650 页。
② 同上,第 659 页。
③ 同上,第 651 页。
④ [清]朱彝尊、汪森编:《词综》,上海古籍出版社,2005 年版,第 10 页。
⑤ [清]邹祗谟:《远志斋词衷》,《词话丛编》,中华书局,1986 年版,第 643 页。
⑥ 同上,第 661 页。
⑦ [清]朱彝尊、汪森编:《词综》,上海古籍出版社,2005 年版,第 14 页。
⑧ 同上,第 1 页。

综》共选姜夔词 23 首，《词综·发凡》称："惜乎《白石乐府》五卷，今仅存二十余阕也。"①朱彝尊应是将其当时所见姜夔词全部选入，姜夔是全书入选率最高的词人。《词综》无疑是浙西词派张扬南宋清雅词风的一面旗帜，也是影响清初词人追和实践的重要选本。

清初咏物词兴盛，邹祗谟《远志斋词衷》论曰："咏物固不可不似，尤忌刻意太似。取形不如取神，用事不若用意。宋词至白石、梅溪，始得个中妙谛。今则短调必推云间。长调则阮亭赠雁，金粟咏萤、咏莲诸篇，可谓神似矣。仆于销夏时，亦咏僻题数十阕，虽选料炼句处，谬为诸公所叹，然形神缥缈之间，固不无望三神山之恨。"②王士禛《花草蒙拾》亦曰："近日名家，如程村咏蝶、咏草、咏美人蕉、白鹦鹉诸作，金粟咏萤、咏莲诸作，可谓前无古人。程村尤多至数十首，仆常望洋而叹。"③《乐府补题》的复出推波助澜，为朱彝尊推尊南宋咏物慢词提供了绝佳范本。朱彝尊《〈乐府补题〉序》云："《乐府补题》一卷，常熟吴氏抄白本，休宁汪氏购之长兴藏书家。予爱而亟录之，携至京师。宜兴蒋京少好倚声为长短句，读之赏激不已，遂镂版以传。"④康熙十八年（1779）前后朱彝尊携至京师，掀起唱和的热潮，据严迪昌先生《〈乐府补题〉与清初词风》一文统计，"仅康熙二十年至三十年之间，拟《补题》五咏的词家即有近百人之夥。"⑤蒋景祁《刻瑶华集述》曰："得《乐府补题》而辇下诸公之词体一变，继此复拟作后补题，益见洞筋擢髓之力。"⑥《乐府补题》乃南宋遗民周密、王沂孙等 14 人之咏物唱和词集，以《天香》《水龙吟》《摸鱼儿》《齐天乐》《桂枝香》五调分咏龙涎香、白莲、莼、蝉、蟹五物，共 37 首词作。《乐府补题》中所深寓的家国之恨、身世之感，应是引起当时文人共鸣的重要因子。另外，《乐府补题》诸作本身具有很高的认识价值与审美价值，亦让当时文人赏激不已。受《乐府补题》的影响，此期词人对于姜夔、张炎、史达祖的追和以咏物词为主。关于《乐府补题》复出与清初词风之关系，已有多篇文章详细论述，又因拟补题之作鲜有次韵者，此不赘述。

---

① ［清］朱彝尊、汪森编：《词综》，上海古籍出版社，2005 年版，第 10 页。
② ［清］邹祗谟：《远志斋词衷》，《词话丛编》，中华书局，1986 年版，第 653 页。
③ ［清］王士禛：《花草蒙拾》，《词话丛编》，中华书局，1986 年版，第 682 页。
④ ［清］朱彝尊：《曝书亭集》，文渊阁《四库全书》第 1318 册，第 61 页。
⑤ 《词学》第 8 辑，华东师范大学出版社，1990 年版，第 47 页。
⑥ ［清］蒋景祁辑：《瑶华集》，中华书局，1982 年版，第 8 页。

一、王士禛和漱玉词与李清照婉约正宗地位的确立

李清照在清顺康时期受到追和的数量(78首)紧跟辛弃疾之后而位居第二,她作为婉约词之正宗的地位在此期得以正式确立。此期获得10首以上和作的李清照词有《声声慢》(寻寻觅觅)、《凤凰台上忆吹箫》(香冷金猊)、《念奴娇》(萧条庭院)、《醉花阴》(薄雾浓云愁永昼)等4首。这几首作品皆为易安词中名作。叠字的精妙运用是李清照《声声慢》词的最大特色,前人赞誉特多。11首和《声声慢》词中有5首摹仿易安词中叠字的运用,如"风风雨雨,燕燕莺莺,朝朝暮暮戚戚"(陆埜《声声慢·和漱玉词》)、"堪思堪想,堪悔堪嗔,堪忧堪怨堪戚"(李葵生《声声慢·秋闺次漱玉集韵》)、"萧萧瑟瑟,雨雨风风,声声点点戚戚"(曹士勋《梧桐雨·次韵和李易安秋情》其一)、"酸酸楚楚,惨惨悽悽,清清冷冷戚戚"(曹士勋《梧桐雨·次韵和李易安秋情》其二)、"空愁空闷,空瘦空軬,博得谁怜谁戚"(姚之骃《声声慢·和李易安韵》)等,可见后世词人对于李清照词艺术技巧的推崇。

顺康时期追和李清照词较多的词人有王士禛(16首)、陈祥裔(9首)、彭孙遹(7首)、董元恺(7首)等。《花草蒙拾》59则乃王士禛读《花间集》《草堂诗余》之心得体会,其中对李清照词多有赞誉。王士禛继明人之后进一步推尊易安,他在《花草蒙拾》中说:"张南湖论词派有二:一曰婉约,一曰豪放。仆谓婉约以易安为宗,豪放惟幼安称首,皆吾济南人,难乎为继矣。"[①]对于易安词字面句法亦颇致好评:"前辈谓史梅溪之句法,吴梦窗之字面,固是确论。尤须雕组而不失天然如'绿肥红瘦''宠柳娇花',人工天巧,可称绝唱。若'柳腴花瘦,蝶凄蜂惨',即工,亦巧匠琢山骨矣。"[②]王士禛自序其词曰:"向十许岁,学作长短句,不工,辄弃去。今夏楼居,效比邱休夏自恣,桐花苔影,绿入巾舄,墨卿毛子,兼省应酬。偶读《啸余谱》,辄拈笔填词,次第得三十首。易安《漱玉》一卷,藏之文笥,珍惜逾恒,乃依其原韵尽和之,大抵涪翁所谓空中语耳。"王士禛自称尝尽和易安《漱玉词》一卷,现存16首,其中以《蝶恋花》一阕最为有名:"凉夜沈沈花漏冻。欹枕无眠,渐听荒鸡动。此际闲愁郎不共。月移窗罅春寒重。   忆共锦绸无半缝。郎似桐花,妾似桐花凤。往事迢迢徒入梦。银筝断绝连珠弄。"王士禛

---

① [清]王士禛:《花草蒙拾》,《词话丛编》,中华书局,1986年版,第685页。
② 同上,第683页。

本人亦因"郎似桐花，妾似桐花凤"之句而得"王桐花"之美名。王士禛和作与易安词风相近而又能自出机杼，如：

> "九曲长江天际流。似写相思，难寄新愁。梦魂几夜可曾闲，鹤子山头。燕子矶头。"（《一剪梅》）
>
> "韶光转眼梅花后。又催裁罗袖。最怕日初长，生受莺花，打叠人消瘦。"（《醉花阴》）
>
> "送别殷勤杨柳岸，花雪满行舟。双桨凌风兰叶舟。又卷起一江愁。"（《武陵春》）

王士禛《衍波词》小令"极哀艳之深情，穷情盼之逸趣，其旖旎而秾丽者，则景、煜、清照之遗也。"①。吴梅以《凤凰台上忆吹箫·和漱玉词》一首为《衍波词》中之冠，谓其"思深意苦，几欲驾易安而上之"②，词曰：

> 镜影圆冰，钗痕却月，日光又上楼头。正罗帏梦觉，红褪缃钩。睡眼初瞬未起，梦里事、寻忆难休。人不见，便须含泪，强对残秋。
>
> 悠悠。断鸿南去，便潇湘千里，好为侬留。又斜阳声远，过尽西楼。颠倒相思难写，空望断、南浦双眸。伤心处，青山红树，万点新愁。

王士禛虽非以词名家，而他以文坛盟主的身份追和易安词，必然会引起当时词人对易安词的大量追和。与王士禛并称"彭王"的彭孙遹作有 7 首和易安词，词题中皆标明"同阮亭作"。彭孙遹评李清照词曰："李易安'被冷香销新梦觉，不许愁人不起''守著窗儿，独自怎生得黑'，皆用浅俗之语，发清新之思，词意并工，闺情绝调。"③其《凤凰台上忆吹箫·和漱玉词同阮亭作》一阕云：

> 宝鸭抛烟，寒螀泣露，兰桡催发湖头。正银河清浅，残月如钩。多少情悰欲说，知无奈、则索行休。纱窗静，几株疏柳，一片清秋。

---

① ［清］邹祗谟：《远志斋词衷》，《词话丛编》，中华书局，1986 年版，第 660 页。
② 吴梅：《词学通论》，华东师范大学出版社，1996 年版，第 155 页。
③ ［清］彭孙遹：《金粟词话》，《词话丛编》，中华书局，1986 年版，第 721 页。

堪忧。个人何处,那衣香手粉,仿佛还留。忆旧年此夜,花压层楼。静对金波似水,桃笙上、隐隐回眸。伤心处,依然花月,添却离愁。

易安词写闺中人伤春念远之情,彭孙遹和作抒情主人公则为一男子,上片写离别情景,以凄冷之环境渲染烘托之,与柳永《雨霖铃》之意境相似。下片忆人,"那衣香手粉,仿佛还留""桃笙上、隐隐回眸"皆为至真至情语。

陈祥裔作有和易安词9首之多。陈祥裔,本姓乔,号耦渔,自号宦隐子。顺天(今北京市)人。清康熙中,官成都府督捕通判。著有《蜀都碎事》(附自作诗)、《凝香集》。陈祥裔和作活泼、流利,拟闺中女子情态颇为神似。比之易安词,则稍显直露,如《浣溪沙·和漱玉词》其二云:"蝉鬓垂肩半未梳。眼波传语见郎初。怕人疑著故生疏。　闲弄炉香烧鹊脑,闷拈裙带理流苏。知郎解得此情无。"又如《醉花阴·闺情用漱玉韵》:"扶愁扶病支长昼。门掩闲铜兽。香气扑帘栊,一架蔷薇,薰得春心透。　相思恐露人前后。有泪偷沾袖。最怕试罗裙,腰减围宽,觉比年时瘦。"

清初词人和作绝大多数仍以闺情为主,董元恺和词则对易安原作之题材有所突破,且多寓家国之感,具有鲜明的现实意义,如《醉花阴·九日饮豫章城楼和李清照重阳韵》感慨江山易主,自抒亡国之痛:"城隅渌水明于昼。烟霭笼晴兽。无恙是黄花,不奈西风,吹入征衫透。　一樽那管身前后。好挹浮丘袖。莫更去登高,满眼江山,赚得人清瘦。"又如《声声慢·闺忆和李清照韵》云:"宝镜长封,玉箫不御,天涯一望惨戚。卜损金钗,难问片鸿消息。惊心滇池烽火,正春江、羽书飞急。帘卷也,又帘垂,独自此情谁识。　千恨寸肠堆积,残红落、小径青梅时摘。轻暖轻寒,白日晴阴向黑。晚来雨湿窗纱共孤灯、和泪晴滴。只两个平安字,何由寄得。"以"滇池烽火"为背景写闺中人对于征人的思念,亦是词中少见之境。陈玉璂《苍梧词序》论作词之法云:"杨诚斋论词六要,一曰按谱,一曰出新意是也。苟不按谱,则歌韵不协;歌韵不协,则凌犯他宫,非复本调。不出新意,则必蹈袭前人,即或炼字换句,而趣旨雷同,其神味亦索然易尽。"评价董元恺词"于秦、史诸家,贯穿变化,别成一家之言","能按古谱,出新意,在所必传"①。

---

① 冯乾编校:《清词序跋汇编》,凤凰出版社,2013年版,第299页。

二、追和姜夔、史达祖、张炎词与浙西词派的推崇

浙西词派论词推举姜夔清雅词风,朱彝尊《黑蝶斋词序》云:"词莫善于姜夔。宗之者张辑、卢祖皋、史达祖、吴文英、蒋捷、王沂孙、张炎、周密、陈允平、张翥、杨基,皆具夔之一体。基之后得其门者,寡矣。"①先著《词洁》以为白石于词家另开宗派。清初词人追和姜夔词总计 40 首,《长亭怨慢》是此期词人追和最多的一首作品,共有和作 14 首,其中陆瑶林 5 首和词皆为与友人论词酬唱之作,其一词序曰:"壬戌七月,松陵叶已畦过当湖赋词,用姜白石原韵,唱和颇盛,次韵二首。"张荣《长亭怨慢·别怨和姜尧章韵》与姜夔原作同抒离情别意,周斯盛、先著皆有《长亭怨慢·望后湖用白石韵》词,当为同时唱和之作,字里行间深寓家国身世之感。先著词曰:

> 想江上,飞黏芦絮,待觅毛公,问他三户。锦翼鸳鸯,旧时曾识浅深许?芰荷空矣!凭见说,千章树。树早是萧疏,更莫遣,愁人来此!
> 景暮。有霜红一段,略与夕霞充数。渔罾冷落,更谁把钓竿分付?只较量一掬湖波,况无数溪山无主。叹近日临风,衰比垂杨丝缕。

姜夔《暗香》《疏影》咏梅词、《惜红衣》咏荷花词、《齐天乐》咏蟋蟀词皆为咏物名作,历来颇多好评,也是清初词人追和较多的作品。和《暗香》《疏影》词多数为咏梅之作,如汪森《暗香》词曰:"野堂春色,怕玉奴瘦损,隔邻横笛。数遍苔枝,未许山童近前摘。仙袂亭亭素影,只拟倩、丹青描笔。却笑得、蝶趁蜂喧,来往占轩席。 乡国。漫萧寂。念千树连云,客思空积。露零似泣。小立阑干暗追忆。须信花期匪易,灯一点、寒窗红碧。拚饮到、更漏尽,不眠也得。"其中亦有咏他物者,如王倩《疏影》之咏美人画眉,钱芳标、叶寻源《疏影》之咏落照,钱词曰:"归飞属玉。带断霞几缕,洲畔寻宿。极望长沙,明灭中流,湘娥俨映斑竹。群峰紫翠交凝处,一半隔、烟江南北。怕画楼、未放晶帘,赚出影单人独。 似线天涯趁尽,王孙尚何处,裙草空绿。自古无情,冉冉西驰,不管山丘华屋。寒冰旧路虞渊薄。莫更待、比邻吹曲。暂挽留、野寺斜红,胜拓郭熙千幅。"追和《惜红衣》词者如张梁《惜红衣·孟亭约赋瓶中杂花用白石韵》、屠文漪《惜红衣·落花用白石韵》、

---

① [清]朱彝尊:《曝书亭集》,文渊阁《四库全书》第 1318 册,第 105 页。

黄泰来《惜红衣·红桥荷花用姜白石子度曲韵》,其中黄词结句"倩西风匀染,二十四桥秋色"堪称精妙之笔。《扬州慢》为现存白石词中最早的作品,是伤时忧国之情与清冷意境的完美结合。和词中不乏佳作,如盛兆晋《扬州慢·游平山堂用姜白石韵》忧思感伤之情调与白石原作相类:"隋苑杨花,红桥芍药,勾人且驻离程。望蜀冈高下,但柏翠松青。自嘉祐、才人去后,平山阑槛,几换刀兵。笑二分明月,如何独在芜城。   风流渺矣,诵当年、乐府堪惊。对北固山云,南徐水递,无限关情。帝子迷楼何在,空梁句、枉自吞声。看玉钩斜冷,年年芳草犹生。"钱芳标《扬州慢·忆何茹初招饮蜀冈用白石韵》从词意到用典,处处有白石原作的影子:"凤管惊鸥,雀舟代鹤,百壶满载乌程。拒霜红未坼,荫樗柳全青。看依水、名园接趾,弋林钓渚,久矣休兵。更凭高烟火,楼台如画芜城。   吟笺赋笔,渐江花、落尽堪惊。但秋至关河,夜阑灯烛,未免多情。歌吹竹西归路,何人听、减字偷声。叹风流、杜牧重来,无限前生。"姜夔词中自度曲共计27首,约占其全部词作的三分之一。《长亭怨慢》小序云:"予颇喜自制曲,初率意为长短句,然后协以律,故前后阕多不同。"清初词人所和多为姜夔自度曲,在和韵的同时,并和其意,大大推进了姜夔自度曲的经典化。

史达祖词在宋代颇受好评,姜夔称其词"奇秀清逸,有李长吉之韵,盖能融情景于一家,会句意于两得"①。史达祖词以咏物之作最为后世所推崇,影响也最大。王士禛《花草蒙拾》曰:"张玉田谓咏物最难。体认稍真,则拘而不畅,摹写差远,则晦而不明。而以史梅溪之咏春雪、咏燕,姜白石之咏促织为绝唱。"②明代即有茅维、彭孙贻、唐世济等人和史达祖《绮罗香》咏春雨词。清初词人对于史达祖的追和亦以咏物词为主,此期和史达祖词共59首,其中《东风第一枝》《万年欢》《双双燕》是获得追和最多的三首作品。陈廷焯评史达祖《东风第一枝》咏雪词曰:"精妙处竟是清真高境。张玉田云:'不独措辞精粹,又且见时节风物之感。'乃深知梅溪者。"③此词是清初词人追和最多的一首作品。绝大部分和作仅用梅溪原韵而自抒情意,惟张梁、缪谟二首仍咏春雪,却与梅溪原作相去甚远。史达祖《万年欢》(两袖梅风)词共获得6人11首追和作品,为此期词人追和最多的一首词。

---

① [宋]黄昇选编:《中兴以来绝妙词选》,上海古籍出版社,2007年版,第262页。
② [清]王士禛:《花草蒙拾》,《词话丛编》,中华书局,1986年版,第682页。
③ [清]陈廷焯著,屈兴国校注:《〈白雨斋词话〉足本校注》,齐鲁书社,1983年版,第139页。

林云铭5首和词皆为酬赠唱和之作,何采《万年欢·初夏集懒园用梅溪韵》颇多狂放之语:

> 老子婆娑,俯清池照来,两鬓堆雪。剩有南楼余兴,狂言频发。不答客嘲宾戏,也不叹、交疏游绝。拚况醉、呕血三升,支床犹耸穷骨。
>
> 眼前众芳易歇。独长松古柳,丰致全别。浓艳凝香,不过篱落间物。一霎催花鼓响,忽堕却、马嵬坡袜。休猜问、来日阴晴,只谈今夕风月。

汪懋麟《双双燕·纪梦》词序云:"己酉夏夜,梦儿女子,靓妆淡服,联袂踏歌于琼花观前,唱史邦卿《双双燕》词,至'柳昏花暝'句,婉转嘹亮,字如贯珠,询其姓,曰卫氏姊娣也。及觉,歌声盈盈,犹在枕畔,爰和前调,以志神女、宓妃之异,非窃比于宋玉、陈思之赋也。"可见他对于此词的喜爱程度。姜夔极称史达祖"柳昏花暝"之句。王士禛以为"咏物至此,人巧极天工矣"①。八首和《双双燕》词均咏燕,其中以顾贞观《双双燕·本意用史梅溪韵》一阕最佳:

> 单衣小立,正秋雨槐花,鬓丝吹冷。镜函如水,长忆画眉人并。残叶暗飘金井。问燕子、归期未定。伤心社日辞巢。不是隔年双影。
>
> 香径。芹泥犹润。只一缕红丝,误他娇俊。几多恩怨,絮彻杏梁烟暝。传语别来安稳。待二十四番风信。那时重试清狂,肯放雕栏独凭。

清初词人所和之作中,《双双燕》《绮罗香》《忆瑶姬》《月当厅》《换巢鸾凤》《三姝媚》皆为史达祖自度曲。吴绮《换巢鸾凤》(有遗予诗者不敢答且不忍答用史邦卿韵)词下片曰:"清悄。鸿缥缈。门掩苎萝,空把灵犀抱。拣尽寒枝,压残金线,幽怨寄怀香草。频展乌丝断离肠,奈何欲换青天老。而今情绪,凭谁问取分晓。"与苏轼《卜算子》(缺月挂疏桐)同一意境,言外颇有履霜坚冰之见,非仅以绮语见长。邹祗谟《忆瑶姬·偶读惜分飞旧词有感用史梅溪韵》亦为悼亡佳作,其词曰:"十五年前,事怨绪,离纷弥雨寻云。银屏执手时,恨他生未卜,别样殷勤。空教惆怅珠帘,难向南楼种合昏。最

---

① 〔清〕王士禛:《花草蒙拾》,《词话丛编》,中华书局,1986年版,第683页。

消魂、一语叮咛,银环钿盒泪痕新。　　断肠菱镜双分。嫩绿成阴,牧之枉煞寻春。手持双荳蔻,想珮声鬟影,香染罗巾。上窗重展乌丝,惟有春寒瘦著人。便重来、梦里分明,何处觅湘君。"此词沉痛感伤之情溢于言外,王士禛评曰:"元十一和梦游春诗,无此凄艳;屯田小词传播旗亭北里间,终不解作香奁绣阁中语也。"①

由于浙西词派的大力推举,张炎词受到前所未有的关注。朱彝尊《解珮令·自题词集》称:"不师秦七,不师黄九,倚新声、玉田差近。"李符《山中白云词序》感慨说:"余布袍落魄,放浪形骸,自谓颇类玉田子。年来亦以倚声自遣,爱读其词,今得是帙,日与古贤为友,移我情矣。"②朱彝尊等人的身世心境与张炎颇有相似之处,这也是他们推崇张炎词的原因所在。顺康时期追和张炎之作凡70余首,对于《南浦·春水》词的追和更是蔚为大观,共有21首和词。陈廷焯《白雨斋词话》卷二云:"玉田以春水一词得名,用冠词集之首。此词深情绵邈,意余于言,自是佳作。然尚非乐笑翁压卷,知音者审之。"③此评可谓中肯。邵瑸有和张炎词5首,然多摹拟之痕,其《南浦·春水用玉田韵》一阕与张炎原作同用一典故而逊色很多,如张炎词曰"回首池塘青欲遍,绝似梦中芳草",邵词曰"舟稳谁吟天上坐,梦里池塘香草";张词曰"前度刘郎归去后,溪上碧桃多少",邵词曰"重门渺渺,笑桃人去刘郎悄"。沈皞日(1637—1703),字融谷,号茶星,又号柘西,浙江平湖人。有《柘西精舍词》。沈皞日作有4首和张炎词,《解连环·寄家书用张玉田韵》为其宗法张炎的代表作:"断蛩吟晚。正苔痕露冷,离魂吹散。坐旅馆、听尽琼签,是人倦背灯,家山犹远。泪洒难收,又和墨、书来点点。算乡城月黑,秋风望极,故人愁眼。　　尘飞软红冉冉。纵无情别去,也成凄怨。伴雁影、芦荻烟波,为频嘱明年,归程同转。双鬓霜前,想镜里、星星先见。只销凝、南浦长亭,玉田半卷。"此词情真意切,非有真情实感者难以为之。沈皞日《南浦·春水用玉田韵同蘅圃赋》一阕亦词笔清丽,颇有情致:

新雨涨汀沙,倚兰桡、正值江亭初晓。堤坠乱桃红,红桥下、斜映花阴如扫。波纹沁碧,一双燕子凌波小。乍胃晴丝,还又转,却误衔来萍草。

---

①　[清]邹祇谟、王士禛辑:《倚声初集》,《续修四库全书》第1729册,第423页。

②　[宋]张炎:《山中白云词》,《续修四库全书》第1723册,第220页。

③　[清]陈廷焯著,屈兴国校注:《〈白雨斋词话〉足本校注》,齐鲁书社,1983年版,第199页。

漫从南浦催归，是闲情客里，春游未了。双桨载笙歌，鸳鸯起、何处画船吹到。曲终渺渺。前溪渐觉莺声悄。寒食今番过也，报道溯裙人少。

浙西词人李符、龚翔麟各有《南浦·春水用玉田韵同融谷赋》一阕。追和张炎《南浦》词并不限于咏春水之主题，亦有仅用玉田词韵而自抒怀抱者，如周斯盛《南浦·用玉田韵》、先著《南浦·登孝侯台用玉田韵》二词皆因登孝侯台有感而发怀古之幽思，先著词曰："埋宝起雄城，算荒台、阅尽多番昏晓。矶水染榴红，镌题字、箫鼓风流如扫。长干儿女，嫁时不记芳年小。望里楼台萧寺远，都化白门烟草。　　追思孙皓降幡，只斩蛟射虎，英雄事了。柳影阖双扉，青溪转、三四酒人频到。旧欢云渺。卷来败叶归鸦悄。挤向风前多洒泪，无奈泪从今少。"在对历史的追思中，寓有家国之感，词情哀伤。

三、追和蒋捷词与阳羡词派的影响

浙西词派宗主朱彝尊虽以蒋捷为姜夔之羽翼，然从追和情形来看，清初词人对于蒋捷词的接受则偏于其中豪放之作。蒋捷词在当时以至元明时期并未引起应有的注意，直到晚明风云变幻之际才受到金堡等词人的关注。正如蒋景祁在《荆溪词初集序》中所说："吾荆溪……以词名家者则自宋末家竹山始也。竹山先生恬淡寡营，居滆湖之滨，日以吟咏自乐，故其词冲夷萧远，有隐君子之风，然其时慕效之者甚少。"[1]然而，出身于阳羡望族的蒋捷在乡邑的影响是巨大的，他入元不仕的品节以及其词中所寓有的家国之恨、身世之感，使他在清初这一特定的历史时期首先成为阳羡词人纷起效仿的对象。

清初词人追和蒋捷词凡 26 首，《女冠子·元夕》是受到追和最多的一首作品，共有徐喈凤《女冠子·元夕病足自嘲用蒋竹山韵》、陈维崧《女冠子·癸丑元夕用宋蒋竹山韵》、史惟圆《女冠子·元夕和其年用竹山韵》、仲恒《女冠子·元夕步蒋捷韵》、李符《女冠子·灯市用蒋竹山韵》、龚翔麟《女冠子·用竹山元夕词韵》、钱芳标《女冠子·用竹山韵》、周在浚《女冠子·用蒋竹山原韵》、余光耿《女冠子·元夕次竹山韵》等 9 首和词。无论是阳羡词人还是浙西词人都对蒋捷此词表现出相当的兴趣。蒋捷词中所蕴含

---

① 〔清〕曹亮武主编：《荆溪词初集》，南京图书馆藏康熙十七年（1678）刻本。

的家国之恨、身世之感是他们追和的主要原因。绝大多数和词亦咏元夕，对于往时故国的怀念之情显而易见，如陈维崧和作云："叹浮生故国，难把前欢借。蜡珠红炧。总湿透昔日，传柑双帕。春罗愁细研。也料写他不尽，十年前话。约东风选梦，惹人重到，旧樊楼下。"李符和作云："六院往时佳丽，只余情话。怕欢游生感，采珠休照，旧勾栏下。"蒋捷《声声慢》八个"声"字一韵到底，将秋声形容殆尽，颇有特色。清初词人焦袁喜《声声慢·咏闺人声用蒋胜欲体》、林企忠《声声慢·秋夜仿竹山体》等极力追摹蒋捷原作，林词曰："香消篆影，衣沁凉飔，闲阶露下无声。鹤唳声清，更传天外鸿声。声依檐宇凄恻，是寒蛩、做尽秋声。帘垂下，听重门次第，钩控成声。　风透小窗声近，乱吟声愁苦，破纸鸣声。夜静更严，鼓声半杂钟声。离怀已难分剖，向墙阴、又起蕉声。声转急，还添着、数点雨声。"对蒋捷原作亦步亦趋，摹拟之痕较重，给人支离破碎之感。

综上，清顺康时期追和南宋词的数量和范围较此前大为增加。在王士禛的大力称扬尤其是尽和《漱玉词》之行为的影响下，李清照词婉约正宗之地位得以正式确立。浙西词派倡导南宋清雅词风，姜夔、张炎、史达祖等词人因而受到较多追和，他们在词史上的地位被重新加以审视。受南宋遗民咏物词集《乐府补题》的影响，对于姜夔等人的追和主要集中在其咏物名作上。蒋捷词由于阳羡词派的推崇以及词坛稼轩豪放词风的流行而受到关注。

历元明而后，清初（顺康）词人得以全面而从容地审视唐宋词的成就，对于唐宋词的接受亦更加自觉。清初词人追和实践受词学流派的影响十分明显，阳羡词派通过追和辛弃疾词以鼓扬豪放词风，浙西词派则通过大量追和姜夔、张炎、史达祖等词人词作以推尊南宋清雅词风，同时也使这些词人在词史上的地位得以确立。当然，清初词人的追和并不完全受词学流派之影响，追和实践远比各家之理论主张丰富和复杂。词学大家如陈维崧的追和更是博采各家所长，并无宗派之见。清初词人一方面通过追和经典词人词作以申明自己的词学主张；一方面通过集中、大量地追和某些词家词作以形成经典，目的均是为我所用，而非一意摹古。他们的追和词亦可分为两类：一类是仅用原作词韵而在内容、风格上与原作无关者，此类作品自有其价值；另一类是追摹原作以期超越者，此类和词虽鲜有能够超越者，然这种努力毕竟提高了清初词的总体水平，有助于清词的中兴。

附录8:清初词人追和李清照词一览表

原唱作者	原唱篇名	和词作者	和词篇名	和词数量	
李清照	《念奴娇》(萧条庭院)	曹亮武	《念奴娇》(春阴漠漠)	13	78
		曹亮武	《念奴娇》(懒拈针线)		
		丁　澎	《念奴娇》(沉沉小院)		
		王　倩	《念奴娇》(半帘风雨)		
		安致远	《念奴娇》(倦人清昼)		
		彭孙遹	《念奴娇》(深闺岑寂)		
		王士禛	《念奴娇》(疏风嫩雨)		
		曹　溶	《念奴娇》(载花西去)		
		沈　谦	《念奴娇》(莺残花老)		
		尤　珍	《念奴娇》(萧然屋宇)		
		蒋景祁	《念奴娇》(今年早也)		
		陈祥裔	《念奴娇》(东风冷暖)		
		吴应莲	《念奴娇》(翠楼春暖)		
	《醉花阴》(薄雾浓云愁永昼)	陆　堦	《醉花阴》(深院重门闲永昼)	12	
		丁　澎	《醉花阴》(帘影沉沉移午昼)		
		董元恺	《醉花阴》(城隅渌水明于昼)		
		陈维崧	《醉花阴》(满院黄花趁白昼)		
		彭孙遹	《醉花阴》(花影枝枝摇午昼)		
		王士禛	《醉花阴》(香闺小院闲清昼)		
		徐　釚	《醉花阴》(丝雨沉沉移白昼)		
		钱标芳	《醉花阴》(泼火安榴深院昼)		
		陈聂恒	《醉花阴》(一番细雨帘垂昼)		
		罗文颉	《醉花阴》(雨过新凉消永昼)		
		陈祥裔	《醉花阴》(扶愁扶病支长昼)		
		姜汝彨	《醉花阴》(残棋一局消清昼)		
	《凤凰台上忆吹箫》(香冷金猊)	梁清标	《凤凰台上忆吹箫》(衣冷筠笼)	13	
		董元恺	《凤凰台上忆吹箫》(断碧分山)		
		陈维崧	《凤凰台上忆吹箫》(蘸水垂杨)		
		彭孙遹	《凤凰台上忆吹箫》(宝鸭抛烟)		
		丁　炜	《凤凰台上忆吹箫》(塞雁啼寒)		

原唱作者	原唱篇名	和词作者	和词篇名	和词数量	
李清照	《凤凰台上忆吹箫》(香冷金猊)	王士禛	《凤凰台上忆吹箫》(镜影圆冰)	13	78
		范荃	《凤凰台上忆吹箫》(翠羽毰毸)		
		黄坦	《凤凰台上忆吹箫》(云坠清阴)		
		沈三曾	《凤凰台上忆吹箫》(云淡花容)		
		陈祥裔	《凤凰台上忆吹箫》(多少情肠)		
		徐吴昇	《凤凰台上忆吹箫》(心病无端)		
		周廷谔	《凤凰台上忆吹箫》(零叶潇潇)		
		赵而忭	《凤凰台上忆吹箫》(孤影何凭)		
	《声声慢》(寻寻觅觅)	曹士勋	《梧桐雨》(萧萧瑟瑟)	11	
			《梧桐雨》(酸酸楚楚)		
		丁澎	《声声慢》(梧梢挂月)		
		董元恺	《声声慢》(宝镜长封)		
		魏学渠	《声声慢》(斜阳挂树)		
		王士禛	《声声慢》(蛛迷楚馆)		
		李葵生	《声声慢》(堪思堪想)		
		陈祥裔	《声声慢》(霜对雁字)		
		尤侗	《声声慢》(花开柳闭)		
		陆埜	《声声慢》(风风雨雨)		
		詹贤	《声声慢》(空愁空闷)		
	《点绛唇》(寂寞深闺)	董元恺	《点绛唇》(燕子双双)	5	
		王士禛	《点绛唇》(水满春塘)		
		陈玉璂	《点绛唇》(袅袅亭亭)		
		陈祥裔	《点绛唇》(柳线牵情)		
		程梦星	《点绛唇》(风飐湘帘)		
	《蝶恋花》(暖日晴风初破冻)	陈维崧	《蝶恋花》(晓起春酥呵又冻)	4	
		陆进	《蝶恋花》(花插胆瓶红玉冻)		
		王士禛	《蝶恋花》(凉夜沉沉花漏冻)		
		曹士勋	《蝶恋花》(凉月一帘花影冻)		
	《如梦令》(昨夜雨疏风骤)	陈祥裔	《如梦令》(花落春归何骤)	4	
			《如梦令》(吹面柳花风骤)		

续　表

原唱作者	原唱篇名	和词作者	和词篇名	和词数量	
李清照	《如梦令》 (昨夜雨疏风骤)	王士禛	《如梦令》(帘额落花风骤)	4	78
		陈玉瑄	《如梦令》(九十光阴忒骤)		
	《武陵春》 (风住尘香花已尽)	丁澎	《武陵春》(郎去萧滩十八折)	4	
		彭孙遹	《武陵春》(柳鲜莺娇蜂蝶闹)		
		罗文颖	《武陵春》(小雨轻云都是恨)		
		屠粹忠	《武陵春》(纤雨迷窗红渐落)		
	《一剪梅》 (红藕香残玉簟秋)	彭孙遹	《一剪梅》(万叠青山一抹秋)	3	
		王士禛	《一剪梅》(雁语金塘水渐秋)		
		钱标芳	《一剪梅》(络角银河晓树秋)		
	《怨王孙》 (帝里春晚)	魏学渠	《怨王孙》(陌上春晚)	3	
		彭孙遹	《怨王孙》(春阴腕晚)		
		王士禛	《怨王孙》(碧天云晚)		
	《如梦令》 (常记溪亭日暮)	王士禛	《如梦令》(送别西楼将暮)	2	
		陈玉瑄	《如梦令》(无计留春春暮)		
	《浣溪沙》 (髻子伤春慵更梳)	陈祥裔	《浣溪沙》(蝉鬓垂肩半未梳)	2	
			《浣溪沙》(晓鬓犹烦阿母梳)		
	《浣溪沙》 (绣幕芙蓉一笑开)	陈祥裔	《浣溪沙》(底事眉花一夜开)	1	
	《渔家傲》 (天接云涛连晓雾)	王士禛	《渔家傲》(南湖西塞花如雾)	1	

附录9:清初词人追和姜夔、史达祖、张炎等一览表

原唱作者	原唱篇名	和词作者	和词篇名	和词数量	
姜夔	《长亭怨慢》 (渐吹尽)	陆瑶林	《长亭怨慢》(揽词格)	14	40
			《长亭怨慢》(诠风雅)		
			《长亭怨慢》(慨陈迹)		
			《长亭怨慢》(秋声远)		
			《长亭怨慢》(韶光逝)		
		姚大祯	《长亭怨慢》(对秋林)		
			《长亭怨慢》(探愁怀)		
			《长亭怨慢》(叹英雄)		
			《长亭怨慢》(吐珠玑)		
			《长亭怨慢》(暮春天)		

原唱作者	原唱篇名	和词作者	和词篇名	和词数量	
姜　夔	《长亭怨慢》（渐吹尽）	周斯盛	《长亭怨慢》（莽烟水）	14	40
		先　著	《长亭怨慢》（想江上）		
		张　荣	《长亭怨慢》（记春日）		
		赵　昱	《长亭怨慢》（见水柳）		
	《疏影》（苔枝缀玉）	王　倩	《疏影》（含脂漱玉）	8	
		周斯盛	《疏影》（凉云散玉）		
		先　著	《疏影》（哀泉响玉）		
		钱芳标	《疏影》（归飞属玉）		
		叶寻源	《疏影》（山抽碧玉）		
		周　篔	《疏影》（空帘透玉）		
		俞　玚	《疏影》（悬珠削玉）		
		李应机	《疏影》（暖香净玉）		
	《暗香》（旧时月色）	丁　炜	《暗香》（粉朱弄色）	5	
		周斯盛	《暗香》（一泓冷色）		
		先　著	《暗香》（晚波净色）		
		汪　森	《暗香》（野堂春色）		
		李应机	《暗香》（不须借色）		
	《扬州慢》（淮左名都）	林企忠	《扬州慢》（江水流残）	4	
			《扬州慢》（愁住谁方）		
		钱芳标	《扬州慢》（凤管惊鸥）		
		盛兆晋	《扬州慢》（隋苑杨花）		
	《惜红衣》（簟枕邀凉）	黄泰来	《惜红衣》（凉露沾红）	3	
		张　梁	《惜红衣》（听雨惊怀）		
		屠文漪	《惜红衣》（云绽长天）		
	《侧犯》（恨春易去）	邵　璸	《侧犯》（春情未去）	2	
		楼　俨	《侧犯》（越江客去）		
	《翠楼吟》（月冷龙沙）	邹祗谟	《翠楼吟》（画扇歌楼）	1	
	《探春慢》（衰草愁烟）	丁　炜	《探春慢》（迟日融冰）	1	
	《清波引》（冷云迷浦）	钱芳标	《清波引》（送君南浦）	1	
	《齐天乐》（庾郎先自吟愁赋）	尤　珍	《齐天乐》（闲居思作惊秋赋）	1	

续　表

原唱作者	原唱篇名	和词作者	和词篇名	和词数量	
史达祖	《东风第一枝》(巧沁兰心)	龚鼎孳	《东风第一枝》(凤络霞绒)	11	59
		周篔	《东风第一枝》(六寺烟深)		
		顾贞观	《东风第一枝》(麦浪翻晴)		
		汪懋麟	《春风第一枝》(剪韭韶光)		
		周铭	《东风第一枝》(远护琼楼)		
		顾文渊	《东风第一枝》(蔗雨初晴)		
		汪森	《东风第一枝》(载酒寻山)		
		张梁	《东风第一枝》(拂草生姿)		
		缪谟	《东风第一枝》(澹薄花天)		
		周廷谔	《东风第一枝》(瘦影添肥)		
		沈时栋	《东风第一枝》(青彩融香)		
	《万年欢》(两袖梅风)	林云铭	《万年欢》(胜会名区)	9	
			《万年欢》(凤世逍遥)		
			《万年欢》(绛帐暌违)		
			《万年欢》(异地飘零)		
			《万年欢》(片幅丹青)		
		何采	《万年欢》(老子婆婆)		
		顾贞观	《万年欢》(小缀珠幡)		
		曹溶	《万年欢》(叶驾萧寒)		
		龚鼎孳	《万年欢》(一笑东风)		
	《双双燕》(过春社了)	董元恺	《双双燕》(小窗微咏)	8	
		顾贞观	《双双燕》(单衣小立)		
		汪懋麟	《双双燕》(伊谁艳也)		
		陈玉璂	《双双燕》(梨花谢了)		
		周铭	《双双燕》(东风恁峭)		
		宫鸿历	《双双燕》(赵家姊妹)		
		周廷谔	《双双燕》(差池乍入)		
		曹霖	《双双燕》(见寻垒燕)		
	《月当厅》(白壁旧带秦城梦)	张渊懿	《月当厅》(遥空顿洗鱼鳞净)	3	
		陈维崧	《月当厅》(碧海此夜冰轮满)		
		钱芳标	《月当厅》(竹柏冷浸空庭影)		

原唱作者	原唱篇名	和词作者	和词篇名	和词数量	
史达祖	《换巢鸾凤》（人若梅娇）	沈丰垣	《换巢鸾凤》（人比花娇）	3	59
		沈时栋	《换巢鸾凤》（莺啭春娇）		
		吴绮	《换巢鸾凤》（天妒人娇）		
	《夜行船》（不嵊春衫愁意态）	钱芳标	《夜行船》（取次梳妆间淡态）	3	
		徐玑	《夜行船》（依旧春来饶困态）		
		吴陈琰	《夜行船》（风力亦如人倦态）		
	《玲珑四犯》（阔甚吴天）	陈维崧	《玲珑四犯》（屈注银潢）	2	
		顾贞观	《玲珑四犯》（万斛闲愁）		
	《绮罗香》（做冷欺花）	龚鼎孳	《绮罗香》（弱羽填潮）	2	
		王一元	《绮罗香》（对月魂销）		
	《贺新郎》（同住西山下）	傅世垚	《贺新郎》（盘礴梅根下）	2	
		龚鼎孳	《贺新郎》（每遇花阴下）		
	《阮郎归》（龙香吹袖白藤鞭）	陈维崧	《阮郎归》（垂杨醉软紫丝鞭）	1	
	《三姝媚》（烟光摇缥瓦）	陈维崧	《三姝媚》（柳线吹碧瓦）	1	
	《玲珑四犯》（雨入愁边）	龚鼎孳	《玲珑四犯》（胜里春人）	1	
	《杏花天》（扇香曾靠腮边粉）	龚鼎孳	《杏花天》（紫兰香重围清粉）	1	
	《齐天乐》（鸳鸯拂破苹花影）	吴绮	《齐天乐》（烟桡一点如鸥小）	1	
	《点绛唇》（山月随人）	邹祗谟	《点绛唇》（烟水无情）	1	
	《忆瑶姬》（娇月笼烟）	顾贞观	《忆瑶姬》（十五年前）	1	
	《兰陵王》（汉江侧）	周在浚	《兰陵王》（片帆侧）	1	
	《东风第一枝》（酒馆歌云）	丁炜	《东风第一枝》（灯试冰丝）	1	
	《东风第一枝》（草脚愁苏）	龚鼎孳	《东风第一枝》（历检残编）	1	
	《惜奴娇》（香剥酥痕）	沈皡日	《惜奴娇》（无赖鹦哥）	1	
	《八归》（秋江带雨）	冒殷书	《八归》（芙蓉幕里）	1	
	《齐天乐》（阑干只在鸥飞处）	吴陈琰	《如此江山》（华堂却是留髭处）	1	

原唱作者	原唱篇名	和词作者	和词篇名	和词数量	
史达祖	《齐天乐》(犀纹隐隐莺黄嫩)	龚鼎孳	《齐天乐》(信安烽火伤佳种)	1	59
	《西江月》(西月淡窥楼角)	龚鼎孳	《西江月》(别怨暗移青镜)	1	
	《贺新郎》(花落台池静)	龚鼎孳	《贺新郎》(莺馆安排静)	1	
张 炎	《南浦》(波暖绿粼粼)	曹贞吉	《南浦》(新涨碧于天)	21	72
			《南浦》(片月映寒汀)		
		傅燮詷	《南浦》(暖入浪翻冰)		
			《南浦》(潦尽碧潭澄)		
		高不骞	《南浦》(十亩白鸥池)		
			《南浦》(岚翠欲沾衣)		
		楼俨	《南浦》(一幅旧吟帆)		
			《南浦》(低唱望江南)		
		周斯盛	《南浦》(城阙古台平)		
		先 著	《南浦》(埋宝起雄城)		
		林企忠	《南浦》(远浦急春潮)		
		龚翔麟	《南浦》(人柳乍三眠)		
		张 梁	《南浦》(冻解縠纹)		
		缪谟	《南浦》(冰泮一痕沙)		
		刘锡勇	《南浦》(柳外短长亭)		
		查慎行	《南浦》(风澹日浓时)		
		邵璸	《南浦》(碧色映柴扉)		
		沈皞日	《南浦》(新雨涨汀沙)		
		李 怀	《南浦》(门外绕清流)		
		李 符	《南浦》(社雨儿番过)		
		李应机	《南浦》(黄菊绕疏篱)		
	《青玉案》(万红梅里幽深处)	周篔	《青玉案》(西溪折向潆洄处)	10	
			《青玉案》(临溪倚杖清吟处)		
			《青玉案》(人踪稀少盘樏处)		
			《青玉案》(虹霓千尺消何处)		

原唱作者	原唱篇名	和词作者	和词篇名	和词数量	
张炎	《青玉案》（万红梅里幽深处）	周篔	《青玉案》（孤村足有流连处）	10	72
			《青玉案》（梅根种向无人处）		
			《青玉案》（出门自计无行处）		
			《青玉案》（瓜牛早逐焦先处）		
			《青玉案》（晴沙爱着眠鸥处）		
			《青玉案》（家人生产无营处）		
	《醉落魄》（柳侵阑角）	楼俨	《醉落魄》（月侵山角）	5	
			《醉落魄》（柳梢眉角）		
			《醉落魄》（眼梢眉角）		
			《醉落魄》（峥嵘头角）		
		沈皥日	《醉落拓》（月沉楼角）		
	《壶中天》（扬舲万里）	谈九叙	《念奴娇》（嫩凉时候）	4	
			《念奴娇》（今朝南舍）		
			《念奴娇》（冥鸿何意）		
			《念奴娇》（高朋胜地）		
	《壶中天》（西秦倦旅）	楼俨	《大江东去》（两江倦旅）	3	
			《大江东去》（昨来分手）		
			《大江东去》（客窗无绪）		
	《大圣乐》（隐市山林）	张梁	《大圣乐》（贤相园林）	2	
			《大圣乐》（城市山林）		
	《瑶台聚八仙》（秋水涓涓）	孙致弥	《瑶台聚八仙》（虬浦西湾）	2	
		张梁	《瑶台聚八仙》（薇露娟娟）		
	《甘州》（记玉关）	周斯盛	《八声甘州》（对云涛）	2	
		先著	《甘州》（放寒霜）		
	《解语花》（行歌趁月）	孙致弥	《解语花》（月地留春）	2	
		谈九叙	《解语花》（蝶衣分絮）		
	《绮罗香》（万里飞霜）	查慎行	《绮罗香》（丛菊篱荒）	2	
		吴陈琰	《绮罗香》（冷占山村）		
	《绿意》（碧圆自洁）	邵瑸	《绿意》（团乐自洁）	1	

原唱作者	原唱篇名	和词作者	和词篇名	和词数量	
张　炎	《渡江云》 (山空天人海)	钱标芳	《渡江云》(烟霞人境外)	1	72
	《桂枝香》 (晴江迥阔)	张　梁	《桂枝香》(江空海阔)	1	
	《渔歌子》 (□卯湾头屋数间)	邵　瑸	《渔歌子》(结屋晴湖绿树间)	1	
	《台城路》 (云多不记山深浅)	吴贯勉	《台城路》(古城一道围山寺)	1	
	《踏莎行》 (柳未三眠)	吴贯勉	《踏莎行》(欲寄平安)	1	
	《烛影摇红》 (舟舣鸥波)	何　采	《烛影摇红》(戏玉飞琼)	1	
	《琐窗寒》 (乱雨敲春)	丁　炜	《琐窗寒》(疏树窥红)	1	
	《高阳台》 (接叶巢莺)	宋　荦	《高阳台》(远水拖蓝)	1	
	《木兰花慢》 (锦街穿戏鼓)	邵　瑸	《木兰花慢》(把笔消暑味)	1	
	《暗香》 (羽音辽邈)	吴贯勉	《暗香》(雪飞空邈)	1	
	《疏影》 (黄昏片月)	查慎行	《疏影》(便娟秀月)	1	
	《扫花游》 (烟霞万壑)	余光耿	《扫花游》(并郊带郭)	1	
	《红情》 (无边香色)	邵　瑸	《红情》(汀州花色)	1	
	《新雁过妆楼》 (风雨不来)	查慎行	《新雁过妆楼》(留取瓦盆兼客土)	1	
	《庆清朝》 (浅草犹霜)	沈皥日	《庆清朝》(柳暗莺帘)	1	
	《解连环》 (楚江空晚)	沈皥日	《解连环》(断缸吟晚)	1	
	《华胥引》 (温泉浴罢)	曹　溶	《华胥引》(徐熙妙腕)	1	
	《探芳信》 (坐清昼)	吴陈琰	《探芳信》(趁晴昼)	1	
王沂孙	《南浦》 (柳下碧粼粼)	高不骞	《南浦》(天际翠痕低)	5	11
			《南浦》(木叶下横塘)		
		李　符	《南浦》(好景在沧浪)		
		林企忠	《南浦》(轻暖更轻寒)		
		龚翔麟	《南浦》(八月水平湖)		

原唱作者	原唱篇名	和词作者	和词篇名	和词数量	
王沂孙	《扫花游》 （卷帘翠湿）	钱芳标	《扫花游》（药栏昼永）	3	11
		周在浚	《扫花游》（清明过也）		
		周在建	《扫花游》（春光欲半）		
	《天香》 （孤峤蟠烟）	周在浚	《天香》（海屿吹云）	1	
	《长亭怨》 （泛孤艇）	李应机	《长亭怨》（昨春日）	1	
	《露华》 （绀葩乍坼）	李应机	《露华》（蕊珠叠坼）	1	
周密	《一枝春》 （碧淡春姿）	丁炜	《一枝春》（翠阁醅香）	2	10
		许田	《一枝春》（胜绿零红）		
	《拜星月慢》 （腻叶阴清）	周斯盛	《拜星月》（浦荻苞纤）	1	
	《瑶花慢》 （朱钿宝玦）	周在浚	《瑶华》（唐昌玉蕊）	1	
	《水龙吟》 （素鸾飞下青冥）	周在浚	《水龙吟》（一天雨洗空濛）	1	
	《宴清都》 （老去闲情懒）	卓令式	《宴清都》（客邸吟情懒）	1	
	《齐天乐》 （清溪数点芙蓉雨）	盛禾	《齐天乐》（冶情游兴银尊畔）	1	
	《夜行船》 （寒菊欹风栖小蝶）	吴陈琰	《夜行船》（枕上分明来梦蝶）	1	
	《高阳台》 （小雨分江）	李应机	《高阳台》（雨润余春）	1	
	《玲珑四犯》 （波暖尘香）	程梦星	《玲珑四犯》（竹屋围阴）	1	
吴文英	《惜黄花慢》 （粉靥金裳）	钱芳标	《惜黄花慢》（雅淡衣裳）	2	16
		邹祗谟	《惜黄花慢》（月珮烟裳）		
	《莺啼序》 （残寒正欺病酒）	沈皞日	《莺啼序》（偶携石城屐齿）	2	
		吴陈琰	《莺啼序》（浮名古今一梦）		
	《满江红》 （云气楼台）	何采	《满江红》（冉冉悠悠）	1	
	《倦寻芳》 （坠瓶恨井）	丁炜	《倦寻芳》（征桡倦舣）	1	
	《扫花游》 （水园沁碧）	周斯盛	《扫花游》（枕流傍郭）	1	

原唱作者	原唱篇名	和词作者	和词篇名	和词数量	
吴文英	《新雁过妆楼》 (梦醒芙蓉)	何 采	《新雁过妆楼》(谢桂辞蓉)	1	16
	《丁香结》 (香袅红霏)	曹亮武	《丁香结》(月浸雕阑)	1	
	《六丑》 (渐新鹅映柳)	钱芳标	《六丑》(乍梅帘梦小)	1	
	《霜花腴》 (翠微路窄)	钮 琇	《霜花腴》(危槛独倚)	1	
	《齐天乐》 (新烟初试花如梦)	邵 瓒	《齐天乐》(艺兰人去红轩冷)	1	
	《十二郎》 (素天际水)	陈祥裔	《十二郎》(蕉声细雨)	1	
	《八声甘州》 (渺空烟四远)	沈时栋	《八声甘州》(踞层巅身在画图中)	1	
	《珍珠帘》 (蜜沈烬暖萸烟袅)	张 荣	《珍珠帘》(梧桐叶落余风袅)	1	
	《西子妆》 (流水麹尘)	吴陈琰	《西子妆》(花港欧盟)	1	
蒋 捷	《女冠子》 (蕙花香也)	徐喈凤	《女冠子》(梅花开也)	9	26
		陈维崧	《女冠子》(上元晴也)		
		史惟圆	《女冠子》(暗尘飞也)		
		仲 恒	《女冠子》(夜沉沉也)		
		李 符	《女冠子》(饧箫吹也)		
		钱芳标	《女冠子》(朔蓬吹也)		
		周在浚	《女冠子》(早梅开也)		
		余光耿	《女冠子》(晚晴真也)		
		龚翔麟	《女冠子》(踏青过也)		
	《金蕉叶》 (云寨翠幕)	傅燮詞	《金蕉叶》(珠帘绣幕)	9	
			《金蕉叶》(西风透幕)		
			《金蕉叶》(曲琼挂幕)		
			《金蕉叶》(孤衾拥幕)		
			《金蕉叶》(蟾光照幕)		
			《金蕉叶》(晚烟如幕)		
			《金蕉叶》(篆香满幕)		
			《金蕉叶》(倩云为幕)		
		王士禄	《金蕉叶》(晴空淡幕)		

原唱作者	原唱篇名	和词作者	和词篇名	和词数量	
蒋　捷	《声声慢》（黄花深巷）	林企忠	《声声慢》（香消篆影）	2	26
		焦袁熹	《声声慢》（深深媚靥）		
	《霜天晓角》（人影窗纱）	俞公毂	《霜天晓角》（香透轻纱）	2	
			《霜天晓角》（红补空纱）		
	《白苎》（正春晴）	钱芳标	《白苎》（近重阳）	2	
		唐梦赉	《白苎》（怅秋残）		
	《贺新郎》（深阁帘垂绣）	王士禛	《贺新郎》（过雨花如绣）	1	
	《沁园春》（老子平生）	钱芳标	《沁园春》（饥朔归来）	1	

第六章　选择性接受：清中后期词人追和唐宋词

　　相比于顺康时期对唐宋词人的全面接受，清中后期词人追和唐宋词表现出比较明显的选择性。据《全清词·雍乾卷》统计，清代中后期词人追和唐宋词凡 645 首，其中追和唐五代词 21 首，追和北宋词 212 首，追和南宋词 412 首，追和南宋词数量占和词总数的 64%。浙西词派推尊姜张，贬斥辛刘。受此影响，追和姜夔词空前盛行，而对于辛弃疾、刘克庄、刘过等辛派词人的追和仅 30 余首，与清初阳羡词派鼓扬下稼轩风的流行大相径庭。虽然"苏辛"并称，但浙西词派后劲吴锡麒、郭麐等论词渐能摆脱"家白石而户玉田"的门户之见，将苏轼视为姜夔之外的另一宗主，因而此期追和东坡词总量与次韵姜夔词相差无几。追和苏轼词（121 首）占此期和北宋词总数（212 首）的 57%，并且远多于北宋其他著名词人如周邦彦（19 首）、秦观（16 首）、柳永（11 首）等。

第一节　清中后期词人追和唐宋词概论

　　唐五代词人中受到追和较多的依次为欧阳炯（6 首）、李煜（3 首）、韦庄（3 首）、李白（2 首）。欧阳炯《南乡子》八首写蛮乡新异景物，如一幅幅图画，汤显祖评曰："短词之难，难于起得不自然，结得不悠远。诸起句无一重复，而结语皆有余思，允称合作。"①黄之隽《南乡子·暑夜，用欧阳炯韵》次韵其中六首：

　　　　野月无家，水萤点火照菰花。前代采莲人已去，船回浦，夜半鸺鹠

---

① 李冰若：《〈花间集〉评注》，河北教育出版社，1999 年版，第 130 页。

波上语。

　　暮舣苏栊,红楼靠水绿杨桥。楼里谁人呼侍女,挨帘顾,风露三更依欲住。

　　卸却钗钿,湿云一朵覆腮莲。自说小名呼锦瑟,裙腰窄,吃剩香茶伴献客。

　　绮榻如烟,水亭八面晚凉天。嫩色罗裙湘水渌,身初浴,一槛荷花吹未足。

　　碧簟痕平,兔华斜映縠橱明。俍贴枕屏松鬓尾,双眸水,盼得人羞抽臂起。

　　月堕烟中,莲衣如梦掩娇红。待得辘轳声静后,星如豆,笑拂荷珠潜盥手。

黄之隽(1668—1748),字石牧,江苏华亭(今上海)人,康熙六十年(1721)进士,博学多才,诗词曲文皆擅长。和作虽首首次韵,却出语自然,流丽清俊,总体质量较高。其中第三首、第六首结语悠远,颇有情致。

　　两宋词人中苏轼、姜夔、张炎为受到追和最多的三位,李清照紧跟其后,获得 60 首和作,其中沈彩、彭贞隐、李佩金等女词人对易安词的接受引人注目。在浙西词派宗主词坛的情形下,对辛弃疾词的追和亦值得关注。作为个案,金理对唐宋词人词作广泛追和,而非反复追和一人,这样的行为类似于明代词人对于词选的追摹。这些问题拟在本节析而论之。

一、金理追和唐宋词略论

　　金理,字天和,号太古野人,著有《养恬书屋诗余》,一名《瑟鸡词》。金理词中追和之作多达 40 余首,追和对象包括唐五代词人皇甫松、孙光宪、李煜、韦庄,北宋词人晏殊、晏几道、欧阳修、柳永、苏轼、黄庭坚、秦观、谢无逸、赵令畤、毛滂、林逋、晁补之等,南宋词人陆游、康与之、辛弃疾、刘过、史达祖、高观国、王从叔等,其中慢词仅《水龙吟》(追和章质夫原韵)、《换巢鸾凤》(即席戏作,用次史达祖韵)二阕,其余皆为小令,可见其服膺云间派,词学宗尚在唐五代北宋小令。

　　金理追和词往往能自出机杼,如《捣练子·砧声,追和李后主韵》:"霜暗落,月明空。何处寒砧逐远风。不解愁肠都捣碎,声声还是逗虚椟。"又如《梦江南·梦,追和皇甫松原韵》:"幽思绕,烛影荡心旌。清梦不缘身世隔，玉童相引到蓉城。花下坐调笙。"《临江仙·忆旧，次用晏几道韵》二阕虽不如原作深婉含蓄，亦能自抒胸臆，遣词造句妥帖自然：

> 昔日谢家小妹，曾从花底相逢。偷将媚脸笑春风。眉长拖柳翠，口小逗樱红。
> 摇曳云情何似，绸缪雨意难同。廿年回首已成空。寸心无限恨，尽在不言中。

> 年少欢娱易得，情豪愁思难逢。世间处处是春风。草含微雨绿，花衬夕阳红。
> 不道人随秋老，顿令鬓与霜同。至今无力可凌空。平生心里事，但付酒杯中。

《水龙吟·杨花，追和章质夫原韵，同乐山作》亦可作如是观：

> 柳花依恋残春，几回欲堕还难堕。风吹日炙，不禁撩乱，助人离思。绣幕频投，砚池乍点，双扉闲闭。奈飘零无主，颠狂未减，粘泥了、难争起。
> 记得楼头遥望，斗纤眉、烟条齐缀。韶华迅速，一年将过，芳心同碎。思雪濛濛，可怜萍迹，又随流水。只漫天糁径，萦愁惹恨，湿罗衫泪。

金理和词与原作相较，略显直露，缺少余味，如《踏莎行·咏飞絮，次用欧阳永叔离别韵》："雪点还寒，荻花还细。轻狂扑面撩征辔。可怜作尽一春忙，粘泥不了随流水。　　惯惹闺情，潜添客泪。风前怕向楼头倚。莫言愁杀渡江人，更愁人在斜阳外。"又如《太常引·曹大椿别驾讯余近况，答以此词，次用辛稼轩咏月韵》词云："艰难历尽总风波，壮志渐消磨。且莫怨曦娥，保白发、人生几何？　　谋生计拙，信天翁耳，无术拟淘河。温饱得婆娑，犹胜却、饥寒较多。"辛弃疾原作云："把酒问姮娥：'被白发、欺人奈何？'"气势磅礴，愤懑之情喷薄欲出，而金理和作则平铺直叙，缺少起伏。金理和词中亦偶有俗艳露骨者，如《思越人·忆梦，次用孙光宪韵》："室如兰，人似玉，云情雨意方深。鸡叫一声天曙也，梦魂无处追寻。　　分明说我生前事。也堪笑也堪泪。检点此身曾污否。瞿然推枕惊起。"

总之，金理和词虽未臻唐宋诸贤词境，然亦可见其在思致、用语方面较为深厚的功力，与一般游戏次韵之作不可同日而语。

二、田中仪、彭贞隐、沈彩等追和李清照词

李清照在此期共获得 60 首和作，在唐宋词人中追和数紧跟张炎（72首）之后，排名第四。《声声慢》《凤凰台上忆吹箫》均获得 11 首追和之作。田中仪一人独和易安词 18 首。田中仪，字无咎，号白岩，山东德州人。岁贡生，官乐仪卫经历。与纪昀、董元度、赵虹交善。卒于乾隆二十三年（1758）。著有《红雨斋词》。田中仪《如梦令》（和韵李清照《漱玉词》）序云："仆本恨人，性多感系。念芳春之如梦，愁藉谁传，怅好月之难留，痴终不讳。偶当情至，间托倚声。冬春客京邸，殊苦岑寂，囊中携易安《漱玉词》一卷，依其原韵尽和之。夫绮语未忘，风雅几坠，而寓兴有在，骚怨为多。若云芳泽杂揉，役周秦为轮盖，竹丝渐近，拜姜史于廊庑，则谢不敏矣。噫嘻。虽为空中语，奚免口头业。知我者，其在澧兰沅芷间乎。"田中仪和作专摹闺思别意，即使如易安词中别调《渔家傲》，田中仪仍次韵抒写离情："送别西楼看远雾。妾调锦瑟郎低舞。今夜马蹄何处所。浑无语。樽前即是扬鞭处。　　情思呢时将日暮。为君再谱阳关句。一叠未终人欲举。难留住。斜阳冉冉催归去。"又如《声声慢》：

> 铜铺露浸，石井苔侵，清秋助我戚戚。摒挡愁怀，终日也无宁息。繁星照人心碎，更隔院、添梯声急。销螺黛，淡鸦黄，对镜自也难试。
> 曲槛落英如积。记得去年时，共伊曾摘。欲写相思，泪和隃糜不黑。啼蛩故来絮絮，又铜龙、点点漏滴。打叠瘦，怎能勾、容易睡得。

田中仪和作并未刻意模仿易安词叠字的运用，上阕写今日之戚戚与容颜憔悴，下阕追忆往昔之美好，而今欲写相思泪先流，以致长夜难眠，声情凄婉有似易安，亦似有所寓兴。然用字较生僻，不如易安词清丽流转。又如《凤凰台上忆吹箫》描摹女子神情入木三分："渐银河垂地，月满妆楼。人影小窗娟嫣，倾侧处、忽又凝眸。低声道，欢时莫忘，已往闲愁。"

其他和作如陆烜《醉花阴·和漱玉词韵》："冷苑碧梧深午昼。兰篆销香兽。无语自悲秋。万种相思，红豆尝应透。　　雁声不到车铃后，珠泪

218

空沾袖。莫上最高楼,落照缤纷,人远青山瘦。"结句似用画笔绘出,色彩鲜明而意境悠远,比之易安名句"莫道不消魂,帘卷西风,人比黄花瘦"亦不逊色。又如朱云翔(1712?—)《声声慢》(和漱玉词)"荷风褪暑,蕉雨生凉,秋来易添悲戚。一雁南飞,望断楚天消息。垂帘镇日倦懒,伴黄昏、砧蛩声急。月上也,照孤帏、今夜梦魂谁识。　旧恨新仇都积。空自记、历历盟言堪摘。拟倩鸾笺,泪人隃糜不黑。单眠转多惆怅,听铜壶、莲漏频滴。谩忆念,这情怀、没个省得。"从词境到用语都极力模仿易安原作,然不免有牵强之处。仅用易安词韵,而内容风格与原作并无关涉者如保培基、潘奕隽之作。保培基(1693—?)《声声慢》用易安词韵题陈散木前辈《含影词》,词风豪放,与原作声情大不相同:"天惊鬼泣。似此奇才,能消几番欢戚。不道雕虫造到,至诚无息。生憎角输虎豹,与龙蛇、力穷心急。绝不问,后来人,复有子云亲识。　可笑妍皮痴骨。想海上仙山,果攀花摘。说甚苍黄,不辨砂丹漆黑。鲛绡泪珠颗颗,好珍藏、暗中休滴。枕藉上,怕英雄儿女拾得。"保培基在《哨遍》(漱玉词)中对李清照的诗词才华不吝赞美,称其"岂区区能吟红肥绿瘦。诗文挥洒才华露",但对她"委半老羞颜,一丁俗子"之行历极为不满,言辞激烈地批评她"降志辱身,变节败名",甚至贬斥其"一钱不值"。保培基的观点反映了部分文人士大夫在易安词接受中的矛盾心态,他们在对易安卓越才华肯定欣赏的同时,又对她晚年改嫁一事进行严苛的道德评判。过激言辞的背后透露出他们对李清照作为千古才女竟遭遇如此不堪之事的痛惜之情与难以接受的心理。潘奕隽(1740—1830),字守愚,号榕皋,晚号三松居士。著有《三松堂集》,收《水云词》二卷。其《凤凰台上忆吹箫》(新秋三松堂对月,用《漱玉词》韵)自述情怀,词风流利自然:

　　蛩咽篱根,露明松顶,一轮又见当头。喜画檐波影,冷浸帘钩。莎径筇廊宛转,小轩旁,署三休。西风爽,红牙铁版,待赏新秋。

　　悠悠,倚阑暗数,三十载前尘,梦断痕留。盼广寒缥缈,路阻琼楼。惟有楼中仙子,还向我、敛黛凝眸。铜壶转,良宵又增,一片闲愁。

　　清代中后期女词人彭贞隐、沈彩、李佩金对易安词的追和不同于男子代言体,而是融入了女性独有的深切的生存体验,在情感表现上也更加真实细腻,因而在易安词的接受中不容忽视。彭贞隐,字玉嵌,浙江海盐人。

彭孙遹女孙,陆烜妻。著有《铿尔词》二卷。其中有追和李清照词5首,《凤凰台上忆吹箫》一阕堪称清婉不输易安之作:

> 嫩柳垂烟,遥山抹雨,日长闲倚楼头。听流莺如唱,欲点缃钩。一自斑骓别后,看几处、芳草都休。凝情处、碧云暮合,仿佛残秋。
>
> 悠悠。今宵客梦,念残灯孤馆,何处淹留。或更阑酒醒,忆着高楼。淡月梨花鬓影,分明见、炯炯双眸。细较是、相思两地,这里多愁。

全词尽显款款深情,至结句方在看似朴拙的比较中流露出相思之苦,"细较是、相思两地,这里多愁",这是闺中女子独有的情感体验与细密心思。又如《蝶恋花》抚今追昔,写尽孤寂落寞之情:

> 香炉成灰红蜡冻。月色横窗,竹影微飘动。独有双鬟和我共。困酣不识春愁重。
>
> 密咏新词香齿缝。一曲清歌,曾记凰求凤。往事回头皆似梦。玉箫忍向梅花弄。

沈彩,字虹屏,号芷汀散人,又号扫花女史,浙江吴兴(今湖州市)人。陆烜侧室。生于雍正十一年(1733)前后。能诗善画,尤工书法,陆烜及妻彭贞隐诗词均出自其手录。著有《春雨楼集》十四卷,附《采香词》二卷。沈彩词中有和易安之作3首,比之彭贞隐词,其中情感更加炽热一些,语言上更加流丽,多用口语白描,如《声声慢》:

> 秋风起矣,木叶萧萧,大似飘零戚戚。打叠销魂难睡,尽烧安息。一曲寒蝉落雁,又弹破、清琴弦急。谁信我,九回肠、只有姮娥能识。
>
> 回首山重水积。记此日、曾把新橙香摘。欲钓竹竿,菰渚浪沉云黑。丹枫门巷何处,想高弁、依然翠滴。伤心也,听楼外、马蹄得得。

《蝶恋花》(和《漱玉词》同夫人作)与彭贞隐词同写闺中寂寞之情而章法不同,上阕忆昔之温馨,下阕记梦,写梦醒后的凄凉、失落与愁苦,结句"宝枕游仙才一梦。灯花夜夜将人弄"从易安词"独抱浓愁无好梦,夜阑犹剪灯花弄"来,"一梦"言往昔美好与之短暂缥缈,"夜夜"言而今寂寞之漫长,形成

强烈反差,词情凄凉沉郁:

> 雪意垂帘寒砚冻。欲寄吟笺,点笔愁先动。忆昔偎肩篝火共。温香压臂何曾重。
>
> 匪席心期留半缝。峡雨湘云,比翼双栖凤。宝枕游仙才一梦。灯花夜夜将人弄。

又如《醉花阴》:"千里长途驰一昼。安得明驼兽。屈指近归期,鹊脑添炉,绣被薰香透。悠悠盼到黄昏后。浅睡和衣袖。依旧不归来,欲卸残妆,竹影横窗瘦。"从晨至夕,从精心准备到欲卸残妆,从热切期盼到渐渐失落无奈,将闺中女子等待离人归来过程中的微妙心理变化表现得淋漓尽致。李佩金,字纫兰,一字晨兰,号琴和女史,江苏长洲(今苏州市)人。邦燮女,何湘妻。生于乾隆三十八年(1773)前后。工词,与杨芸齐名。年三十余卒。著有《生香馆词》一卷。李佩金《百字令》(春晓,用《漱玉词》韵)云:

> 三分春色,却二分离绪,重帘深闭。晓日烘晴犹料峭,香暖一庭花气。天蘸微云,叶筛疏影,谙遍闲中味。昼长无事,生涯书卷堪寄。
>
> 将次检点罗衣,轻添半臂,掩纱屏斜倚。懊恼枝头闻杜宇,旧恨新仇唤起。风翦裁红,雨丝梳碧,枉却东风意。海棠开否,小鬟回报还未。

和作与易安词情相类,却不如原作浑成,亦输与彭贞隐、沈彩和作。易安词用《世说新语》"清露晨流,新桐初引"全句而浑妙,李佩金和词亦多处化用前人词句,起句"三分春色,却二分离绪"化用苏轼《水龙吟》咏杨花词句"春色三分,二分尘土,一分流水",妥帖自然,然"天蘸微云"化用秦观"山抹微云"句,结句"海棠开否,小鬟回报还未"化用易安《如梦令》"试问卷帘人,却道海棠依旧",却给人点金成铁之感。

三、颇为寥落的追和辛弃疾词

清初受阳羡词派的影响,追和辛弃疾词63首作品193首,蔚为大观,一人追和十余首者如王霖追和辛弃疾《贺新郎》(老大犹堪说)12首、唐梦赍追和《满江红》(过眼溪山)13首等,而清代中后期由于浙西词派的影响,对于辛弃疾、刘克庄、刘过等豪放词人的追和颇为冷落。清代中期浙西词派领袖厉鹗论词以为南宗胜北宗,南宗以姜夔、周邦彦为代表,北宗的代表词人即辛弃疾、刘克庄,可见他对辛派词人贬斥的态度。厉鹗于词选最看重周密《绝妙好词》,并据以作《绝妙好词笺》,而《绝妙好词》仅选辛弃疾词三首,分别为《摸鱼儿》(更能消)、《瑞鹤仙》(雁霜寒透幕)、《祝英台近》(宝钗分),这三首作品均非豪放之作,而因符合周密"骚雅沉郁"的词学观入选。

此期追和辛弃疾词13首作品仅29首,追和刘克庄、刘过词分别为5首、2首,其中受追和最多的一阕为《永遇乐》(京口北固亭怀古)(9首)。辛弃疾意在针砭现实,抒发自我的愤懑之情,而胡天游四首和词均泛泛怀古之作。胡天游(1696—1758),字稚威,号云持,浙江山阴(今绍兴市)人。著有《石笥山房诗余》。《永遇乐》(阙题,用辛稼轩韵)四首其一曰:

> 如此江山,英雄曾是,旧争衡处。天险谁凭,佛狸饮马,金翅还飞渡。可堪下殿,凄凉失路,更异当年北顾。叹生儿、仲谋难似,惊人枉恨擒虎。
>
> 将军血泪,洒新亭雨,赢得萧娘吕姥。百雁歌残,只今父老,犹自哀三户。突驷千飚,骇鼍万浪,空打蕲王战鼓。浑惆怅、寄奴往事,谁堪论否。

和作词风豪放、好用典故,有似稼轩。佛狸、寄奴、孙权等典故与原作相同,又有"新亭对泣"(《世说新语》)、"萧娘吕姥"(《南史·梁临川靖惠王宏传》)、"楚虽三户,亡秦必楚"(《史记·项羽本纪》)、"蕲王"韩世忠等典故,表现历史的兴亡感。其他怀古之作如陈沆《永遇乐》(渡扬子江用稼轩北固亭怀古原韵)、吴蔚光《永遇乐》(北固楼追次辛稼轩韵)、胡成浚《永遇乐》(赋光武燎衣图,用辛稼轩韵)等,胡成浚和作咏光武帝刘秀事,与辛词章法相似:

> 汉火重光,千年犹识,燎帝衣处。冰合滹沱,龙媒踏裂,浪拥流澌去。戚戚冷冷,道旁空舍,肯信真人曾住。记昆阳、雷霆战斗,天威直震犀虎。

芜亭豆粥,趋驾匆匆,那暇回旋却顾。画手传神,披图仿佛,风雨南宫路。如今驰想,春陵白水,剩有零钲断鼓。争知道、羊裘老子,正高卧否。

仅用稼轩韵而抒怀者如戴文灯《永遇乐》(用辛稼轩韵,送张青子别驾之黄州)、姚念曾《永遇乐》(除夕写怀,用辛稼轩京口作韵),姚词沉郁之气、沉痛之情与辛词相类:"飞矢跳丸,又挽我到,最无聊处。竹爆熛红,椒樽腻绿,草草年华去。心痴频守,囊空莫压,那肯依人还住。尽狂来、歌呼醉拍,公然猛健如虎。 抚时傛偬,鬓青颜赤,自许功成指顾。华顶骖鸾,陛头鸣玉,身世迷歧路。不知谁是,且撑衾铁,数遍沉沉寒鼓。侵晨问、霜堆檐瓦,南枝冻否。"

蒋元龙(1735—1799)《霜天晓角》(寄怀乌程宋卯君,用辛稼轩韵)亦较佳:"春头腊尾。吟屐应归里。携得瓯柑多少,泥山种、无过此。阿侬良惫矣。洼樽谁共醉。记取骚人兰棹,想寂寞、如斯耳。"许宝善《沁园春》(稼轩将止酒,填此调戒酒杯,戏为杯答,即用其韵)仿稼轩而戏作:

杯语辛君,我与先生,忘却形骸。记玉笈初展,笔含风雨,龙泉欲舞,气挟云雷。细酌神酣,满斟怀畅,何必刘伶荷插埋。临风笑,想珍珠红滴,致亦佳哉。

况邀花月为媒。更心腹醇交莫浪猜。爱红香绿妩,君应念我,消愁解郁,我岂为灾。胜友流连,佳人缱绻,此际何能少一杯。辛君道,愿思伊既住,悔我将来。

稼轩原作滑稽新颖,令人解颐。在写法上以文为词,大量采用散文句法,熔铸经史子集用语,嬉笑怒骂皆成文章。和作虽处处与原作呼应,然用传统故常之笔平实道来,少腾挪之气与风趣之致,实未谙稼轩词之神理。

辛弃疾《沁园春》(三径初成)有黄立世《沁园春》(同人邀余登高,以病不赴,用稼轩韵)、朱若炳《沁园春》(庚午立春日,山行遇村寺,与老僧午斋,用稼轩韵)、袁栋《沁园春》(奉酬惟民兄五十初度,次辛稼轩韵)三首和作,袁栋词曰:

渺渺青云,扰扰红尘,且归去来。有凌云志气,荆南韫璞,吟风怀抱,砚北浮埃。勤学知非,省心寡过,岂仅寻章摘句哉,书声里,奈明伤子夏,琴泣颜回。

从今再整书斋,好重把文章面目开。看将闻弹指,李君染柳,先应寄赠,范子吟梅。佳句医愁,新醅疗病,长望先生心自裁。春归也,叹绿肥红瘦,莫更徘徊。

陈廷焯《词则·放歌集》评稼轩此词"抑扬顿挫。急流勇退之情,以温婉之笔出之,姿态愈饶",①而和作则平淡寡味,毫无顿挫之致。

综上,此期追和稼轩之作虽有风格似之者,而难得稼轩词之精髓,难至稼轩词之境界,正如周济所云:"后人以粗豪学稼轩,非徒无其才,并无其情。"②又如谢章铤所说:"学稼轩者,胸中须先具一段真气、奇气,否则虽纸上奔腾,其中俄空焉,亦萧萧索索,如牖下风耳。"③

附录10:清中后期追和李清照词一览表

原唱作者	原唱篇名	和词作者	和词数量	和词总数
李清照	《声声慢》(寻寻觅觅)	俞玉海	2	11
		沈彩	1	
		李翮	1	
		朱云翔	1	
		彭贞隐	1	
		保培基	1	
		周暟	1	
		李树谷	1	
		李懿曾	1	
		田中仪	1	
	《凤凰台上忆吹箫》(香冷金猊)	潘奕隽	1	11
		黄立世	1	
		朱令昭	1	

以上表格和词总数60。

① [清]陈廷焯编选:《词则》,上海古籍出版社,1984年版,第313页。
② [清]周济:《介存斋论词杂著》,《词话丛编》,中华书局,1986年版,第1633页。
③ [清]谢章铤:《赌棋山庄词话》,《词话丛编》,中华书局,1986年版,第3330页。

续 表

原唱作者	原唱篇名	和词作者	和词数量	和词总数
李清照	《凤凰台上忆吹箫》 （香冷金猊）	朱云翔	1	60
		彭贞隐	1	
		吕公溥	1	
		高宗元	1	
		殷圻	1	
		吴会	1	
		李佩金	1	
		田中仪	1	
			11	
	《念奴娇》 （萧条庭院）	俞玉海	2	
		黄立世	1	
		施晋	1	
		李佩金	1	
		田中仪	1	
		姚念曾	1	
		彭贞隐	1	
			8	
	《醉花阴》 （薄雾浓云愁永昼）	钱孙钟	1	
		沈彩	1	
		陆烜	1	
		彭贞隐	1	
		高宗元	1	
		殷圻	1	
		田中仪	1	
			7	
	《蝶恋花》 （暖雨晴花初破冻）	彭贞隐	1	
		田中仪	1	
		沈彩	1	
		吴斐	1	
		殷圻	1	
		李佩金	1	
			6	
	《如梦令》 （昨夜雨疏风骤）	黄立世	1	
		田中仪	1	
			2	

续　表

原唱作者	原唱篇名	和词作者	和词数量		和词总数
李清照	《点绛唇》 （寂寞深闺）	田中仪	1	2	60
		徐志鼎	1		
	《一剪梅》 （红藕香残玉簟秋）	钱孙钟	1	2	
		田中仪	1		
	《武陵春》 （风住尘香花已尽）	高宗元	1	2	
		田中仪	1		
	《怨王孙》 （帝里春晚）	田中仪	1	1	
	《怨王孙》 （梦断漏悄）	田中仪	1	1	
	《如梦令》 （常记溪亭日暮）	田中仪	1	1	
	《浣溪沙》 （髻子伤春慵更梳）	田中仪	1	1	
	《浣溪沙》 （绣面芙蓉一笑开）	田中仪	1	1	
	《浣溪沙》 （楼上晴天碧四垂）	田中仪	1	1	
	《渔家傲》 （天接云涛连晓雾）	田中仪	1	1	
	《浪淘沙》 （帘外五更风）	田中仪	1	1	
	《浪淘沙》 （素约小腰身）	田中仪	1	1	

附录 11：清中后期追和辛弃疾、刘克庄、刘过词一览表

原唱作者	原唱篇名	和词作者	和词数量		和词总数
辛弃疾	《永遇乐》 （千古江山）	胡天游	4	9	29
		陈沆	1		
		戴文灯	1		
		姚念曾	1		
		吴蔚光	1		
		胡成浚	1		
	《沁园春》 （三径初成）	黄立世	1	3	
		袁栋	1		
		朱若炳	1		

续　表

原唱作者	原唱篇名	和词作者	和词数量		和词总数
辛弃疾	《金缕曲》 （老大犹堪说）	方成培	2	3	29
		杨瑛昶	1		
	《摸鱼儿》 （更能消）	周　瑹	2	3	
		保培基	1		
	《卜算子》 （夜雨醉瓜庐）	吴　斐	2	2	
	《婆罗门引》 （落星万点）	张　埙	2	2	
	《哨遍》 （蜗角斗争）	倪象占	1	1	
	《寻芳草》 （有得许多泪）	戴　澉	1	1	
	《太常引》 （一轮秋影转金波）	金　理	1	1	
	《霜天晓角》 （吴头楚尾）	蒋元龙	1	1	
	《祝英台近》 （宝钗分）	保培基	1	1	
	《水龙吟》 （听兮清佩琼瑶些）	陈　沆	1	1	
	《沁园春》 （杯汝来前）	许宝善	1	1	
刘克庄	《满江红》 （往日封章）	曹　玢	2	2	5
	《满江红》 （赤日黄埃）	许宝善	1	1	
	《浪淘沙》 （纸帐素屏遮）	金　理	1	1	
	《贺新郎》 （深院榴花吐）	周　瑹	1	1	
刘　过	《唐多令》 （芦叶满汀洲）	金　理	1	1	2
	《轱辘金井》 （翠眉重扫）	舒　位	1	1	

第二节　追和苏轼词与清中后期词坛对苏轼的接受

　　清代中叶以厉鹗为中心的浙派词人斤斤株守醇雅的审美标准,反对学苏。厉鹗《论词绝句》之八评元好问云"略仿苏黄硬语为",批评苏轼词为"硬语"。至浙派后劲吴锡麒、郭麐,才将苏轼与姜夔并列为一代宗师。吴锡麒《董琴南楚香山馆词钞序》云:"词之派有二:一则幽微要眇之音,宛转缠绵之致,戛虚响于弦外,标隽旨于味先,姜、史其渊源也。本朝竹垞继之,至吾杭樊榭而其道盛。一则慷慨激昂之气,纵横跌宕之才,抗秋风以奏怀,代古人而贡愤,苏、辛其圭臬也。本朝迦陵振之,至吾友瘦桐而其格尊。"①浙派殿军郭麐《灵芬馆词话》卷一亦称"东坡以横绝一代之才,凌厉一世之气,间作倚声,意若不屑,雄词高唱,别为一宗"②。苏轼渐渐恢复其作为词坛大家应有的地位。

　　就词选情况来看,刊刻于乾隆十六年(1751)的《清绮轩历朝词选》仅选苏词 8 首,长调只选《水调歌头》(明月几时有)、《念奴娇》(大江东去)二阕,令词则专选《阮郎归》(绿槐高柳咽新蝉)等清丽之作。编选者夏秉衡追随"云间派",选词专取唐五代北宋一路,苏轼、辛弃疾的豪放之作与吴文英、张炎的雕缋之词都很少选录。然而,苏轼词的官方评价却较为公允。编定于康熙四十年(1707)的《钦定历代诗余》选苏词达 197 首之多,几乎囊括了苏轼所有优秀的作品。乾隆朝馆阁文臣亦能超越门派之争与个人审美趣味,在《东坡词提要》中给予苏轼词相对合理的词史地位:"词自晚唐五代以来,以清切婉丽为宗。至柳永而一变,如诗家之有白居易;至轼而又一变,如诗家之有韩愈,遂开南宋辛弃疾等一派。寻源溯流,不能不谓之别格。然谓之不工则不可,故至今日,尚与《花间》一派并行而不能偏废。"③

　　虽然受浙西派词论的影响,清代中后期追和苏轼词(121 首)与顺康时期(164 首)相比数量有所下降,但苏轼仍是获得追和最多的北宋词人,与追和姜夔词数量(123 首)相差无几,大大超过被浙西词派推尊的周邦彦

---

①　冯乾编校:《清词序跋汇编》,凤凰出版社,2013 年版,第 603 页。

②　[清]郭麐:《灵芬馆词话》,《词话丛编》,中华书局,1986 年版,第 1503 页。

③　[清]永瑢等:《四库全书总目》,中华书局,1965 年版,第 1808 页。

(19首),这不得不说与苏轼传奇经历、思想人格、文学才华在文人士大夫所获得的普遍认可和广泛影响有关。吴锡麒《大江东去·西湖苏公祠落成,同人分体赋诗,余用公旧韵谱此》将苏轼平生行历及其诗词名句融入作品中,表现出对于东坡人格精神的敬仰:"老髯仙去,曾管领几载,西湖风物。今日水仙玉庙近,遗句重寻苔壁。玉版禅清,花猪味俊,一盏浇凉雪。崚嶒诗骨,晚山能斗雄杰。　　还忆晴雨昏朝,淡妆浓抹里,笙歌催发。万顷蓊云迷旧梦,孤剩白鸥明灭。回首蛮荒,桄榔叶暗,细路盘如发。琼楼归好,羽衣来弄秋月。"张埙词学苏辛,其《贺新郎·书苏文忠年谱后》云:"六十六年里。早不道、命宫磨蝎,安排定矣。先帝惊呼才子再,今上圣明无比。彼咏桧、何预朕事。终是祸从口内出,好年华、岭表常安置。几无点,生人趣。　　海涛汹涌兼天起。助奇情、千秋不泯,文章而已。曾哭少游无几日,寄寓常州病死。细较量、藤州相似。安得朝云归故土,六如亭、数点英雄泪。永遗恨,楼禅寺。"唐仲冕《哨遍》(蔡贮兰孝廉奉苏文忠像为奎星,属题,即次文忠原韵)亦云:"宝篆拜章,闾阖广开,奎宿光垂地。还认得、学士最风流,早养就、浩然之气。"《念奴娇·赤壁怀古》获得21人50次追和,仍是唐宋词中受到追和最多的一首词作。《水调歌头》(明月几时有)、《水龙吟》(似花还似非花)分别获得12人28次、11人14次追和。此期对苏轼两首《哨遍》词的追和也值得关注。

一、周暟、方学成、俞玉海等追和《念奴娇·赤壁怀古》词

布衣词人周暟一人追和苏轼词29首,几占雍乾时期和苏词总数的四分之一。周暟(1738—?),字用昭,号梅花词客,安徽歙县人。与同邑方成培交善,漫游江西、湖北等地,尝久客湖南。著有《潇湘听雨词》五卷、《芳草词》一卷、《香草题词》一卷。《潇湘听雨词》中有和苏轼《念奴娇》词10首,表现出对于苏轼人格文章的崇仰,如《念奴娇·夜泊黄州,用东坡韵》:"黄州城下,暮烟中、今昔风流人物。我爱文章常下□,欲拜江头石壁。岸断微青,山高带绿,浪舞清秋雪。大江东去,歌终词气犹杰。"又如《百字令·湘中题王郎赤壁图,十一借东坡韵》:"山川无语,羡文章、定得千秋长物。瘦石元丰碑碣烂,犹嵌苔纹恶壁。赤濞山高,黄泥坂狭,依旧堂名雪。军戎翰墨,如公等是豪杰。"其中有些作品直抒情怀,如《念奴娇·风雪舟中寄杨笠人,东坡韵》其一抒发落魄飘零之感:"落魄而今,飘零岂恨,恨惹三千发。此情何日,与君谈落江月。"其三表现出怀才不遇的愤懑:"沉吟把卷,岂诗

书、真是误人之物。"《百字令·十二用东坡韵》是周暟对自己漫游生涯与平生所志的直接书写:"闲汀鸥鹭,问潇湘、十载奚囊何物。载取幽花三万本,踏遍嬴岩瘦壁。黄海松煤,金星石砚,泾纸光如雪。柔花弱草,挥毫兴致偏杰。　从来此地多离,羁人常岁岁,花前思发。待到团圆终是晚,竹上泪痕难灭。词客无灵,美人多憾,白了星星发。者须排遣,不如选个归月。"而周暟词风也以豪放为主,正如他所说"柔花弱草,挥毫兴致偏杰"。此外,周暟还作有和苏轼《洞仙歌》11 首、《水调歌头》5 首等,关于他的反复用同韵追和行为,他在《洞仙歌·梅子山寺探梅,借东坡韵》其二中说:"喜此度、重邀旧人来,有旧调宜庚、韵何须换。"

方成培(1731—1789),字仰松,号后岩、岫云,又号听弈轩,安徽歙县人。穷愁潦倒,淹蹇不得志。精诗文,尤善词,有《未经堂词稿》《听弈轩小稿》《香研居词尘》等。乾隆辛亥(1791 年)八月,周暟将方成培词与己作合刻为《布衣词合稿》十三卷,序文云:"其(方成培)诗文乐府酷似姜白石,生平行迹亦似之。"[1]《念奴娇》借东坡韵咏松树,亦可见其人孤傲品性:"孤根抱暖,冠春风、不是红尘间物。濯影飞泉,谁得到,柯干念奴娇纵横石壁。斜日空明,长烟澹绿,一笑元非雪。傲然来看,此人真是奇杰。　独念着意瑚镂,化工先汝,直为吾侪发。频向松阴收艾纳,莫使青衫香灭。老瓦盆深,残英历乱,带醉歌晞发。此情佳否,举杯仰劝花月。"《金缕曲·自述,仍用稼轩韵》是方成培词中少有的豪放之作,其生平行历与追求略可见之:"试把行藏说。解随时、闲行倦歇,夏裘冬葛。眼底更无纤尘在,也不怀冰抱雪。今古事、等如毫发。茅屋几椽寒山里,爱徜徉、水木澄宵月。吾与汝,尽明瑟。　织帘耽读生涯别。笑居贫、年年寂寞,谁能诉合。穷鬼亦知人懒送,那肯揶揄傲骨。全不管、人惊痴绝。柳思周情原偶尔,赋梅花、何害心如铁。歌数句,碧云裂。"

方学成(1682—?),字武工,号履斋,又号松台山人,安徽旌德人。雍正七年(1729)举孝友端方,历山东夏津、栖霞知县。工画,长于梅菊。著有《岁寒亭画句》《青玉阁词》。方学成 5 首和作或祝寿、或纪游、或酬赠,词风豪放,如《念奴娇》依东坡赤壁词韵以纪宴集之胜:

　　渐西风紧,向前山、又早一番风物。四望深秋,何似与、苏子游于

---

① 　冯乾编校:《清词序跋汇编》,凤凰出版社,2013 年版,第 580 页。

赤壁。乌桕擘霜,丹枫点地,叶舞疑红雪。临皋人远,此时谁复称杰。

今共乘兴登高,主宾同剧赏,雄词清发。秉烛连宵浑似昼,火树银花不灭。客解谈禅,人成雅调,何用惭华发。凭谁扶醉,浩歌归踏明月。

此和作处处与苏轼原作相呼应,由眼前风物而生发"何似与、苏子游于赤壁"之感,继而由物及人,慨叹"临皋人远,此时谁复称杰",下阕"何用惭华发"句反用苏词"故国神游,多情应笑我、早生华发"之意。于此可见苏轼赤壁怀古已在后世文人士大夫心目中积淀成一个文化符号。

俞玉海(1737—?),字承天,江苏青浦(今属上海市)人,诸生。不协时俗,时称"俞怪"。与李大绶、陆伯焜等为诗友。著有《村塾纪年诗》四卷,收词一卷。俞玉海作有追和东坡《念奴娇》词 5 首,金陵怀古一阕感慨深沉,词风苍凉:

一般亡国,算尔尔、真是不成人物。几曲乌丝新乐府,送去江山半壁。故剑飘零,犊车凄断,酒碧更谁雪。新亭泪尽,可怜谁是豪杰。

吾欲唤轲奈何,枝头啼鸟,犹自歌声发。压枕军书都折损,文字依稀半灭。蟋蟀堂前,蝦蟆园里,乱草堆如发。一场春梦,换出尧天日月。

其中对《世说新语》典故的暗用大大丰富了词作的内涵,如"新亭泪尽"见于《世说新语》言语篇"过江诸人,每至美日,辄相邀新亭,藉卉饮宴。周侯中坐而叹曰:'风景不殊,正自有山河之异。'皆相视流泪"[1]。"吾欲唤轲奈何"出自《世说新语》任诞篇"桓子野每闻清歌。辄唤奈何! 谢公闻之曰:'子野可谓一往有深情'"[2]。其自赠词亦写得狂放恣肆:"读书自喜,笑此君,真个是何人物。一饭千金期作报,不记家无四壁。桃坞题诗,竹林纵酒,卧倒街头雪。清狂如此,于今或是豪杰。　看女破帽貂裘,虺颜蹙齃,意气更英发。扪虱而谈当世务,记得古今兴灭。虎鼠何凭,马牛分耳,总莫羞鬂发。一编著着,闭户静忘岁月。"又有赠李维镛词曰:

昌黎去了,吾读书、叫破天池怪物,变化雨风不得水,何日飞空破

---

①　[南朝宋]刘义庆著,余嘉锡笺疏:《〈世说新语〉笺疏》,中华书局,2011 年版,第 83 页。
②　同上,第 654 页。

壁。烂死沙泥、笑由猵獭，肯乞尺澜雪。愈今类是，此公真是豪杰。

半载寄食下乡，往来过市，匣里寒芒发。归晚南山遭醉尉，射虎声名未灭。邓禹笑人，贾生自悼，照得鬖鬖发。只今弩力，好去梯云取月。

于此和词可见俞玉海词用语生僻、佶屈聱牙、好用典故的特点。

朱黼（1729—1828），字与持，号澄江画翁，江苏江阴人。工诗善画，著有《画亭词草》三卷。《念奴娇》（雨中登金山绝顶，读夏桂洲和东坡《大江东去》词，因次元韵）："呼来风雨，恰凭仗、磨洗江天云物。踏破空濛攀绝磴，立我浮图半壁。雾重南徐，洲昏瓜步，更卷芦花雪。登临对此，顿伤千古豪杰。　　惊听裂石穿云，鱼龙长啸，万里狂飙发。铁柱冰车轰四面，一点牙樯明灭。客子摧心，舟人促渡，篷底寒毛发。山灵笑我，不曾留待明月。"夏言尝和苏轼《念奴娇·赤壁怀古》词 36 首，与严嵩、陆深等台阁词人相互唱和，掀起明代追和此词的高潮。朱黼词题称因读夏言和东坡《大江东去》词而次韵原作，可见夏言在苏轼《念奴娇·赤壁怀古》词接受中的重要意义以及经典的传承性。

二、傅涵、姚念曾、戴澈等追和《水调歌头》词

苏轼《水调歌头》（明月几时有）中秋对月兼怀子由，最能见出东坡性情襟抱，为历来词家必选篇目。朱彝尊《词综》选东坡词 15 首，豪放清丽之作兼收，却未选此作。先著批评其"录坡公词若并汰此作，是无眉目矣。亦恐词家疆宇狭隘，后来作者，惟堕入纤稼一队，不可以救药也"，可见朱氏选词仍以符合一己审美宗尚为主，而先著则重视词对创作主体精神气格的呈现，以为"凡兴象高，即不为字面碍"①。此词在雍乾时期共获得 12 人 28 首和作，其中傅涵一人和作 10 首。傅涵（？—1737），字圣涯，号新桥，江西临川人。生于康熙三十五年（1696）后，乾隆二年（1737）举博学鸿词，与试未用而卒于京，一生不得志，深感世态炎凉，常于诗中抒郁愤之情。著有《向北堂集》，附《痴仙词略》二卷。傅涵作有《水调歌头》10 首，其序文曰："酷爱东坡中秋此词，悬于齿吻间，踰几红绿叶矣。屡思按其韵位，一一步之。非窃彼声腔也，亦聊示追随恐后之意耳。或拟诸学邯郸者，则吾有吾足在，决不肯昧吾踪迹，使贱至如蹄涔，卑至如履苴也。今者三五日内，随

---

① ［清］先著:《词洁》,《词话丛编》,中华书局,1986 年版,第 1356 页。

触随动,随动随执,随执随就,随就随录,虽录而复随其美恶。若匪出自己
手,不事推敲,不加润饰,率意留之,竟得十首。"试看其《水调歌头》(深夜听
雨,用苏韵):

  晴不多时节,雨又落穿天。况闻家雁更数,长夜正如年。别院歌
声吹断,思向小楼呼月,低唱玉笙寒。仙乐瑶池宴,吾列坐渠间。
  投笔起,抽剑立,抱琴眠。一干情事,圭角输与溜珠圆。虽是当场
点缀,终属凭空想象,何必定求全。若没勤膏沐,花态怎妍娟。

又如《水调歌头》(暗答客嘲,十用苏韵):

  冷语休相激,吾正值春天。纵云阴雨连落,曾弗像华年。到底云
开见日,照出苍生色笑,说甚禁烟寒。所以能如此,纯向不言间。
  蝇蚋聒,何足计,止消眠。梦跻霄汉,仰面方信盖般圆。尘世纷纷
攘攘,豪杰于中未免,敢谓脱身全。惟觉戟横额,羞赛曲联娟。

傅涵和作借东坡韵而直抒胸臆,词风豪放,用语有散文化的倾向。苏轼词
抒情主体"我"的形象鲜明,傅涵和作清高孤傲、愤世嫉俗的自我形象亦跃
然纸上,傅涵对苏词的继承正是表现在这一层面上。
  苏轼《水调歌头》可谓中秋词第一篇,其中所表达的"人有悲欢离合,月
有阴晴圆缺,此事古难全"之叹总能引起后人情感上的共鸣。周瞳5首和
作均与中秋或月相关,所表达无非是人生万事难全之叹,并未脱出原作窠
臼,如"无穷佳境,须知不在十分圆。君复风流跌宕,我亦穷愁潇洒,乐事敢
矜全"(十七夜月同淡霞作)、"纷纷前事,总如花在镜中圆"(方筱池平台对
月,用东坡韵)、"盈虚随分,且勿贪看昨宵圆"(汉江大水,对月,用东坡韵)
等。《水调歌头》(中秋鄱阳旅邸,用东坡韵)写岁月匆匆而常年羁旅漂泊之
苦,情景交融,词情凄婉:

  秋月易圆缺,秋水接长天。生憎柔橹无那,经岁又经年。听雨贾
生祠下,斜日叔敖墓侧,来照一尊寒。又照洞庭水,侬在渺茫间。
  数萍踪,量浪迹,悄忘眠。嫦娥有药,天边终是少团圆。堪笑痴儿
痴女,无语庭中下拜,乐事总希全。今夕古饶邸,月色更娟娟。

姚念曾(1738—?)《水调歌头》(乙未中秋无月,用东坡韵)上阕遥想月中嫦娥凝望下土,凄清寂寞。中秋无月,乃因嫦娥"灭烛记良夜,肠断绿窗间",想象奇特。下阕抒发好景难全之叹,结句"一梦瑶台去,笺恨诉婵娟"与上阕相呼应,颇见思致:

> 散绮叠瑶阙,杳杳隔长天。有人下土凝望,一夕抵千年。拌得终宵痴待,不奈九天风露,潜逼玉肌寒。灭烛记良夜,肠断绿窗间。
>
> 罢凭阑,停洗盏,且高眠。破云有约,难认金镜十分圆。才是人间花满,又被烟侵雨妒,好景那能全。一梦琼台去,笺恨诉婵娟。

女词人戴澈生于乾隆十七年(1752)前后,晚号澈道人。《澈道人词》中有和东坡中秋词二首,其中《水调歌头》(中秋后一日微雨,再叠东坡韵)一阕以细腻深婉笔触表现渐浓秋意与内心深处的哀愁,堪称一篇秋声赋。一叶知秋,"那堪惊落叶,声在小窗间",落叶声在窗内人心中所引发的伤感隐然可见。词风哀婉,与原作之清旷大不相同:

> 昨夜蟾光满,清辉万里天。桂魄扶疏弄影,香霭不知年。蓦地细风吹雨,一派潇洒瑟瑟,顿觉晚生寒。那堪惊落叶,声在小窗间。
>
> 衣袂薄,凄其况,怎成眠。芳塘径冷,败荷倾泻碎珠圆。竟日愁围未解,值此秋容黯澹,宋玉赋难全。广寒宫较远,何处觅婵娟。

总体来看这些和作无能出苏词之右者,然或见思致,或有佳句,或在情感表现上有所不同,承载着后世词人们的中秋月夜之思,自有其审美价值。

三、对苏轼两首《哨遍》词的追和

苏轼和陶诗一百余首,苏辙在《子瞻和陶渊明诗集引》中援引苏轼语曰:"吾于渊明,岂特好其诗也哉? 如其为人,实有感焉。……吾今真有此病而不蚤自知,半生出仕,以犯世患,此所以深服渊明,欲以晚节师范其万一也。"[①]苏轼出仕三十年,为狱吏所困,为俗事所累,晚年深悔自己的出仕经历,并折服于陶渊明"不为五斗米折腰"的精神品格,欲以陶渊明为榜样,

---

① [宋]苏辙著,陈宏天、高秀芳点校:《苏辙集》,中华书局,2017年版,第1110页。

来砥砺自己的晚节。苏轼酷爱渊明《归去来兮辞》,对其进行过三次再创作。元丰四年(1081)九月苏轼因"乌台诗案"谪居黄州期间,以集字成诗的方式将陶渊明的《归去来兮辞》改写成十首五言律诗,题为《归去来集字》。次年五月,又将《归去来兮辞》檃括成《般涉调·哨遍》(为米折腰)。张炎《词源》卷下评曰:"哨遍一曲,檃栝归去来辞,更是精妙,周、秦诸人所不能到。"①绍圣五年(1098)谪居儋州,苏轼再作《和陶〈归去来兮辞〉》一文,并邀苏辙、黄庭坚、秦观、张耒、晁补之步韵追和。此后南宋抗金名臣李纲曾效仿苏轼作《次韵和〈归去来集字〉十首》,南宋文学家王质亦作有《和陶渊明〈归去来辞〉》,然对于《哨遍》词的追和则在吕希周之前并未见到。吕希周(1501?—1554?),字师旦,崇德人。嘉靖五年(1526)进士。官至通政使。其《哨遍·隐括赤壁赋作,次苏东坡隐括归去来辞韵》云:

> 铜雀三台,漳河九曲,漫说曹瞒累。赤壁战,风不借周郎,箭火攻未知孰是。天与便,焰灼了东南路,星稀月皎喧吴稚。咲乌鹊南飞,绕树三匝,不棲一枝如此。任武昌夏口郁烟扉。山川不遂暮云飞。山拥周遭,水流日夜,由来无意。
>
> 噫。赤壁战来,三国六朝经几世。问豪雄安在,一瞬之言有味。若悟到忘言,观其不变,眼前无尽皆山水。更水上清风,山间明月,耳目尽堪娱矣。且蜉蝣天地能几时。□沧海一粟将何之。物与我、何须较计。玄鹤翩翩何处,肯飞鸣过我,便乘风与尔同歌咏,斗酒邀宾同醉。任东方白也奚疑。吾生顺流行坎止。

明末清初以来对此词的追和渐多,一类如彭孙贻《哨遍》(用苏东坡归去来词韵,为猗天侄吉席)、唐梦赉《哨遍》(题庄曹圩四桂,用苏东坡韵)、方炳《哨遍》(陈椒峰以全集见寄,用苏公韵答谢)、何采《哨遍》(咏怀,用东坡韵)等仅用东坡词韵而内容与原作并无关涉。彭孙贻(1615—1673),字仲谋,一字羿仁,号茗斋,自称管葛山人,浙江海盐人。明末以明经首拔于两浙,入清后不仕,博览诸书,闭门著述。曾与吴蕃昌创"瞻社",时称武原二仲。其和作词风香艳:"便神仙也,甘谪坠、生生共尘世。人间美满,受清供、雨滋云味。莫漏洩小春,梅梢青帝,屏山十二寒如水。尽玉枕未温,随

---

① ［宋］张炎:《词源》,《词话丛编》,中华书局,1986 年版,第 267 页。

郎转侧,红日纱橱上矣。却众里、低头佯整琼珮,有无限、含情匿笑时。欲将息、才郎无计。几度暗呼小玉,手语即何处,亏他准折红鸾天喜。蓦地偷睃心醉。闲思可奈昨宵何,颤金钩、流苏未止。"何采词直抒胸臆:"我亦无他愿,愿姑酌彼、金罍玉液,三万六千场醉。我行我意复奚疑。有味乎、知足知止。"另一类则仿苏轼隐括前贤经典之作,如何采和作分别隐括《兰亭序》与《归去来兮辞》,徐喈凤隐括屈原《卜居》等。王夫之和作虽曰"广归去来辞",实与次韵苏词之作,其序云:"苏子瞻隐括《归去来辞》,陶公之余藩也。吾自有大归去而来者,为期未知远近,然知迟迟之不如接淅久矣,因借其韵以自抒己怀。"词曰:

> 一领青蓑,一柄长镵,也是闲牵累。归去来,何处可言归。旧家山、目前即是,知者稀。谁堪就,问津路,莫将黄叶迷童稚。凭冷觑春花,闲看秋月,苍天伎俩止此。笑乾坤、两扇半开扉。任柳絮、穿帘扑面飞。既不黏泥,自然脱落,唯吾之意。
>
> 噫。归去来兮。纵横万里人间世。嚼囫囵橄榄,来回甘苦知味。弄二月轻雷,散一天暮霭,倾倒银河香水。酿就蜂蜜,惊回蚁梦,丈夫当如此矣。昭昭白日亭午时。驾玉虬、停骖一问之。向虞渊、可容转计。烛龙今在何处,料也难酬答,但斟北斗天浆满罃,恣我花前沉醉。归来斩尽一团疑。胡不归、漫留止。

苏轼《哨遍》(睡起画堂)亦有彭孙遹《哨遍·春情,和东坡韵》、钱芳标《哨遍·燕京午日,用东坡春晴韵》、杨通佺《哨遍·太白楼怀古,用东坡春词韵》3首和作。从词题来看,这些词人均将苏轼原作当写景咏物词来看。其中彭孙遹和作章法脉络与原作相似,而风格更加绮丽:

> 拾翠年时,踏青节候。芳草纷铺地。弄阴晴,景色遍园林,屈指到清明天气。小池边,紫燕欲寻新垒,红襟对掠桃花水,正山杏笼烟,海棠经雨,浓艳天然无比。映高楼何处绿杨枝。又搓得鹅黄千尺丝。总酿就、迷花病酒,怀人几般滋味。
>
> 素手好同携,郁金屏外朱栏里。欲诉绸缪,鹦鹉生憎忒伶俐。看弱不胜衣,柔如无骨,仙裙怕逐东风起。墨染乌阑,袖沾红唾,脉脉春愁无际。渐画烛烧残繁英飞。坠似绮丛蛱蝶向花低。忙不了、窃香私

意。任取粉销春老,一梦消身世。蓬莱水浅,沧海尘扬,毕竟此情难已。九天莺鹤倘相招,为报人生行乐耳。

雍乾时期对苏轼两首《哨遍》的追和则数量悬殊,追和《哨遍》(睡起画堂)词有沈双承(用东坡韵记事)、陆烜(用东坡韵)、周暎(祇佗林赏桂兼登梅子山看雨,用东坡韵)、唐仲冕(蔡贮兰孝廉奉苏文忠像为奎星,属题,即次文忠原韵)、胡成浚(同家叔占愚、弟虹屿泛舟西湖,用东坡韵)5 首之多,而追和《哨遍》(为米折腰)者仅李翮所作 1 首,其中原因值得深思。李翮《哨遍》(用东坡韵,题冯星实银台梦苏草堂图,时方纂《苏诗合注》)词曰:

记得雪堂,惯遣梦云,来去无尘累。剩词源,滚滚万泉归。奈微茫、真诠谁是。氛雾晞。高斋一夕惊见,注非施宿书非稚。偏昔认渊明,今迎坡老,千秋托兴如此。若有人、倚杖扣烟扉。乍一笑、须眉动还飞。静里琴丝,悟后昙花,一般心意。

噫。诗卷长留此。翁犹在人间世。指点无多语,徘徊处、耐寻味。况万里同携,子由先到,依然清颍东流水。知袖挹江风,步随岁月,贻君佳且多矣。念纸窗、灯火几经时。恨不起、先生共论之。但袁谭、纷纭难记。慢词扣角重和,俎豆有同志。扁舟当日,庐山满眼,可似今番心醉。前因了了定无疑。一瓣香、草堂歆止。

冯应榴(1741—1800),字诒会,一字贻曾,号星实,晚号踽息居士,浙江桐乡人。潜心诗学研究,尤好苏轼作品,曾请人绘《梦苏图》,并以苏轼诗词注本疏舛过多,重作注疏,成《苏文忠公诗合注》50 卷,附录 5 卷。钱大昕为之作序,称其注本兼有永嘉王氏、吴兴施氏、海宁查氏三家注本之长。李翮和作即题冯应榴《梦苏图》而作。

五首和《哨遍》(画堂睡起)者上阕或写景纪游或记事,下阕抒怀,对苏轼原作的效仿追摹隐然可见,如胡成浚和作下阕云:"怅湖山清丽。枉被人唤金锅里。含颦无语,持拟西施转伶俐。试挽住苏仙,招回白傅,兼呼林墓逋翁起。看水墨屏风,银黄梵刹,疏钟悠悠云际。惊洒空雪片白鸥飞。渐宰堵波边夕阳低。鲙潭鱼、共叙欢意。沉思六月炎蒸,兹地羲皇世。北窗高卧琴书自适,茅屋数间而已。者番回棹莫匆匆,昔人言、住为佳耳。"又如陆烜和作,词情哀艳:

绿杨小桥,红杏远村,佳丽江南地。更吹来、细雨与烟光,共氤氲、一天春气。正上巳初临,祓除时候,飞花乱点湔裙水。有游女如云,争妍逞媚,不信红儿堪比。算人间、无限好花枝。系不住,垂杨万丈丝。向晚村墟,一声杜宇,几多愁味。

玉手不须携。拚长醉、软红茵里。看来世事,疏懒直教胜伶俐。渐紫陌人回,红尘拂面,飘飘仙袂从风起。一片模糊,青山如画,放眼暮潮平际。看水禽、拍拍向人飞。听隐隐、渔洲玉笛低。总一幅、晴郊闲意。须知花里蜉蝣,朝暮成身世。这些利锁名缰事业,精卫填泥堪已。春光如海艳阳天,报君且住为佳耳。

陆烜(1761—?),字子章,一字梅谷、秋阳,号巢子,一号巢云子。浙江平湖人。诸生,隐居胥山不仕。工于诗画,藏书甚富。作画颇多,卒后散佚不少。陆烜深得画理,和作绝大部分篇幅用工笔描绘,全方位依时序展开一幅晴郊春意图,旖旎春光如在目前,词末三句写面对如海春光触发人生短暂,为浮名所累,如精卫填海般徒劳之叹。比之苏轼原作,其中所流露出的人生悲剧感更深切。

据王秀珊《清代几种重要词选之东坡词选录状况统计表》[1],清代重要词选《词综》《词洁》《词选》《续词选》《宋词赏心录》《宋词三百首》均未选录《哨遍》(为米折腰),而朱彝尊《词综》、先著《词洁》皆选《哨遍》(睡起画堂),可见清代词论家对苏轼隐括陶渊明《归去来兮辞》的做法并不认可,金代文学家王若虚对苏轼此作亦早有批评,其在《滹南诗话》中说:"东坡酷爱《归去来辞》,既次其韵,又衍为长短句,又裂为集字诗,破碎甚矣。陶文信美,亦何必尔,是亦未免近俗也。"[2]《哨遍》(睡起画堂)一阕无论是从咏物写景的题材而论,还是从清丽词风上看,都更符合浙西词派"醇雅"的词学观,从而得到朱彝尊的青睐。清代中后期词人对《哨遍》(画堂睡起)的追和受浙派词学理论的影响,也反映出当时词坛咏物风气的盛行。

---

① 王秀珊:《从清代几种重要词选论东坡词的影响力》,《长沙理工大学学报》2010年第5期,第78页。

② [金]王若虚著,霍松林,胡主佑校点:《滹南诗话》,人民文学出版社,1962年版,第67页。

附录12:清中后期追和苏轼词一览表

原唱作者	原唱篇名	和词作者	和词数量	和词总数
苏　轼	《念奴娇》 (大江东去)	周　暟	10	121
		方学成	5	
		俞玉海	5	
		张云锦	3	
		姚宗璜	2	
		戴　珊	2	
		沈长春	2	
		舒　位	2	
		朱　黼	1	
		庄肇奎	1	
		戴文灯	1	
		王元鉴	1	
		陆　培	1	
		靳荣藩	1	51
		方成培	1	
		李树谷	1	
		瞿　颉	1	
		方正澍	1	
		李　澧	1	
		吴锡麒	1	
		戴　澈	2	
		杨瑛昶	1	
		王汝璧	1	
		楼　锜	1	
		胡成浚	1	
		董　均	1	
		汪彝鼎	1	
	《水调歌头》 (明月几时有)	傅　涵	10	28
		周　暟	5	
		戴　澈	2	

续　表

原唱作者	原唱篇名	和词作者		和词数量	和词总数
		王　洲	2		
		姚尚桂	2		
		姚念曾	1		
		姚宗璜	1		
		孙扩图	1	28	
		王汝璧	1		
		钱工天	1		
		朱廷钟	1		
		黄立世	1		
	《水龙吟》（似花还似非花）	施沧涛	2		121
		黄立世	2		
		范洪铸	2		
		金　理	1		
		钱　塘	1		
		沈起凤	1	14	
		周　瞪	1		
		高宗元	1		
		瞿　颉	1		
		邱　冈	1		
		董邦直	1		
	《洞仙歌》（冰肌玉骨）	周　瞪	11	11	
	《哨遍》（画堂睡起）	沈双承	1		
		陆　烜	1		
		周　瞪	1	5	
		唐仲冕	1		
		胡成浚	1		
	《南乡子》（霜降水痕收）	靳荣藩	1		
		方成培	1	3	
		朱　黼	1		

原唱作者	原唱篇名	和词作者	和词数量	和词总数
	《卜算子》 （缺月挂疏桐）	李 翮	1	1	
	《玉楼春》 （霜余已失长淮阔）	倪象占	1	1	
	《哨遍》 （为米折腰）	李 翮	1	1	
	《八声甘州》 （有情风万里卷潮来）	任曾贻	1	1	
	《西江月》 （三过平山堂下）	徐廷柱	1	1	121
	《劝金船》 （无情流水多情客）	傅 涵	1	1	
	《贺新郎》 （乳燕飞华屋）	周 暟	1	1	
	《行香子》 （携手江村）	靳荣藩	1	1	
	《念奴娇》 （凭高眺远）	朱 黼	1	1	

第三节　浙西词派影响下的追和姜夔、张炎词

　　浙西词派在清代词坛占主流时间最长、影响最深远，历康、雍、乾、嘉、道数朝，在乾隆前中期臻于鼎盛。由于浙西词派对姜夔、张炎的推尊，对姜夔词的阅读欣赏与追摹成为当时词坛风气。陈沆（1705—?）曾作《黄鹂绕碧树》，序曰："读新刻姜白石诗词合集，喜见石帚全词。是集盖元陶南村手勘本。"词曰："吾爱姜夫子，堂堂雅乐，布衣曾上。戛玉敲金，最新词石帚，盛名天壤。雕残久矣，早收入、陶家珊网。还几劫、认取芸香未散，瑶华无恙。　　老去吟怀独放。剩苕溪、客中还往。笑当日、但贫交足倚，朝士谁仗。只羡石湖好事，却有个、云鬟觑。遮番大雪催归，小红低唱。"无论是浙西派词人厉鹗、吴锡麒、郑沄等，还是浙西派外词人凌廷堪、王汝璧、唐仲冕等，都留下很多追和白石之作。追和者从词坛领袖、朝廷高官到布衣词人，遍及社会各个阶层。与张炎相比，姜夔的特殊之处在于他的布衣身份。作为一位艺术家、诗人被推崇，这是承平盛世才会有的现象。周暟《布衣词合稿序》："岫云所居寒山之中，予居严溪之北，相距数里，迹又相近，或呼为黄

山二布衣,又呼为双白石,然以余俪岫云,不啻顽石与美玉并列耳。"①据《全清词·雍乾卷》统计,清中后期追和姜夔词共计 123 首,涉及姜夔词 43 首,几占姜夔现存词作的一半,可见姜夔词作的广泛影响,其中被追和最多的作品为白石自度曲《疏影》(17 首)、《暗香》(15 首)二阕。唐仲冕一人独和白石词 37 首,追和对象涉及姜夔 34 首作品。雍乾时期追和张炎词之作 68 首,与前期基本持衡。顺康时期追和姜夔词仅 40 首,少于同为清空一派词人的张炎(72 首)、史达祖(59 首),而此期姜夔则一跃而为南北宋词人中受到追和最多的词人,于此可见姜夔在清中后期独一无二的词史地位。

一、浙西派词人厉鹗、吴锡麒、郑沄、郭麐、戈载等追和姜夔词

厉鹗(1692—1752)是乾隆时期浙西词派的领袖。继朱彝尊之后,他以"南北宗"取代"南北宋"之说,于姜夔、张炎外,将周邦彦奉为宗主。他在《张今涪红螺词序》中说:"尝以词譬之画,画家以南宗胜北宗。稼轩、后村,词之北宗也;清真、白石,词之南宗也。"②南北宗的提法不以时代划分,而以风格立论,将周邦彦置于姜夔之前,可见他对两者先后承继关系的认识。周邦彦是最受厉鹗推崇的北宋词人,他在《吴尺凫玲珑帘词序》中说:"两宋词派,推吾乡周清真,婉约隐秀,律吕谐协,为倚声家所宗。"③又赞扬他的词友"方将凌铄周、秦,颉颃姜、史"④。厉鹗词中除追和周邦彦、姜夔各二首之外,还有《大圣乐·东园饯春,追和草窗韵》《澡兰香·癸丑淮南重午,用吴梦窗韵》《霜叶飞·用梦窗词韵》《步月·用史梅溪韵》《瑞鹤仙·效蒋竹山体》等和韵之作,可见其宗尚所在。周邦彦是唯一一位得厉鹗追和的北宋词人,厉鹗词中有《丁香结·暮春初霁,用清真韵》《惜余春慢·戊戌三月二十二日泛湖用清真韵》二首和韵之作。试看《惜余春慢》词:

> 绿遍山腰,青回沙尾,花信几风吹断。屏间鸟度,镜里舟移,乍试苎罗绡扇。常把禅机破除,难负春妍,流光如箭。正蘅皋税驾,袜尘不动,黛明波远。

---

① 冯乾编校:《清词序跋汇编》,凤凰出版社,2013 年版,第 580 页。
② [清]厉鹗著、[清]董兆熊注,陈九思标校:《樊榭山房集》,上海古籍出版社,2012 年版,第 753 页。
③ 同上,第 754 页。
④ 同上,第 755 页。

看渐是、弱柳萦烟,新荷铸水,丽景一番熏染。初啼鴂后,将噪蝉前,池阁嫩晴千变。谁道凭阑,有人暗忆年华,自怜幽倩。且停桡浅酌,霏雨沾衣数点。

周邦彦原作乃即景怀人之作,词的结构是今昔对比、从"我"到"她"再回到"我",回环往复,将过去的美好和如今的失意对比,表达出今不胜昔的深沉感慨。厉鹗和作则通篇全用赋笔描写泛湖所见山水,从远到近,从视觉到听觉,在对清幽细微的景的描摹中流露出时光易逝的淡淡感慨,上下阕之间的结构基本上是平行的,内容与情绪也并未发生变化。《丁香结·暮春初霁,用清真韵》亦大体如此,对雨后暮春景物的刻画细致入微,而从"小红""谢家"等字句中透露出的闺思伤春之情隐蔽到让人难以觉察:

吹落娇云,展开平碧,枝上雨残犹陨。恨流光偏迅。数景物、剩得莺憨蜂润。小红曾记否,朝醒㯠、薄寒自忍。可怜游舫散后,定是芜菁开尽。
相引。早饧钉阴晴,花信催过几阵。曲巷幽坊,柳绵竹粉,翠楼生晕。谢家飘荡紫额,剪曲尘盈寸。凭阑干那曲,冶叶何人摘损。

由此可见厉鹗所欣赏的是周邦彦词"婉约隐秀,律吕谐协"之风格,而对周词回环往复之章法与沉郁顿挫之致在创作中并无继承。虽然在理论上推尊周邦彦,而在实际创作中厉鹗更多地表现出对于姜夔词的追随。其和作虽与姜夔原作题材、章法不同,但所表现的内在的情调和风格是一致的,如《念奴娇》(甲辰六月八日,予将北游,东扶、圣几饯予湖上,泊舟柳影荷香中。日落而归,殊觉黄尘席帽,难为怀抱矣。因用白石道人韵,歌以志别)即表现出一种与姜夔词极为相似的幽独之绪与清刚之风:

孤舟入画,怪人间谁写,渔朋鸥侣。起坐不离云鸟外,倒影山无重数。柳寺移阴,蓣田挖碧,花气凉于雨。诗成犹未,远蝉吟破秋句。
忽记身是行人,劳君把酒,暂揖湖光去。共惜风亭今夜笛,月逗离声前浦。千里幽襟,一堤野思,终拟将家住。甚时携手,水漠摇曳烟路。

姜夔精心结撰词序,词与序相得益彰,浑然一体。厉鹗词也很重视词序的功能,如《角招》词序云:"予与赵谷林长安别三年矣。戊午初冬,谷林自北归,相见于邗城,尘衣风帽,同话旧游,凄然怅触予怀也。家山渐进,又复薄遽分手。予归杭当在冬杪,谷林家西池梅花下,谈谑之乐,计日可待。因用白石老仙自度曲,所云黄钟清角者,制一阕寄之。"序文与词作本身相互映衬,将深厚友情表现得淋漓尽致。厉鹗之所以在创作上最得白石词之风神,其中一个重要的原因在于他与姜夔有相似的身世、经历甚至品性。姜夔一生漂泊困顿,先后依附多人,但其"翰墨人品皆似晋、宋之雅士"①。厉鹗亦终生未入仕途,以坐馆授徒为生,曾长期依附扬州马曰琯、马曰璐兄弟,然其品格却清刚方正,深受时人尊重。

乾隆后期浙派词人中以扬州词人郑沄成就较高。郑沄(1737?—1795),字晴波,号枫人,江苏仪征人。乾隆二十七年(1762)举人,历官浙江粮储道。著有《玉句草堂词》三卷,王昶谓其词流逸似玉田,老苍近白石。据《薇省词钞》卷五所载,郑沄在杭州任上曾觅姜夔墓不得而惆怅赋诗。郑沄词中次白石韵者有7首,总体质量较高,其中《暗香》《疏影》《解连环》三阕皆咏梅,《清波引》一阕咏新柳,《杏花天影》《清波引》二阕拟闺情,《念奴娇》一阕直抒胸臆。郑沄和作善用姜夔词句,而又能浑化无迹,自成面目。如《解连环·寄问梅花消息,用白石韵》:

> 画屏愁倚。数风才一信,早催春思。算几番、吟伴黄昏,看瑶席吹香,靓妆临水。别鹤空山,漫赢得、月笼烟洗。甚花期过了,咫尺故园,短梦难记。
>
> 高楼碧云晓霁。盼音沉远驿,应叹退弃。试说与、幽恨年年,怕残笛江城,翠禽飞至。雪满孤村,定开到、竹边松底。想归去、夜寒帐掩,那人正睡。

"算几番"从姜夔《暗香》词中来,"那人正睡"出自姜夔《疏影》词,"瑶席""黄昏""翠禽"等亦是姜夔咏梅词中的典型意象。姜夔词多次用"漫赢得"句直抒失意、郁闷与惆怅之情,如"谁念飘零久,漫赢得、幽怀难写"(《探春慢》)、"文章信美知何用,漫赢得、天涯羁旅"(《玲玲四犯》)、"客途今倦矣,漫赢得、一襟诗思"(《徵招》)等,郑沄和作以"别鹤空山,漫赢得、月笼烟洗"状梅花孤高清冷之态,亦隐含人生失意之感。又如姜夔原作咏荷,郑沄和作《念

---

① [宋]周密撰,张茂鹏点校:《齐东野语》,中华书局,1983年版,第211页。

奴娇·立秋,用白石韵》则直接抒发羁旅之愁与相思之苦,感喟深沉,风格凄清苍凉:

> 片云天远,甚年年、虚负鸿宾鸥侣。客枕西风凉入梦,萋绿晓庭无数。画扇清尘,冰帘就爽,几点槐花雨。此时怀抱,叶题难写幽句。
>
> 应是盼断鱼笺,楚山横翠,愁逐斜阳去。依旧楼边珪样月,孤照迢迢银浦。带换新围,丝飘短鬓,梁燕留人住。明朝南望,冷红飞下江路。

吴锡麒(1746—1818),字圣征,号榖人,浙江钱塘(今杭州市)人。乾隆四十年(1775)进士。吴锡麒是继朱彝尊、查慎行、厉鹗之后的浙派大家,然其论词并不主张惟白石、玉田是尊。他在《董琴南楚香山馆词钞序》中说:"词之派有二:一则幽微要眇之音,宛转缠绵之致,戛虚响于弦外,标隽旨于味先,姜、史其渊源也。本朝竹垞继之,至吾杭樊榭而其道盛。一则慷慨激昂之气,纵横跌宕之才,抗秋风以奏怀,代古人而贡愤,苏、辛其圭臬也。本朝迦陵振之,至吾友瘦桐而其格尊。"①所著《有正味斋词集》中有和白石自度曲《湘月》一首、和姜夔《石湖仙》词韵二首(按,其中一首《全清词·雍乾卷》误为《西湖月》②)。《湘月》一阕写毗陵道中所见所感,正如词序所云"风物清旷,尘襟洒然"。与姜夔词相较,吴锡麒词所写景物更加贴近生活,用词口语化、赋笔白描的倾向比较明显:

> 九龙迢递,已云中暗逗,岚光如雨。满眼烟波人不见,日暮打鱼才去。竹送阴阴,鸥迎悄悄,但听摇柔橹。豁然开朗,此间饶有佳趣。
>
> 凭洗十斛红尘,斜披风帽,欲往寻烟语。岸飐青帘沽酒近,行过芦花明处。小汊通村,短桥跨岸,画出江南路。清寒在水,老鱼深夜能舞。

《石湖仙》(廖复堂招饮于梅花岭香远堂,即用白石老仙元韵)一阕直抒胸臆,真率性情跃然纸上:"东塘西浦。问身已江湖,摇荡何处。翻笑误浮名,任匆匆、光阴老去。渔儿相唤,且学我、短蓑掀舞。谁与伴著书,笠泽千古。"另一首和作前有序云:"不见家竹桥十余年矣,癸亥七月,得遇于松江

---

① 冯乾编校:《清词序跋汇编》,凤凰出版社,2013年版,第603页。
② 张宏生主编:《全清词·雍乾卷》第12册,南京大学出版社,2012年版,第6637页。

讲舍,流连话旧,凄惋特深,因出闭户著书图属题。会余病归,未践前诺,闻竹桥亦以是日得疾,不久化去。余缠绵床褥五月有余,其不同为天边之鹤者几希矣。病起怆然,即用白石老仙自度曲并次其韵,以题于后。"词曰:

> 蒹葭前浦。认烟水微茫,寒树遮处。闲煞玉堂仙,滞青山、归云懒去。重门虚掩,早隔断、世间歌舞。谁与。只破毡、坐拥千古。
>
> 东华罢骑瘦马,剩词囊、飘零俊句。一面前缘,易换江城秋雨。极目天空,断霞如缕。玉房金柱。闻笑语。琅嬛旧是仙府。

久病初愈,又得知友人吴蔚光去世的消息之后,吴锡麒写下此作,其中既有晚境凄凉之叹,又有人生无常之感。"一面前缘,易换江城秋雨",读来令人痛惜,为之动容。由以上几首和作可见,作为浙派后期代表词人,吴锡麒词风总体较为流利,表现出由密而疏,重性情的倾向,可谓浙西派晚期嬗变之先声。

郭麐(1767—1831),字祥伯,号频伽,一号蘧庵,晚号復庵,江苏吴江人,著有《蘅梦词》《浮眉楼词》《忏余绮语》各二卷,《爨余词》一卷,合称《灵芬馆词》。郭麐是最后一个比较重要的浙派词人,谭献《箧中词》称,词至郭麐,浙派为之一变。蒋敦复以郭麐上配朱彝尊、厉鹗,为浙派三鼎足。郭麐在《灵芬馆词自序》中自述学词经历曰:"余少喜为侧艳之辞,以《花间》为宗,然未暇工也。中年以往,忧患鲜欢,则益讨沿词家之源流,藉以陶写陇塞,寄托清微,遂有会于南宋诸家之旨,为之稍多。"[1]郭麐词中有和周邦彦、李清照、吴文英、周密、张炎词各一首,和姜夔词二首。徐珂在《清代词学概论》中指出:"疏俊少年每以频伽之名隽,笃嗜之,然词宜深涩,频伽滑矣,词宜柔婉,频伽薄矣。"[2]比较郭麐和作与梦窗原作即可见出,郭麐词确有"滑""薄"之弊病。郭麐《点绛唇·用梦窗韵》如下:

> 雀舫青帘,放船最好葑门路。藕花香处。凉露多如雨。
>
> 既是吴侬,只合吴城住。君休误。玉环人去。锦瑟华年暮。

吴文英原作《点绛唇·有怀苏州》婉曲深情,写尽人生无以名状的憾恨与怅

---

① 孙克强等编著:《清人词话》,南开大学出版社,2012年版,第1076页。
② 徐珂:《清代词学概论》,山西人民出版社,2015年版,第6页。

惘心境:"梦游熟处。一枕啼秋雨。可惜人生,不向吴城住。心期误。雁将秋去。天远青山暮。"郭麐和作则直抒思念故乡之情,伤于流利。郭麐《琐窗寒》用片玉词韵,却不受拘役:

> 蛛网黏花,蜗涎篆榻,那人窗户。轻纱六幅,闭了一春风雨。记当时、欲行未行,夜阑昵昵闻私语。又谁知此度,残衫茸帽,重来羁旅。
> 薄暮。系船处。正杨柳腰身,女儿十五。三眠三起,送尽燕侪莺侣。问别来、如许长条,飘零似我还记不。傍东偏、一树梨云,见旧时尊俎。

遣词择字雅湛,如"正杨柳腰身,女儿十五。三眠三起,送尽燕侪莺侣"状柳枝随风飘拂之轻盈柔美,写依依惜别之情。"问别来、如许长条,飘零似我还记不"似从周邦彦《兰陵王》"烟里丝丝弄碧。隋堤上、曾见几番,拂水飘绵送行色。登临望故国。谁识。京华倦客。长亭路,年去岁来,应折柔条过千尺"而来,却更加多情旖旎。《疏影》(上元夜,退庵招饮梅花下。越日,寿生自分湖来,复会于此。用白石韵记之)起句用白石词句,却别有思致:"玲珑碎玉。是旧时月色,招我同宿。"《疏影》(题剩舫早梅图,和李旭斋)上阕状梅花"零珠碎玉"之态,下阕转而追忆白石风雅:"忽漫扬州相见,二十四桥外,南浦初绿。绝代佳人,不肯幽居,枉忆牵萝茅屋。小红便有无成大,问谁赏、尧章新曲。待海棠、聘取归来,台上留仙裙幅。"谭献《箧中词》选郭麐《疏影》二阕,评咏烛泪一阕曰:"深思密藻,渐近张、周。"[1]《红情》(题二娱鸥梦圆图,用玉田韵)写荷花清雅姿态:"生香活色。有水天闲话,凭肩语密。除却鸳鸯,只有眠鸥似相识。三十六陂旧梦,明镜里、低徊潜忆。问微步、一饷凌波,罗袜可曾湿。"姜夔《疏影》咏梅、张炎《红情》咏荷皆寓身世之感,形神兼备,郭麐和作虽语词清丽,却少有寄托。《一枝春》(王清阁女史画簪花仕女,用草窗韵)与周密原作典雅浓丽之风相仿:

> 一镜春痕,谁唤起、多分敲窗微雨。心期细数,残梦恨无头绪。幽兰空谷,浑不省、杏愁梅妩。但折来、认取同心,又惹两眉愁聚。
> 年时送人行处。记新梳丛鬓,娇歌金缕。眉山渐远,十样画图谁谱。菱花侧背,料怕有、个中人妒。还怕有、雏凤钗头,听人小语。

---

[1]　[清]谭献编选:《箧中词》,人民文学出版社,2015年版,第131页。

陈廷焯《词则》称郭麐词"骨不高而情胜"①,郭麐和作也体现出这一特点,可以说是比较客观的评价。郭麐与浙派有不合之处,但在学习南宋词的创作实践和体认朱彝尊的词学理论这两方面又与浙派有着莫大联系。从和作中可以看出,郭麐对周邦彦、李清照、姜夔、周密、张炎诸家词的特点有较为深刻的体认,也可见其填词所由路径。

戈载与朱绶、沈彦曾等并称"吴中七子",是浙派词风最后的坚守者。其《湘月》词序曰:"词学至宋,美矣备矣,然纯驳不一,优劣迥殊。欲得正宗以求雅乐,惟周清真、史梅溪、姜白石、吴梦窗、周草窗、王碧山、张玉田七人,允无遗憾。暇日择其精粹者,各为一卷,名曰《七家词选》,书此弁之。"戈载和韵之作颇多,其中追和3首以上的词人有柳永、周邦彦、姜夔、周密、张炎、吴文英、王沂孙等7人,追和周邦彦、姜夔词各10首。戈载《石湖仙》序曰:"消寒第三集,议建姜白石祠于石湖上,祔以吴梦窗、张玉田,以此三贤皆熟游吴中也。"词云:"香云花坞。记玉笛吹寒,裁雪题句。呼起石湖仙,泛烟波、重寻笑语。溪南风月,定不让、马塍山路,延伫。再订盟、当日吟侣。"白石、梦窗、玉田均曾旅居吴中,因而成为吴中词人雅集之际集中追和的对象。

戈载词中和姜夔者最多,《少年游》(白堤纪事,用姜白石韵)清丽婉转:"相逢记是,翠深红隙,杨柳小桥西。两地鸳思,几番燕约,愁绝落花时。   无端又向春风见,画舫泊前溪。扇底颦眉,尊边笑眼,心事有谁知。"戈载和作往往因与白石所处时境相类,有感而发,如《扬州慢》词序云:"昔白石以淳熙丙申至日过维扬,怆怀今昔,自度此曲。今予抵广陵,亦逢长至,向往久殷,亟事幽讨,乃萧条景象,与白石盛衰之感有不同而同者。篷窗独酌,按谱填词,不觉乡心碎矣。"其词亦情真意切:"去家渐远,念团圆、方宴高堂。数六日离情,邮程甚处,把酒猜详。那识邗沟孤泊,回头系、一线愁长。向蜀冈骑鹤,今宵飞梦吴乡。"宋宁宗庆元三年(1197)正月姜夔作有《鹧鸪天》词五首,戈载追和其中三首:

《鹧鸪天》(丙申元旦,和姜白石《丁巳元日》韵)

梦觉篷窗晓月新。平山堂下乍归人。客中偏是多清暇,鲁酒唐花对好春。

怀梓里,念蓬门。慈亲应健百年身。屠苏饮罢休思远,二月归期信已真。

① [清]陈廷焯编选:《词则》,上海古籍出版社,1984年版,第1099页。

《鹧鸪天》(元宵前数日,诸寺院灯屏斗胜。予随众出游,至谢公祠而返,和白石《正月十一日观灯》韵)

正是窗纱月上时。喧阗隔巷马声嘶。谢公祠里灯屏好,曲曲蟾光步步随。

频倚杖,欲添衣。殊乡景物只增悲。绮罗香影忘情久,兴尽何妨独自归。

《鹧鸪天》(又和白石元夕不出韵):

晴转东风春好时。孤怀悃屑有谁知。老梅忽睹参差影,月色无端照竹扉。

香篆细,烛花低。夜深酩酊尚填词。金阊一路蛾儿闹,好逐歌声梦里归。

贺裳《皱水轩词筌》云:“《鹧鸪天》最多佳词,《草堂》所载,无一善者。……姜白石元夕不出‘芙蓉影暗三更后,卧听邻娃笑语归’,骎骎有诗人之致,选不之及,何也。”①戈载和作抒写殊乡孤寂之感与殷殷思乡之情,虽不如原作含蓄蕴藉,却自然深挚。

戈载《宋七家词选》选录梦窗词最多,对梦窗词的品评分析也最为细致。沈曾植《海日楼札丛》论宋词三家云:“自道光末戈顺卿辈推戴梦窗,周止庵心厌浙派,亦扬梦窗以抑玉田。近代承之,几若梦窗为词家韩、杜。”②然而,观其和梦窗词,并未得梦窗词精髓。戈载和作往往过于流利,如《壶中天》(王花村于前岁自扬州返浙,作粤东之游,今始来袁浦,又将入都。因过黄河送之,用玉田《夜渡古黄河》韵)抒写漂泊之感与离别之情:

南辕乍卸,又铃骡韈马,瞻涂驱北。翦渡先过襟带水,也算浮楂亲历。白浪春天,黄云卷地,帆翅凌风直。雁程鸥境,客中还送行客。

闲兴小憩河湄,旗亭尊酒,聊话前游迹。两载关津逾万里,人海一

① [清]贺裳:《皱水轩词筌》,《词话丛编》,中华书局,1986年版,第708页。

② 沈曾植:《海日楼札丛》,上海古籍出版社,2009年版,第289页。

身孤立。长路迢迢,软尘漠漠,夕照遥山碧。峭寒迎面,到时应遇三白。

张炎《壶中天》词意境壮阔,豪气横溢,抒写兴亡之感与迷惘孤寂之心境,在张炎词中别具一格,写尽古黄河苍劲寂寥的风味,情景交融:"老柳官河,斜阳古道,风定波犹直。……迎面落叶萧萧,水流沙共远,都无行迹。衰草凄迷秋更绿,唯有闲鸥独立。浪挟天浮,山邀云去,银浦横空碧。"戈载和作仅以"白浪春天,黄云卷地,帆翅凌风直"寥寥几笔带过。《兰陵王》(和周清真韵)是戈载和作中质量较高的作品:

> 画桥直。明镜波纹绉碧。轻烟绕、歌榭舞楼,一派迷离黯春色。东风遍故国。吹老。关津怨客。长堤畔、千缕翠条,时见流莺度金尺。
> 萍踪半陈迹。记侧帽题襟,香蔼瑶席。天涯今又逢寒食。叹携手人远,俊游难再,飞花飞絮散旧驿。送潮过江北。
> 悲恻。暗愁积。对孤馆残灯,无限凄寂。青禽望断情何极。乍倚枕寻梦,怕闻邻笛。那堪窗外,更细雨,夜半滴。

这首和作在结构上深得清真词回环往复之妙,第一叠挽合今昔,写漂泊之苦;第二叠既写眼前送别场景,又追忆往昔旧游;第三叠写别后凄寂哀伤之情。将此作与周邦彦原作相比较,虽不敢说有所超越,但可谓语言清丽,音律谐婉。

吴慈鹤《翠薇花馆词序》评戈载词曰:"牢笼诸有,不名一家,盖于美成得其芊绵,于公谨得其妍丽,于竹屋、梅溪得其隽巧,于玉田、石帚得其清新矣。"[1]然观其和诸名家词,或因拘于原作之韵,佳作并不多见。

二、浙西派外词人凌廷堪、王汝璧、唐仲冕等追和姜夔词

凌廷堪(1755—1809),字次仲,乾嘉词坛名家。安徽歙县人,乾隆五十五年(1790)进士,官宁国府教授,精研训诂音韵之学,为乾嘉朴学大师之一。词有《梅边吹笛谱》二卷,其词作堪称清代中叶学人词的代表。自序曰:"旧取白石暗香句意名之曰《梅边吹笛谱》,盖词人习气,亦不复追改也。又少作但依旧词填之,不知宫调为何物,近因学乐律,少少有所悟,而宋人

---

① 冯乾编校:《清词序跋汇编》,凤凰出版社,2013年版,第784页。

之谱多零落失传,又以琵琶证琴声,故燕乐二十八调多与雅乐异名也。今取其可考者,注宫调于其下,不可考者,不注也。……稿中所用四声非与唐宋人有所本者,不敢辄为假借;所用韵,凡闭口不敢阑入抵腭、鼻音,至于抵腭与鼻音亦然。异时有扬子云,当鉴此苦心也。"①张其锦《梅边吹笛谱序》转述凌廷堪论词曰:"填词之道,须取法南宋,然其中亦有两派焉。一派为白石,以清空为主,高、史辅之……扫除野禅,独标正谛,犹禅之南宗也。一派为稼轩,以豪迈为主,继之者龙洲、放翁、后村,犹禅之北宗。"②在理论上凌廷堪清空与豪放并重,而在创作中他却与姜夔一派更为接近。凌廷堪追和之作与他词集词乐校勘活动密不可分,《定风波》词追忆与友人同校《白石道人词》之情形:"擘鸾笺、换羽移宫,难空酒畔结习。嫩雨黄帘,柔风碧榭,细读尧章集。互标题,共搜缉。"凌廷堪曾访姜夔墓而不得,其《霓裳中序第一》序云:"《杭州府志》:西马塍有姜白石墓。乾隆甲寅冬,游湖上,寻之未得。及晤鲍君绿饮,始知在武陵门外。约暇时同访,且拟表石于其上。各填一词纪之。未几,余之官宛陵,遂不果。途中耿耿,即用白石韵赋此解,庶他日重游,践前约也。"词曰:

> 湖山自秀极。隐隐前游仍记得。探古莫辞倦力。怕情梦易沉,吟魂难索。楼阴树隙。怅断碑、谁问词客。梅边月,此番照我,尚作旧时色。
> 寥寂。句昏尘壁。况小径、疏烟细织。空濛何处故迹。草绿裙腰,仅见阡陌。话余空太息。更指点、双峰送碧。他年约,同寻抔土,小酹画船侧。

凌廷堪词中另有《一萼红·九日登魏文帝赋诗台,用石帚人日登定王台韵》一阕,姜夔原作叹时光之易迁,伤漂流之无定,词情极沉郁,而凌廷堪和作则重在抒发历史沧桑之感,意境开阔,词风苍凉遒劲:

> 晚云阴。趁重阳载酒,谁把菊花簪。高岫迷烟,空江卷雪,台上无限销沉。问千古、英雄不见,只见有、高下暮天禽。几度悲歌,一声长啸,如此凭临。

---

① [清]凌廷堪著,纪健生校点:《凌廷堪全集》,黄山书社,2009年版,第201页。
② 冯乾编校:《清词序跋汇编》,凤凰出版社,2013年版,第630页。

当日气吞吴会,记横江驻马,不尽雄心。荒草霾碑,残台蚀砌,虽有遗迹难寻。渐萧瑟、西风乍起,远林外、黄叶乱堆金。且酌茱萸倚栏,莫厌杯深。

此外,凌廷堪还作有《秋宵吟·和白石韵》《杏花天影·醉后用石帚自度曲歌之》《摸鱼儿·用石帚体》等。另有和周密、王沂孙、周邦彦韵或用其自度曲的作品数首。总之,凌廷堪虽追步前辈诸贤,却能不拘于原作而写出自家面目。

王汝璧(1741—1806),字镇之,号铜梁山人,铜梁安居乡(今重庆市铜梁县安居镇)人。乾隆三十一年(1766年)进士,官至安徽巡抚。王汝璧是乾隆时期的著名文人,以诗词载誉天下。喜为文,尤工诗词。诗宗韩孟,词拟豪放,格高意远,为蜀大宗。著有《铜梁山人集》《脂玉词》《莲果词》等。《国朝全蜀诗钞》录其诗三百二十首,《全清词钞》录其词二首。《清史稿》《四川通志》有传。王汝璧词中有和姜夔词15首,其中有一类自抒怀抱,自成风格,如《凄凉犯·舟夜闻歌,用白石韵》《凄凉犯·沙洋阻风,仍依前韵》《一萼红·杪秋夜坐抒怀,用白石韵》等。《瑞鹤仙影》(京寓中秋,用白石韵寄孙湘云、陈远香索和)词云:

玉轮露陌。相逢处、空秋无限萧索。凉蟾依旧,故人何在,几声清角。霜华未恶。恰点缀、伊人澹薄。正销凝、疏星几点,黯黯度烟漠。

昔时明月下,三五亏盈,许多哀乐。廿年重到,莽西风、尽都摇落。看取灯花,正翠幕、深深护着。料有人、此夕把酒,话旧约。

姜夔原作写对恋人的思念之情,上片写秋景,下片追忆抒情,王汝璧和作与原作结构相同,萧索清秋与词人澹薄心境恰相契合,全词情景交融,将身世之感、知己之情表现得淋漓尽致,沉挚感人。《解连环·风雨抒怀,用白石韵》与姜夔原作内容无关,写羁旅漂泊之苦,表现出丰富奇特的想象力:

曼声谁倚。正雨啸风呺,乱萦奇思。似长歌、飞遏行云,短歌激空山,洞泉流水。尘抱风襟,仗屏翳、一时湔洗。想君山撅笛,溟海刺舟,旧梦犹记。

青灯夜霞欲霁。讶天娥咫尺,花影抛弃。试两腋,飞上清泠,看风

马云旐,有时来至。凤泊鸾漂,正怅望、竹梢松底。羡此夕、翠螭古壁,
抱珠自睡。

绍熙二年(1191)正月底,姜夔泛舟巢湖,受祈祷湖神箫鼓启发,以平韵为
《满江红》,作此祠神曲,以颂巢湖仙姥。王汝璧两首和词亦为乞湖神而作,
其词前小序曰:"忆乙酉夏阻风康郎,曾和秦淮海惜竹轩诗并白石翁巢湖词
乞风于湖神,鄱人至今能诵之。兹泊荆门,南风浃昼夜,舟不得前,因复和
前调,扣舷孤吟,以抒烦郁。信得回风,当更倚声,为江神寿。"和作虽次白
石词韵,却写得豪放恣肆,自成风格:

> 一勺潜江,又涌起、千叠怒澜。愁不了、掌中云梦,天外巫山。屈
> 曲自将河作带,低昂真以钵为冠。笑冯夷、狂舞雨工歌,鸣剑环。
> 斗杓下,又手看。星一点,鹊飞南。纵美人兰泽,于我何关。欲共
> 湘灵通一语,老鱼吹浪锦书瞒。好寄笺、惜竹乞分风,俄顷间。

《国朝全蜀诗钞》称其"诗宗韩孟,沉雄恣肆,格高韵远,得雅人深致"[1],王
汝璧词亦堪当此评。王汝璧现存词一百二十首,咏物之作五十八首,几占
其半。其中次白石词韵而咏物者,如《念奴娇·素心兰,同前韵》《念奴娇·
萤火,叠前韵》《念奴娇·六月廿四日相传为莲诞日,用白石韵歌以为寿》
等,这些作品善于从不同侧面烘托表现所咏对象的情状风神,并不刻意追
求有所寄托。正如《巴渝诗词歌赋》所评:"与一般重视感兴、寄托的咏物词
不同,王汝璧的咏物词更多承继浙西词派的咏物特征,即追求对所咏之物
的多侧面描绘,而有意无意地忽略或丢掉了'尚意'的传统。"[2]王汝璧和作
亦有化用姜夔词句而尽显思致者,如姜夔咏黄木香词有"恨春见将了,染额
人归""敢唤起桃花,问谁优劣"句,《洞仙歌·蜡梅,用姜白石韵》结句则云:
"更有人、午睡改梅妆,待染额人来,品题优劣。"将寿阳公主梅花妆的典故
与此二句熔铸为一体,既与原作相呼应,又毫无生硬之感。

唐仲冕(1753—1827),字六枳,号陶山,善化(今湖南省长沙市)人。乾
隆五十八年(1793)进士,由知县历官陕西布政使。政事文学皆有名,著有

---

① 　[清]孙桐生编:《国朝全蜀诗钞》,巴蜀书社,1986 年版,第 140 页。
② 　熊宪光,王广福,宁登国:《巴渝诗词歌赋》,重庆出版社,2004 年版,第 247 页。

《岱览》《陶山文录》《陶山诗录》《露蝉吟词钞》《露蝉吟词续钞》等。与唐仲冕同时代的汪端光在《露蝉吟词跋》中说:"陶山先生学本汉唐,故诗文精粹,独有千古,词令雕虫,向不为也。昨于入觐北上时,舟行迤逦,偶效倚声,以消岑寂,而词中精义,动关身世之故,虽绮语而亦寄托遥深耳。"①吴锡麒《露蝉吟词序》称其词:"尽芟凡艳,特擅清空。"②《齐天乐·露蝉》为唐仲冕词中首篇,借蝉吟而自述怀抱,有姜夔词风味:"恢台早秉清凉气,消受淡脒滋味。扇鼓炎熏,峰生溽暑,独占千林秋意。天浆养尔。正唐瓮频颁,汉盘初赐。一饱何为,五更吟带曙烟起。 轻飔逐音并吹,听残枝乍曳,清韵如坠。范缀冠緌,貂垂藻采,别有心情如水。尘襟顿洗。看鬓影黏云,蜕痕凝翠。露白葭苍,剪冰笺远寄。"唐仲冕对姜夔词有较为深入细致的研究,《湘月》词序曰:"《白石道人集》只景字韵一解,惟洪陔华所刻诗词合集有此二曲,玩其音韵,似出一首,故以炭车,并倚声焉。"其词云:"因读白石仙词,湖光月色,照歌场文阵。俊友如云逞逸调,一时风流谁胜。扶头酒醒,尚忆鲈鱼信。吾何为者,钓游怎不重省。"与白石原作"暗柳萧萧,飞星冉冉,夜久知秋信。鲈鱼应好,旧家乐事谁省"正相呼应。唐仲冕一人独和白石词37首,追和对象涉及姜夔34首作品,足见其推崇之情。唐仲冕次白石韵之作多为晚年辞官迁居金陵后所作,《八归·返金陵,用白石老仙韵》词上阕用"微雨""斜阳""雁鸿声切""百草怨啼鴂"等意象将秋景渲染得淋漓尽致,下阕因"秋残生感",抒写故乡之思、客居之感与归隐之情等相互交集的复杂心境:

> 秋曦坐甑,晚雷暗鼓,山畔微雨又歇。江流自恋斜阳影,送到鲤鱼风老,雁鸿声切。景物关心红树路,问春潮、桨牙谁拨。那堪忆、千里王孙,百草怨鴂。
>
> 未返山中老屋,离巢雏燕,又向西风言别。客还如梦,秋残生感,不爱满林枫叶。笑蹒跚听鼓,欲脱朝靴换鞋袜。归来后、诸孙牵袂,绕座黄华,衔杯邀淡月。

观此和作,与姜夔原作章法相同,对原作词句"又对西风离别""归来后""玲

---

① 冯乾编校:《清词序跋汇编》,凤凰出版社,2013年版,第742页。

② 同上。

珑闲看月"等直接袭用或稍有改动。唐仲冕和作不刻意回避对姜夔词句的沿用,却无支离破碎之感,可见其语言驾驭能力之深厚。除《八归·返金陵,用白石老仙韵》收录于《露蝉吟词钞》外,其他追和白石之作均见于《露蝉吟词续钞》,大多数和作仅借白石韵而抒写自己日常生活琐事、咏物、酬赠,与原作风格、内容并不相关,如《湘月·米困,次白石〈素娥睡起〉韵》《湘月·炭车,次白石〈楚山向晚〉韵》《念奴娇·字炉,次白石荷花韵》《摸鱼儿·买猫,次白石韵》《角招·负暄,次白石韵》《徵招·呵冻,次白石韵》等。唐仲冕论词重性灵,他在《餐花吟馆词序》中说:"自读曲基始,绮语方滋;倚声蔓延,流弊斯起。要在襟灵独闿,无事腕脱取妍。盖惟锐银旭历,奋其志者既专;则温丽宏雅,蕴其业者自广。"①他一生宦海浮沉,对世路凶险、人生无常都有深切体悟,如《江梅引·次白石留梁溪韵》因途中遇风而心生感触,表现出乐观豁达的人生态度:

> 东风作恶记来时。愿归途,慰侬思。此日得风,多谢好提携。不料怒飙空自顺,又惊回,天公意,那得知。
> 世间得失总休题。任虚空,看鹤飞。舍舟上岸,更冲雪、不见朝晖。颇怨乘风,来去计都非。遮莫嘘枯春意动,草先萋,吹花气,上我衣。

又如《庆宫春·丹徒待潮,次姜白石〈过吴淞〉韵》抒写由观潮而引发的自然宇宙永恒而人生短暂徒劳之叹:

> 嗔客归舟,滞人行潦,昨朝虪浪风阔。风定帆开,浪平橹送,渐佳当似蔗末。老虬犹卧。把千丈、潮头未发。前愁波大,今恨波微,不禁船压。
> 遥看北顾楼高。海鹤飞来,问而无答。长江东泻,英雄往矣,巨浪如何弗歇。击楫空劳,况如线、才同拆袜。潮来潮去,因甚忙争,千秋一霎。

《一萼红·冬至,和白石〈人日〉韵》是唐仲冕词中少有的表现闺情相思之作,其词委婉含蓄、语浅而情深,却又不落俗套:"山意似分南北,问冰融雪积,冷暖何心。罗袜长生,芒鞋几量,欢事谁与追寻。想香阁、停针不语,捡熏篝、衣缕细描金。漫说肥冬,个人瘦对云深。"汪端光称赞唐仲冕词"萃诸

---

① 冯乾编校:《清词序跋汇编》,凤凰出版社,2013年版,第689页。

家之长,而自出杼机,以纬贯其间,故其旨清而不失于弱,繁而不失于缛,艳而不流于亵,豪而不近于粗"①。以和白石词观之,唐仲冕词大抵堪当其评。

三、追和张炎词与咏物之风的盛行

检《全清词·雍乾卷》,共得追和张炎词作 68 首,与顺康时期和词数量(72 首)相差无几。其中《南浦》一阕获得 29 首和作,是南宋词人词作中获得追和最多的一首。《南浦》是张炎词中咏物名作,邓牧在《张叔夏词集序》中说:"春水一词,绝唱古今,人以'张春水'目之。"②此词应作于宋亡后,其中难免寓有今昔之感,然其之所以获得广泛追和并不在于它寄托了多么深刻的情志,而在于它浓郁的才思、丰富的想象、优美的文辞以及婉丽清雅的词风。陈沆、吴省钦、方成培、徐志鼎、吴斐、陆文蔚、周暟、孔继涵、吴展成、程瑜、王启曾、屈为章等皆和玉田韵,仍咏春水,其中朱昂《南浦·题斗初春江雨泛图》,用玉田春水词韵》不仅章法脉络与原作相同,字面上也多相似之处,"流红""渺渺""多少"即直接从原作中来。正因为对玉田原作亦步亦趋,此和作虽然写景如画,但有堆砌辞藻之嫌,缺少灵动之感与生动之美:

> 花雾黯霏霏,漾轻舟、正是春堤初晓。鸥梦隔烟汀,江南路、千里流红如扫。平桥曲港,菰蒲远映渔村小。惆怅天涯人去后,绿遍几丛芳草。
>
> 凭谁点染溪山,最销凝两岸,缃桃谢了。樯燕语还飞,垂杨外、依约旧游重到。予怀渺渺,片帆斜处东风悄。回忆孤吟云水际,赢得鬓丝多少。

而吴锡麒《南浦·春水,用玉田韵》则能别开生面,写得饶有情致:

> 溪口夜来生,便和烟带雨,溶溶流晓。渔妇理妆窥,才今日、镜面峭寒新扫。楼台倒影,藏春莫道琼壶小。眼底绿波如画就,乱浸四围花草。
>
> 相逢不恋萍踪,只依依南浦,欧盟未了。时节过湔裙,问天上何日,画船人到。鱼书杳渺。年年杜若香生悄。那料寻源来又误,吹得落红都少。

---

① 冯乾编校:《清词序跋汇编》,凤凰出版社,2013 年版,第 743 页。
② [宋]张炎著,吴则虞校辑:《山中白云词》,中华书局,1983 年版,第 165 页。

此词上阕体物深细,从不同侧面表现春水,烘托春意,"眼底绿波如画就,乱浸四围花草"句将绿波荡漾、花草丛生的溶溶春意和盘托出,如在目前,"浸"字极为传神。下阕抒情委婉含蓄,暗用《九歌·山鬼》"山中人兮芳杜若,饮石泉兮荫松柏,君思我兮然疑作"句及陶渊明《桃花源记》典故,将思念、寂寥、落寞之感淡淡道出。张炎在《词源》中指出咏物之词"体认稍真,则拘而不畅。模写差远,则晦而不明。要须收纵联密,用事合题,一段意思,全在结句,斯为绝妙"①,吴锡麒和词堪称典范。

此期词人用张炎咏春水韵而咏秋水者亦不在少数,如江昱、江炳炎、李翮、姜藻、朱泽生、王韵梅、李汝章等。江昱(1706—1775),字宾谷,号松泉。精于诗,工咏物,尤好词,尝与厉鹗、陈章等唱和。著有《松泉诗集》《梅鹤词》等。江昱《南浦·秋水依玉田韵》上阕从视觉、感觉、听觉方面全方位表现冷落清秋之况,下阕因"征鸿飞起芦洲"而触发内心情思,衔接自然,结句想象转眼春来的景象,出人意料:

> 遥白淡黏天,岸风微,月坠杨丝才晓。凉雨听前宵,纤尘净、莹彻湖光如扫。渔娘睡起,棹歌鸦轧扁舟小。霜下芙蓉零艳粉,寂寞数茎香草。
> 征鸿飞起芦洲,渐沉沉、掠过平沙去了。枫落冷流红,吴江路、曾记梦中吟到。一泓渺渺。倒看云际青峰悄。转首萍波春泛暖,鳞绉绿痕多少。

又如江炳炎《南浦·秋水,用张玉田韵》云:

> 隔树漏空明,白粼粼、雁梦惊凉初晓。矶没旧春痕,风微皱、零剩杨丝低扫。青铜净拭,倒窥山影参差小。依约寒汀孤照外,冷浸碧天烟草。
> 晚来飘送菱歌,与咿哑响答,沿波去了。记得落红流,相思处、又换芦花吹到。闲情浩渺。吟魂独倚江楼悄。报道轻帆归别浦,暮雨潇湘多少。

江炳炎,字研南,有《琢春词》《冷红词》,号冷红词客。吴梅在《词学通论》中

① [宋]张炎:《词源》,《词话丛编》,中华书局,1986年版,第261页。

257

说:"研南在清代不甚显,然学南宋处,颇有一二神解。"①此词体物细微,情思凄婉,可谓得秋水神理者。起首二句与柳永"杨柳岸晓风残月"词境略同而用工笔描绘,整首词从"雁梦惊凉初晓"到"依约寒汀孤照外"再到"晚来飘送菱歌"最后到"暮雨潇湘多少",按照时序依次展开一幅幅秋意图,"矶没旧春痕""记得落红流,相似处、又换芦花吹到"写秋水却时时与春相牵挽,既与张炎原作相呼应,又隐含流年暗度之叹,颇见思致。史蟠《南浦·秋水,用玉田韵》亦有"绿波前度依然,只匆匆、似水流年换了"句,却不如江炳炎词含蓄委婉,耐人寻味。

除咏春水、秋水外,亦有径用玉田韵而抒怀者,如陆培、叶之溶等。陆培(1686—1752),字翼风,一字南香,号白蕉,浙江平湖人,著有《白蕉词》。《踏莎行》自题词集曰:"宛约抒情,圆匀叶调。学翻绣谱颠还倒。引吭涩处似雏莺,歌筵博得红儿笑。　　刻楮心劳,雕虫技小。闲中岁月空磨耗。白云白石渺难追,题蕉一把秾华扫。"可见他追摹姜夔、张炎之心。陆培《南浦》词前小序云:"癸卯秋仲入都,芸庐张君用其家玉田生春水一调,首唱赠行。同人属和,共得若干首,依韵酬答,不胜珠玉满前之愧云。"词情凄凉哀婉:

> 酒酽泻如淮,话分襟,吹阵凉飔侵晓。老屋在西头,篱门静、败叶莎阶谁扫。琴书摒挡,蒻江只怯乌篷小。一段风怀无处着,吟人岸花汀草。
>
> 匆匆也听骊歌,笑青灯素志,何曾酬了。直北是长安,云千叠,不分散人能到。秋情渺渺。碧罗目送飞鸿悄。从此相思明月共,休遣赤鳞来少。

叶之溶(1681—?),字笠亭,著有《小石林长短句》一卷,与陆培同乡,二人集中相互唱和之作颇多,《南浦·送陆南香入都,用玉田春水韵》直抒离情:"离惊浩渺。故人天上双鱼悄。道我年来相忆苦,杯酒浇肠愁少。"

此期咏物之作的兴盛与《乐府补题》的重现密切相关。《乐府补题》专咏龙涎香、白莲、莼、蟹、蝉,是一部咏物词集。朱彝尊借此大力倡导咏物词,作《茶烟阁体物集》,并在乾隆朝被广泛效仿。茹敦和《茶烟阁体物续集》几乎遍和朱彝尊《茶烟阁体物集》,张昌𬯀、冯登府、娄俨分别为自己的词集取名《春阴阁体物词》《紫述华阁体物词》《翠寒巢体物词》。在这一背

---

① 吴梅:《词学通论》,上海古籍出版社,2006年版,第119页。

景之下,张炎咏物之作被广泛追和,咏物词的表现力被进一步挖掘。

综上,清初期对唐宋词遗产进行全面清理之后,经典词人词作已基本形成。清中后期词坛处于浙西词派的牢笼之下,"家白石而户玉田",创作上有定于一尊的倾向。无论是浙西词人,抑或浙派外词人都难免受其影响。词学流派对追和实践的影响显而易见。通过分析浙西派词人的追和之作可见,虽然审美境界同为"清空",而在实际创作中却各有面目。凌廷堪为乾嘉之际词坛名家,而王汝璧、唐仲冕身居高官,交游广泛,诗词皆工,他们对白石词的追和应会产生较大影响。另外,姜夔追和词数量的激增一缘于此期姜夔诗词全集的发现与整理,二缘于社会环境的变化所导致的词学风会、审美旨趣的不同。张炎生于宋末,亲历王朝更迭,其词中多故国之思与身世之感,这是同为遗民的朱彝尊推崇张炎的原因之一。然而,随着社会政治环境趋于稳定,这些情结在雍乾时期被逐渐淡化,浙西词派也从"家白石而户玉田"逐渐转向"家白石而户梅溪"。

附录13:清中后期追和姜夔、张炎词一览表

原唱作者	原唱篇名	和词作者	和词数量	和词总数
姜　夔	《疏影》 (苔枝缀玉)	张云璈	2	123
		姚念曾	1	
		余　集	1	
		张奕枢	1	
		沈双承	1	
		郑　沄	1	
		吴省钦	1	
		庄　焘	1	
		沈璧珽	1	
		唐仲冕	1	
		杨芳璨	1	
		张玉珍	1	
		张　介	1	
		胡成浚	1	
		沈光裕	1	
		王　琴	1	

续　表

原唱作者	原唱篇名	和词作者	和词数量	和词总数
姜　夔	《暗香》 （旧时月色）	张云璈	2	15	123
		郑　沄	1		
		周　暟	1		
		赵怀玉	1		
		姚念曾	1		
		庄　恚	1		
		沈璧琏	1		
		胡成浚	1		
		沈光裕	1		
		王　琴	1		
		唐仲冕	1		
		张玉珍	1		
		张　介	1		
		孙云鹤	1		
	《凄凉犯》 （绿杨巷陌秋风起）	王汝璧	3	8	
		金兆燕	1		
		王又曾	1		
		沈双承	1		
		唐仲冕	1		
		朱　黼	1		
	《念奴娇》 （闹红一舸）	王汝璧	3	8	
		施朝干	1		
		厉　鹗	1		
		费承勋	1		
		郑　沄	1		
		唐仲冕	1		
	《清波引》 （冷云迷浦）	郑　沄	2	5	
		钱　载	1		
		陈　沆	1		
		唐仲冕	1		

续　表

原唱作者	原唱篇名	和词作者	和词数量	和词总数
姜　夔	《一萼红》 (古城阴)	王汝璧	3	5
		唐仲冕	1	
		凌廷堪	1	
	《玲珑四犯》 (叠鼓夜寒)	王汝璧	1	4
		唐仲冕	1	
		孙鼎煊	1	
		唐仲冕	1	
	《长亭怨慢》 (渐吹尽枝头香絮)	张云锦	2	4
		沈双承	1	
		唐仲冕	1	
	《秋宵吟》 (古帘空)	金兆燕	1	3
		沈双承	1	
		凌廷堪	1	
	《解连环》 (玉鞭重倚)	王汝璧	1	3
		郑　沄	1	
		唐仲冕	1	
	《庆宫春》 (双桨莼波)	王汝璧	1	3
		唐仲冕	1	
		李佩金	1	
	《杏花天影》 (绿丝低拂鸳鸯浦)	郑　沄	1	3
		唐仲冕	1	
		凌廷堪	1	
	《齐天乐》 (庾郎先自吟愁赋)	唐仲冕	2	3
		钱　塘	1	
	《角招》 (为春瘦)	厉　鹗	1	3
		沈双承	1	
		唐仲冕	1	
	《惜红衣》 (簟枕邀凉)	吴敬梓	1	2
		张玉珍	1	
	《鹧鸪天》 (白绿椒红事事新)	陈　皋	1	2
		张玉珍	1	

和词总数(姜夔): 123

原唱作者	原唱篇名	和词作者	和词数量		和词总数
姜　夔	《满江红》 （仙姥来时）	王汝璧	1	2	123
		唐仲冕	1		
	《霓裳中序第一》 （亭皋正望极）	唐仲冕	1	2	
		凌廷堪	1		
	《八归》 （芳莲坠粉）	唐仲冕	2	2	
	《摸鱼儿》 （向秋来）	唐仲冕	2	2	
	《喜迁莺慢》 （玉珂朱组）	唐仲冕	2	2	
	《石湖仙》 （松江烟浦）	吴锡麒	2	2	
	《卜算子》 （月上海云沈）	陈　朗	2	2	
	《卜算子》 （家在马城西）	陈　朗	2	2	
	《湘月》 （素娥睡起）	唐仲冕	1	1	
	《湘月》 （楚山向晚）	唐仲冕	1	1	
	《湘月》 （五湖旧约）	唐仲冕	1	1	
	《蓦山溪》 （与鸥为客）	唐仲冕	1	1	
	《蓦山溪》 （青青官柳）	唐仲冕	1	1	
	《翠楼吟》 （月冷龙沙）	唐仲冕	1	1	
	《江梅引》 （人间离别易多时）	唐仲冕	1	1	
	《小重山令》 （人绕湘皋月坠时）	唐仲冕	1	1	
	《法曲献仙音》 （虚阁笼寒）	唐仲冕	1	1	
	《徵招》 （潮回却过西陵浦）	唐仲冕	1	1	
	《洞仙歌》 （花中惯识）	王汝璧	1	1	

续　表

原唱作者	原唱篇名	和词作者	和词数量		和词总数
姜　夔	《点绛唇》 (燕雁无心)	沈璧琚	1	1	
	《念奴娇》 (楚山修竹)	唐仲冕	1	1	
	《少年游》 (双螺未合)	陈　朗	1	1	
	《莺声绕红楼》 (十亩梅花作雪飞)	陈　朗	1	1	
	《淡黄柳》 (空城晓角)	唐仲冕	1	1	
	《玉梅令》 (疏疏雪片)	唐仲冕	1	1	
	《琵琶仙》 (双桨来时)	史　蟠	1	1	
	《扬州慢》 (淮左名都)	李汝章	1	1	
张　炎	《南浦》 (波暖绿粼粼)	方成培	2	29	68
		李汝章	2		
		史　蟠	2		
		朱　昂	1		
		吴省钦	1		
		叶之溶	1		
		徐志鼎	1		
		陆　培	1		
		李　翩	1		
		江炳炎	1		
		江　昱	1		
		吴　斐	1		
		姜　藻	1		
		陆文蔚	1		
		朱泽生	1		
		孔继涵	1		
		吴展成	1		
		王韵梅	1		

原唱作者	原唱篇名	和词作者	和词数量		和词总数
张　炎	《南浦》 (波暖绿粼粼)	吴锡麒	1	29	68
		程　瑜	1		
		王启曾	1		
		屈为章	1		
		王　洲	1		
		陈　沆	1		
		沈廷陛	1		
		陆大复	1		
	《高阳台》 (接叶巢莺)	徐志鼎	2	7	
		高文照	1		
		许宝善	1		
		仇梦严	1		
		史　蟠	1		
		江炳炎	1		
	《绮罗香》 (万里飞霜)	金兆燕	1	5	
		沈起凤	1		
		孙鼎煊	1		
		许宝善	1		
		俞玉海	1		
	《八声甘州》 (记玉关踏雪事清游)	方成培	1	3	
		方正澍	1		
		詹肇堂	1		
	《疏影》 (黄昏片月)	王汝璧	1	3	
		张宗松	1		
		孙鼎煊	1		
	《疏影》 (柳黄未结)	郑沄	3	3	
	《珍珠令》 (桃花扇底歌声杳)	姜藻	2	2	
	《梅子黄时雨》 (流水孤村)	王汝璧	1	1	

续　表

原唱作者	原唱篇名	和词作者	和词数量	和词总数
张　炎	《真珠帘》 (绿房几夜迎清晓)	孙鼎煊	1	1	68
	《柳梢青》 (一夜凝寒)	陈　朗	1	1	
	《西河》 (花最盛)	邹　稷	1	1	
	《南歌子》 (窗密春声聚)	陈　朗	1	1	
	《解连环》 (楚江空晚)	姜　藻	1	1	
	《扫花游》 (烟霞万壑)	凌廷堪	1	1	
	《壶中天》 (扬舲万里)	郑　沄	1	1	
	《渡江云》 (山空天入海)	方成培	1	1	
	《探芳信》 (坐清昼)	詹肇堂	1	1	
	《忆旧游》 (看方壶拥翠)	王又曾	1	1	
	《清波引》 (江涛如许)	陈　沆	1	1	
	《台城路》 (一窗烟雨不除草)	张奕枢	1	1	
	《台城路》 (十年前事翻疑梦)	张奕枢	1	1	
	《台城路》 (料得吟僧)	王又曾	1	1	
	《台城路》 (薛涛笺上相思字)	魏晋锡	1	1	

第七章　学词门径的探寻：清晚近词人追和唐宋词

清晚近词人在追和中较少受词学流派门户之见的影响，无论是常州派词人还是融合浙派、常州派词学主张的晚清四大词人，追和对他们来说，更是一种探寻词学门径的实践行为。通过追和，清晚近词人对唐宋名家词艺的把握更深刻准确，词史意识也更为鲜明。王鹏运、郑文焯、张祥龄、况周颐、朱祖谋等人在词籍校勘过程中相互唱和，意气相通，联句与追和相结合的新的创作形式应运而生。

第一节　常州词派词人追和唐宋词

康乾词坛为浙派所左右。浙派标举南宋，推崇姜夔、张炎，一味追求清空醇雅，词在内容上渐趋空虚、狭窄。嘉庆初年浙派词人更是着力于词的声律格调，流弊益甚。常州词人张惠言欲挽此颓风，大声疾呼词与《风》《骚》同科，竭力推尊词体，强调比兴寄托，反琐屑饤饾之习，攻无病呻吟之作。一时和者甚众，彼此鼓吹，蔚然成风，遂有常州词派的兴起。嘉庆二年(1797)张惠言《词选》编成，选唐宋两代44家160首词作。与浙派相反，多选唐五代北宋词，少取南宋词，对浙派推崇备至的姜夔词只选3首、张炎词仅取1首。常州词派对于唐宋词的接受主要体现在词学理论的建构方面，在创作实践中较少追和前人，宋翔凤、谭献、包世臣是作有追和词较多的几位。

一、宋翔凤追和周姜、苏辛词

宋翔凤(1776—1860)，字于庭，江苏长洲(今吴县)人。嘉庆五年

(1800)举人,官湖南宝庆府同知。有《香草词》《洞箫词》《碧云庵词》,总称《浮溪精舍词》,又有《乐府余论》一卷。宋翔凤学出张惠言,曾自叙学缘曰:"余弱冠后始游京师,就故编修张先生受古今文法。先生于学皆有源流,至于填词,自得宗旨。其于古人之词,必缅幽凿险,求义理之所安。若讨河源于积石之上,若推经度于辰极之表。其自为词也,必穷比兴之体类,宅章句于情性,盖圣于词者也。"①他在《乐府余论》中评价姜夔词曰:"词家之有姜石帚,犹诗家之有杜少陵,继往开来,文中关键。其流落江湖,不忘君国,皆借托比兴,于长短句寄之。如《齐天乐》,伤二帝北狩也;《扬州慢》,惜无意恢复也;《暗香》《疏影》,恨偏安也。盖意愈切,则辞愈微,屈宋之心,谁能见之。乃长短句中,复有白石道人也。"②姜夔《暗香》《疏影》《扬州慢》均入选张惠言《词选》,张惠言评《疏影》云:"此章更以二帝之愤发之,故有昭君之句。"③宋翔凤所谓"恨偏安也",显然是对张惠言评价的直接继承,而"《齐天乐》,伤二帝北狩也。《扬州慢》,惜无意恢复也"的解读,则是对张氏之意的深入阐发。宋翔凤论词继承张惠言"比兴寄托"说,强调词的"微言大义",如《醉落魄·题〈绝妙好词〉》云:"名花碎锦看成骨。蛮笺小字寻如发。春心不为春消歇,香草美人,那与楚骚别。"

宋翔凤曾为邓廷桢属吏,词集中有多首与邓廷桢酬唱之作,其中《大酺》(嶰筠先生以端砚、徽墨、笺纸、茗壶见赠,作此以谢,用清真韵)云:

> 正雪花浓,梅花冷,风入东边空屋。残年仍旅寄,听鸦飞难定,闷怀当触。一纸书来,兼珍作伴,寒色知怜修竹。还生沉吟久,为昭容肯记,客卿相熟。奈徒有茶经,玉川人远,年年幽独。
>
> 豪锥全秃速。恨轻付、尘土埋双榖。见几案、初陈清供,昔别如逢,也都成、饯冬题目。百番银笺好,重叠写、暮云心曲。念今日、依江国。春信千里,何处能开红荻。梦来自携夜烛。

此词用赋笔表现感遇之情与幽独愁绪。上阕"寒色知怜修竹"句化用杜甫"天寒翠袖薄,日暮倚修竹"句意,含蓄表达谢意,结句"梦来自携夜烛"平铺

---

① 孙克强等编著:《清人词话》,南开大学出版社,2012年版,第1148页。
② 唐圭璋编:《词话丛编》,中华书局,1986年版,第2503页。
③ 同上,第1615页。

直叙,不如原句"夜游共谁秉烛"蕴藉。

宋翔凤分别追和《暗香》《疏影》各二首,《暗香》(题姜白石诗词合集,即用集中韵):

> 照来古色。有词仙未老,高楼吹笛。望久玉楼,欲上浮槎把星摘。清思湖山自冷,又风雨、飘零遗笔。任几辈、换羽移官,谁复继斯席。
>
> 乡国。韵正寂。久付与蠹蟬,数卷尘积。去波未竭。红药桥边屡追忆。明月当空尚有,须洗尽、楼台金碧。按旧调、都在也,小红唱得。

《疏影》(前题,用集中韵):

> 红牙拍玉。过好风几信,时雨经宿。自制新词,还度新声,付与哀丝豪竹。江南自昔销魂地,况隔断、高楼西北。更愁他、倚遍阑干,早是一春人独。
>
> 须记垂虹旧路,马塍好未损,吟到浓绿。梦里天涯,多少情怀,觅向空山茅屋。华年怕续伤心史,剩几首、苍凉词曲。待后来、织上旋机,碎锦又难成幅。

《暗香》(再次石帚韵)上阕设想姜夔情境,可谓白石知音:"怕看暮色。寄远情渺渺,还传渔笛。怨语未申,掩卷微吟试搜摘。风重梅花自落,偏苦苦、烦伊词笔。但挽得、一缕花魂,和泪奠芳席。"周济《介存斋论词杂著》赞誉姜夔《暗香》《疏影》"寄意题外,包蕴无穷,可与稼轩伯仲"①。谭献亦曰:"石湖咏梅,是尧章独到处。"②宋翔凤《暗香》(和幼桥咏红梅,用石帚韵)二首也深有寄托,有老大无成之慨叹与念远怀人之情,如"君自防他泥淴,如我又、看朱成碧。负绛蜡、空照取,那回记得""昔游几度,人去扬州远成忆。犹似微酣倚处,清影动、冰壶瑶碧。便此际、芳信冷,怎生忘得"等。

"赋黄州,诗海外,斯境更何有。天上人间,名姓比山斗。"宋翔凤推崇苏轼,词中有《祝英台近》(东坡生日,和嶰筠先生韵)、《沁园春》(……中丞以东坡生日,率子弟为之介寿,作诗以赠。因填此解奉和)等,并作有追和

---

① [清]周济著,顾学颉校点:《介存斋论词杂著》,人民文学出版社,1998年版,第8页。
② [清]谭献著,顾学颉校点:《复堂词话》,人民文学出版社,1998年版,第27页。

苏轼《念奴娇》词二首，豪放不输原作。《念奴娇》(孝逸含山官舍晤怀远许叔翘，出其《团勇助军记》，有邓嶰翁中丞用东坡《念奴娇》韵题词，亦次一阕)云：

> 唾壶缺后，尽消除不去，胸中何物。草木淮南全划处，历历犹存垒壁。瘢拭刀鋋，沙蕹箭镞，人事更霜雪。后生乡里，近来莫问英杰。
>
> 官舍尊酒流连，沉沉春雨，正江花初发。待可商量耕与钓，好听虚名磨灭。千里迢迢，家山何许，一抹青如发。著书更好，闭门谁算年月。

辛弃疾《沁园春》词抒写带湖新居将成之际，万端感慨集于一心的复杂感情。宋翔凤《沁园春》(盂县秋日，用稼轩韵)二首写思乡归隐之情，得稼轩词沉郁顿挫之致：

> 开户顽山，一望模糊，此间又来。看床头盛夏，先烧石炭，窗前侵早，已积尘埃。跨卫兼程，餐粱数器，日暮心情何壮哉。深秋近，送行行雁字，惯向南回。
>
> 无端坐守空斋。取砚匣书囊随手开。见疏疏绝艳，影怜砌卉，纷纷往事，曲忆江梅。问字偏多，论文未倦，桃李真思著意栽。江乡远，念家无儋石，不任徘徊。
>
> 风露深时，客梦难成，万端尽来。步空阶暗月，全无瘦影，虚堂清夜，不见浮埃。车上衣装，灯边书箧，天与飘零真信哉。三更后，剩重寻笛谱，愁断方回。
>
> 多年别了山斋。更何计归将荒径开。待细揩昏眼，枕函贮菊，闲眠病骨，帐顶图梅。坐忆家园，渐惊摇落，丛桂庭中几树栽。连蜷处，听花魂寂寞，尽费低徊。

总之，虽然在理论上宋翔凤推崇姜张，在创作实践中对各家词风都有所模仿，既有追和周邦彦、姜夔之作，又有追和苏轼、辛弃疾之词，词风多样，体现出宽广的词学视野。

二、丁履恒、陆继辂、包世臣等追和唐宋词

张惠言《词选》后附录同邑友人黄景仁、左辅、恽敬、钱季重、李兆洛、陆继辂、丁履恒七家词。七家虽大都不以词专门名家,但因为《词选》的深远影响而不容忽视。丁履恒(1770—1832),字若士,一字道久,号冬心。有《思贤阁词》,一名《宛芳楼草》。丁履恒词宗尚北宋,词风近于周邦彦、秦观。丁履恒对姜夔词中羁旅漂泊之感深有体会,有追和姜夔词三首。《浣溪沙》(吴淞道中用白石韵)词序云:"戊午十一月下浣,买舟之上海。篷船无俚,手抄白石词。意有所会,辄用其韵。并题一绝句云:'袖短天寒出手迟,自呵冻墨写新词。吟商侧楚歌声苦,须遣苕溪白石知。'"姜夔"雁怯重云不肯啼"用一"怯"字,情景交融,而丁履恒和作"回首重云雁不啼"虽蹈袭原意,却情韵不足。丁履恒和作多化用姜夔词句,有支离破碎之感,将和词与原作比较即可见出:

丁履恒《鬲溪梅令》(将之上海舟上用白石韵)

> 一篙不与送归人,碧粼粼。两岸枯杨历乱未成阴,春风何处寻?
> 一宵乡梦欲为云,谩横陈。却与兰舟双桨怨盈盈,夜鸿三两声。

姜夔《鬲溪梅令》(丙辰冬自无锡归作此寓意)

> 好花不与殢香人,浪粼粼。又恐春风归去绿成阴,玉钿何处寻?
> 木兰双桨梦中云,小横陈。漫向孤山山下觅盈盈,翠禽啼一春。

"倦游欢意少,俯仰悲今古……文章信美如何用,漫赢得,天涯羁旅",《玲珑四犯》(越中岁暮闻箫鼓感怀)是姜夔总结生平之作,抒写了文才难展、身世飘零之感,婉转深沉,含蕴无限。丁履恒和作《玲珑四犯》(过虎丘用白石韵)抒发离别之苦与羁旅之愁,不袭用原作词句,较为自然浑成:

> 远树暮云,荒烟衰草,天寒风景如许。江山原绝代,寂寞成千古。销魂黯然难赋。更惊他、雁横前浦。有恨流波,无情双桨,酿得此离苦。
> 春风候、春塘路。记垂垂细柳,低映朱户。翠尊和月上,玉辔随尘去。而今底事凄凉甚,恰正共、萧条行旅。怎自把、心期问,嬉春旧侣。

陆继辂（1772—1834），字祁孙，又作祁生。嘉庆五年（1800）举人，曾官江西贵溪县知县。著有《清邻词》。陆继辂曾向张惠言请教，其《冶秋馆词序》曰："仆年二十有一始学为词，则取乡先生之词读之，……心疑之，以质先友张皋文。皋文曰：'善哉，子之疑也。虽然，词故无所为苏辛、秦柳也，自分苏辛、秦柳为界，而词乃衰……。许氏云：意内言外谓之词，凡文辞皆然，而词尤有然者。'"①陆继辂在词学观念上受张惠言"意内言外"的影响，和作《疏影》（异之以陈香浦画蕉花乞词，用白石韵）借咏蕉花传达出文士落寞幽独情绪：

> 丛铃碎玉。问夜来听雨，谁伴孤宿。几日恹恹，不启闲窗，弹章倦到臣竹。芳华忍俊经年惯，尽觅遍、花南池北。嘱白阳、莫染霜豪，生性任伊幽独。
>
> 长记初相见处，也曾向梦里，折损浓绿。百叠风裳，自是人间，无此双棲茅屋。丁香漫订春愁侣，怕未许、诉将心曲。待六花、飞上寒枝，看取维摩横幅。

包世臣（1775—1855），字慎伯，号倦翁，安徽泾县人，嘉道年间著名的思想家与学者。晚年自编文集《安吴四种》，包括《中衢一勺》《艺舟双楫》《管情三义》《齐民四术》等著作。包世臣博学多才，对书法、诗文均有理论探讨。包世臣指出，词是"意内而言外"，倚声得者有三：曰清、曰脆、曰涩。不脆则声不成，脆而不清则腻，既脆又清但不涩则浮。包世臣论词推举清真白石，在《为朱震伯序月底修箫谱》中评两宋词家曰："屯田梦窗以不清伤风，淮海玉田以不涩伤格，清真白石则殆于兼之矣。"②包世臣有和姜夔词三首，仅次白石原韵，词艺却不可与原作同日而语，如《长亭怨慢》（谱白石《长亭怨慢》，清蓉别写"落花人独立，微雨燕双飞"图照，词以系之）：

> 剩一片、漫空飞絮。绕遍台城，画梁朱户。燕语留人，向风前、诉恨如许。雨丝剪断，休睇入、深深树。只碧草凄迷，几恼乱、王孙游此。
>
> 薄暮。任兰皋极目，是处堕红难收。东君管领，可还记、往时分

---

① ［清］陆继辂：《崇百药斋续集》，清光绪四年（1878）兴国州署重刻本，卷三。
② 冯乾编校：《清词序跋汇编》，凤凰出版社，2013年版，第899页。

付。只一例、冷落天涯。算烟月、湖山谁主。怎盼到春光,依旧迟迟如缕。

又和清真词 6 首,其中《六丑》(谱清真"单衣试酒"。过富庄驿,访讴者月梧,不见。土人述其所遭,已递还高阳旧籍也)得清真词回环往复之妙:

> 乍闲情赋就,只几度、新愁抛掷。欲寻断魂,扬州频过翼。梦境难迹。却指红楼外,荻帘低押,雪影留香国。罗巾未减啼痕泽。拾翠清流,条桑绣陌。年华可堪追惜。竟云对院落,蛛网棂槅。
>
> 王孙路寂。任姜姜草碧。欲诉天涯事,无消息。杨枝不解愁客。故长条蜿地,嫋娜何极。章台上、渐青如帻。怎忘得此日,横波月小,敛烟山侧。残红坠、祝与春汐。只旧池,好认高阳路,孤根寄得。

包世臣和作中追和苏轼《念奴娇》词三首较为杰出,词风颇为豪放,如《大江东去》(廿五日,谦谷导游理安,憩松颠阁,分赋):

> 髯翁归去参寥化,闲煞西湖风物。桂棹潎洄西向笑,遥认螺峰一壁。树古溪盘,瘦藤扶上,心地凉于雪。烟霞深锁,望中虚阁称杰。
>
> 谁信携手松颠,下窥飞鸟,与孤云同发。极目蔚蓝天一色,暧暧空中如灭。法雨清泠,可能容我,濯此萧萧发。后期凭订,揭来还踏新月。

《大江东去》(范吾山观察招同姚伯山明府、谦谷书记泛西子湖,谦公即席谱此阕,予倚其声,即送伯山之官粤东)对遍地烽火、乱象丛生的社会现实表示担忧和愤慨,表现出清廉为政的决心:

> 乍开天镜,照澄澈、刚称中空无物。解事兰桡招倦客,深坐青螺四壁。泥泼新醅,沉浇旧憾,散我襟如雪。湖山堪恋,俯仰娇娆英杰。
>
> 休道多宝羊城,酌泉吴隐,愤悲笳清发。阅尽阎浮弹指间,涌现无生无灭。烽火惊心,江湖满地,种种卢蒲发。输君驴背,赋孤山问秋月。

"休道多宝羊城,酌泉吴隐,愤悲筋清发"句用晋人吴隐之为官清廉,饮"贪泉"而不贪的典故。据《晋书》载,当时广州府衙贪污成风,晋安帝欲革除弊政,派吴隐之出任广州刺史。吴隐之过石门"贪泉",酌泉赋诗曰:"古人云此水,一歃怀千金。试使夷齐饮,终当不易心。"以伯夷叔齐自比,表明清廉为政的决心。"烽火惊心,江湖满地,种种卢蒲发"用春秋时期齐国大臣卢蒲嫳典故。据《左传·昭公三年》记载,齐侯田于莒,卢蒲嫳见,泣,且请曰:"余发如此种种,余奚能为!"后因以"余发种种"用为衰老之典。李白《留别西河刘少府》云:"秋发已种种,所为竟无成。""输君驴背,赋孤山问秋月"句,化用王昌龄《送崔参军往龙溪》诗"龙溪只在龙标上,秋月孤山两相向。谴谪离心是丈夫,鸿恩共待春江涨"。"诗思在灞桥风雪中驴子上"语出晚唐宰相郑綮。和作连用三个典故,恰切表现了词人对当时社会的不满与洒落襟怀。又有《大江东去》(熙载以"观海者难为水"六字刻印,余为谱《大江东去》,以写其意)云:

> 谷王西受,百川灌、骄尔天吴何物。水立漫空凝望处,遮断蓬莱绝壁。似此奇观,终归想像,古憾焉能雪。回头盼愕,悔年来自称杰。
>
> 休问沟浍皆盈,咄嗟时雨集,纵横雄发。立涸贻羞无本者,都付浮沤兴灭。万派源泉,一齐东注,齿齿真梳发。烟云光里,洗来双眼如月。

吴熙载系包世臣入室弟子,原名廷扬,字熙载,江苏仪征人。善书画,尤精篆刻。"观海者难为水"出自孟子"孔子登东山而小鲁,登泰山而小天下。故观于海者难为水,游于圣人之门者难为言"。包世臣和作上阕化用庄子《秋水》篇以写其意,下阕直抒己见,尽显豪迈。

三、谭献、庄棫追和唐宋词

谭献(1832—1901),初名廷献,字仲修,号复堂。浙江仁和(今杭州)人。著有《复堂词》。谭献论词主张本于常州词派,极力推尊词体。他选编清人词为《箧中词》6卷,续集4卷,并详著其流别;又评点周济《词辨》,意在阐发自己的论词主张,影响甚大。叶恭绰《广箧中词》卷二评曰:"仲修先生承常州派之绪,力尊词体,上溯风、骚,词之门庭,缘是益廓,遂开近三十

年之风尚,论清词者,当在不祧之列。"①陈廷焯对复堂词评价极高,称其
"品骨甚高,源委悉达。窥其胸中眼中,下笔时匪独不屑为陈朱,尽有不甘
为梦窗玉田处。所传虽不多,自是高境"②。谭献词中追和周邦彦、史达祖
词二首、追和辛弃疾、秦观、姜夔、张炎词各一首,总体质量较高。《摸鱼儿》
(更能消、几番风雨)一阕是辛弃疾名篇,抒发了壮志难酬、郁郁不得志的苦
闷心情。谭献在《谭评词辨》中评价说:"权奇倜傥,纯用太白乐府诗法。"③
谭献长期沉沦下僚,生活困窘,迫于生计,漂泊四方,《摸鱼儿》(用稼轩韵,
自题《复堂填词图》)可谓自述生平心迹之作:

> 唱潇潇、渭城朝雨,轻尘多少飞去。短衣匹马天涯客,遥见乱山无
> 数。留不住,又只恐飘零,长剑悲歧路。旧时笑语,待寄与知心,被风
> 吹断,晓梦托萍絮。
> 瑶琴上,曲调金徽早误,深宫人复谁妒。一弦一柱华年赋,但有别
> 情吟诉。鸧鸹舞,已草草青春,红袖归黄土。斜阳太苦,独自上高楼,
> 迷离望眼,不见送君处。

据《复堂日记补录》卷二载:"重九,蓝洲为予画《填词图》寄至。笔情隐秀,
当压卷也。"④蓝洲,陈豪字,仁和人。《复堂填词图》为同乡陈豪所画。创
作此词时谭献已年近六旬,身体多病,在赴任含山令途中又一次病情发作,
不得已回归杭州。独自登楼,遥望乱山之际,蹉跎飘零之感油然而生。徐
珂《近词丛话》云:"读其词者,则云幼眇而沉郁,义隐而指远,腼臆若有不可
于明言。盖斯人胸中别有事在,而官止于令,犖然不能行其志,为可太息
也。"⑤辛弃疾原作多用典故,委婉含蓄,谭献和作善于熔铸前人诗词成句,
曲尽其致,哀怨沉痛:

> "渭城朝雨,轻尘多少飞去"
> (王维《送元二使安西》"渭城朝雨浥轻尘")

---

① 叶恭绰选辑:《广箧中词》,人民文学出版社,2011年版,第121页。
② [清]陈廷焯著,杜维沫校点:《白雨斋词话》,人民文学出版社,1959年版,第110页。
③ 唐圭璋编:《词话丛编》,中华书局,1986年版,第3994页。
④ 谭献:《谭献日记》,中华书局,2013年版,第278页。
⑤ 唐圭璋编:《词话丛编》,中华书局,1986年版,第4226页。

"短衣匹马"

（杜甫《曲江》"短衣匹马随李广，看射猛虎终残年"）

"长剑悲歧路"

（李白《行路难》"停杯投箸不能食，拔剑四顾心茫然""行路难，行路难，多歧路，今安在"）

"曲调金徽"

（汪元量《忆秦娥》"强将纤指按金徽，未成曲调心先悲"）

"一弦一柱华年赋"

（李商隐《无题》"锦瑟无端五十弦，一弦一柱思华年"）

谭献追和词中另有《西河》（用美成金陵词韵，题甘剑侯《江上春归图》）一阕，堪称上乘之作：

> 江上地，长亭草树犹记。梦回故国渺乡心，断鸿唤起。万方一概听笳声，烟波来去无际。
>
> 耿长剑，何处倚，杨枝渡口船系。乌衣巷畔有春风，晚芦故垒。倒吹泪点上征衣，知他江水淮水。
>
> 女墙夜月过小市，照飞蓬、归来千里。往事几回尘世，只龙蟠虎踞山形，依旧还枕滔滔、寒流里。

甘剑侯，同治六年优贡，光绪二年举人。中年隐于病，著作以娱。据谭献《复堂文》卷三一《甘府君墓表》载，"朝考一等，以教职用署宿迁县训导"①。周邦彦全词化用刘禹锡咏金陵之《石头城》和《乌衣巷》二诗，又能浑然天成，是怀古词中别具匠心的佳作。"往事几回尘世，只龙盘虎踞，山形依旧，还枕滔滔寒流里"化用刘禹锡《西塞山怀古》"人世几回伤往事，山形依旧枕寒流"句而妥帖自然，如同己出。"耿长剑，何处倚"用虞世南《出塞》"耿介倚长剑，日落风尘昏"句意，意境苍凉。谭献在题画之作中融入历史兴亡之痛与人世沧桑之感慨，沉郁顿挫。陈廷焯《白雨斋词话》卷一云："所谓沉郁者，意在笔先，神余言外。写怨夫思妇之怀，寓孽子孤臣之感。凡交情之冷淡，身世之飘零，皆可于一草一木发之。而发之又必若隐若现，欲露不露，

---

① ［清］谭献著，罗仲鼎点校：《谭献集》，浙江古籍出版社，2012年版，第62页。

反复缠绵,终不许一语道破。匪独体格之高,亦见性情之厚。"①谭献此作可谓深得此中三昧。

史达祖《双双燕》《绮罗香》两首咏物名篇,谭献均有和作。《双双燕》(绿阴词同廉卿作,用梅溪韵)上阕层层铺垫,用细腻笔触描摹暮春时节的景致,渐入孤独、伤感之境;下阕丝丝入扣,抒发深挚相思之情:

> 渐花事了,数寒食清明,断红香冷。人家绿暗,晓树后堂枝并。行到荒台废井,正天气阴晴难定。栏干竟日沉沉,镜里双鬓留影。
>
> 幽径。罗衣露润,怪叶底声圆,乳莺轻俊。韦郎归也,莫是暮云催暝。刚许眠琴坐稳,算分付寻芳音信。娇病最怯春寒,雨过琐窗还凭。

又有《绮罗香》(题李爱伯户部《沅江秋思图》,用梅溪韵)一阕:

> 草瘦芳心,柳迷倦眼,回首佳人迟暮。一片愁魂,还被水云留住。思故国、不隔西风,奈离绪、尚萦南浦。最怜他、松柏同心,往来寂寞钿车路。
>
> 清秋江上望远,只恐回帆浪急,公今无渡。雾失峰青,憔悴镜中眉妩。垂翠箔、人忆当年,倚箪床、梦醒何处。恁禁得、弹冷筝丝,潇湘和雁语。

谭献信奉常州词派比兴寄托说,其词追求有所寄托,有一定的现实感受,如庄棫《复堂词序》所说:"仲修年近三十,大江以南,兵甲未息。仲修不一见其所长,而家国身世之感,未能或释,触物有怀,盖风人之旨也。"②然而,在意象组合与声情表现上,复堂词大多恪守前人模式,缺少真率之气与浓烈之情,难以自成面目。如《千秋岁》(海隅信宿,旅病倦游,用少游韵示拙,存太守竹潭醵尹。辽园诗老时同客上海)、《琐窗寒》(连夕与子珍步月,秋心渺绵,感赋此解,用玉田韵)等对原作亦步亦趋,未见新意。在词句上多模拟之痕,如《瑞鹤仙影》(白石客合肥,自度此曲,予用其韵题王五谦斋小辋川图,安得哑筚篥倚之),白石原作"戍楼吹角。情怀正恶,更衰草寒烟

---

① [清]陈廷焯著,杜维沫校点:《白雨斋词话》,人民文学出版社,1959年版,第5页。
② 同上,第114页。

淡薄",和作则生硬变化为"不闻残角。倾襟未恶,更消受青尊酒薄",有拼凑之感。又如《尉迟杯》(西湖感旧用周韵,同潘少梅丈作),原作"有何人、念我无聊,梦魂凝想鸳侣"含蓄蕴藉,而和作以"问飘来、甚处箫声,倚楼应是愁侣"结句,则显直露。

庄棫字希祖,号中白,别号蒿庵。与谭献齐名,同为常州派后期代表作家。有《蒿庵词》,又名《中白词》。陈廷焯评价其词"发源于国风、小雅,胎息于淮海大晟,而寝馈于碧山也"[①]。试观庄棫和清真、淮海词。《侧犯》一阕次清真韵咏酴醾而有所喻托:

> 恼红怨绿,浅匀腻粉新妆靓。人定,似缥缈琼楼露明镜。冰肌自掩袂,雪月深深径。风静,婺尾宴,光浮玉杯影。
> 盈盈压架,背立芳心莹。还记省,春闺鸦鬌共潘令。梦绕梨云,艳魂清迥。无语东风,夜阑金井。

又如《水龙吟》(和秦淮海):

> 小窗月影东风,单衣伫立轻寒骤。闲门静掩,湘帘不卷,深宵时候。已隔经年,更添愁绪,问君曾有。料春光满眼,王孙草色,离离远,迷荒甃。
> 一曲杨枝别后。恰依稀、探春时又。客中何处,侬今生怕,为侬消瘦。飞燕雕梁,落花深巷,一般搔首。更天涯是处,流莺满院,说新和旧。

秦观原句"天还知道,和天也瘦"为纤软情语,与李贺"天若有情天亦老"同意。和作"侬今生怕,为侬消瘦"稍显直露。与原作比较可见,庄棫填词功力甚深,但因拘于原韵,从字面到情韵上多有因袭。正如严迪昌先生所说:"与其说融古人诸格于一己,还不如说是将自己溶解到古人的体格去,于是也就失落了其自己的面目。"[②]

---

① [清]陈廷焯著,杜维沫校点:《白雨斋词话》,人民文学出版社,1959年版,第114页。
② 严迪昌:《清词史》,江苏古籍出版社,2001年版,第562页。

第二节 "清末四家"追和周柳姜吴与
学词路径的探寻

晚清四大词人既工于填词,又积极参与词籍校勘,以扎实的创作功底投入校勘实践,开创了词籍校勘之学,为近代词学研究奠定了基础。王鹏运自光绪七年(1881)始从事词籍校勘,为之倾注了二十余年心血,陆续刻成《四印斋所刻词》《四印斋汇刻宋元三十一家词》,续校《梦窗甲乙丙丁稿》《樵歌》《草窗词》等。朱祖谋受王鹏运之约同校《梦窗词》,此后校勘《梦窗词》长达二十余年。朱校《梦窗词》堪称《梦窗词》最精审之版本。在此基础上,朱祖谋积三十余年之力,刻成《彊村丛书》。况周颐亦曾受邀协助王鹏运、朱祖谋校勘《梦窗词》,参与《宋元三十一家词》的校勘。郑文焯十余年间手校《梦窗词》达四五本之多,用力之勤不让王、朱两家。现存郑文焯《梦窗词校议》和《郑文焯手批梦窗词》均为研究《梦窗词》的珍贵文献。郑文焯曾反复校勘《白石道人歌曲》,还批校过《花间集》《乐章集》《清真集》《东坡乐府》《唐五代词选》等唐宋人词集数十种。

郑文焯《致朱祖谋书》云:"周、柳、姜、吴为两宋词坛钜子,来哲之楷素,乐祖之渊源。……今之学者,当用力于此四家,熟读深思,选其名章迥句,反复索其来历,求其功于实灵。先学其对仗之深稳于虚灵,先悟其起结过变之空灵,而后精神往来,怊怅自得,养空而游,如香着纸。"①在词集校勘的影响下,王鹏运、朱祖谋、郑文焯、况周颐等以唐宋名家词韵相互唱和,鼓扬词风,树立词学主张,雕琢词艺,探寻词学路径。追和与联句的结合作为一种新的创作形式,在此过程中应运而生。

一、追和姜夔词与清空骚雅词风的推扬

《双白词》是王鹏运最早校刻的词籍之一,王鹏运早期的词多学姜夔。《袖墨集》中经常使用白石自度腔,如《扬州慢》《长亭怨慢》《淡黄柳》《暗香》《疏影》《惜红衣》《秋宵吟》等。王鹏运不但按其曲调,宗其词笔,连小序也模仿白石,如《惜红衣》小序云:"城阴积水清浅,蒹葭弥望,人家三两,偃映

---

① 《词学》第七辑,华东师范大学出版社,1989年版,第215页。

丛薄间。霜天弄晴,光景奇绝。软红香中,不易得也。"此序之情景、意趣类于姜夔,置之于姜词集中,真伪难辨。王鹏运还在词序中直接道出对白石词的倾慕之情,如《长亭怨慢》序云:"白石道人自制曲一卷,高亢清空,声出金石。丁亥秋日,约同畴丈、鹤公、瑟老,依调和之。他日词成,都为一集,命曰城南拜石词。"字里行间,流露出对白石词的服膺与膜拜。端木埰《一萼红》(忆年时)词序云:"乙酉人日幼霞阁读招作清游,遍历城西南诸刹,晚更招鹤巢共饮,同人相约和石帚调(先是甲申人日君尚留滞大梁,曾填此调奉怀)。岁星既周,旧雨重聚,抚今思昔,快于感俱,仍填此志喜,即呈两君政和。"可知光绪十一年王鹏运诸人即有和姜夔词之议。至光绪十三年秋,半塘与端木埰、许玉瑑、彭銮等即有和姜夔自制曲十二调之事。不久半塘又有《齐天乐》(蟋蟀和畴丈词和端木埰),词中有"西风自入姜郎笔,词人几回频赋"之句。又有《凄凉犯》(用白石韵):

夕阳一抹。风帘静、清吟不尽萧索。钿车宝马,欢情转首,恨生清角。伤春梦恶,断红沁、残阳影薄。甚匆匆、珠旛彩胜,障眼总尘漠。

休念开元日,尺五城南,踏歌声乐。麝尘溅处,颤鸾龙、宝钗零落。海样莺花,俊游事、铜驼记着。只疏梅、月底弄影未负约。

"麝尘溅处,颤鸾龙、宝钗零落"表现出对于时局的担忧,"俊游事、铜驼记着"隐隐流露出一种黍离之悲。

晚清四大家中,郑文焯一生嘱意姜夔,学白石词用力最勤,用心最深。其校勘《白石道人歌曲》历时二十余年,对白石词的校勘潜移默化地影响了其创作。郑文焯学词从姜夔入手,自述曾"举词社于吴,即专以联句和姜词为程课",其词深得白石清空之趣,郑文焯《大酺》词序曰:"予与吴社诸子既联句和石帚词八十四阕。"《虞美人》词序曰:"丁亥秋八月十八日石湖串月,舟中客话小红故事。时同社方和白石暗香疏影二曲,余情赋此,仍次姜韵。梦游之感,同一凄独也。"郑文焯追和姜夔词20首,其中追和《卜算子》咏梅词8首,《惜红衣》词6首。郑文焯深深服膺于姜夔的人品、词品与艺术成就,蔡嵩云评其词"吐属骚雅,深入白石之室,令引近尤佳"①,可谓切中肯綮。光绪壬辰人日得到姜夔遗像后,郑文焯曾和韵作《一萼红》词:

---

① 唐圭璋编:《词话丛编》,中华书局,1986 年版,第 4916 页。

石湖阴。想梅边堕翠，曾上小红簪。轻醉残山，伤春旧月，无奈风过箫沉。漫回首、垂虹载雪，唤梦醒、空有绕枝禽。笠泽烟寒，玉峰云暗，凄绝重临。

宾主百年无几，问浮湘入沔，去住何心。南渡风流，东州雅旧，遗事休更追寻。算歌曲、江湖送老，抵当时、锅里几销金。待访城西马塍，只见花深。

此词上阕追述姜夔一生所历，"笠泽烟寒，玉峰云暗"化用自姜夔《除夜自石湖归苕溪》其七"笠泽茫茫雁影微，玉峰重叠护云衣"。下阕在盛赞姜夔风雅放歌人生的同时，流露出身世之感。周密《齐东野语》卷十二姜尧章自叙："人生百年有几，宾主如某与平甫者复有几？"[1]平甫，张鉴字。张鉴极为欣赏姜夔才华，曾欲出资为其买官。郑文焯特别拈出姜夔这一感慨，当是羡慕其能遇到像张鉴那样的风雅之主，感慨自己漂泊不定，实因无人赏识。龙榆生在《清季四大词人》中指出："文焯以承平故家，贵游年少，而澹于名利，牢落不偶，旅食吴门，尝往来于灵岩、光福、邓尉间。既被服儒雅，尊彝笔砚，事事精洁，有南宋江湖诗人风趣(孟劬先生说)。其性情环境，差与白石相同。"[2]郑文焯性情经历与姜夔相仿，欣赏其高蹈潇洒，与世无争的品节，心折于其才华，仰慕其风流。其《瘦碧词自序》曰："余平生慕尧章之为人，疏古冲澹，有晋宋间风，又深于礼乐，以敷文博古自娱。……白石一布衣，才不为时求，心不与物竞，独以歌曲声江湖，幸免于庆元讧学之党籍，可不谓之知己者乎？知几故言能见道，吾是以有取焉。"[3]

白石作有《卜算子》咏梅词8首，郑文焯一一追和之。词序云："辛亥岁始春，故人治舟相约观梅于邓尉诸山，雨雪载途，余以畏寒不出，因忆山中讨春旧游。次韵白石道人梅花八咏，以示同志，一丘一壑，自谓过之。若所作则伧歌，无复雅句也。""一丘一壑"指退隐在野，放情山水。《世说新语·品藻》云："明帝问谢鲲：'君自谓何如庾亮？'答曰：'端委庙堂，使百僚准则，臣不如亮。一丘一壑，自谓过之。'"[4]伧歌，指俗曲，为郑文焯自谦之词。姜夔填词大量使用题序，词与序相得益彰。夏承焘《姜白石词编年笺校》所

① [宋]周密撰，张茂鹏点校：《齐东野语》，中华书局，1983年版，第212页。
② 龙榆生：《龙榆生词学论文集》，上海古籍出版社，1997年版，第458页。
③ 冯乾编校：《清词序跋汇编》，凤凰出版社，2013年版，第1715页。
④ [南朝宋]刘义庆著，余嘉锡笺疏：《世说新语笺疏》，中华书局，2011年版，第449页。

收录 84 首姜夔词中，有题序者高达 81 首。受姜夔影响，郑文焯《樵风乐府》亦大量使用题序，不少题序有明显的模仿姜夔笔法之痕迹。《卜算子》词序先记事以交代创作背景，再论词作旨意，有类于姜夔《扬州慢》词序。和作在语汇、意象选择与词境塑造上对姜夔词亦步亦趋，如：

郑文焯

　　瑶步起仙尘，钿额添宫样。一闭松风水月中，寂寞空山赏。
　　诗版旧题香，盛迹成追想。花下曾闻玉辇过，夜夜青禽唱。

姜夔

　　绿萼更横枝，多少梅花样。惆怅西村一坞春，开遍无人赏。
　　细草藉金舆，岁岁长吟想。枝上幺禽一两声，犹似宫娥唱。

"寂寞"对"惆怅"、"玉辇"对"金舆"、"青禽"对"幺禽"，正如冒广生《小三吾亭词话》所云："《瘦碧》《冷红》诸词，规抚石帚，即制一题，下一字，亦不率意。"①

郑文焯《致朱祖谋书》云："当此变世，宜以奇情慷慨以写余哀。"②《月下笛》（戊戌八月十三日宿王御史宅，夜雨闻邻笛，感音而作，和石帚）一阕感事沉吟：

　　月满层城，秋声变了，乱山飞雨。哀鸿怨语。自书空、背人去。危阑不为伤高倚，但肠断、哀杨几缕。怪玉梯雾冷，瑶台霜悄，错认仙路。
　　延伫。销魂处。早漏泄幽盟，隔帘鹦鹉。残花过影，镜中情事如许。西风一夜惊庭绿，问天上、人间见否。漏谯断，又梦闻孤管，暗向谁度。

据题序，此词作于光绪二十四年（1898）农历八月十三日。是日，"戊戌六君子"谭嗣同、康广仁、林旭、杨深秀、杨锐、刘光第六人被处死于北京。郑文

---

① 唐圭璋编：《词话丛编》，中华书局，1986 年版，第 4693 页。
② 《词学》第七辑，华东师范大学出版社，1989 年版，第 221 页。

焯明确标举"八月十三日",当有深意存焉。题序中"夜雨闻邻笛,感音而作"用向秀过嵇康旧居闻笛而作《思旧赋》事,由此可推断,此词当为悼念死者而作。梁启超《饮冰室词话》亦指出,《月下笛》题目是"戊戌八月十三日宿王御史宅闻邻笛",咏的是戊戌政变时事。"隔帘鹦鹉",指袁世凯泄露秘密。"一夜惊庭绿"等语,表现出当时一般人对于这件事的情感。

《惜红衣》系姜夔自度曲,邓廷桢《双砚斋词话》云:"其时临安半壁,相率恬熙。白石来往江淮,缘情触绪,百端交集,托意哀丝。……《惜红衣》之'维舟试望,故国渺天北',则周京离黍之感也。"①郑文焯作有次韵姜夔《惜红衣》词6首,其序云:"白石道人制此曲,览凄清之风物,写故国之离忧。……兹与彊村翁连情叠韵,数相唱于,有类元白诗筒故事,因以举似,感此古音,往复依永,凄然其为秋也。"其词曰:

> 断阕吟秋,连筒计日,费人歌力。怨叠清商,衰兰荐寒碧。旗亭旧价,空送老、江南词客。幽寂,云水唱酬,托微波通息。
>
> 苔钱万陌,买尽闲愁,伤秋鬓蓬藉。青芜梦绕旧国,雁行北。漫忆十年尘事,沧海几回亲历。赋桂丛招隐,分半石芝山色。

朱祖谋《惜红衣》(叔问暂客淞滨,屏绝歌酒,楼镫坐雨,兀对忘言,重感旅逸,悄焉叠此)云:

> 病减霜尊,阴沈海日,苦吟犹力。定侣耽慵,忘情远山碧。匡床踞晚,闻去雁、楼头如客。羁寂,香烬籁沈,阅濛濛千息。
>
> 罗窗粉陌,百感无端,飘花泪波藉。樵风但恋,水国送南北。却扫闭关何用,不断乱愁来历。办钓竿幽计,斟酌石湖天色。

两首和作皆抒发世事沧桑之感与故国之思,流露出归隐之情,而郑文焯和作更有白石清空之致。郑文焯和作在字面词意上多处化用姜夔词,如"依约废陂衰柳,犹识越兵来历"即从《扬州慢》"废池乔木,犹厌言兵"而来。朱祖谋和作则更悱恻缅邈,多用楚辞典故,如《惜红衣》(晦鸣、病山别五年矣,荒江卧病,音书寂寥,病山邮示新篇,兼道晦鸣天南宦迹,漂零旧侣,离忧如

---

① 唐圭璋编:《词话丛编》,中华书局,1986年版,第2530页。

何,用白石韵寄晦鸣靖州,遂报病山,不胜岁寒之思矣):

> 万感逃虚,孤吟费日,老来心力。雁外封书,蛮云去天碧。离群岁
> 晚,愁万里、闲关迁客。音寂,灯枕倦醒,咽沧波风息。
> 千班紫陌,鸣殿春雷,青蒲旧声借。舣棱梦堕,下国斗垂北。手握
> 楚兰何事,不许九关攀历。料爨书翻罢,沥酒碧鸡秋色。

此词塑造了友人秦树声、王乃徵敢于直谏、心忧国家的忠臣形象。"青蒲"
典出《汉书·史丹传》,汉宣帝有疾,而太子很少去探视,汉宣帝欲废太子而
立他人。史丹伏青蒲之上,以死谏宣帝,并以皇太子得人心以及长幼有序
之伦常观念说服了宣帝。杜甫《壮游》诗有"斯时伏青蒲,廷争守御床"之
句。"九关"化用《楚辞·招魂》:"魂兮归来,君无上天些。虎豹九关,啄害
下人些。"王逸注:"言天门凡有九重,使神虎豹执其关闭。""手握楚兰"言像
屈原一样修身济世、忠君爱国。全篇将个人遭际与国家命运融为一体,感
慨殊深。

二、追和梦窗词与词坛风会的转移

吴熊和先生在《郑文焯批校梦窗词》中说:"清末崇尚梦窗词之风转盛。
王鹏运、朱孝臧、郑文焯、况周颐为晚清词坛四大家,于《梦窗词》皆寝馈甚
深,倡导甚力。"①以晚清四大家为首的词人群体对梦窗词进行了全面笺
释、考订、校勘与评论,以研习《梦窗词》为风尚。王鹏运对于《梦窗词》用字
运笔的特点有深刻的认识,其《梦窗甲乙丙丁稿跋》曰:"然其为文也,精微
要眇,往往片辞悬解相饷,在语言文字之外,有非寻行数墨所能得其端倪
者。此其难也。况梦窗以空灵奇幻之笔,运沉博绝丽之才,几如韩文杜诗,
无一字无来历。"又评梦窗与清真的师承关系曰:"清真集中诸调,梦窗多拟
作,俊茂处能似之,言外绝不相袭。"(《渡江云》词序)王鹏运学词虽不主要
取径梦窗,但在晚清梦窗词风的推进上居功至伟。他邀约朱祖谋校《梦窗
四稿》并刊于光绪二十五年(1899),且以"校梦龛"名此年所举词社。《虞美
人》(题校梦龛图)序曰:"往与沤尹同校梦窗词成,即拟作图纪之。今年冬,
见王蓁画轴,秋林茅屋,二人清坐,若有所思。笑谓沤尹曰,是吾校梦龛图

---

① 吴熊和:《吴熊和词学论集》,杭州大学出版社,1999年版,第297页。

也,不可无词。因拈此调。图作于万历丁酉,乃能为三百年后人传神写意,笔墨通灵,诚未易常情测哉。光绪庚子十月记。"词云:"檀栾金碧楼台好,谁打霜花稿。半生心赏不相违,难得劫灰红处画图开。　　清愁闲对阑干起,自惜丹铅意。疏林老屋短檠边,便是等闲秋色尽堪怜。"朱祖谋词学有取于梦窗,即始于《梦窗词》校勘。郑文焯词亦取径梦窗,谭献《复堂日记》曰:"《瘦碧词》持论甚高,摛藻绮密,由梦窗以跋清真,近时作手,颇难其匹。"①

　　晚清四家常以梦窗词韵相互唱和,如郑文焯《八声甘州》词序曰:"琴台据吴故宫离城之上,旧志所谓高可见三百里,洵登览之逸地也。余与半塘老人西崦回舟,从木渎步上绝顶,高诵君特《秋与云平》之句,一时豪慨,陵轹今古。因乘兴更作天平之游,时已暮色苍然,共和吴词,相与徘徊而不能去。"光绪二十八年壬寅(1902)十月,王鹏运与郑文焯同游天平、邓尉诸山。郑文焯《手批梦窗词记》曰:"壬寅十月初二日,与鹜翁租得吴阿宝画船,议日膳精馔,酬值六饼银。载酒出盘门西行,朝发夕抵光福里。尽三日之长,遍游邓尉诸山。归经木渎,更上灵岩,步陟绝顶。踞琴台,高诵君特'秋与云平'之句,乘余勇又登天平,品白云泉,夕阳在山,相与徘徊而不能去。迨造舟次,已将夜半。鹜翁谓生平游兴,无今兹豪者,不可无词,得古香慢、法曲献仙音、八声甘州、湘月共四解。"其《法曲献仙音》(灵岩览古,次韵梦窗)抒发兴亡之感,从典故、意象到字面多处化用梦窗《八声甘州》词:

> 妆濯池花,步鸣廊叶,晚色苍凉僧院。乱石牛羊,古台麋鹿,江枫黯愁霜点。近水市,菱歌起,吴声镇哀怨。旷怀远。
>
> 问鸱夷、载春何处,怅恨地、一径旧香恨染。箭引越来溪,射晴波、秋练如剪。废柳残蝉,替宫魂、歌舞肠断。算繁华成沼,故国青山还见。

朱祖谋《八声甘州》(暮登灵岩绝顶,叔问为述半塘翁昔年联棹之游,歌以抒怀。用梦窗韵)意更沉痛,上阕"愁香黏径,荒翠通城。故国鸱夷去远,断网越丝腥。消尽兴亡感,一塔铃声"与结句"扢筜去,小斜廊路,双屟苔平",亦从梦窗"箭径酸风射眼,腻水染花腥。时靸双鸳响,廊叶秋声"句而来。两

---

① 谭献:《谭献日记》,中华书局,2013年,第164页。

首和作都用"鸱夷"的典故,却所指不同。《史记·货殖列传》云:"(范蠡)乘扁舟浮于江湖,变名易姓,适齐为鸱夷子皮。"郑文焯词"问鸱夷、载春何处"沿袭梦窗原作,用"五湖倦客"范蠡典故,反衬吴王昏庸误国。朱祖谋和作"故国鸱夷去远,断纲越丝腥",当用伍子胥事,更具悲剧意味。伍子胥劝谏吴王"联齐灭越"不成,反遭诬陷,被赐死后马革裹尸抛入江中,吴国也终被越国所灭。《史记·伍子胥列传》云:"吴王闻之大怒,乃取子胥尸盛以鸱夷革,浮之江中。"裴骃集解引应劭曰:"取马革为鸱夷。鸱夷,榼形。"朱祖谋和梦窗词多用比兴隐喻手法,寄寓对于时局国事的担忧,如《高山流水·七夕,用梦窗韵》:"机中。年年锦书恨,凭说与、翠水璇宫。容易误良宵,梦约几负香茸。笑雕陵、锦羽偏工。人天事,轻赚罗池倦客,酒醒清钟。下疏帘忆断,钗盒故情慵。"白敦仁笺注:"'雕陵锦羽',刺权贵之相倾轧,不知革命之日近也。"[1]此词似亦有所指。

苏州阊阖门乃吴文英旅居之地,朱祖谋《六丑》词序曰:"宋词人之侨吴者,世但称贺方回、吴应之诸贤,叔问谓吴梦窗《鹧鸪天》'杨柳阊门'之句,盖有老屋相近皋桥,其《点绛唇》怀苏州词所云'南桥'殆指此。又两寓化度寺词皆有怀吴之思,岂垂老菟裘,固以此邦为可乐耶。"郑文焯有《霜花腴》(怀梦窗杨柳阊门故居,即用其自度曲韵)词,况周颐亦作有《法曲献仙音》(金阊寒夜和梦窗)。况周颐和作寄兴深微,在伤别的同时,抒发年华易逝、老大落拓的身世之感,不袭用梦窗词字面,深挚沉痛却有过之:

> 残月窥尊,冻云沈笛,况是天涯庭院。烛泪红深,枕棉香薄,伤心画谯清点。伴梦短梅花冷,幺禽语春怨。
>
> 玉容远。也应怜、杜郎落拓,悲锦瑟弦柱,暗惊泪染。宛转碧淞潮,共垂杨、萦恨难剪。凤纸题残,奈云边、珠佩声断。拌尘销鬓绿,万一跨鸾低见。

正如王国维《人间词话》所评:"蕙风词小令似叔原,长调亦在清真、梅溪间,而沉痛过之。彊村虽富丽精工,犹逊其真挚也。天以百凶成就一词人,果何为哉?"[2]

---

① 朱祖谋著,白敦仁笺注:《彊村语业笺注》,浙江古籍出版社,2015年版,第232页。
② 王国维著,王幼安校订:《人间词话》,人民文学出版社,1960年版,第244页。

吴文英自度曲《莺啼序》篇幅宏大,容量丰富。蔡嵩云《柯亭词论》云:"莺啼序为序子之一体,全章二百四十字,乃词调中最长者。填此词,意须层出不穷,否则满纸敷辞,细按终鲜是处。又全章多至四遍,若不讲脉络贯串,必病散漫,则结构尚矣。此外更须致力于用笔行气,非然者,不失之拖沓,即失之板重。此调自梦窗后,佳构绝鲜。"①身处时代巨变中的词人可以借此调充分表达深沉感触,全篇共四叠,可以表达相对完整的意思,便于联句唱和。郑文焯、朱祖谋、王鹏运、张祥龄等均有追和梦窗《莺啼序》之作,郑文焯更是将梦窗三首《莺啼序》全部追和一遍,如《莺啼序》(甲午仲秋薄游江淮,瓜步晚渡,与子苾舟中连句,和梦窗此曲):

> 西阑乍过桂影,倦秋醒闭户。酒边泪、分付黄花,客燕何意来暮。棹歌远,吴山自碧,晴云望转淮南树。怅荒湾,残柳春前,枉作风絮。(叔问)

> 宝扇才疏,画帘十二,换纱烟縠雾。镜波晓、还照离妆,玉容空在纨素。绣帷寒、愁松雪腕,暗销尽、深盟红缕。理芳情,搓做柔丝,绾他闲鹭。(子苾)

> 桃根旧曲,醉耳重听,过江尚倦旅。叹十载,杜郎吟赏,又断魂处,翠黯红凄,矮篷眠雨。二分月色,璚箫吹破,多情赢得天涯老,更渔灯、趁唤瓜州渡。登临恨晚,荒萤乱点迷楼,照地一片焦土。(叔问)

> 春风粉黛,晓日绫纨,剩寸萝片苎。笑拾得、才人余唾,几树官梅,客里狂吟,雪中低舞。扁舟此去,无情烟水,清歌何处催梦觉,感华年分算成弦柱。隋堤鸦散斜阳,故国庭花,有人唱否?(子苾)

此作境界苍茫,容量极大,多身世之感与怀古之思。张祥龄,字子苾,又字子馥,工诗善词。著有《半箧秋词》《子苾词钞》《受经堂》,与况周颐、王鹏运合作《和珠玉词》一卷,与郑文焯、易顺鼎、易顺豫、蒋文鸿联句成《吴波瓯语》。叶公绰《全清词钞》录有其词,宋育仁《半箧秋词跋》云:"子馥亦数称(周)清真、(姜)白石,所为亦时得其真髓。"②张祥龄与郑文焯、况周颐、王鹏运等唱和颇多,《莺啼序》(登北固楼感事,再和梦窗)云:

---

① 唐圭璋编:《词话丛编》,中华书局,1986年版,第4916页。
② 冯乾编校:《清词序跋汇编》,凤凰出版社,2013年版,第1789页。

西风又闻鹤唳，动秋声在水。海东日、照满津亭，浪花飞作云蕊。
戍笳引、楼船暝合，荒谯夜火城乌坠。叹南游、孤旅沧波，久断归思。
（叔问）

关塞音书，数驰急羽，感新愁帝子。笑仙术、空说乘槎，采芝人久
未至。莽中原、貔貅万帐，问何日、龙旗东指。且衔杯，狂嗅茱萸，醉来
何意。（子苾）

登临罢酒，北顾仓皇，念枕戈不寐。霜月悄，几回起舞，到此惊见，
第一江山，费人清泪。神京杳杳，非烟非雾，鸡声残梦催哀角，搅回肠、
一夜成憔悴。冥鸿自远，重携倦客扁舟，泛愁镜波天里。（叔问）

燐燐野烧，逼射甘泉，照万松失翠。暂小觅、林亭同憩，侧帽行吟，
老柳祠荒，乱鸦风起。金焦两点，檐牙浮碧，空梁归尽辽海燕，绕危阑
休向曛黄倚。伤心大树飘零，更恋遗弓，恨题满纸。（子苾）

此首颇有山河社稷之忧。郑廷焯与张祥龄同赴扬州修县志，恰逢甲午战争
爆发，蒿目时艰，互相唱酬。"西风又闻鹤唳""北顾仓皇"句隐指甲午战败。
"大树飘零"典出庾信《哀江南赋》"将军一去，大树飘零"，据王鹏运《味梨
集》注，当为左宝贵阵殁而发。左宝贵于甲午战争中守平壤，阻止总统军叶
志超弃城，扼守城北，中炮死。

王鹏运《味梨集》中诸作大多深有寄托，其自述曰："三四月之交，忧愤
所触，间为长歌，以自抒写。而同人唱酬投赠之作，其来纷如，吟兴逾不可
遏，几成日课。然不审律，不琢句，期于尽意而止，非不求工，盖实不能工
也。秋风洊至，候虫有声，渐不复作……嗟乎！当沉顿幽忧之际，不得己而
托之倚声，又无端而付之梓，可谓极无聊之致矣。蒙庄有言：'植梨橘柚，味
各不同，而皆适于口。'然梨之为味也，外甜而心酸，此则区区名集之意
云。"① 和郑文焯、张祥龄登北固楼联句的《莺啼序》即为"沉顿幽忧"之作：

无言画阑独凭，黯吟怀似水。绪风悄、换到鹊声，乱红飘尽残蕊。
听几度、边笳自咽，乡心远逐南云坠。怅风尘、极目栖栖，总是愁思。

沈醉休辞，浮名过羽，底英雄竖子。尽空外、归雁声酸，碧山人远
莫至。恁天涯、登临吊古，也云里、帝城遥指。算长堤、芳草萋萋，解怜

---

① 冯乾编校：《清词序跋汇编》，凤凰出版社，2013年版，第1802页。

幽意。

> 新词读罢，琴筑苍凉，想窳歌独寐。清啸对、江山形胜，坐念当日。名士新亭，暗倾铅泪。飙轮电卷，惊涛夜涌，承平箫鼓浑如梦，望神州、那不伤愁悴。风沙滚滚，因君更触前游，惊心短歌声里。
>
> 长安此日，斗酒重携，且吟红写翠。漫省念、关山漂泊，海水横飞，怕有城乌，唤人愁起。与君试向，危楼凝睎。绿阴如幕芳事歇，惜流光、谁解新声倚。从教泪满青衫，俯仰苍茫，恨题凤纸。

此词第一叠言伤春、战败、思乡之愁思，第二叠"沈醉休辞"与张祥龄"且衔杯、狂嗅茱萸"句遥相呼应，第三叠"名士新亭，暗倾铅泪"想象郑张二人联句之时正如江左人士新亭泣泪，痛心国难而无可奈何，第四叠紧承上句"惊心短歌声里"，言如今关山漂泊，只能危楼凝睎，填词题恨。全词章法谨严，词意贯通，情意深挚，又与郑、张联句之作意气相通。

郑文焯又有《莺啼序》(秋感，和梦窗丰乐楼韵)：

> 沧洲半残画稿，认河山错绮。自槎客、艳说仙瀛，浪叠愁满空际。蜃嘘起，楼台幻境，金银夜气浑无霁。怪尘昏，蛮海惊莺，趾影都坠。
>
> 陈迹苍黄，对酒看剑，向青天漫倚。汉宫月、犹过边亭，堕榆飞尽寒翠。最销凝、昆池劫墨，石鳞泣、秋棱荒水。阅年涯，三浅蓬莱，此身何世。
>
> 长安似弈，局外樵柯，睡境正深美。幽恨切，数声啼鸟，梦里谁见，覆雨翻云，楚天疑事。西山缥缈，香霏一片，玉龙哀变清商曲，漏沉沉、烛背帘垂地。抛残旧舞，霓裳独坐繁霜，泪花湿红鏊纬。
>
> 宫槐翳日，苑柳扃烟，念凤楼久迟。但梦绕、瑶池仙步，鹤怨猿猜，望断层城，玉梯十二。骄云满眼，森森冠佩，江关投老词赋客，叹京尘、空染忧时袂。伤心孤燕巢林，乱叶迷归，夕阳故里。

此词述己在京见闻所，情绪颇为复杂。全篇造语密丽，与梦窗风格相似。与时局相关处，多次化用前人诗句典故。"宫槐翳日，苑柳扃烟，念凤楼久迟"似暗指光绪帝被幽禁于瀛台事。"长安似弈"出自杜甫《秋兴八首》其四"闻道长安似弈棋，百年世事不胜悲"，"局外樵柯"喻世事巨变。"鏊纬"典出《左传·昭公二十四年》："鏊不恤其纬，而忧宗周之陨，为将及焉。"忧国之心显而易见。

吴文英《莺啼序》(丰乐楼节斋新建)全词章法严谨，脉络贯串，善于炼字炼词，虚实相生，动静相衬，飞动灵活。朱祖谋《莺啼序》词题序曰："龙树寺饯别高理臣府丞、张次珊参议，用梦窗丰乐楼韵。"根据史料记载，高理臣和张次珊两人因为敢于直谏而被罢黜。高理臣曾多次向光绪帝举荐康有为，因而在戊戌政变失败后受到牵连。"十载东华，对酒念往，信孤根自倚。镜中路、窥熟西池，楚吟流怨红翠。赋深情、兰荃绣笔，泪花迸、铜仙铅水。惯伤春，蝶悄莺沈，梦醒何世。"朱祖谋和作第二叠中，"楚吟流怨红翠。赋深情、兰荃绣笔"以高、张二人的遭遇类比于屈子，赞扬他们忠君爱国的高贵情操。"泪花迸、铜仙铅水"化用李贺《金铜仙人辞汉歌》"空将汉月出宫门，忆君清泪如铅水"句意，充满兴亡之感、家国之痛和身世之悲。屈原在《渔父》中沉痛感慨："举世皆浊我独清，众人皆醉我独醒，是以见放。"结句"梦醒何世"意与此同。

张炎《词源》卷下曰："词中句法，要平妥精粹。一曲之中，安能句句高妙？只要拍搭衬副得去，于好发挥笔力处，极要用工，不可轻易放过，读之使人击节可也。如吴梦窗登灵岩云：'连呼酒，上琴台去，秋与云平。'闰重九云：'帘半卷，带黄花，人在小楼。'皆平易中有句法。"①晚清四家在校勘、唱和中，或师法梦窗词寄兴深微之法，或学习其起承转合、章法结构，或学习其字面锤炼、词句雕琢功夫，使得追摹梦窗词成为一时风会。况周颐云："词之极盛于南宋也，方当半壁河山，将杭作汴，一时骚人韵士，刻羽吟商，宁止流连光景尔，其荦荦可传者，大率有忠愤抑塞，万不得已之至情，寄托于其间，而非'晓风残月''桂子飘香'可同日而语矣。梦翁怀抱清复，于词境为最宜，设令躬际承平，其出象笔鸾笺，以鸣和声之盛，虽平揖苏、辛，指麾姜、史，何难矣。乃丁世剧变，戢影沧洲，黍离麦秀之伤，以视南渡群公，殆又甚焉。"②生当国家内忧外患，新旧交替的时代，晚清诸家论梦窗词强调梦窗词中的寄托之意，其和作亦深寓黍离麦秀之感。

三、追和周邦彦、柳永词与浑化之境的追求

王鹏运《梦窗甲乙丙丁稿》卷二云："《清真集》中诸调，梦窗多拟作，俊

---

① ［宋］张炎著，夏承焘校注：《〈词源〉注》，人民文学出版社，2018年版，第14页。
② 况周颐：《蕙风词话·广蕙风词话》，中州古籍出版社，2003年版，第446页。

茂处能似之,言外绝不相袭。"朱祖谋《半塘定稿序》评王鹏运词作"导源碧山,复历稼轩、梦窗,以还清真之浑化"①。晚清词人认为梦窗词最接近清真浑化之境,因而对其倍加推崇。在校笺梦窗词集的过程中他们亦以清真词为范本,以梦窗与清真的师承关系为线索,对于前人校勘的错漏之处进行指证,其中郑文焯的分析最为系统和全面。郑文焯从声律和内容两方面将梦窗词与清真词进行比对,并一再强调梦窗对清真入声字律的依照。《还京乐》(宴兰溆)末句"桂楫轻如翼",郑氏手批:"此解于清真入声字律,无不步趋悉合,良工心苦矣(裂、月、八、翼)。梦窗步趋清真,苦心孤诣。"郑文焯《致张尔田书》云:"为词实自丙戌岁始,入手即爱白石骚雅,勤学十年,乃悟清真之高妙,进求《花间》。"②可见其词统观以唐五代为高,北宋柳永、周邦彦次之,南宋姜夔又次之。郑文焯论词将"比兴寄托"说与"清空"论相融通,认为词体应"以轻灵之气,发经籍之光"。杨传庆指出,郑文焯清空寄托论的形成是清季词学融合浙西词派与常州词派理论的典型体现。然他所论"寄托"并不局限于狭义的政治寄托。郑文焯论及周邦彦、柳永等词人时,亦用"托寄""托谕"等字眼,但并不指向政治隐喻,而是指周、柳词不将欲表达之情绪直陈殆尽,留有言外之意,给读者以想象的空间,例如:

> 柳词浑妙深美处,全在景中人,人中意,而往复回应,又能托寄清远。达之眼前,不嫌凌杂。诚如化人城郭,唯见非烟非雾光景。殆一片神行,虚灵四荡,不可以迹象求之也。(《乐章集》批语)③

> 故耆卿、美成并以苍浑造端,莫究其托谕之旨。卒令人读之歌哭出地,如怨如慕,可兴可观。有触之当前即是者,正以委曲形容所得感人深也。(《与夏敬观论词书》)④

郑文焯填词取径周、柳,曾自述"近作拟专意学柳之疏隽,周之高健。虽神韵骨气,不能遽得其妙处。尚不失白石之清空骚雅"⑤。郑文焯学周、柳二家,主要在章法结构,而不徒学其字面。批柳永《乐章集》曰:"余玩索

---

① 冯乾编校:《清词序跋汇编》,凤凰出版社,2013年版,第1803页。
② 杨传庆编著:《词学书札萃编》,南开大学出版社,2015年版,第139页。
③ [清]郑文焯:《大鹤山人词话》,南开大学出版社,2009年版,第18页。
④ 杨传庆编著:《词学书札萃编》,南开大学出版社,2015年版,第143页。
⑤ [清]郑文焯:《大鹤山人词话》,南开大学出版社,2009年版,第257页。

是集，每与作者著意机括转关处，慎审揣得，以墨围注之，真词中之眼，如画龙点睛，神观超越，使观者目送其破壁飞去而已，乌得不惊叹叫绝！"①"柳词中神力所注处为全章枢纽，悉以墨围点注，名曰柳家词眼。"②批周邦彦《清真集》曰："清真长调骨力奇高，其雄浑处全在连用三字。句逗紧接，前后呼应，无一复笔，势如转丸，却不使气而自然挥绰，此境亦莫能名矣。"③郑文焯词中有《雨霖铃》(恨别，和柳屯田)：

> 并刀难切，是离肠恨，梦雨都歇。繁华似水流去，回首处，车尘临发。冷落关河送远，有孤雁凄喤。念旧苑、衰柳寒烟，玉笛吹愁满空阔。
>
> 铜驼陌上伤今别，更断魂客里催佳节。黄昏满地花影，依约见，故国秋月。万里清霜，休问香篝翠被谁设。却怨入、帘底西风，付与残蛩说。

此作抒写伤别之情、兴亡之感与故国之思，哀怨无端，在章法布局上与柳永原作相似。《兰陵王·柳》为周邦彦词中名作，名为咏柳，实乃伤别，兴亡之感与羁旅漂泊之叹深隐其中。谭献《谭评词辨》曰："已是磨杵成针手段，用笔欲落不落，'愁一箭风快'等句之喷醒，非玉田所知。'斜阳冉冉春无极'七字，微吟千百遍，当入三昧，出三昧。"④郑文焯作有《兰陵王》(江上逢北使寄书，和清真)、《兰陵王》(秋柳，和清真)等4首。张祥龄去世后，郑文焯亦和清真此阕吊之，词序云："旧社老友张兄子苾，薄宦秦中，忽忽十年，以癸卯三月殁于大荔，今墓有宿草已。其室人曾氏季硕，才艳有诗名，早卒吴下，同人为之卜葬于横山。伤心之极致，欲歌其事，辄哀断不能声，兹诵研生、中实两使君挽词，皆和清真此阕。触绪悲来，感音而作，不自知其涕之何从也。"其词哀伤沉痛，得清真词沉郁顿挫之致：

> 断肠直，春梦池塘自碧。吴笺恨零落旧题，别后湖山总无色。凄凉恋去国，同识蜉蝣过客。低徊处，春树暮云，江鲤沉沉素书尺。
>
> 南游共萍迹，记载雪连桡，吟月移席。一官直等嗟来食。愁万里蓬转，十年鞄系，长安漂泊似传驿。但魂绕关北。

---

① ［清］郑文焯：《大鹤山人词话》，南开大学出版社，2009 年版，第 18 页。

② 同上，第 20 页。

③ 同上，第 56 页。

④ ［清］谭献：《复堂词话》，人民文学出版社，1998 年版，第 23 页。

哀恻,岁时积。叹蜀锦江空,秦镜尘寂,瑶华玉匣伤心极。怕腹痛回轸,感音邻笛。招魂何处,泪万点、当酒滴。

郑文焯多次追和清真《兰陵王》,还因此词调的慷慨激越以及词调背后兰陵王的悲剧故事,这些与忠臣遭弃的现实相勾连,令其感慨万千。另一和作题北齐兰陵王墓碑,词序曰:"《庆湖遗老集》有题此碑诗五言。附考云:'墓在滏阳西南十里,道占其东,夏潦所凑,垅已半圮,碑字大兼寸,隶法有古气,而不著书人,文乃卢思道也。'是知碑在宋时已埋翳于犁田行潦间,宜自来金石著录家所未见。近人南汇沈氏仅得一残拓,赵撝叔据以入寰宇访碑补录,以揣手失叙,并年月及所出地未之详审。盖道光间碑始发见其半,墨本绝少。其墓在今磁州城南,与高翻碑相近。迨光绪中叶,好事者因拓翻志,搜讨及之,乃获传世。丰碑屹然,文字奇古,余藏有精拓完本,碑阴首刻王第五弟太尉安德王经墓兴感诗五言,书体劲茂,诗有激楚之音,所谓'独有鱼山树,郁郁向西倾。'其义即隐寓失取关西之遗恨。长恭以芒山之捷,功高震主,卒以鸩薨。读其饮药呼天,呜哑对郑妃之言,吁可哀也已。殁后,郑以颈珠施佛,广陵王使赎之,延宗手书以谏,而泪满纸,证以此诗,望碑堕泪之辞,其慷慨悲歌,笃于同气,亦足多也。今词有越调兰陵王,凡三段二十四拍,即长恭着假面与周师战于金墉,武士共歌谣之,为入阵曲者。此其遗声也。毛开谓绍兴初,都下盛行清真咏柳兰陵王慢,西楼南瓦皆歌之,凡三换头,至末段声尤激越,惟教坊老笛师,能倚之以节歌者。余因和周词,即以咏题兰陵王碑,为东山继声,亦一雅故也。"其词写尽了英雄报国无门的悲壮,实是映射晚清末世之乱象,亦寓身世之感:

垅楸直,西向鱼山更碧。残阳外衰草乱鸦,犹作苍茫阵云色。归魂念报国,空识青蝇吊客。英雄泪,长使满襟,花落荒丘委三尺。

丰碑感陈迹,剩藓墨留铭,樵采分席。城南空见乌争食。嗟百战身世,一抔榛莽,邯郸今古梦里驿。眺风雨原北。

哀恻,古怀积。但乐府声流,旋凯歌寂,啼鹃夜月悲何极。更玉树同壤,紫庭孤笛。千秋华表,有坠露、带恨滴。

郑文焯和清真词多学其章法,如《还京乐》:

　　放愁地，说与沧江旧曲谁重理。纵翠纱笼句，白雪笑我，仙才空
费。又故山归后，残春事与浮名委。镇断送明日，陌上看花闲泪。
　　向清波底。见文章、流锦名花，诉尽东风，零落旧味。堪嗟冶叶倡
条，傍凡门、艳数桃李。恨迢迢，拚玉剑埋云，金刀断水。料得西楼月，
窥人还自憔悴。

　　词序曰："戊戌春应都堂试，到京闻有客述焦山僧楼词扇，见者辄吟玩不去
手。盖余甲午秋感事作也。今又将骑款段，出国门，放歌于东南山水间，不
复与伧儿争道旁苦李矣。和清真韵，感而赋此。"此词作于光绪二十四年
（1898），时郑氏会试不第，拟离京南归。词中当下时空与想象中南归后之
情景反复穿插。《绮寮怨》（宣武城南夜集感事，和清真）为同时期之作，上
阕云："白眼看天如醉，梦云谁唤醒。糁绮陌、舞絮狂尘，伤春泪，漫洒新亭。
微茫西山一角，沧波底，日落山更青。但怪他，片石无言，冤禽恨，抵死填海
盈。""新亭"用《世说新语》"新亭对泣"之典，题中"感事"实为哀叹国事。全词
无一语直发议论，而是以"新亭"之典故、精卫填海之神话托微言以喻其志，直
追清真词苍茫意境。
　　王鹏运《蜩知集》中有不少学习模拟周邦彦之作，对清真词亦步亦趋。
周邦彦擅长融化古人诗句入词，如自己出。《西河》（金陵怀古）融化刘禹锡
诗句入律，是怀古词中的杰作。王鹏运《西河》（燕台怀古，用美成金陵怀古
韵）围绕与燕台有关典故，抒发兴亡之感与怀古伤今之情，气韵沉雄，苍凉
悲壮：

　　游侠地。河山影事还记。苍茫风色淡幽州，暗尘四起。梦华谁与
说兴亡，西山浓翠无际。
　　剑歌壮，空自倚。西飞白日难系。参差烟树隐觚棱，蓟门废垒。
断碑漫酹望诸君，青衫铅泪如水。
　　酒酣击筑讯旧市，是荆高、歌哭乡里。眼底莫论何世，又卢沟冷
月，无言愁对，易水萧萧悲风里。

　　"青衫铅泪如水"化用李贺《金铜仙人辞汉歌》"空将汉月出宫门，忆君清泪
如铅水"，"易水萧萧悲风里"化用《易水歌》"风萧萧兮，易水寒，壮士一去
兮，不复还"。王鹏运去世七年之后，朱祖谋再和清真《西河》词以抒怀，词

293

序云:"庚戌夏六月,瘿庵薄游吴下,访予城西听枫园,话及京寓,乃半塘翁旧庐,回忆庚子辛丑闲尝依翁以居,离乱中更奄逾十稔,疏灯老屋,魂梦与俱。今距翁下世且七暑寒已。向子期邻笛之悲,所为感音而叹也。爰和美成此曲,以摅旧怀。"当此"劫灰咫尺""夜笳四起"之际,朱祖谋和作情感更为复杂沉痛,伤悼之情、亡国之痛与身世飘零之感浑然一体:

> 歌哭地。残灯事影能记。劫灰咫尺上阑干,夜笳四起。草堂人去薜萝空,西山窥笑檐际。
> 旧庭树,谁再倚。虚舟泛若无系。为君胥宇燕重来,退寒废垒。梦华一觉玉京秋,闲鸥空恋烟水。
> 酒徒散尽醉后市。问黄垆、犹话邻里。愁绝斜阳身世。怕铜驼断陌、黄尘凄对,西北高楼浮云里。

王鹏运不少和作都达到了含蓄地寄寓其家国之感的浑化无痕的高境,如《丹凤吟》(四月二十七日,夜雨初霁,用清真韵):

> 忽漫惊飚吹雨,梦破青绫,寒侵朱阁。苔深愁滑,芳径顿迷重幕。今朝昨夜,寂寥谁诉,步影星摇,归情云薄。漫忆新题断句,展遍红笺,吟思凄咽残角。
> 太息壮心老去,祖生渐厌鸡唱恶。底处延朝爽,怕骄阳犹是,山翠轻铄。玉梅风笛,那便曲中催落。夜色沉沉谁与语,剩泪珠成握。画帘影事,偏此时记着。

此词表现了对维新之事的忧虑。"青绫""朱阁"指枢臣,起句直书翁同龢被罢事。晚清词中多以"帘底""画屏""西园""重幕"等指慈禧,末句"画帘影事,偏此时记着"似欲表达对此事的主导者慈禧的不满。"今朝昨夜,寂寥谁诉,步影星摇,归情云薄"化用杜甫《阁夜》"五更鼓角声悲壮,三峡星河影动摇。……卧龙跃马终黄土,人事音书漫寂寥"之意。郑文焯亦有《丹凤吟》(鹜翁见示四月十日披垣待漏之作,后十七日,感音走笔,风雨大来,顿作狂叹,和美成韵答之)词,词意情感较王鹏运词更为直露:

> 一夜尘纷如扫,骤雨高檐,惊风虚阁。阑干危倚,无数狂花穿幕。

今朝想见,引杯长叹啸,谏草焚余,词华叹薄。漫忆题云旧句,待漏听残,斜月还恋城角。

　　到此满怀古事,眼前断送春梦恶。一片韩陵石,纵棱棱堪语,愁共金铄。故山归燕,几阅主人零落。画栋雕梁经几在,奈蓬尘盈握。种桑海上,知是谁见着。

词中"一片韩陵石,纵棱棱堪语,愁共金铄"等,颇有忧谗畏讥,不如归去之意。"种桑海上,知是谁见着"化用陶渊明《拟古》诗,亦表达了苦心经营,忧虑毁于一旦的心情。

龙榆生评朱祖谋词曰:"彊村先生四十始为词,时值朝政日非,外患日亟,左衽沉陆之惧,忧生念乱之嗟,一于倚声发之。故先生之词,托兴深微,篇中咸有事在。咸、同兵事,天挺蒋鹿潭,以发抒离乱之忧,世以拟之'杜陵诗史'。若先生所处时势之艰危,视鹿潭犹有过之。读先生之词,又岂仅黍离、麦秀之感而!"[1]这一评价也适用于王鹏运、郑文焯等晚清词人。

第三节　清晚近词坛对唐五代北宋词人的追和

清晚近词坛已不再囿于南北宋之争与门户之见,晚清诸家填词取径也不再局限于北宋、南宋,而是取径多家。朱祖谋《半塘定稿序》指出王鹏运词"导源碧山,复历稼轩,梦窗以还清真之浑化"[2]。王国维评价况周颐词曰:"蕙风词小令似叔原,长调亦在清真梅溪间,而沈痛过之。"[3]清晚近词人对唐五代北宋词的追和,除上节已有所论述的追和柳永、周邦彦词之外,值得关注的还有王鹏运追和冯延巳《鹊踏枝》词、况周颐、王鹏运、张祥龄《和珠玉词》、赵尊岳《和小山词》等。

一、郁伊惝怳:王鹏运和冯延巳《鹊踏枝》词

冯延巳擅长以景语作情语,《鹊踏枝》诸阕呈现出一种空蒙迷离、细腻

①　龙榆生:《龙榆生词学论文集》,上海古籍出版社,1997年版,第471页。
②　冯乾编校:《清词序跋汇编》,凤凰出版社,2013年版,第1804页。
③　王国维著,王幼安校订:《人间词话》,人民文学出版社,1960年版,第244页。

深婉的境界。自《离骚》以来男女之情、香花芳草往往被赋予君臣遇合、忠爱缠绵之意,冯延巳词所选意象的象征意义及其幽微深隐之情意,往往能使读者比物连类,通于言外之意,因此,张惠言、冯煦诸人均言其作有"《骚》《辨》之义"。张尔田在《曼陀罗吃词序》中更是明言:"古人称意内言外谓之词,夫琼楼玉宇,烟柳斜阳,常语耳,神宗以为忠,而寿皇以为怨。五季割据,韦端已独抱思唐之悲。冯正中身仕偏朝,知时不可为,所谓蝶恋花诸阕,幽咽惝恍,如醉如迷。此皆贤人君子不得志发愤之所为作也。"①

光绪二十二年丙申(1896)三月十三日,王鹏运因上疏极谏驻跸颐和园事,几罹不测之祸。此期词作由慷慨激烈转为沉痛隐约,表达方式由直抒胸臆转为托意比兴。王鹏运仿作冯延巳《鹊踏枝》十四阕,词序曰:

> 冯正中《鹊踏枝》十四阕,郁伊惝恍,义兼比兴,蒙嗜诵焉。春日端居,依次属和。就韵成词,无关寄托,而章句尤为凌杂。忆云生云:"不为无益之事,何以遣有涯之生?"三复前言,我怀如揭矣。时光绪丙申三月二十八日。录十。

王鹏运《半塘定稿》只存六阕和冯延巳《鹊踏枝》词,删去了《鹜翁词》中所收录十阕中的第三、六、七、九等四首,其求精之意于此可见。王国维极为欣赏王鹏运拟作,以其为《鹜翁词》之最精者,"'望远愁多休纵目'等阕,郁伊惝恍,令人不能为怀"。② 王鹏运虽称"就韵成词,无关寄托",然而其和作在惜春赋别之外又有隐约反复、虚实互见、令人心有所触者,如:

> 望远愁多休纵目。步绕珍丛,看笋将成竹。晓露暗垂珠箽簌。芳林一带如新浴。
> 檐外春山森碧玉,梦里骖鸾,记过清湘曲。自定新弦移雁足,弦声未抵归心促。

"步绕珍丛"化用周邦彦《六丑·蔷薇谢后作》"静绕珍丛底,成叹息"句意,"看笋将成竹"或从周邦彦《浣溪沙》"新笋已成堂下竹,落花都上燕巢泥。

---

① 冯乾编校:《清词序跋汇编》,凤凰出版社,2013年版,第2033页。
② 王国维著,王幼安校订:《人间词话》,人民文学出版社,1960年版,第232页。

忍听林表杜鹃啼"而来。南朝诗人王僧儒《春怨》诗曰："四时如湍水，飞奔竞回复。夜鸟响嘤嘤，朝花照煜煜。厌见花成子，多看笋成竹。万里断音书，十载异栖宿……几度过风霜，犹能保茕独"，"看笋将成竹"引人生发出感时伤别、守节不变之意，同时又让人联想到杜甫《咏春笋》诗"无数春笋满林生，柴门密掩断人行。会须上番看成竹，客至从嗔不出迎"，隐含着静待兰蕙成芳的希冀。联系时事，康有为是年中进士，与王鹏运往来密切，设《万国公报》并谋立强学会，"成竹"之说或指此。又如：

> 几见花飞能上树，难系流光，枉费垂杨缕。筝雁斜飞排锦柱，只伊不解将春去。
> 漫许心情黏地絮，容易飘杨，那不惊风雨。倚遍阑干谁与语，思量有恨无人处。

"几见花飞能上树，难系流光，枉费垂杨缕"化用朱淑真《蝶恋花》词"楼外垂杨千万缕。欲系青春，少住春还去"，写苦心孤诣力谏而不能有所匡救的憾恨。"只伊不解将春去""容易飘扬，那不惊风雨""倚遍阑干谁与语"字字惊心，写久经风雨，危苦烦乱而不能自抑之情。"黏地絮"从清真《玉楼春》词句"人如风后入江云，情似雨余黏地絮"而来，写纷乱胶着、难以摆脱之心境。"倚遍阑干谁与语"与稼轩《水龙吟》"把吴钩看了，阑干拍遍，无人会、登临意"同一心境。"思量有恨无人处"让人联想到苏轼《卜算子》"惊起却回头，有恨无人省。拣尽寒枝不肯栖，寂寞沙洲冷"幽怨词境。饶宗颐说："余诵正中词，觉有一股莽苍苍之气，《鹊踏枝》数首，尤极沉郁顿挫。"[1]王鹏运和作造境深闳，缠绵悱恻，寓家国兴亡之痛与君臣遭际之哀，亦是沉郁顿挫之作。

王鹏运和作善用"杨花""游丝""闲云""风雨"等意象造惝恍迷离之境，如"落蕊残阳红片片。懊恨比邻，尽日流莺转。似雪杨花吹又散，东风无力将春限"写暮春迷蒙心境，又如：

> 漫说目成心便许。无据杨花，风里频来去。怅望朱楼难寄语，伤春谁念司勋误。

---

[1]　饶宗颐：《饶宗颐集》，花城出版社，2011年版，第155页。

枉把游丝牵弱缕。几片闲云,迷却相思路。锦帐珠帘歌舞处,旧
欢新恨思量否。

"目成心便许"出自皇甫冉《见诸姬学玉台体》"传杯见目成,结带明心许"。
"伤春谁念司勋误"句用李商隐《杜司勋》诗"高楼风雨感斯文,短翼差池
不及群。刻意伤春复伤别,人间唯有杜司勋"之意,伤心人别有怀抱。词
虽伤春伤别,实有所寄托,"游丝弱缕"喻情感之脆弱,"漫说""枉把""无
据"哀怨无端。

王鹏运在词序中称冯延巳《鹊踏枝》词"郁伊惝怳,义兼比兴",而王国
维认为这一评价也适用于王鹏运和作。所谓"郁伊惝怳,令人不能为怀"云
云,其实就是指王鹏运词内蕴情感丰富而迷离,兼有比兴之义,使人生发深
沉感慨。

二、联句唱和:况周颐、张祥龄、王鹏运《和珠玉词》

"初学作词,最宜联句、和韵。"况周颐认为和韵是初学填词的最佳途
径。光绪二十年(1894),况周颐与王鹏运、张祥龄三人联句唱和《珠玉词》。
《和珠玉词》刻成后,王鹏运、冯煦先后为之作序,况周颐集《珠玉词》句赋
《浣溪沙》《临江仙》两首为之题词,又有《八归》(题张子苾祥龄〈半箧秋词〉)
追忆《和珠玉词》旧事:"吴霜鬓点,京尘衫色,如梦事往倦说。何堪蠹纸珍
珠字,还付九天哀怨,两潮呜咽。二十年前分袂地,剩惨黯、铜驼烟月。渭
水曲,莫赋招魂,此恨总华发。　　赓和年时对影,挥毫珠玉,四印高斋清
绝。远游王粲,少时张绪,荏苒兰荃摧折。访沧桑旧雨,我独中肠杜陵热。
知何许、令威华表,瘦损琼箫,香词空半箧。"王鹏运序详细交代了《和珠玉
词》创作始末:"龙集执徐之岁,夔笙至自吴中,为言客吴时,与文君、叔问、
张君子苾和词连句之乐,且时时敦促继作,懒慢未遑也。今年六月暑雨方
盛,子苾介夔笙访余四印斋,出视近作,则与叔问连句和小山词也。子苾往
复循诵,音节琅琅,与雨声相断续,遂约尽和《珠玉词》,顾子苾行且有日,乃
毕力为之,阅五日而卒业,得词一百三十八首。当赓唱叠和,促迫匆遽,握
管就短几疾书,汗雨下不止,坐客旁睨且笑。而余三人者不惟忘暑,且若忘
饥渴者,然是何也? 子苾濒行,谋醵金付厥氏。词之工拙不足道,一时文字
之乐,则良有足纪者。重累梨枣,为有说矣。刻成,寄子苾吴中,悆为叔问

诵之,其亦回首京华夜窗风雨否耶? 益信夔笙向者之言不我欺也。"①据此可知,在《和珠玉词》成集之前,况周颐、张祥龄曾联句追和小山词。受况、张二人邀约,王鹏运参与到联句追和珠玉词的活动中,且深得其乐。冯煦序云:

> 或曰:"词,衰世之作也。令莫盛于唐季,慢莫盛于宋季。"衰乎?否乎? 是说也,蒙尝疑之。……至宋晏元献、欧阳永叔则承平公辅也。元献所际,视永叔弥隆。身丁清时,回翔台省,间有所触,为小令以自撼,与吾家阳春翁为近。上窥二主,其若近若远,若可知若不可知,几几有难为言者。然所诣则然,非世之衰否有以主张之也。半塘老人与子苾、夔笙亦身丁清时,回翔台省,略同于元献。夏六月,手《珠玉》一编,字抚句规,五日而卒业。视元献不失累黍,傥亦与蒙相符契,薪以破或衰世之说耶? 爰申此谊于简端,半塘诸子当不河汉也。昔方千里和清真,今半塘诸子和珠玉,一慢一令,嶷然两大,亦他日词家掌故耶?②

冯煦此序驳斥了"词,衰世之作也。令莫盛于唐季,慢莫盛于宋季"的观点,试图将词之盛衰与世之盛衰剥离开来,从文学的角度论述词体的独立价值。冯煦以为珠玉词乃晏殊抒写难以言说的感触,王鹏运、况周颐处境际遇略同于晏殊,其和作亦当作如是观,并将王鹏运等人和珠玉与方千里和清真词并举,称其一慢一令,皆为风雅之举。

《和珠玉词》几乎遍和晏殊《珠玉词》中所涉词牌,《玉楼人》《忆人人》两阕据《全宋词》按,乃抱经斋抄本《珠玉词补遗》误印作晏殊词。和作严守音律,138 首词中 128 首与原作同韵同字。和作字面、意象或与原作有相似之处,在情意的表达上则绝不雷同。晏殊《浣溪沙》词深得赞誉,刘熙载《艺概》卷四曰:"词中句与字有似触著者,所谓极炼如不炼也。晏元献'无可奈何花落去'二句,触著之句也。"③三人联句唱和如下:

> 唤取银蟾入酒杯,莫将灯火上楼台。(苾)最难天末故人回。
> 花影隔帘疏复密,(幼)春光如水去难来,江南旧梦莫低徊。(夔)

---

① 冯乾编校:《清词序跋汇编》,凤凰出版社,2013 年版,第 1791 页。
② 同上,第 1791 页。
③ [清]刘熙载撰,袁津琥校注:《艺概注稿》,中华书局,2009 年版,第 567 页。

"酒杯""楼台"与晏殊"一曲新词酒一杯,去年天气旧亭台"类同,"花影隔帘疏复密,春光如水去难来"亦写伤春意绪,而"天末故人""江南旧梦"则为和者所独有的经历与情感体验。"最难天末故人回"化用张炎《台城路》(寄姚江太白山人陈文卿)"回潮似咽,送一点秋心,故人天末"句意,抒写对于故人的深重思念。《和珠玉词》中诸阕往往即时即事而发,而不拘泥于原作内容与情感,《蝶恋花》词王鹏运有句云:"漫说蓬山同踏遍。回首华发,遽隔人天面。"自注曰:"连句至此,闻许鹤巢先生噩耗。"《撼庭秋》(别来音信千里)是晏殊词中杰作,赵尊岳《珠玉词选评》给予高度评价,并详解其章法结构与用词精妙之处:"此词以'恨此情难寄'为言,凡全词前后均由是阐发,描绘极其难寄之致,诚有绘水绘风之妙。起拍于'此情难寄前',先述其难寄之由,则以别远思深引起之,虽只六字,已尽回环,抑且沉郁,晏词于小境界中辟大天地,其最擅长处,学者不可不于此求之。下文则以难寄此情而述及其景、其时,景则'碧纱''梧桐',时则'秋月''夜雨'。夫月与雨判然两事,而秋夜之乍雨乍晴,增人闷损,更不待言,故兼述之,俾于错综之间益深牢愁之致。然后结到'无寐',尤更必宛转以出之,曰'几回'者,则以强图小睡,忽又无眠,辗转反侧,庶使情更深窈。以'无寐'为过拍,以'目断'为换头,二者似断却连,信乎其为水穷云起之笔,继之以'天遥','云暗'者,正以天遥呼应千里,云暗兼及夜雨,一字不肯轻放也。继用'兰堂红烛',虽是愁悴之作,仍具富贵气象,非寒素之篝灯如豆者可得而比,以'向人垂泪'作结,又却关合'此情难寄'。凡作小令,不可以文简而失其理脉。晏最工此,允为百世不祧之祖。"①试比较和作与晏殊原作:

> 别来音信千里,恨此情难寄。碧纱秋月,梧桐夜雨,几回无寐。
> 楼高目断,天遥云黯,只堪憔悴。念兰堂红烛,心长焰短,向人垂泪。(晏殊)

> 隔帘花雾三里,似暗愁难寄。(夔)堂空如水,星河案户,共人无寐。(幼)
> 寒云雁唳,新霜蛩语,管伊憔悴。(荪)相思谁见,海棠应更,化为红泪。(夔)

---

① 赵尊岳著,陈水云、黎晓莲整理:《赵尊岳集》,凤凰出版社,2016年版,第1059页。

和作从字面到词意,对晏殊词亦步亦趋,甚至在韵脚处直接袭用原作,如"难寄""憔悴""无寐"。同写别情闺怨,张祥龄词句"寒云雁唳,新霜蛩语,管伊憔悴"却不如原作雅致蕴藉。王鹏运词句虽拘于韵脚,仍用"无寐","堂空如水,星河案户"句则另辟蹊径,以空阔秋景衬孤寂难眠之情。况周颐起句"隔帘花雾三里,似暗愁难寄"以凄迷景象状离情,末句"相思谁见,海棠应更,化为红泪"用屈大均《阮郎归》"春来莫使杜鹃知,杜鹃花已飞。海棠更是泪红时,片片付游丝"句意,写刻骨相思,能跳出原作红烛垂泪的传统意象。"海棠红泪"与"隔帘花雾"首尾遥相呼应,章法谨严。

总之,三人联句,在词艺上是一种相互切磋雕琢、分工合作的过程。况周颐在《和珠玉词跋》中自述创作体验:"无求工竞胜之见存,而神来之笔,辄复奇隽。往往相视而笑,得意自鸣,宜若为乐可以终古。"①虽然况周颐否认了主观上的竞胜之意,然而三人词句相形之中,高下力见。张祥龄《台城路》词序云:"丁亥与次香、实甫、由甫倡酬无虚日,予最驽下,读词亦不能句读,乃试取宋人观之,辞意皆非平生所有,虚实浅深之难,曾为叔海论之,非苦功不能深入。"联句唱和中暗含比较,自然会激发参与者的学习争胜之心。张祥龄意识到自己词艺欠缺,故而下苦功向宋词名家学习。王鹏运先是被动参与到联句唱和中来,后来竟至"不惟忘暑,且若忘饥渴"的忘我之境,当是体味到其中乐趣。"词之工拙不足道,一时文字之乐,则良有足纪者",王鹏运序言道出了联句唱和这一创作形式的魅力所在。

三、雍容华贵:赵尊岳《和小山词》

民国十二年(1923)赵尊岳重新刊刻《和珠玉词》,况周颐为之作跋曰:"昔晏小山自名其词曰补亡,其托恉若有不得已者。夫今日而言风雅,所谓绝续存亡之会,非欤?叔雍和小山之作,即亦亟宜付梓,纚属以行,为提倡风雅计,勿庸谦逊未遑也。"并称赞说:"词学如叔雍,庶几天人具足,而其阅历与境界,以谓今之晏小山可也。"②赵尊岳受《和珠玉词》影响而作《和小山词》,赵尊岳长女赵文漪又作《和珠玉词》,吴湖帆亦有《佞宋词痕外篇·和小山词》,可见其风雅余续。赵尊岳评价二晏曰:"不必言情而自足于情,一字一语,落落大方,得天籁者,为词中最胜境界,大晏是也。由大晏而

---

① 冯乾编校:《清词序跋汇编》,凤凰出版社,2013年版,第1792页。
② 同上,第1792页。

小小琢磨,使益见其聪明于楮墨者,小晏是也。大晏如浑金璞玉,小晏因以雕镂,然不伤于琢,正是其可贵之处。"①又论学词家数曰:"当先就一家之稍有迹象可模者,师之极熟,然后进易他家。及其至也,深思熟虑,或奄有众美,或别辟径蹊,信手拈来,成妙谛矣。"②可见其追和小山词亦因晏几道词有迹象可模,便于初学者师法。况周颐序赵尊岳《和小山词》曰:

> 癸亥五月,叔雍《和小山词》成,属为审定,并缀数言卷端。夫陶写之事,言涂辙则已拘;而神明所通,必身世得其似。在昔临淄公子,天才黄绢,地望乌衣,涪皤属以人英,伊阳赏其鬼语。莲鸿蘋云而外,孰托知音;高唐洛神之流,庶几合作。其瑰磊权奇如彼,槃姗勃窣如此,虽历年垂八百,而解人无二三。岂不以神韵之间,性情之地,非针芥之有合,宁骖靳之可期。解道湖山晚翠,旧数斜川;消受藕叶香风,谁为处度。叔雍琼思内湛,玮艺旁流。得惜香之缠绵,方饮水之华贵。起雏凤于丹穴,雕喈犹是元音,茁瑶草于阆风,沆瀣无非仙露。用能吹花嚼蕊,缝月裁云。步诎学于邯郸,韵或险于竞病。岂补亡之闵怊,换羽何用新声;徵聊复之遗编,吟商尚存旧谱。绿赢屏底,写周柳之情怀;朱雀桥边,识王谢之风度。同声相应,有自来矣。彼西麓继周,梦窗赓范,迂公《花间》之续,坐隐《草堂》之余,以古方今,何遽多让。此日移情海上,见触目之琳琅;当年连句城南,愧在前之珠玉(曩寓都门,与张子苾、王半塘连句和《珠玉词》,近叔雍授梓覆锲)。③

序言指出:"夫陶写之事,言涂辙则已拘;而神明所通,必身世得其似。"况周颐颇为欣赏晏几道的才情,《蕙风词话》卷二云:"小晏神仙中人,重以名父之贻,贤师友相与沆瀣,其独造处,岂凡夫肉眼所能见及。"④又为其鸣不平曰:"即如叔原,其才庶几跨灶,其名殆犹恃父以传。夫传不传亦何足轻重之有,唯是自古迄今,不知埋没几许好词。而其传者,或反不如不传者之可传。是则重可惜耳!"⑤况周颐一生坎坷,中年以后浪迹江湖,其间又经家

---

① 赵尊岳著,陈水云、黎晓莲整理:《赵尊岳集》,凤凰出版社,2016年版,第1020页。

② 同上,第1019页。

③ 赵尊岳、赵文漪:《和小山词·和珠玉词》,上海古籍出版社,2004年版,第1-2页。

④ 况周颐著,王幼安校订:《蕙风词话》,人民文学出版社,1960年版,第25页。

⑤ 同上,第24页。

国事变、妾亡子丧,颠沛流离、命运多舛。这样的人生际遇让他对才华横溢却沉沦下僚的晏几道抱有一腔同情,产生共鸣。赵尊岳是有"民国诸葛"之称的赵凤昌之子,青少年时期养尊处优,晚年漂泊异乡。他富有才情,行为放荡不羁,有名士风范。其身世经历、天赋性情与晏几道相仿,故而能"同声相应"。况周颐将赵尊岳和词与赵长卿《惜香乐府》、纳兰性德《饮水词》并举,评价其缠绵华贵。

　　况周颐论词力主深厚凝重,所谓"重""拙""大"。晏几道《阮郎归》(天边金掌露成霜)即被况氏评为"沉着厚重"之作,进而阐发其词意曰:"'绿杯'二句,意已厚矣。'殷勤理旧狂'五字三层意:狂者,所谓一肚皮不合时宜,发见于外者也。狂已旧矣,而理之,而殷勤理之,其狂若有甚不得已者。"[1]赵尊岳和词"相思不尽狂。狂余却忆旧凄凉,萦回寸寸肠"可视为原作"殷勤理旧狂。欲将沉醉换悲凉"的注脚,却不如原作蕴藉曲折。赵尊岳强调"词语首贵华贵雍容。虽寒涩之语,亦当以华贵出之。非比诗之穷而后工。郊寒岛瘦,尽作寒瘦语,小山饮水,多作华贵语,分镖竞爽,各有千秋,可以知之"[2],"词虽道穷,亦宜以雍容之笔出之。若作寒酸语,则乖于词格矣"[3],并举小山"舞低杨柳楼心月,歌尽桃花扇底风"以为例。赵尊岳和小山《鹧鸪天》词雍容华贵、缠绵悱恻:

> 醉倚花枝进一钟。绕枝蜂蝶见残红。春宵梦咽金壶漏,子夜歌翻玉笛风。
>
> 愁易别,自初逢。碧云心事故人同。可能分付梁间燕,不尽回环锦字中。

赵尊岳感慨和作难以超越古人:"古人名句,或取眼前道得者为之。至于今日,则所为名语名句,眼前光景,大都已为古人道尽,必加微汰,于以知后之胜昔,求工为难也。"[4]"春宵梦咽金壶漏,子夜歌翻玉笛风"虽不能超越小山名句,已能得其神味。"力求摹拟,愈摹拟且愈窒滞,纵得一二皮相形似

---

① 况周颐著,王幼安校订:《蕙风词话》,人民文学出版社,1960年版,第25页。
② 赵尊岳著,陈水云、黎晓莲整理:《赵尊岳集》,凤凰出版社,2016年版,第1018页。
③ 同上,第1040页。
④ 同上,第1012页。

之处,造诣必小,气思必促,转贻画虎之诮。"①赵尊岳意识到刻意摹拟的弊端,故而在和作中力求有所突破,如《临江仙》:

> 酒半麝熏浓暖,梦回罗幕低垂。别离还记暮春时。游蜂黏絮落,香燕蘸泥飞。
>
> 楼上杏花斜月,只今病怯单衣。吴云天末最相思。锦书谁付托,极目雁南归。

首二句虽用小山"梦后楼台高锁,酒醒帘幕低垂"字面,意却不同。今昔对比是晏几道词常用的结构方法,赵尊岳和作深得其精髓。往昔"酒半麝熏浓暖""楼上杏花斜月",如今"梦回罗幕低垂""只今病怯单衣",两相对比,凄凉落寞之情不言而喻。

赵尊岳在《珍重阁词话》中说:"珠玉浑金朴玉,小山风神淡远,亦不易遽学。"②"赋华贵之题,不浊不俗;作感怆之语,不卑不衰;为学词者所必知。然非襟抱学力兼胜者不易致。"③专意摹拟一家,要得其风神精髓,殊为不易,襟抱学力缺一不可。《和小山词》是赵尊岳26岁时所作,此后他再无如此集中追和的行为。然而《和小山词》为他积累了丰富的创作经验,也深刻影响到此后《炎洲词》的创作。他总结说:"学词者当先学一家,渐涉博采,再进专一家,而纳其所博采者,以自名其家,然后得超于象外之一境。以意随笔,以笔遣意,由意进神,传神于笔,能历进而愈工,此不易之理。"④

此外,王鹏运、朱祖谋、刘福姚三人曾分和《小山词》,共计二十一首,收录入《庚子秋词》。王鹏运、朱祖谋和词创作于庚子事变时期,往往融入身世之感与家国兴亡的深沉感慨,比赵尊岳和作情感更为沉挚。朱祖谋和晏几道《玉楼春》词曰:"大堤油壁车尘软。双袖越罗春水染。兰丛啼眼几时晴,桂叶妆眉前度浅。 丁丁夜漏侵琼管。微醉归来熏麝晚。小蟾如镜莫窥眠,曲曲屏山亲手展。"虽然表面上仍写相思恋情,然而"兰丛""桂叶"应寓香草美人比兴之义,意在表明自己的节操与坚守。又如王鹏运

---

① 赵尊岳著,陈水云、黎晓莲整理:《赵尊岳集》,凤凰出版社,2016年版,第1045页。
② 同上,第1042页。
③ 同上,第1043页。
④ 同上,第1026页。

和《玉楼春》词"屏山苦隔天涯信，咫尺关河千万恨。楼前芳草远连天，望眼不随芳草尽。"将家国之恨、忠怨之情打并入相思之作中，缠绵悱恻，意蕴深广。

附录14："清末四家"追和唐宋词一览表

和词作者	原唱作者	和词篇名	和词数量	
王鹏运	冯延巳	《鹊踏枝》（几见花飞能上树）	10	26
		《鹊踏枝》（谁遣春韶随水去）		
		《鹊踏枝》（漫说目成心便许）		
		《鹊踏枝》（风荡春云罗样薄）		
		《鹊踏枝》（斜日危阑凝伫久）		
		《鹊踏枝》（落蕊残阳红片片）		
		《鹊踏枝》（望远愁多休纵目）		
		《鹊踏枝》（对酒肯教欢意尽）		
		《鹊踏枝》（谱到阳关声欲裂）		
		《鹊踏枝》（尽日恹恹惊夜短）		
	吴文英	《莺啼序》（无言画阑独凭）	4	
		《徵招》（林梢旧洒西州泪）		
		《诉衷情》（水云如梦阻盟鸥）		
		《霜叶飞》（酒边孤绪）		
	周邦彦	《西河》（游侠地）	4	
		《绮寮怨》（莫向黄垆回首）		
		《渡江云》（流红春共远）		
		《花犯》（渭城西）		
	晏几道	《玉楼春》（落花风紧红成阵）	3	
		《玉楼春》（闲云何止催春晚）		
		《玉楼春》（不辞沉醉东风里）		
	苏轼	《一丛花》（长夜薄病）	2	
		《念奴娇》（云埋浪打）		
	辛弃疾	《金缕曲》（心事从何说）	1	
	姜夔	《凄凉犯》（夕阳一抹）	1	
	张炎	《念奴娇》（余寒犹滞）	1	

和词作者	原唱作者	和词篇名	和词数量	
郑文焯	姜 夔	《踏莎行》(官阁烟寒)	20	39
		《瑞龙吟》(寻诗路)		
		《瑞龙吟》(西桥路)		
		《一萼红》(石湖阴)		
		《一萼红》(晚帘阴)		
		《念奴娇》(夜寒鹤梦)		
		《惜红衣》(醉枕销凉)		
		《惜红衣》(别梦催秋)		
		《惜红衣》(玩月来时)		
		《惜红衣》(旧思停云)		
		《惜红衣》(侧帽高秋)		
		《惜红衣》(断阕吟秋)		
		《卜算子》(低唱暗香人)		
		《卜算子》(瑶步起仙尘)		
		《卜算子》(数点岁寒心)		
		《卜算子》(枝亚野桥斜)		
		《卜算子》(一棹过湖西)		
		《卜算子》(刻翠竹声寒)		
		《卜算子》(云叠玉棱棱)		
		《卜算子》(初月散林烟)		
	吴文英	《莺啼序》(西阑乍过桂影)	7	
		《莺啼序》(西风又闻鹤唳)		
		《莺啼序》(沧洲半残画稿)		
		《秋思衰》(帽西风侧)		
		《龙山会》(塔影窥林罅)		
		《烛影摇红》(雪黯江城)		
		《霜花腴》(过江旧客)		
	柳 永	《雨霖铃》(并刀难切)	3	
		《临江仙慢》(暝踏小城路)		
		《月下笛》(月满层城)		

续　表

和词作者	原唱作者	和词篇名	和词数量	
郑文焯	周邦彦	《兰陵王》(片帆直)	9	39
		《兰陵王》(去波直)		
		《兰陵王》(断肠直)		
		《兰陵王》(垅楸直)		
		《拜星月慢》(润逼烟纱)		
		《绮寮怨》(白眼看天如醉)		
		《还京乐》(放愁地)		
		《夜飞鹊》(城南有情月)		
		《蓦山溪》(吟边灯火)		
朱祖谋	吴文英	《莺啼序》(轻阴傍楼易暝)	11	27
		《喜迁莺》(玉虫寒滴)		
		《喜迁莺》(风灯摇暮)		
		《喜迁莺》(沧洲程别)		
		《秋霁》(别枕潺潺)		
		《解连环》(绪牵愁结)		
		《八声甘州》(倚苍岩)		
		《点绛唇》(明雪罗窗)		
		《六丑》(渐梅英堕粉)		
		《梦芙蓉》(帘花摇梦绮)		
		《高山流水》(绛河不动九微风)		
	晏几道	《玉楼春》(目成已是斜阳暮)	5	
		《玉楼春》(橹声鸦轧吴音似)		
		《玉楼春》(少年不作消春计)		
		《诉衷情》(鸾鹣秋讯有无闲)		
		《诉衷情》(网丝飘断水沈烟)		
	姜夔	《徵招》(人生难得秋前雨)	5	
		《惜红衣》(倦侣哀时)		
		《惜红衣》(万感逃卢)		
		《惜红衣》(病减霜尊)		
		《秋宵吟》(水窗虚)		

和词作者	原唱作者	和词篇名	和词数量	
朱祖谋	周邦彦	《满路花》(寒余北崦风)	4	27
		《瑞龙吟》(吴皋路)		
		《瑞鹤仙》(处幽窜怨咽)		
		《西河》(歌哭地)		
	柳　永	《八声甘州》(瀰春残)	1	
	贺　铸	《石州慢》(一枕春醒)	1	
况周颐	吴文英	《法曲献仙音》(残月窥尊)	1	2
	李清照	《永遇乐》(惨碧山塘)	1	

结　语

"博物馆中的作品具有双重作用,它们一方面是艺术家学习的典范,另一方面也是艺术家必须超越的对象。如果艺术家创作出来的作品跟博物馆中陈列的一样,那就没什么意义了。由此就产生了原创性的观念。"①唐宋词就像博物馆中的作品一样不可复制,它既是后世词人学习的典范,同时也是后世词人必须超越的对象。

追和作为一种创作方式自有其本身的魅力,这是追和词大量出现的重要原因。对于才力大者而言,追和是对于前人名作的一种挑战,可以刺激他们创作的欲望。对于一般作者而言,追和是向前人学习的一种途径,有助于个体词艺的提高。追和词的存在自有其价值,其中固然有平庸不足论者,也有在某些方面对原作有所突破甚至不输原作者。尤为重要的是,对于唐宋词大量而集中的追和,是唐宋词人词作经典化的一个重要途径,也是词史构建的动态过程。正如克里斯托弗·伍德所说:"从一开始,艺术作品的起因就包含着对艺术进行历史研究的可能性。艺术作品是插在艺术的过去和艺术的未来之间的一个事件。"②作为一种历史文献,追和唐宋词作品理应在这一连续序列中获得独一无二的位置。

一、追和视野下的唐宋词接受

唐宋词接受的途径多种多样,如词话批评、词选、词籍的传播与刊刻、词集笺注等,而追和是在创作实践中对唐宋词人词作的一种典型而特殊的接受。追和者在创作过程中表现出对于原作各不相同的接受方式,有的是

---

① 邹建林编:《影子与踪迹:汉斯·贝尔廷图像理论中的指涉问题》,湖南美术出版社,2014年版,第243页。

② Christopher. S. Wood, *Forgery*, *Replica*, *Fiction: Temporalities of German Renaissance Art*. The University of Chicago Press. 2008. p.16.

对原作立意的深化、拓展或反驳,有的是对原作风格的效仿,有的是对原作艺术技巧的学习,有的则仅在形式上次韵。不同于其他接受方式的是,从追和这一视角观察到的唐宋词接受过程更具有直观性与过程性。论者多以受到追和次数的多少作为衡量唐宋词经典作家作品的一个重要指标,而事实上追和与唐宋词作家作品的经典化是一个同步、动态的过程。唐宋词的经典化在某种程度上可以说是追和效果的客观体现。通过对宋、金元、明、清顺康、清雍乾、清嘉道以及晚近时期追和词文本的梳理、统计以及比较,我们可以对追和视野下的唐宋词接受情形从以下几个方面进行总结:

(一)从总量上来看,北宋词受到追和的数量(1012 首)与南宋词受追和数(1096 首)相差不多,而在清顺康以前的各个时期,对于北宋词的追和亦占有明显优势,清顺康时期南宋词的追和总量(468 首)才超过北宋词受追和的总量(349 首),也是此前全部追和南宋词数量的总数(124 首)的好几倍。至清雍乾时期追和南宋词的总数(414 首)几为追和北宋词总数(214 首)的两倍。追和具有层递性,北宋词由于较早受到追和而具有比南宋词更好的接受基础,因而在清顺康以前受到追和的数量更多。限于时代的关系,宋代主要是南宋词人对于北宋词的追和,至元明清时期始有对南北宋词的全面接受。金元词坛沉寂,追和词数量少。明代整个词坛处于衰敝期,对词以小道视之,虽然追和数量激增,但对于唐宋词的追和态度并不严肃,往往以游戏视之。明人追和较多的北宋词人有柳永、秦观、黄庭坚、贺铸、苏轼、周邦彦等,对于北宋词人词作的追和较为全面,而南宋词人受到追和较多的唯有辛弃疾、李清照二人。直到清代,对于南宋词人词作的追和才蔚成风气。历元明而后,清人开始从整个词史的角度来全面观照唐宋词,南宋词人之地位被重新评估。此外,阳羡词人对于稼轩风的鼓扬、浙西词派对于南宋词的推举亦是南宋词人词作在受到大量追和的一大原因。

(二)受到追和最多的词人:苏轼是词史上受到追和最多的一位词人,至清雍乾时期共获得约 600 首的追和作品,《念奴娇·赤壁怀古》、《水调歌头》(明月几时有)、《卜算子》(缺月挂疏桐)三首是在每个时期都受到追和的苏轼名作。如果算上南宋三家和清真词(312 首),则追和周邦彦词的总数(481 首)要高于辛弃疾而居第二。如果不将三家追和词统计在内,周邦彦词受追和的数量(169 首)则在辛弃疾(285 首)之后。受到追和较多的词人以下依次为姜夔(177 首)、李清照(161 首)、张炎(141 首)、秦观(84 首)、史达祖(81 首)、柳永(79 首)、吴文英(51 首)、贺铸(50 首)。由此可见,这些词人所获得的追和词数量与他们在词史上的地位是大致对应的。苏轼是对词体进行大刀阔斧改革的第一人,大力推进了词的士大夫化,在词体发展史上的影响是无人可以替代的。作为中国古代思想家与文学家的杰出代表,苏轼旷达超脱的人生态度与全面的艺术才能亦是引起后世文人广泛追和其作品的重要原因。不同时期追和对象、追和词数量详见下表:

时期	柳永	苏轼	秦观	贺铸	周邦彦	李清照	辛弃疾	姜夔	史达祖	吴文英	张炎
宋	3	76	5	25	27	1	10	10	0	0	0
金元	0	17	0	0	1	1	2	1	0	0	0
明	16	218	23	4	38	21	52	3	3	0	1
顺康	49	164	40	12	84	78	193	40	59	16	72
雍乾	11	121	16	9	19	60	28	123	22	35	68
总计	79	596	84	50	169	161	285	177	81	51	141

（三）受到追和最多的作品:《念奴娇·赤壁怀古》是词史上受到追和最多的一首作品。宋、金元、明、清顺康、清雍乾五个时期追和《念奴娇·赤壁怀古》词的数量分别为 22 首、13 首、153 首、61 首、51 首,总计 300 首,占和苏词总数的 50%。在宋代,此词受到追和的数量仅次于贺铸《青玉案》(凌波不过横塘路)词(23 首)而居第二。此后四个时期都是受到追和最多的一首作品。金元时期追和此词的数量占全部追和词总数的 76%。明代此词的追和数量占明代和词总数的 38%。这首作品在不同时期所掀起的持续追和热潮,表明它是词史上久经考验、独一无二的经典之作。美国学者哈罗德·布鲁姆以为,一首作品之所以能成为经典,它自身的审美价值是其中最重要的因素。"大江东去,浪淘尽、千古风流人物",历史与自然的永恒与人生的有限构成难以解决的矛盾,是千载而下每个人心中的感慨,却由苏轼此词道出。刘象愚在《影响的焦虑———一种诗歌理论》序言中指出,尽管有种种复杂的外在因素参与了经典的形成,但一定有某种更为重要的本质特征决定了经典的存在,我们也许可以把经典这种本质的特性称之为"经典性"。首先,经典应该具有内涵的丰富性。其次,经典应该具有实质的创造性。再次,经典应该具有时空的跨越性。最后,经典应该具有可读的无限性。① 经典是时空的产物,是在时间和空间中被反复考验、反

---

① ［美］哈罗德·布鲁姆著,徐文博译:《影响的焦虑》,江苏教育出版社,2005 年,第 6-7 页。

复选择和确认的产物。在后世词人持续、反复的追和中,唐宋词得以经典化。《念奴娇·赤壁怀古》正是这样一首经典之作。它的创造性在于,正当柳永婉丽柔弱词风一统词坛之时,唱出需关西大汉执铁绰板而歌的豪放之作,新天下耳目,将词从歌筵酒席中解放出来。如此豪放之作在当时并未引起人们的注意,而随着词体的发展,它最终成为公认的经典作品。

(四)从受追和词调来看,小令多于慢词,而就受追和的数量来看,慢词明显多于小令。以苏轼为例,受追和词作中小令、慢词分别为 19、8,但是从追和词的数量上来说,追和苏词慢词者占有绝对优势。元代词人邵亨贞《〈拟古十首〉序》云:"古人作长短句,若慢则音节气概,人各不类,往往自成一家。至于令则律调步武句语,若无大相远者,间有奇语,不过命以新意,亦未见其各成一家也。所以令之拟为尤难,强欲逼真,不无蹈袭,稍涉己见,辄复违背。"①邵亨贞认为慢词则人各自成一家,令词则难成自家面目,所以拟作尤难。再加上令词本身体制短小,受韵脚限制较多,和韵更难。此外,慢词易于抒发自我情感的特质,也是后世词人更多追和慢词的一大原因。至清顺康时期,《念奴娇》《贺新郎》《水龙吟》为受到追和最多的三个词调,分别有 290 首、73 首、64 首和作。就历代对于《念奴娇》这一词牌的追和来看,追和苏词《念奴娇·赤壁怀古》的数量占到整个追和《念奴娇》词总数的 86%,可见此作在词史上的影响之大。辛弃疾《贺新郎》(老大犹堪说)一阕共获得 43 首的追和作品,占所有追和《贺新郎》词牌的 59%,此作在稼轩词中的代表性也是显而易见的。除此之外,尚有追和辛弃疾《贺新郎》(翠浪吞平野)(10 首)、《贺新郎》(甚矣吾衰)(8 首)、《贺新郎》(云卧衣裳冷)(1 首)、《贺新郎》(曾与东山约)(2 首)、《贺新郎》(高阁临江渚)(1 首),凡 20 首。对于《水龙吟》一调的追和中,苏轼《水龙吟·次韵章质夫咏杨花词》受到追和的数量(45 首)占全部和此调作品数量的 70%。正是苏轼、辛弃疾名作赋予了这些词牌强大的生命力。

综上,追和是唐宋词人词作经典化的一个重要途径,每一个历史时期受追和数量的多少可以反映出词人在当时词坛的地位,而受到追和的总量则基本与其在整个词史上的地位相对应,经典作家作品是在每一个时期都受到持续追和的那一类。追和作为一种接受形式,亦有其自身的规律与特点,如对于慢词的追和多于小令,主要原因即在于次韵形式的限制。

---

① 唐圭璋编:《全金元词》下册,中华书局,1979 年版,第 1093—1094 页。

二、影响追和的诸种因素

追和对象的选择与追和数量的多少受各种因素的影响,然而词作本身具有的丰富内涵及其审美价值是其受到追和最主要的原因。耐人寻味的艺术构思与布局、精彩绝伦的字句与高妙的修辞手法等皆是作品获得追和的重要原因,如贺铸《青玉案》结句之"试问闲愁都几许？一川烟草,满城风絮。梅子黄时雨"、李清照《声声慢》对于叠字的运用等,都是后世词人刻意摹仿的对象。追和也受作者社会地位、文坛地位等非文学因素的影响,如陈三聘对于《石湖词》的全集追和即与范成大的社会政治地位有关。有创作本事或传播本事的词作如秦观《千秋岁》(水边沙外)、苏轼《水调歌头》(明月几时有)等,更容易引起后世词人的追和。词人受追和数量的多少与其本人词集的整理刊刻及笺注有关,周邦彦词之所以在南宋获得方千里、杨泽民、陈允平三位词人的全集追和,是以清真词各种版本的刊刻以及清真词笺注本的出现为前提的。姜夔词在雍乾时期受追和数量跃居第一,很大程度上得益于姜夔诗词全集的发现和整理。每一首词作引起后世词人追和的原因各不相同,且错综复杂,以下从几个大的方面来探讨影响追和的因素:

(一)时代背景:姚斯在《走向接受美学》中指出,文学传统往往不是靠自身延续的,一种过去文学的复归,仅仅取决于新的接受是否恢复其现实性,取决于一种变化了的审美态度是否愿意转向过去作品再予欣赏,或者文学演变的一个新阶段出乎意料地把一束光投到被遗忘的文学上,使人们从过去没有留心的文学中找到某些东西。同样一首作品在此期受到众多追和,在另外一个时期则无人问津,皆与当时之时代背景密切相关。王清惠《满江红》词在宋亡之际引发文天祥、邓剡、汪元量等人的唱和,明清易代之际词坛又一次掀起追和此词的热潮。元灭宋,清灭明,同为少数民族政权取代汉族统治,相似的遭遇使得此词在特定的历史时期受到众多词人的追和。岳飞《满江红》词在明末的大受追和,亦与此情形相类。

(二)词话、词选与词学流派:追和受词话评论、唐宋词选以及同期词学流派的影响较为明显。词话著作对于作品的批评比较直接,既可以抬高作品的身价,促进其传播,亦可以贬低作品的身价,从而影响其传播。词话批评必然影响到同时期词人的追和实践。词选是一种特殊的批评方式。有选择,就有淘汰。词选既然具有彰显与强化某些作品的功能,必然会遮蔽与埋没另外一些作品。词选对于词作的传播与接受具有重要意义。各类唐宋词选的编撰与传播,在很大程度上影响到后世词人对于追和对象的选择。如明代词人追和实践受《花间集》《草堂诗余》的影响十分明显,最突出的表现即为陈铎《草堂余意》与张杞《和花间集》两部追和词集的出现。又如清代浙西词派论词标举姜夔、张炎,朱彝尊与汪森合编《词综》一书以张扬其词学理论。由于《词综》在清代词坛的巨大影响力,此后对于南宋词人姜夔、张炎、史达祖等的追和蔚成风气。词学流派对于追和实践的影响在清初词坛表现得尤为明显。在阳羡词派推举苏辛豪放词风的背景下,对于苏轼、辛弃疾词的追和颇为可观,而自浙西词派出,推崇以姜夔、张炎为代表的南宋清雅词风,对于姜夔、史达祖、张炎词的追和数量则急剧攀升。追和在一定程度上受同期词学流派之理论主张的影响,但由于作者在创作实践中总是借鉴学习多家作品,他们的追和对象往往并非一家,即使各词学流派宗主本身所追和的对象亦是较为广泛的。

(三)词籍校勘与追和:词籍校勘与追和有着密切关联,却容易被忽略。考察晚清四大家同一时期的校勘与追和词创作,可以看出校勘对追和行为的直接影响。王鹏运对姜夔词的追和始于校勘《双白词》之时,而郑文焯不断追和姜夔词,也与其对白石词的反复校勘基本同步。晚清四大家均致力于《梦窗词》的校勘,因此他们的词集中用梦窗韵的作品尤多,朱祖谋《彊村丛书》中明确用"梦窗韵"的词即有 15 首之多,郑文焯《樵风乐府》中也有 9 首"和梦窗"之作。光绪二十五年(1899)王鹏运邀约朱祖谋同校《梦窗词》,并将寓所名为"校梦龛",组织词社进行唱和。此期唱和之作中有不少即用梦窗词韵。郑文焯、张祥龄以梦窗《莺啼序》韵联句唱和,王鹏运见二人和作后亦用《莺啼序》韵与之唱和,即为一例。

(四)"第一个追和者"的重要意义:"第一个读者的理解将在一代又一代的接受之链上被充实和丰富,一部作品的历史意义就是在这过程中得以确定,它的审美价值也是在这过程中得以证实。"①在此套用姚斯所提出的"第一个读者"的概念,也可以说,一首词能够在后世引起众多人的追和,有赖于"第一个追和者"的地位和影响。虽然此前已有不少追和之作,但词人词作经典地位的确立仍有赖于大力者的推扬,如王士禛之于李清照。王士禛既有很高的政治地位,又是文坛盟主,他对于《漱玉词》的大量追和必然

---

① 〔德〕H.R.姚斯、〔美〕R.C.霍拉:《接受美学与接受理论》,辽宁人民出版社,1987 年版,第25 页。

引起其他词人对于易安词的关注，从而加速其经典化的进程。追和的效果
很大程度上取决于追和者的地位和影响，而不是追和词本身，如虞集对于冯
尊师《苏武慢》词的追和，使得明代次韵《苏武慢》词成为一种风尚，这一现象
背后的主要原因恐怕不在于其和作的艺术魅力，而在于虞集本人的影响力。

　　后世词人对于前代作家作品的追和也受到自身才力、性情、审美观念
等各方面的影响。"作家首先必须会模仿名家，而后方可在文学上自成一
体。然而，为了不至于东施效颦，他还不能仅仅模仿单一特点，重要的是形
神兼备。学问乃传世之本，自然之理也；但此处的学问是经过作者斟酌了
的，斟酌之后，作者方能决定选准来模仿以及选什么来模仿。他首先必须
自知之明，掂量自己究竟有多少分量，试试自己的肩膀上能担多大的分量；
他必须时时注意自己的天分，设法模仿他觉得与自己最为相近的作者。"①
对于追和对象的选择难免会受到追和者本身的影响。

三、追和的词体史意义

　　声律之学是词学研究的重要组成部分，"词有特殊之音节，后来虽不可
歌，要其声韵之美，耐人寻味，实为最富于音乐性之新诗体。而一究其声韵
之变化，与句度之长短、字音之平仄，皆有绝大关系，归纳众制，而求出一共
通之法则，此为研究词学者切要之图"②。追和不仅在唐宋词经典化与词
史建构中发挥着重要作用，在规范词谱词韵、审音订律方面的价值与意义
亦不容忽视。

　　戈载是嘉道之际声律派代表人物，他以专力精研词律，推究宫调，审韵
订声。王鹏运称赞其所著《词林正韵》前无古人，至今可法。戈载有《翠薇
花馆词》三十九卷，自诩"字字协律"，常在词序中详细叙述宫商叶韵，如《秋
宵吟》词序曰：

　　　　孟秋中旬九日，董琢卿邀集广川书屋，出示籛石老人秋叶图，索座
　　客题句。予赋此解，调本白石自制，注曰"越调"。越调者，《琵琶录》所
　　谓商七调之第一运。黄钟商是为琵琶第二弦之第七声，其声实应南
　　吕，今俗乐之六字调也。白石又有《越九歌·越王》一首，亦曰"越调"，

---

① [法]萨莫瓦约著，邵炜译：《互文性研究》，天津人民出版社，2002 年版，第 122 页。
② 龙榆生：《龙榆生词学论文集》，上海古籍出版社，1997 年版，第 146 页。

注曰"无射商"。无射商乃商调之名,越调为黄钟商,何以又云"无射商"? 不知宋时燕乐七商一均与七宫同用黄钟、大吕、夹钟、仲吕、林钟、夷则、无射七律之名,越调为第七声,居无射之位,故朱子《仪礼经传通解》云:"无射,清商,俗呼越调。"与玉田《词源》所论合也。白石原词"古帘空"至"箭壶催晓"与下"引凉飔"至"暮帆烟草"句法既同,旁谱亦无少异。万氏疑是双拽头,甚是。上应分二段,下作一段,为三叠。前"晓"字用六上五,后"草"字亦用六上五,可悟六字为杀声,兼上五毕曲,与《石湖仙》同调也。其平仄无一字可移动,且协韵皆用上声,诸去声字尤为吃紧。予谨谨守之,庶几与古谱合也。①

戈载词几乎遍和唐五代两宋词人,既有和韵之作,又有和体之作,其中追和最多的是周邦彦、姜夔词。戈载在创作实践中严辨四声,谨守原谱,词作虽富,质量并不高,谢章铤评曰:"戈宝士《翠薇花馆词》最多,余所得者二十七卷,《词综续编》以为三十九卷,《万竹楼词注》以为三十卷,《听秋声馆词话》以为十卷。殆其词随作随刻,故积久愈多耳。然平庸少味,阅至十篇,便令人昏昏欲睡。"②戈载和作受限于原韵,佳作亦不多见,然而和韵、和体的行为可以视为他的词学声律研究在创作中的实践,有着规范词体的重要意义。

总之,追和作为一种特殊的接受方式,与词话批评、词选等共同参与了唐宋词经典化的过程,而从追和之作中所看到的唐宋词接受情形更为具体、直观。追和对象的选择、追和数量的多少以及追和效果的优劣均受各方面因素的影响与制约。关于追和在唐宋词经典形成中的作用仍是一个值得深究的问题。有论者在对宋词经典名篇进行考察时,"将选本、评点、唱和、20 世纪研究、互联网链接文章五个指标的权重分别定为 50%、20%、5%、15% 和 10%"③,唱和仅占 5% 的权重。就以上对追和词的考察情况来看,其中对唱和之影响力的估计偏低。追和不仅是唐宋词接受的独特方式,也是唐宋词经典化的重要途径,在词史构建与词体史上发挥着重要作用,有着多方面的研究价值。

---

① 张宏生主编:《全清词·嘉道卷》第 16 册,南京大学出版社,2020 年版,第 95 页。
② 唐圭璋编:《词话丛编》第 4 册,中华书局,1986 年版,第 3558 页。
③ 郁玉英:《宋词经典的生成及嬗变》,中国社会科学出版社,2016 年版,第 44 页。

参考文献

主要参考著作

《北宋词史》,陶尔夫、诸葛忆兵,哈尔滨:黑龙江教育出版社,2002 年版

《北宋十大词家研究》,黄文吉,台北:文史哲出版社,1996 年版

《唱和诗研究》,赵以武,兰州:甘肃文化出版社,1997 年版

《唱和诗词研究——以唐宋为中心》,巩本栋,北京:中华书局,2013 年版

《池北偶谈》,[清]王士禛撰,靳斯仁点校,北京:中华书局,1982 年版

《赤壁漫游与西园雅集:苏轼研究论集》,衣若芬,北京:线装书局,2001 年版

《传媒与真相:苏轼及其周围士大夫的文学》,[日]内山精也,上海:上海古籍出版社,
    2005 年版

《传承与新创——清词研究论文集》,张宏生编,南京:南京大学出版社,2014 年版

《词话丛编》,唐圭璋编,北京:中华书局,1986 年版

《词话史》,朱崇才,北京:中华书局,2006 年版

《词集考》,饶宗颐,北京:中华书局,1992 年版

《词籍序跋萃编》,施蛰存主编,北京:中国社会科学出版社,1994 年版

《词律》,[清]万树编著,上海:上海古籍出版社,1984 年版

《词论史论稿》,邱世友,北京:人民文学出版社,2002 年版

《词谱简编》,杨文生编,成都:四川人民出版社,1981 年版

《词学论丛》,唐圭璋,上海:上海古籍出版社,1986 年版

《词学名词释义》,施蛰存,北京:中华书局,1988 年版

《词学史料学》,王兆鹏,北京:中华书局,2003 年版

《词学书札萃编》,杨传庆编著,天津:南开大学出版社,2015 年版

《词学通论》,吴梅,上海:华东师范大学出版社,1996 年版

《词苑丛谈》,[清]徐釚撰,唐圭璋校注,上海:上海古籍出版社,1981 年版

《词综》，[清]朱彝尊，汪森编，上海：上海古籍出版社，2005 年版

《词综补遗》，[清]林葆恒编，上海：上海古籍出版社，2005 年版

《词苑猎奇》，钟振振，桂林：广西师范大学出版社，2007 年版

《词学研究书目》，黄文吉主编，台北：文津出版社，1993 年版

《词与文类研究》，[美]孙康宜著，李奭学译，北京：北京大学出版社，2004 年版

《东山词》，[宋]贺铸著，钟振振校注，上海：上海古籍出版社，1989 年版

《读者反应批评：理论与实践》，[美]斯坦利·费什著，文楚安译，北京：中国社会科学出
版社，1998 年版

《二十世纪文学理论》，[荷兰]佛克马、蚁布思著，袁鹤翔等译，台北：书林出版有限公
司，1987 年版

《繁华与落寞：柳永、周邦彦词接受史研究》，陈福升，北京：北京大学出版社，2016 年版

《樊榭山房集》，厉鹗，上海：上海古籍出版社，1992 年版

《古典诗学的文化观照》，莫砺锋，北京：中华书局，2005 年版

《古今词统》，[明]卓人月汇选，沈阳：辽宁教育出版社，2000 年版

《广箧中词》，[清]叶恭绰辑，北京：人民文学出版社，2011 年版

《汉魏六朝文学新论——拟代与赠答篇》，梅家玲，北京：北京大学出版社，2004 年版

《和小山词 和珠玉词》，赵尊岳、赵文漪，上海：上海古籍出版社，2004 年版

《互文性研究》，[法]萨莫瓦约著，邵炜译，天津：天津人民出版社，2002 年版

《花庵词选》，[宋]黄昇选编，上海：上海古籍出版社，2007 年版

《〈花间集〉接受史论稿》，李冬红，济南：齐鲁书社，2006 年版

《淮海居士长短句》，[宋]秦观著，徐培均校注，上海：上海古籍出版社，1985 年版

《黄文吉词学论集》，黄文吉，台北：台湾学生书局，2003 年版

《稼轩词编年笺注》，[宋]辛弃疾著，邓广铭笺注，上海：上海古籍出版社，2007 年版

《接受美学》，朱立元，上海：上海人民出版社，1989 年版

《接受美学导论》，朱立元，合肥：安徽教育出版社，2004 年版

《接受美学新论》，马以鑫，上海：学林出版社，1995 年版

《接受美学译文集》，刘小枫选编，北京：三联书店，1989 年版

《接受美学与接受理论》，[德]H.R.姚斯、[美]R.C.霍拉，沈阳：辽宁人民出版社，1987
年版

《金代前期词研究》，刘锋焘，西安：陕西师范大学出版社，1998 年版

《金元词纪事会评》，钟陵编著，合肥：黄山书社，1995 年版

《金元词论稿》，赵维江，北京：中国社会科学出版社，2000 年版

《金元词史》，黄兆汉，台北：台湾学生书局，1992 年版

《金元词通论》，陶然，上海：上海古籍出版社，2001 年版

《金元词学研究》,丁放,北京:中国社会科学出版社,2002 年版

《金元明清词选》,夏承焘等编选,北京:人民文学出版社,1983 年版

《近代词人考录》,朱德慈,北京:中国社会科学出版社,2004 年版

《近三百年名家词选》,龙榆生编选,上海:上海古籍出版社,1979 年版

《近现代词纪事会评》,严迪昌编著,合肥:黄山书社,1995 年版

《经典与解释的张力》,刘小枫、陈少明主编,上海:三联书店,2003 年版

《经典传承和体式流变》,张宏生,南京大学出版社,2019 年版

《李清照集笺注》,[宋]李清照著,徐培均笺注,上海:上海古籍出版社,2002 年版

《两宋词人年谱》,王兆鹏,台北:文津出版社,1994 年版

《辽金元文学研究》,李修生、查洪德主编,北京:北京出版社,2001 年版

《凌廷堪全集》,[清]凌廷堪,合肥:黄山书社,2009 年版

《龙榆生词学论文集》,龙榆生,上海:上海古籍出版社,1997 年版

《论诗词曲杂著》,俞平伯,上海:上海古籍出版社,1983 年版

《明词史》,张仲谋,北京:人民文学出版社,2002 年版

《明词综》,[清]王昶编,四部备要本

《明代文论选》,蔡景康编选,北京:人民文学出版社,1993 年版

《明代文学复古运动研究》,廖可斌,上海古籍出版社,1994 年

《明代文学批评史》,袁震宇,刘明今,上海:上海古籍出版社,1991 年版

《明清词研究史》,陈水云,武汉:武汉大学出版社,2006 年版

《明清词研究史稿》,朱惠国、刘明玉,济南:齐鲁书社,2006 年版

《明清之际士大夫研究》,赵园,北京:北京大学出版社,1999 年版

《明遗民传记索引》,谢正光编,上海:上海古籍出版社,1992 年版

《民国名家词集选刊》,朱惠国、吴平编,北京:国家图书馆出版社,2015 年版

《民国词集丛刊》,曹辛华主编,北京:国家图书馆出版社,2016 年版

《南宋词史》,陶尔夫、刘敬圻,哈尔滨:黑龙江人民出版社,1992 年版

《南宋遗民诗人群体研究》,方勇,北京:人民出版社,2000 年版

《女性词史》,邓红梅,济南:山东教育出版社,2000 年版

《彊村语业笺注》,白敦仁笺注,杭州:浙江古籍出版社,2015 年版

《樵风乐府》,[清]郑文焯,仁和吴昌绶双照楼刻本

《箧中词》,[清]谭献编,北京:人民文学出版社,2015 年版

《清八大名家词集》,钱仲联选编,陈铭校点,长沙:岳麓书社,1992 年版

《清词纪事会评》,尤振中、尤以丁编著,合肥:黄山书社,1995 年版

《清词菁华》,沈轶刘、富寿荪,合肥:安徽文艺出版社,1986 年版

《清词丛论》,叶嘉莹,石家庄:河北教育出版社,1997 年版

《清词三百首》,钱仲联选注,长沙:岳麓书社,1992 年版

《清词史》,严迪昌,南京:江苏古籍出版社,1999 年版

《清词选》,张伯驹、黄君坦选,黄畲笺注,郑州:中州书画社,1982 年版

《清词一千首:箧中词》,[清]谭献辑,杭州:浙江古籍出版社,1996 年版

《清词综补》,[清]丁绍仪辑,北京:中华书局,1986 年版

《清词的传承与开拓》,沙先一、张晖,上海:上海古籍出版社,2008 年版

《清词序跋汇编》,冯乾编校,南京:凤凰出版社,2013 年版

《清代词学》,孙克强,北京:中国社会科学出版社,2004 年版

《清代词学的建构》,张宏生,南京:江苏古籍出版社,1998 年版

《清代词学发展史论》,陈水云,北京:学苑出版社,2005 年版

《清代词学概论》,徐珂编著,上海:大东书局,1926 年版

《清代文论选》,王运熙、顾易生主编,北京:人民文学出版社,1999 年版

《清代文学批评史》,邬国平、王镇远,上海:上海古籍出版社,1995 年版

《清代辛稼轩接受史》,朱丽霞,济南:齐鲁书社,2005 年版

《清名家词》,陈乃乾编,上海:上海书店,1982 年版

《清真集》,[宋]周邦彦撰,吴则虞校点,北京:中华书局,1981 年版

《清真集校注》,[宋]周邦彦撰,孙虹校注,北京:中华书局,2002 年版

《清人词话》,孙克强等,天津:南开大学出版社,2012 年版

《全金元词》,唐圭璋编,北京:中华书局,1979 年版

《全明词》,饶宗颐初纂,张璋总纂,北京:中华书局,2004 年版

《全明词补编》,周明初、叶晔编,杭州:浙江大学出版社,2007 年版

《全清词·顺康卷》,程千帆主编,北京:中华书局,2002 年版

《全清词·顺康卷补编》,张宏生主编,南京:南京大学出版社,2008 年版

《全清词·雍乾卷》,张宏生主编,南京:南京大学出版社,2012 年版

《全清词·嘉道卷》,张宏生主编,南京:南京大学出版社,2021 年版

《全清词钞》,叶恭绰编,北京:中华书局,1982 年版

《全宋词》,唐圭璋编,北京:中华书局,1999 年版

《全唐五代词》,曾昭岷等编,北京:中华书局,1999 年版

《全唐五代词》,张璋、黄畲编,上海:上海古籍出版社,1986 年版

《群体的选择——唐宋人选词与词选通论》,萧鹏,台北:文津出版社,1992 年版

《日本学者中国文学研究译丛》,刘柏青等编,长春:吉林教育出版社,1990 年版

《容斋随笔》,[宋]洪迈,长沙:岳麓书社,1994 年版

《瑞洽兹:科学与诗》,徐葆耕编,北京:清华大学出版社,2003 年版

《山谷词》,马兴荣、祝振玉校注,上海:上海古籍出版社,2001 年版

《山中白云词》，吴则虞校，北京：中华书局，1983 年版

《石湖词校注》，[宋]范成大著，黄畲校注，济南：齐鲁书社，1988 年版

《顺康词坛群体步韵唱和研究》，刘东海，上海：上海古籍出版社，2013 年版

《宋词纪事》，唐圭璋编著，上海：上海古籍出版社，1982 年版

《宋词举》，陈匪石编著，钟振振校点，南京：江苏古籍出版社，2002 年版

《宋词四考》，唐圭璋，南京：江苏古籍出版社，1985 年版

《宋金词论稿》，刘锋焘，北京：中国社会科学出版社，2002 年版

《宋金元文论选》，陶秋英编选，北京：人民文学出版社，1984 年版

《宋金元文学批评史》，顾易生、蒋凡、刘明今，上海：上海古籍出版社，1996 年版

《宋南渡词人群体研究》，王兆鹏，台北：文津出版社，1992 年版

《宋人别集叙录》，祝尚书，北京：中华书局，1999 年版

《宋元词话》，施蛰存、陈如江辑录，上海：上海书店出版社，1999 年版

《宋元之际的哲学与文学》，罗立刚，上海：复旦大学出版社，1997 年版

《苏门六君子研究》，马东瑶，北京：北京大学出版社，2005 年版

《苏轼诗词文选评》，王水照、朱刚，上海：上海古籍出版社，2004 年版

《苏轼研究》，王水照，石家庄：河北教育出版社，1999 年版

《唐宋词集序跋汇编》，金启华、张惠民等编，南京：江苏教育出版社，1990 年版

《唐宋词社会文化学研究》，沈松勤，杭州：浙江大学出版社，2000 年版

《唐宋词史》，杨海明，南京：江苏古籍出版社，1987 年版

《唐宋词史的还原与建构》，王兆鹏，武汉：湖北人民出版社，2005 年版

《唐宋词史论》，王兆鹏，北京：人民文学出版社，2000 年版

《唐宋词史论稿》，黄昭寅、张士献，济南：山东大学出版社，2006 年版

《唐宋词通论》，吴熊和，杭州：浙江古籍出版社，1989 年版

《唐宋词与唐宋歌妓制度》，李剑亮，杭州：浙江大学出版社，1999 年版

《唐宋词综论》，刘尊明，北京：中国社会科学出版社，2004 年版

《唐宋名家词选》，龙榆生编选，上海：上海古籍出版社，1980 年版

《唐宋人选唐宋词》，上海古籍出版社编，上海：上海古籍出版社，2004 年版

《唐五代北宋词研究》，[日]村上哲见，杨铁婴译，西安：陕西人民出版社，1987

《唐五代两宋词选释》，俞陛云，上海：上海古籍出版社，1985 年版

《唐宋人词话》，孙克强，天津：南开大学出版社，2012 年版

《唐宋词在明末清初的传播与接受》，陈水云，北京：中国社会科学出版社，2010 年版

《王鹏运词校笺》，沈家庄、朱存红校笺，上海：上海古籍出版社，2017 年版

《文化视野下的中国古代文学阐释》，刘明华等，北京：中华书局，2008 年版

《文学传播与接受论丛》，王兆鹏、尚永亮主编，北京：中华书局，2006 年版

《文学经典的挑战》,〔美〕孙康宜,南昌:百花洲文艺出版社,2002 年版

《文学史书写形态与文化政治》,陈国球,北京:北京大学出版社,2004 年版

《文学史新方法论》,王钟陵,苏州:苏州大学出版社,1993 年版

《五代作家的人格与诗格》,张兴武,北京:人民文学出版社,2000 年版

《西方正典》,〔美〕哈德罗・布鲁姆著,江宁康译,南京:译林出版社,2005 年版

《相山集点校》,〔宋〕王之道著,沈怀玉、凌波点校,北京:北京图书馆出版社,2006 年

《阳羡词派研究》,严迪昌,济南:齐鲁书社,1993 年版

《一氓题跋》,李一氓,北京:三联书店,1981 年版

《影响的焦虑》,〔美〕哈罗德・布鲁姆著,徐文博译,南京:江苏教育出版社,2005 年版

《元代文学编年史》,杨镰,太原:山西教育出版社,2005 年版

《元代文学史》,邓绍基主编,北京:中国社会科学出版社,2007 年版

《元前陶渊明接受史》,李剑锋,济南:齐鲁书社,2002 年版

《元人传记资料索引》,王德毅等编,北京:中华书局,1987 年版

《元诗史》,杨镰,北京:人民文学出版社,2003 年版

《乐章集》,〔宋〕柳永著,薛瑞生校注,北京:中华书局,1994 年版

《赵尊岳集》,陈水云、黎晓莲整理,南京:凤凰出版社,2016 年版

《郑文焯词及词学研究》杨传庆,天津:南开大学出版社,2013 年版

《中国抒情传统的转变:姜夔与南宋词》,〔美〕林顺夫著,张宏生译,上海:上海古籍出版
    社,2005 年版

《中国词史》,黄拔荆,福州:福建人民出版社,2003 年版

《中国词学的现代观》,叶嘉莹,台北:大安出版社,1988 年版

《中国词学史》,谢桃坊,成都:巴蜀书社,2002 年版

《中国古代阐释学研究》,周裕锴,上海:上海人民出版社,2003 年版

《中国古代接受诗学》,邓新华,武汉:武汉出版社,2000 年版

《中国古代文学批评方法研究》,张伯伟,北京:中华书局,2002 年版

《中国古典词学理论史》,方智范等,上海:华东师范大学出版社,2005 年版

《中国古典诗歌接受史研究》,陈文忠,合肥:安徽大学出版社,1998 年版

《中国古典诗歌评论集》,叶嘉莹,广州:广东人民出版社,1982 年版

《中国古典文学接受史》,尚学锋、过常宝、郭英德,济南:山东教育出版社,2000 年版

《中国选本批评》,邹云湖,上海:三联书店,2002 年版

《中国近世词学思想研究》,朱惠国,上海:上海古籍出版社,2005 年版

《坐隐先生精订〈草堂余意〉》,〔明〕陈铎,《续修四库全书》本

主要参考论文
（以发表时间为序）

前川幸雄：智慧的技巧的文学——关于元白唱和诗的诸种形式,陕西师范大学学报 1986(4)

缪钺：论王清惠《满江红》词及其同时人的和作,四川大学学报 1989(3)

赵山林：词的接受美学,词学第 8 辑,华东师范大学出版社,1990 年

郭英德：两宋酬和词述略,中国文学研究 1992(1)

王兆鹏：宋南渡词人的诗社唱和,湖北大学学报 1992(2)

蒋寅：王渔洋与清初之发轫,文学遗产 1996（2）

赵以武："和意不和韵"——试论中唐以前唱和诗的特点与体制,甘肃社会科学 1997(3)

孙克强：清代词学的南北宋之争,文学评论 1998(4)

李鼎文：古诗唱和有制——读《唱和诗研究》,西北师范大学学报 1998(5)

王兆鹏："名作"与"和作",学林漫录第 14 辑,中华书局,1999 年

童向飞：宋代唱和词研究,南京师范大学博士学位论文,2000 年

童向飞：诗词唱和的历史、研究意义及研究现状概述,湖北大学成人教育学院学报 2001(5)

李福标：皮陆唱和的心理分析,学术研究 2002(4)

陈文忠：20 年文学接受史研究回顾与思考,安徽师范大学学报 2003(5)

袁行霈：论和陶诗及其文化意蕴,中国社会科学 2003(6)

李福标：论松陵唱和的准备及运作,中国韵文学刊 2004(3)

内山精也：苏轼次韵词考,中国韵文学刊 2004(4)

陆勇强：读《全清词》献疑,学术研究 2004(6)

姚蓉,王兆鹏：从唱和活动看云间词风的形成,江汉论坛 2004(11)

王洪臣,任愫：唱和寄意 步韵多失,学术交流 2004(12)

马东瑶：苏门酬唱与宋调的发展,文学遗产 2005(1)

何春环：词亦"可以群"：论宋代南渡唱和词,西南师范大学学报 2005(3)

王兆鹏：宋代作家成名的捷径——名流印可,中州学刊 2005(3)

曹明升：清代宋词学论纲,中国韵文学刊 2005(3)

崔铭：跨越时空的群体性唱和——"苏门晚期交游考述",中国石油大学学报 2006(1)

王兆鹏：中国古代文学传播方式研究的思考,文学遗产 2006(2)

谭新红：李清照词的经典化历程,长江学术 2006(2)

程继红：《全明词》对稼轩词接受情况的调查分析,浙江海洋学院学报 2006(3)

巩本栋:关于唱和诗词研究的几个问题,江海学刊 2006(3)

王兆鹏:古代作家成名及影响的非文学因素——以李清照、朱淑真为例,社会科学 2006(3)

王兆鹏:中国古代文学传播研究的六个层面,江汉论坛 2006(5)

张宏生:近百年清词研究的历史回顾,文学评论 2007(1)

童向飞:从唱和角度认定宋金元词人心目中的宋词名篇,湖北大学学报 2007(2)

李桂芹:古人论唱和词,华南农业大学学报 2007(3)

陈文忠:文学史体系的三元结构与多维形态,安徽师范大学学报 2006(4)

陈友康:和韵的产生与流变,云南民族大学学报 2007(4)

张宏生:词学反思与强势选择——马洪的历史命运与朱彝尊的尊体策略,文学遗产
    2007(4)

尚永亮:接受美学视野下的元和诗歌及其研究进路,陕西师范大学学报 2007(5)

曹明升:清代词学批评中的稼轩论,扬州大学学报 2007(5)

陈文忠:从"影响的焦虑"到"批评的焦虑",安徽师范大学学报 2007(5)

叶晔:明词中的次韵宋元名家词现象,中国文化研究 2007 年秋之卷

陈文忠:接受视野中的经典细读,江海学刊 2007(6)

张宏生:经典确立与创作建构——明清女词人与李清照,中华文史论丛总第 88 辑,上
    海古籍出版社,2007 年

李桂芹,彭玉平:唱和词的演变脉络及特征,甘肃理论学刊 2008(3)

李桂芹,彭玉平:明清之际唱和词集与花间余波——从明天启至清顺治年间,社会科学
    家 2008(4)

马莎:论南宋三家和清真词,江西社会科学 2009(1)

张宏生:咏物:朱彝尊与乾隆词坛,兰州大学学报 2011(6)

杜丽萍:论南宋"和清真词"现象,兰州学刊 2012(1)

郁玉英:姜夔词史经典地位的历史嬗变,文学评论 2012(5)

刘尊明:从追摹次韵看金元明代词人对李白词的接受,社会科学战线 2014(11)

陶友珍,钱锡生:从追和词看唐宋词在清代前中期的传播和接受,古籍整理研究学刊
    2017(5)

钱锡生,陶映竹:历代唱和对秦观《千秋岁·水边沙外》词的接受,南京师范大学文学院
    学报 2018(1)

张宏生:带入现场——清词创作中的姜夔身影及其风貌,华南师范大学学报 2021(2)